14... S0-AEO-578

*Jacques Attali est né le 1ᵉʳ novembre 1943 à Alger. Conseiller
d'Etat. Président de la Banque européenne. Ancien élève de
l'Ecole polytechnique (major de la promotion 1963). Ingénieur
au corps des mines. Diplômé de l'Institut d'études politiques
de Paris. Docteur en Economie.
Carrière : Ingénieur des mines (1968). Elève à l'Ecole nationale
d'administration (1968-1970). Auditeur (1970) puis maître des
requêtes au Conseil d'Etat, Maître de conférences des sciences
économiques à l'Ecole Polytechnique (de 1968 à 1985). Directeur de séminaire de l'Ecole nationale d'administration (1974).
Directeur du laboratoire Iris et directeur d'étude à l'Université
Paris IX-Dauphine (de 1970 à 1980). Conseiller spécial auprès
du président de la République (1981).
Œuvres :* Analyse économique de la vie politique *(1973);* Modèles politiques *(1973);* L'Anti-économique *(1974);* La Parole et
l'Outil *(1975);* Bruits *(essai sur l'économie politique de la
musique) (1977);* La Nouvelle Economie française *(1978);*
Ordre cannibale *(1979);* Les Trois Mondes *(Fayard, 1981);*
Histoires du temps *(Fayard, 1982);* La Figure de Fraser
(Fayard, 1983); Un homme d'influence, Sir Siegmund Warburg
(Fayard, 1985); Au propre et au figuré *(Fayard, 1988);* Lignes
d'horizon *(Fayard, 1990);* La Vie éternelle, roman, *qui a
obtenu en mai 1989 le Grand Prix du Roman de la Société des
Gens de Lettres;* Le Premier Jour après moi *(Fayard, 1990) et*
1492 *(Fayard, 1991).*

Cette année-là, trois caravelles rencontrent un continent;
s'effondre le dernier royaume islamique d'Europe; les Juifs sont
expulsés d'Espagne; un Borgia est élu pape; meurent Laurent
le Magnifique, Piero della Francesca, Casimir IV, roi de Pologne, Ali Ber, roi du Songhaï; la Bretagne devient française, la
Bourgogne disparaît; l'Angleterre renonce au continent et se
tournera vers les colonies; débarquent en Europe le chocolat, le
tabac, le maïs, la pomme de terre; en Amérique arrivent la
roue, le cheval et la variole; Martin Behaïm construit à Nuremberg la première sphère terrestre; on publie à Ferrare le
premier plan d'urbanisme; on émet à Gênes la première lire;
le professeur Antonio de Nebrija fait paraître à Salamanque
la première grammaire en langue vulgaire; à Genève apparaît
la syphilis; au Vatican, on tente peut-être la première transfusion sanguine; en Italie, on imprime pour la première fois le
traité d'harmonie musicale de Boèce; à Mayence, Middleburg

(Suite au verso.)

prophétise la Réforme et annonce Luther ; en Espagne, on représente la première pièce de théâtre sur une scène fermée. Cette année-là, Anvers supplante Venise au cœur de l'économie-monde ; l'Europe se tourne vers l'Atlantique, oubliant l'Est et son passé oriental, la Méditerranée et sa composante islamique. Elle se rêve pure, romaine et non plus jérusalmite. Se forge ce qui deviendra tantôt le rationalisme, tantôt le protestantisme ; s'inventent la démocratie et la classe ouvrière. On fait le projet d'un Homme nouveau. Commence à s'écrire l'Histoire telle que les nouveaux maîtres la raconteront pour leur plus grande gloire, vantant leur passion de la Raison, l'audace de leurs découvertes, leur goût de la vérité, leurs rêves de monuments et de musique.

J'ai voulu comprendre ici cette *catastrophe* – comme disent certains mathématiciens –, cette *bifurcation* – comme disent des physiciens –, ce *rendez-vous*, comme pourrait dire, plus simplement et sans doute mieux, le commun des mortels.

J.A.

Paru dans Le Livre de Poche :

HISTOIRES DU TEMPS.

LES TROIS MONDES.

BRUITS.

AU PROPRE ET AU FIGURÉ.

LA VIE ÉTERNELLE, ROMAN.

LE PREMIER JOUR APRÈS MOI.

LIGNES D'HORIZON.

JACQUES ATTALI

1492

FAYARD

© Librairie Arthème Fayard, 1991.

AVERTISSEMENT

Jusqu'au 4 octobre 1582, toutes les dates sont celles du calendrier julien ; au 4 succéda le 15 octobre 1582, premier jour du calendrier grégorien.

En des temps très anciens, un géant guerroyait, triomphait, dominait. Un jour, rompu de fatigue, il recula. Assommé, torturé, il fut laissé pour mort, puis enchaîné par de multiples maîtres.

Plus tard, ses souffrances s'atténuèrent ; la vigilance de ses gardiens s'affaiblit. Puisant une énergie neuve dans sa foi — très ancienne — et dans sa raison — toute récente —, il secoua ses fers. Quand une lourde silhouette, au loin, le menaça, il lui cria de passer son chemin ; à sa grande surprise, elle obéit.

Alors le géant échafauda un plan : reprendre des forces, sans se presser ; puis briser ses chaînes rouillées d'un seul coup, vigoureux et franc. Et partir à la conquête du monde.

Ce qu'il pensa, il le fit. En homme de raison, en barbare vengeur.

L'Europe est ce géant : enchaînée par de multiples maîtres quand se défait l'Empire romain d'Occident, elle sommeille durant presque un millénaire. Puis, à un moment de hasard et de nécessité, elle écarte ceux qui l'entourent et se lance à la conquête de l'univers, massacrant les peuples de rencontre, s'appropriant leurs richesses, leur volant leurs noms, leur passé, leur histoire.

1492 est ce moment. Cette année-là, trois caravelles rencontrent un continent ; s'effondre le dernier royaume islamique d'Europe ; les Juifs sont expulsés d'Espagne ; un Borgia est élu pape ; meurent Laurent le Magnifique, Piero della Francesca, Casimir IV, roi de Pologne, Ali Ber, roi du Songhaï ; la Bretagne devient française, la Bourgogne disparaît ; l'Angleterre renonce au continent et se tournera vers les colonies ; s'annoncent en Europe le chocolat, le tabac, le maïs, la pomme de terre ; en Amérique arrivent la canne à sucre, le cheval et la variole ; Martin Behaïm construit à Nuremberg la première sphère terrestre ; on publie à Ferrare le premier plan d'urbanisme ; on émet à Gênes la première lire ; le professeur Antonio de Nebrija fait paraître à Salamanque la première grammaire en langue vulgaire, le castillan ; à Genève apparaît la syphilis ; au Vatican, on tente peut-être la première transfusion sanguine ; en Italie, on imprime pour la première fois le traité d'harmonie musicale de Boèce ; à Mayence, Middleburg prophétise la Réforme et annonce Luther ; en Espagne, on représente la première pièce de théâtre sur une scène fermée.

Cette année-là, Anvers commence à supplanter Venise au cœur de l'économie-monde ; l'Europe se tourne vers l'Atlantique, oubliant l'Est et son passé oriental, la Méditerranée et sa composante islamique. Elle se rêve romaine et non plus jérusalmite. Surgit avec le marranisme l'intellectuel moderne. Se forge ce qui deviendra tantôt le rationalisme, tantôt le protestantisme ; s'inventent la démocratie et la classe ouvrière. On fait le projet d'un Homme nouveau. Commence à s'écrire l'Histoire telle que les nouveaux maîtres la raconteront pour leur plus grande gloire, masquant leur barbarie, vantant leur passion de la Raison, l'audace de leurs découvertes, leur goût de la vérité, leurs rêves de monuments et de musique.

Mais, dans le même temps, ces rêveurs d'Histoire apprennent à oublier ce qui est nécessaire à leur

8

entreprise : ethnocentrisme, colonialisme sans lesquels il n'y aurait ni pureté du passé ni Homme nouveau de l'avenir. Et, pour se faire admettre de leurs conquêtes, ils inventent un concept inédit, enthousiasmant et ravageur, au nom duquel ils massacreront pendant des siècles : le *progrès*.

J'ai voulu raconter ici cette *catastrophe* — comme disent certains mathématiciens —, cette *bifurcation* — comme disent des physiciens —, ce *rendez-vous*, comme pourrait dire, plus simplement et sans doute mieux, le commun des mortels.

Il est plus qu'une simple coïncidence d'évolutions multiples, d'histoires de fous racontées par des ivrognes ; il est le *point de convergence nécessaire* d'une infinité de turbulences, articulées l'une à l'autre selon des mécanismes complexes. Pour les comprendre, on ne peut se contenter de ces analyses longues de l'Histoire, à la fois si séduisantes et si frustrantes, qu'on a vu tant fleurir ; il faut se plonger dans les détails d'événements de toute nature qui constituent, pris ensemble, un *moment*, une *date* ; il faut y déceler les ruptures, les accélérations, les subjectivités qui vont façonner ensuite la mémoire des hommes.

Commémorer est devenu un rite inquiétant. Aujourd'hui même, on s'invente d'autant plus de passé que l'avenir échappe à toute imagination. Il est probable que l'on fêtera le cinquième centenaire de 1492 en le tronquant, en le récrivant, en le limitant à ce qu'il a de valorisant pour ceux qui financent la fête.

J'aimerais, au contraire, que l'on comprenne, à travers ces célébrations, que presque tout ce qui est d'importance aujourd'hui — dans le Bien comme dans le Mal — s'est décidé alors. Que les cinq figures emblématiques — le *Marchand*, l'*Artiste*, le *Découvreur*, le *Mathématicien*, le *Diplomate* — et les cinq valeurs majeures d'aujourd'hui — la *Démo-*

cratie, le *Marché*, la *Tolérance*, le *Progrès*, l'*Art* —
n'auraient pas leur sens moderne si 1492 s'était
déroulé autrement.

Et si, surtout, cette année-là avait été racontée
autrement.

Je voudrais enfin qu'on ait le courage de regretter
le mal fait alors aux hommes par des hommes, de
demander pardon aux victimes, de leur accorder
enfin leur vraie place dans la mémoire du monde.

Pour que, demain, de nouvelles barbaries ne
viennent pas alimenter à nouveau, sur une tout
autre échelle, les torrents de boue de l'amnésie
humaine.

PREMIÈRE PARTIE

INVENTER L'EUROPE

A l'aube de 1492, l'Europe est à l'orée d'un formidable renouveau religieux, démographique, culturel, économique et politique. Ce renouveau conduira à des contradictions si lourdes que seule la violence permettra de les trancher, conférant aux Européens du XVIᵉ siècle le pouvoir majeur : celui de raconter aux générations futures l'Histoire de leur temps.

L'Europe occidentale deviendra alors ce que j'appellerai un *Continent-Histoire*, un espace géopolitique doté d'une force idéologique, économique et politique suffisante pour déterminer l'Histoire du Monde et en imposer sa version aux autres.

Pourtant, à l'époque, rien ne le laisse prévoir : en cette fin du XVᵉ siècle, même s'il avait disposé des moyens d'information d'aujourd'hui, tout observateur aurait remarqué d'abord la puissance de la Chine, écrasant depuis mille ans les autres continents par sa population, sa marine, son armée, sa science, ses richesses et sa technologie. Certes, il aurait noté qu'elle se fermait progressivement au reste du monde, paralysée par son gigantisme et son protocole. Il aurait aussi décrit l'Afrique et l'Amérique comme des continents très peuplés où se forment des empires aux splendeurs immenses : Inca et Aztèque, Mali et Songhaï semblent devoir durer encore des millénaires. L'Europe n'aurait représenté à ses yeux qu'un petit canton de l'Univers, ravagé par la peste, morcelé en dizaines de cités et de nations rivales, exsangue, menacé par ses voisins, hésitant entre la Peur et la Jouissance, le Carnaval et le Carême, la Foi et la Raison.

Il aurait pu néanmoins y débusquer quelques aventuriers sans vergogne déterminés à bouleverser l'ordre du monde, prenant des risques, inventant, créant, échangeant objets et idées dans les interstices de la peur et de la force, avides de gloire et de richesses, libres conquérants de territoires et de rêves mêlés.

I

LE TRIOMPHE DE LA VIE

Naître

Trois cents millions d'êtres humains peuplent alors la Terre. Plus de la moitié vivent en Asie, près d'un quart sur le continent américain, un cinquième seulement en Europe*[26]. Encore ces chiffres sont-ils très incertains : nulle part aucun pouvoir n'organise de recensement systématique ; partout, la plupart des gens ignorent leur propre date de naissance, et parfois jusqu'au nombre de leurs enfants. Même le meilleur document de ce genre — le cadastre florentin de 1427 — ne fournit que des renseignements très approximatifs[16].

A ce qu'il semble, d'après ces évaluations grossières, l'évolution séculaire de la population des différents continents est étonnamment parallèle. Partout elle augmente ou diminue simultanément. De l'An mil à 1300, elle croît ; elle régresse de 1300 à 1450, pour remonter de 1450 jusqu'à la fin du XVe siècle. « Comme si l'humanité entière était prise dans un destin cosmique primordial par rapport à

* Les appels chiffrés renvoient aux *Notes bibliographiques*, pages 381 à 390.

quoi le reste de son histoire serait vérité secondaire », note Fernand Braudel[12].

Ainsi, la population chinoise passe de cent trente millions vers l'An mil à deux cents millions vers 1300, pour s'effondrer des deux tiers vers 1450, avec l'invasion mongole. Parallèlement, celle de l'Europe double — de quarante millions vers l'An mil à quatre-vingts millions à la fin du XIIIᵉ siècle —, puis la moitié disparaît entre la Grande Peste de 1348 et 1450. Ces effroyables hécatombes ont partout d'immenses conséquences économiques et culturelles. La mortalité infantile est considérable : dans le monde, au moins un nourrisson sur quatre meurt avant d'atteindre l'âge d'un an. En Europe, comme en témoignent les registres tenus dans chaque paroisse, se généralise la pratique de baptiser les enfants dès leur naissance. Pendant tout le XIVᵉ siècle, la famine y est terrifiante ; on signale encore des cas d'anthropophagie jusqu'en 1436.

Chaque pays connaît les mêmes évolutions désastreuses. Ainsi, la population française — qui approche les vingt millions d'habitants vers 1300 — retombe à une dizaine de millions au temps de Charles VII. Au XIVᵉ siècle, un dixième au moins des villages français ont disparu. Il en va de même en Allemagne où, au XVᵉ siècle, on peut encore voir les ruines de très nombreux villages abandonnés et des terres laissées en friche depuis des lustres[74].

Puis tout s'inverse : partout dans le monde, la seconde moitié du XVᵉ siècle marque une période de regain démographique qui met fin à la « spirale de la mort[74] ». En Chine, en Afrique, en Amérique, en Europe, les populations recommencent à croître. L'Europe atteint près de soixante millions d'habitants en 1490, contre à peine quarante au milieu du siècle.

Les explications de cette inversion rapide et universelle sont multiples : une certaine croissance économique, un adoucissement du climat, une paix relative, la constitution de systèmes politiques plus stables, un recul des épidémies et des disettes, une nuptialité plus précoce, une fécondité plus élevée. Telles sont les raisons le plus souvent avancées par les démographes[13].

En Europe, en tout cas, les épidémies s'espacent ; les vagues successives de peste sont de moins en moins fortes ; la lèpre se fait plus rare ; la durée de vie s'allonge, même si la mortalité infantile ne diminue guère[74]. Des villages jusqu'alors désertés sont repeuplés. La vie retrouve de la valeur. Dans certaines régions, en particulier en Europe du Nord, la torture perd même du terrain. L'individu est perçu comme plus précieux, parce que son travail acquiert un prix. On protège un peu mieux l'enfant, même quand il est bâtard. La famille, dans certains milieux, commence à se sentir responsable de l'éducation de sa progéniture.

De même que la population européenne double entre 1440 et 1560, celle de chaque pays du continent fait un bond notable. En 1492, environ dix-sept millions d'individus vivent en France, dix en Allemagne, huit en Espagne, sept en Italie, quatre en Grande-Bretagne, moins de deux en Hollande. La densité n'est que de quinze habitants au kilomètre carré en Espagne, contre trente en Allemagne, trente-quatre en France, trente-sept en Hollande[13]. La France est, de loin, la nation la plus peuplée, même si elle n'est ni la plus puissante ni la plus urbanisée.

En 1490, trois villes seulement dépassent en Europe cent cinquante mille habitants : Paris, Naples et Istanbul. Deux autres atteignent les cent mille : Venise et Milan. Cinq — Cordoue, Gênes, Grenade, Florence, Séville — dépassent les soixante mille. Une petite vingtaine — Anvers, Augsbourg, Barcelone, Bologne, Brescia, Bruges, Bruxelles, Cologne, Crémone, Gand, Lisbonne, Londres, Lyon, Palerme, Rome, Rouen, Toulouse, Vienne — dépassent les quarante mille. Au total, en 1490, vingt-huit villes d'Europe — dont quinze ports — comptent donc plus de quarante mille habitants. Elles seront quarante-deux un siècle plus tard. Certaines connaissent un développement particulièrement rapide : Lyon passe de vingt mille habitants sous Louis XI à cinquante mille vers la fin du XVᵉ siècle ; Anvers, de dix-huit mille en 1374 à quarante mille en 1490.

Cette croissance est difficile à gérer : l'entassement urbain est depuis toujours facteur de violence, d'épidémies et de mort. Des faubourgs s'étendent hors des enceintes, sur les terres agricoles. L'hygiène est déplorable. Les « retraits », toilettes situées dans les cages d'escalier, se déversent dans des fosses d'aisance très rarement assainies. On boit l'eau de la rivière qui sert aussi de collecteur des eaux usées. On se méfie du nomade, de l'étranger, du marginal, du malade, du mendiant ; on ne les tolère en ville que marqués, repérés : la *rota* désigne les prostituées et les fous ; la crécelle, les lépreux ; les manteaux constellés de coquilles, les pèlerins ; les rouelles, les Juifs[16].

Cette formidable poussée urbaine incite à la construction de nouvelles villes, de nouveaux palais, de nouveaux faubourgs. On tend à améliorer le pavage des rues et l'évacuation des eaux. On réfléchit aux premiers plans d'urbanisme ; vers 1490, Averlino, Alberti, Filareti, Vinci dessinent des plans de villes idéales. Les châteaux voisins deviennent palais urbains ; les chemins de ronde se transforment en galeries, les meurtrières s'élargissent en fenêtres grâce aux progrès de l'industrie du verre. Dans la seconde moitié du siècle, on construit mille et un monuments pour signifier la puissance nouvelle des villes. Pietro Barbo, l'évêque vénitien qui deviendra Paul II, fait élever le palais des Doges avec l'église de Saint-Marc. Bramante bâtit à Milan l'abside de Santa Maria Delle Grazie, la sacristie de San Satiro, et, à Rome, le *tempietto* de San Pietro et le cloître de Santa Maria della Pace. Pievoranti travaille à Rome, à Ferrare, à Milan pour les Sforza, et jusqu'au Kremlin où il meurt en 1486. A Rome, on élève des dizaines de dômes. Vers 1490, Innocent VIII fait construire la villa du Belvédère, première villa *extra-muros* avec une chapelle entièrement décorée par Mantegna. On conçoit la façade en arc de triomphe de Rimini, on commence à édifier l'arc d'entrée du Castelnuovo de Naples. On achève l'autel du Santo à Padoue et la troisième porte du baptistère à Florence. Brunelleschi construit dans cette dernière ville le palais Pitti, le dôme de Sainte-Marie des Fleurs, la chapelle des Pazzi et l'église du Saint-Esprit. A Florence encore, en 1472, d'après Benedetto Dei, un agent des Médicis, « on compte cent huit églises admirablement agencées, vingt-trois palais destinés aux administrations, trois mille six cents fermes et villas *extra-muros*, et, à l'intérieur de l'enceinte, cinquante places bien composées[16] ».

Vivre

Avec la croissance, les manières de vivre vont se raffiner peu à peu, même si les habitudes de table demeurent proches de celles des siècles précédents[53]. Surtout dans les campagnes, on puise directement dans le plat avec les doigts ou on se sert sur un pain partagé à deux. Chez les marchands et les princes, on verse les potages dans des écuelles de céramique ; en général, deux personnes partagent la même, l'hôte veillant à ce que chacun de ses invités ait « dame ou pucelle à son écuelle[127] ». Tous les convives boivent à la même cruche ou au même hanap. Chez les riches, un tranchoir apparaît pour couper la viande : si les morceaux sont trop chauds, on les pique avec son couteau, qui reste un objet personnel. Chez les riches, on commence à employer également la cuiller, dotée d'un manche imitant un pied de biche, un mufle de lion ou de dragon. Les premières fourchettes à deux dents sont utilisées pour se servir dans le plat ; leur manche est souvent d'argent[127]. Pour se rincer les doigts, des bassins et des aiguières circulent au cours des repas ; l'usage veut qu'on s'essuie la bouche et les mains avec un pan de la nappe. La serviette, quand elle existe, est mise sur l'épaule ; au XVIe siècle, avec la mode des fraises, on la nouera autour du cou.

Dans toutes les couches sociales, le vêtement distingue de plus en plus les sexes. On s'affiche ; la pudeur s'éloigne. Les hommes abandonnent la robe ou la toge pour les bas, la tunique et le col, plus tard la fraise. La chemise se répand avec la toile de lin. Les costumes féminins sont de plus en plus libérés et divers ; les robes deviennent moins amples, et la passion des belles étoffes se diffuse ; les draps lourds cèdent la place aux soieries, façon Damas ou de Venise, au velours, à la soie brochée d'or, tous atours rehaussés de ceintures d'argent et de bijoux. Ces modes neuves provoqueront un formidable essor de l'industrie textile, moteur du développement général de l'économie.

L'hygiène individuelle reste extrêmement sommaire. Le mouchoir figure pour la première fois dans un inventaire en décembre 1491, lors du mariage[31] d'Anne de Bretagne et de Charles VIII. Les bains collectifs sont fréquents, surtout en Europe du Nord. En 1492, on en compte onze à Ulm, douze à Nuremberg, quinze à Francfort[16]. La brosse à dents avec manche en bois et poils en soies de porc, fabriquée d'abord en Chine vers 1490, ne sera introduite en Europe qu'un demi-siècle plus tard.

Aimer

Jamais sans doute, depuis l'avènement du christianisme, l'Europe n'aura été sexuellement plus libre qu'au cours de la brève période qui va de 1460 à 1492. La prostitution est admise, ouverte, encouragée, et même, parfois, organisée par les pouvoirs municipaux. L'amour n'est pas encore sous contrôle du prêtre ou de la police. Certes, le mariage reste le seul horizon des femmes, et l'Église, condamnant avortements et infanticides, considère toujours la procréation comme la fin première de l'union entre époux[128]. Mais le mariage n'est pas encore tout à fait entre ses mains[128]. Selon la théologie traditionnelle et le droit canon, pour en reconnaître la validité, elle ne peut exiger ni l'accord des parents, ni la présence de témoins, ni même l'intervention d'un prêtre ; seuls les fiancés décident de leur propre sort. Le mariage est donc à la fois un sacrement et une simple cérémonie civile par laquelle les époux déclarent publiquement contracter un « pacte de mariage[128] », *verba de futuro*[128]. Lorsque l'autorité ecclésiastique parvient à être associée à cette cérémonie — cas de plus en plus fréquent — elle bénit les conjoints par un *verba de praesenti*[128]. Les épousailles sont donc, pour l'essentiel, échange de gestes, d'objets symboliques et de paroles d'engagement entre les conjoints eux-mêmes[128]. Dans les « créantailles » champenoises, en 1483, les époux se donnent à boire et échangent un baiser « en nom de mariage[128] ». « Vous êtes crantés l'un l'autre, j'en rappelle le vin », dit le père de la jeune fille[128]. Quand, à Troyes, un homme offre une poire en « nom de mariage » à une donzelle au cours de la fête des contrepointiers, les femmes présentes lui disent : « C'est ton mari[128]. »

Avec la quasi-disparition de l'écrit pendant tout le Moyen Age, la parole a force d'éternité. Même pour l'Église, de tels mariages ne peuvent être rompus que par la mort ou pour de rares causes : consanguinité, adultère féminin, impuissance, lèpre[128]. De même l'Église admet-elle finalement que l'amour humain peut justifier à lui seul une union, indépendamment même de l'obligation de procréer. Elle accepte ainsi que le mariage soit une nécessité sociale, une relation d'assistance et d'affection[128]. Elle l'autorise entre personnes âgées, afin de leur permettre de « s'assister l'un l'autre dans leur vieillesse[128] ». Sans doute le fait-elle parce qu'elle ne peut s'y opposer. Mais, dans le même temps, elle s'efforce de faire véhiculer par les femmes un contenu plus religieux du mariage ; Gabrielle de Bourbon, épouse du maréchal de La Trémoille, dresse la liste des vertus de l'épouse : « Dévote et pleine de grande religion, sobre, chaste, grave sans fierté, peu parlant, magnanime sans orgueil, et non ignorant les lettres vulgaires (...), sans trop avant s'enquérir des secrets de théologie, aime le moral et les choses contemplatives[130]... »

Simultanément et pour les mêmes raisons revient en force une littérature amoureuse, faite de nouvelles et de poésies autour des thèmes de la beauté et de l'amour. En Italie, après Pétrarque et Boccace, Bembo, Politien, Boiardo, L'Arioste — pour ne parler que de ceux qui vivent en 1492 — fondent la littérature amoureuse en langue toscane. Le lyrisme de Bembo donne naissance à la fresque poétique amoureuse ; l'*Orlando innomorato* de Boiardo renouvellera la vague venue des *Reali di Francia*, inspirée des chansons de geste, qui culminera vingt ans plus tard avec le célébrissime *Orlando furioso* de L'Arioste. En France, après la disparition de François Villon, vers 1463, la légende s'empare du poète et de ses écrits amoureux ; ses deux recueils, *Les Lois* et le *Testament*, publiés pour la première fois par Pierre Levet en 1489, sont neuf fois réimprimés avant 1500. En 1490, Jean Marot, père de Clément, publie lui aussi quelques jolis poèmes d'amour.

Éduquer

Comme le mariage, la famille commence à se consolider. Les noms se fixent, les enfants sont mieux acceptés ; les familles — nucléaires en Europe du Nord, plus larges en Europe méditerranéenne — sont plus stables. Dans toutes les classes de la société, l'éducation sera peu à peu perçue comme un devoir des parents.

En Europe du Nord, à la campagne et dans les classes populaires, elle se réduit souvent à confier ses enfants à d'autres, comme appoint de main-d'œuvre. Un observateur italien écrit à propos de cette pratique du placement en Angleterre : « Je pense qu'ils font cela parce qu'ils tiennent à leur propre confort et sont mieux servis par des étrangers qu'ils ne le seraient par leurs propres enfants[128]. » Le placement des adolescents est présenté comme une école d'individualisme, « les jeunes étant censés trouver dans l'arrachement au milieu familial l'épreuve d'adaptation et aussi de frustration affective qui devrait les armer face à la vie[128] ».

Chez les riches, on envoie sa progéniture s'instruire à l'extérieur. La scolarisation participe de la même tendance à transférer à autrui la formation des enfants[130]. Dans les premiers collèges, les maîtres ont d'abord en charge l'éducation religieuse et morale de leurs élèves. Au début du XVᵉ siècle, dans le règlement de l'école Notre-Dame de Paris, Guillaume d'Estouteville, archevêque de Rouen et réformateur des statuts de l'université, écrit que l'objectif est de « transmettre des connaissances, certes, mais former des esprits et apprendre la vertu, corriger et redresser les élèves ; une telle discipline ne peut s'exercer qu'à l'intérieur d'un emploi du temps clairement défini[130] ». La violence du temps n'épargne pas les *public schools* et les collèges, et certains pouvoirs légifèrent contre les abus. « Le maître ne doit pas aller au-delà de ce que se permet un père de famille », prescrit ainsi un texte parisien[130].

Dans l'Europe du Sud, la famille vit plus repliée sur elle-même. Le placement des jeunes comme domestiques est moins fréquent. Dans les classes aisées, les femmes assurent souvent elles-mêmes l'éducation de leurs enfants[130]. D'ailleurs, de nombreuses femmes savent déjà lire. Un juriste italien, cité par Jean Delumeau, écrit : « Je n'aurais jamais cru que les dames de Florence fussent si fort au courant de la philosophie morale et naturelle, de la logique et de la rhétorique[38]. »

Soigner

L'enfance est marquée par la maladie et la mort. L'espérance *moyenne* de vie, en Europe comme ailleurs, ne dépasse guère trente-cinq ans, ce qui n'empêche pas les plus robustes et les mieux nourris de vivre jusqu'à un âge respectable. De surcroît, un siècle auparavant, la Peste noire a anéanti la moitié du continent, disloquant les structures de la société et désignant le pauvre comme l'ennemi. Lutter contre le mal, c'est, pensent les élites, contenir le pauvre, l'isoler dans l'hôpital[4].

Il n'existe rien qui puisse prévenir ni guérir la moindre maladie contagieuse. Les seuls thérapeutes acceptés du pouvoir sont le prêtre — qui console et vend des indulgences — et le policier — qui enferme les contagieux et les nomades. Pour tenter de préserver ainsi la société de ces maladies dévastatrices aux modes de transmission mystérieux, le médecin n'est encore qu'un barbier. Il saigne et purge, sans beaucoup de réussites à son actif. Dans les monastères, même si, en 1130, un concile y a interdit toute activité médicale, les connaissances antiques en la matière sont protégées, étudiées, transmises aux générations suivantes[4]. Dans leurs jardins botaniques, on expérimente et on analyse l'effet de plantes diverses, poisons et remèdes. Des clercs et des laïcs redécouvrent à leur tour la médecine hippocratique. Ces médecins, juifs pour la plupart, apprennent des Arabes à calmer certaines fièvres par les herbes, à cautériser les hémorragies, à combattre des troubles intestinaux. Après qu'une première faculté de médecine a été créée à Paris au XIIe siècle, beaucoup d'autres s'implantent un peu partout, à Montpellier, à Salamanque, à Oxford, à Florence, sans réaliser pour autant de réels progrès thérapeutiques.

Malgré leur dérisoire compétence, une poignée de médecins, vers 1490, sont les compagnons de princes qu'ils conseillent et rassurent[121]. On vante à Bologne les mérites d'Alexandre Chillini, à Naples ceux d'Ange Cato, médecin de Louis d'Orléans et de Charles VIII, à Paris d'Antoine Cittadin, auteur d'un *Tractatus de Febre* publié en 1491, de Galeotto Marzio et de Gorcin, médecins de Charles VIII, à Rome ceux de l'Espagnol Gaspar Torella, médecin d'Alexandre Borgia, à Vienne de Jérôme Balding, qui soigne Maximilien d'Autriche[121].

Dans le peuple, le rapport à la souffrance n'a guère changé depuis que le christianisme lui a conféré un sens mystique : abandonné aux savoirs les plus anciens, le paysan se fie toujours plus au sorcier et au guérisseur qu'au policier et au prêtre[4].

Partout en Europe, le sorcier est à la fois vénéré et craint. On se répète avec effroi de sombres histoires de vieilles femmes capables de se transformer en chouettes pour venir sucer le sang des enfants, ou de sorciers mangeurs de cadavres[16]. Le pouvoir politique comme l'Église ne prisent guère ces insaisissables rivaux qui rappellent le passé païen de l'Europe. Partout ils les pourchassent et les font condamner. Ainsi, par une bulle du 5 décembre 1484, le pape de l'époque, Innocent VIII, élu depuis moins de trois mois, demande à deux dominicains, Jacob Sprenger et Heinrich Krämer, d'aller enquêter en Allemagne sur les sorciers, avec tous pouvoirs d'investigation, y compris à l'intérieur même des églises[16] qu'on sait rebelles à l'autorité du Saint-Siège. Ce texte est révélateur de la crédulité des meilleurs esprits du temps :

« Des sorciers, au moyen d'enchantements, de charmes, de conjurations et autres superstitions infâmes et de procédés de magie répréhensibles, ont fait dépérir, suffoquer et mourir la progéniture des êtres humains, les petits des animaux, les récoltes de la terre, les sarments de la vigne et les fruits des arbres, et non seulement la progéniture, mais aussi les hommes eux-mêmes, les femmes, les bêtes grosses ou petites, les autres animaux de toutes espèces, les vignes, les vergers, les champs, les pâtures, les céréales, les grains et les légumes (...). Ils empêchent les hommes de féconder les femmes, et les femmes de concevoir, et les époux d'accomplir leur légitime devoir conjugal[16]. »

Le pape croit-il à ce qu'il écrit, ou bien veut-il seulement se faire accepter du peuple en admettant ses croyances ? Difficile d'en décider. En tout cas, deux ans plus tard, en 1486, les deux dominicains publient les résultats de leur enquête dans un livre, le *Malleus maleficarum*, où ils affirment fort sérieusement avoir obtenu la preuve irréfutable des évolutions aériennes des sorciers et de l'existence des sabbats[16]. Ils expliquent aussi comment reconnaître une sorcière à ses tics et à ses allures. Première tentative d'exposition systématique du pacte avec le démon[16], ce livre, neuf fois réimprimé jusqu'à la fin du siècle, conduira à allumer des milliers de bûchers. Il définit bien l'esprit d'une Europe assoiffée de pureté comme de culpabilité, à l'affût d'ennemis à expulser : le *Sorcier* — en attendant le *Juif*, le *Musulman* et l'*Indigène* — est alors la figure emblématique de l'ennemi tel que cette Europe à peine chrétienne se doit de l'inventer pour exister, puis de le chasser pour se purifier et se débarrasser de son propre passé.

Mourir

Toute société s'organise autour du sens qu'elle sait donner à la Mort. Omniprésente, inattendue, révoltante, celle-ci est la compagne quotidienne des hommes. En Europe comme ailleurs, il n'est que le Sacré pour lui donner sens. Si, dans l'Ordre marchand en train d'émerger, elle domine les formes nouvelles d'expression — littérature, peinture, sculpture, musique —, si l'on publie énormément de livres sur l'*Ars moriendi*, si l'on peint des enfers, si l'on sculpte des gisants, si l'on compose des requiems, son sens, à la fin du XVᵉ siècle, demeure pour l'essentiel religieux. L'Église organise le rituel qui l'accompagne et invente le Jugement dernier qui la sanctionne, avec son subtil accompagnement de peines et de récompenses, d'Enfer et de Purgatoire.

L'éternité s'obtient par des offrandes faites à l'Église, qui définit l'art de bien mourir et fixe les tarifs des peines pour le rachat des péchés. D'abord réservée aux princes, la commutation des peines en amendes financières devient progressivement accessible à tous ceux qui ont les moyens de se l'offrir.

Mais, dans le même temps, la bourgeoisie veut d'autres avenirs : elle entend transmettre les richesses à ses propres enfants, et non plus aux églises. Les offrandes se muent alors en héritages, les fondations en testaments. Quand l'argent quitte l'Église, la foi vacille.

II

LE DÉCLIN DE LA FOI

Croire

Depuis plus de dix siècles, à l'Est comme à l'Ouest, l'Europe est chrétienne. Du moins en apparence. Car elle ne s'identifie pas à la Chrétienté. D'abord, la foi chrétienne ne s'y est imposée que parce qu'elle a su récupérer les religions païennes en habillant les dieux celtes et germains, ibères et vandales en saints universels. En second lieu, parce qu'il existe des chrétiens hors de ses limites. Ensuite, parce qu'un peu partout en Europe, il y a encore des Juifs, des païens, des musulmans. Enfin parce que l'Église elle-même, en son centre romain, n'est pas un modèle de ferveur.

Les masses d'Europe sont pourtant habitées d'une foi enthousiaste, traversée de peurs mystiques, de superstitions, de prophéties, de menaces. Des prédicateurs annoncent de village en village de sombres désastres — signalés par le passage de la Comète en 1456 — pour le *Magnus Annus* — 1484 —, ou pour l'« Année de l'Antéchrist » — 1500 —, ou encore pour l'*Annus Aquaeus*[16] — 1524. On murmure qu'une conjonction astrale de Jupiter et de Saturne dans le Scorpion, annoncée pour le 23 novembre 1484, provoquera la venue d'un « moine qui détruira l'Église[119] ». Après 1484, un prêtre hollandais, professeur d'astrologie à Padoue, Paul de Middleburg, écrit dans des *Prognostica ad Viginti Annos* que l'échéance est reportée à 1504. En 1490, un dénommé Johannes Lichtenberger publiera des *Prophéties extraordinaires* ou *Practica*, qui reportent l'échéance de la venue du « petit prophète » à 1524. Le livre, sans cesse réimprimé, connaît un immense succès dans le public cultivé[119].

Les meilleurs esprits d'Europe croient encore à la métamorphose de la Nature. Même à Florence, au cœur de la libération intellectuelle, les plus grands philosophes estiment que les événements importants ont lieu nécessairement un samedi, et qu'il vaut mieux éviter de traverser certaines rues avant de livrer bataille. En Flandre, Érasme lui-même considère qu'un « lion magique », qu'il porte sur lui en permanence, le protège des maléfices, et il redoute les années multiples de sept.

Partout on vénère de multiples reliques, on leur apporte des offrandes au terme de pèlerinages. Les Lieux saints de Jérusalem, sous domination mamelouk, n'étant presque plus accessibles, on vient se recueillir sur les tombes de saints à Montserrat, à Rocamadour, au Mont-Saint-Michel, à Cologne, à Saint-Jacques-de-Compostelle, au Puy[47]. On se rend à Aix-la-Chapelle voir le « voile de Marie », exposé tous les sept ans[47]. On va à Cologne admirer les reliques des Rois mages, ou à Canterbury prier sur la tombe de saint Thomas Becket[16]. L'Europe s'approprie le monothéisme, oubliant qu'il vient d'Orient.

Les techniques de communication — et d'abord l'imprimerie — y jouent leur rôle. Des livres assistent les pèlerins, décrivant les routes à suivre, précisant les étapes du trajet, fournissant même déjà des renseignements sur les auberges où descendre et les merveilles architecturales à visiter[47].

Face à cette foi confuse, l'Église en tant qu'institution n'est qu'une puissance marginale. Certes, le pape se prétend toujours le coordinateur des monarques chrétiens ; il convoque et préside encore les rares sommets des nations catholiques. Mais il n'est que leur otage, et non plus leur maître. En 1417, Martin V admet même implicitement la souveraineté des États en ratifiant la perte de son pouvoir politique sur les conciles. A partir de 1439, l'épisode avignonnais ayant ruiné sa crédibilité, la papauté, revenue à Rome, souhaite recouvrer son influence en gagnant son indépendance militaire, politique et financière. Aussi se consacre-t-elle à accumuler des ressources, à agrandir ses territoires, à se constituer une armée. A coups de menaces d'excommunication et de promesses de promotion, de distribution de pourpre et d'intimidation militaire, le Vatican noue des alliances complexes de princes et de marchands[131]. A compter de son retour à Rome, se fondant sur un faux — une prétendue « donation » de Constantin —, la papauté revendique la souveraineté sur les « États de l'Église » et réclame une suzeraineté plus incertaine encore sur Naples, la Sicile, la Sardaigne et la Corse. Quand, en 1440, l'érudit italien Lorenzo Valla met en doute la validité juridique de ces prétentions, Alphonse V d'Aragon, roi de Naples, l'encourage à approfondir sa critique ; puis il oublie Valla et accepte de reconnaître sa dépendance formelle vis-à-vis du pape afin de ne pas envenimer davantage ses rapports avec les autres princes italiens.

En l'espace de cinquante ans, durant la seconde moitié du XVe siècle, la reconstitution des États pontificaux et l'ampleur des biens fonciers de l'Église font de la papauté une puissance financière et militaire capable de soutenir les intérêts des princes et des nations qui acceptent de se ranger sous sa bannière. Les Croisades sont oubliées, l'Église d'Orient est abandonnée, la Chrétienté est romaine, européenne, latine. Aussi, à partir de cet instant, le pouvoir du Saint-Siège devient-il l'enjeu d'une lutte incessante entre les plus grandes puissances d'Europe. Bataille où les valeurs de la foi ne tiennent aucun rôle, pas même d'apparence. Chacune entretient à Rome, à grands frais, un groupe de cardinaux et de religieux, espérant ainsi obtenir un jour la tiare pour l'un des siens. La République de Venise domine encore le Saint-Siège, comme elle domine l'économie-monde ; Milan et la France tentent de s'y faire entendre ; les rois de Castille et d'Aragon y sont de plus en plus influents, y consacrant des moyens financiers considérables que gère pour eux, depuis Rome, la tentaculaire famille Borgia.

Venu de Saragosse, le premier d'entre eux, Alphonse Borgia, bénéficiant de l'appui d'un cardinal aragonais, Pedro de Luna — qui fut pape en Avignon sous le nom de Benoît XIII —, devient secrétaire particulier d'Alphonse V, roi d'Aragon[29]. Avocat de la réunification de l'Église, Alphonse Borgia est fait archevêque de Valence sous le pontificat de Martin V et précepteur du fils d'Alphonse V. Puis, tuteur de son neveu Rodrigue Borgia, il s'installe à Rome en 1449, année de l'abdication de l'antipape Félix V. Sa famille ne quittera plus l'Italie. Sous le pontificat de Nicolas V, il est fait cardinal, tout en conservant l'archidiocèse de Valence. Soucieux, comme tout prélat, de placer au mieux sa propre famille dans les positions lucratives du Saint-Siège, il fait de son neveu, Rodrigue, alors âgé de quatorze ans, le chantre de la cathédrale de Valence, et tisse si bien sa toile qu'en 1455, à la mort de Nicolas V, deux ans après la prise de Constantinople — il a alors soixante-dix-sept ans —, jouant les arbitres dans l'inexpiable rivalité entre les Orsini et les Colonna, il est lui-même élu pape sous le nom de Callixte III. Il réhabilite Jeanne d'Arc et, en bon Espagnol, il fait canoniser le prédicateur antisémite de Valence, Vincent Ferrer[29]. Il répartit aussitôt maints avantages entre les membres de sa famille : Rodrigue — le plus prometteur et le plus ambitieux de ses neveux — est nommé notaire apostolique, doyen de l'église Santa-Maria de Jativa, dans l'archidiocèse de Valence, puis légat de la marche d'Ancône, vice-chancelier de la Curie, général en chef et commissaire de toutes les troupes pontificales en Italie, enfin vice-chancelier de l'Église romaine et cardinal. Un autre de ses neveux, Luis Juan, est fait lui aussi, dès l'élection du pape, cardinal. Le frère aîné de Rodrigue, Pedro Luis, devient gouverneur du patrimoine de Saint-Pierre, puis préfet de Rome, plus haute charge laïque de l'Église[29]. En deux ans, dans la corruption, la menace et la licence, la famille Borgia contrôle la quasi-totalité des pouvoirs religieux et civil du Vatican.

Quand Callixte III meurt, après seulement trois ans de règne, le 6 août 1458, le roi de France tente d'arracher la papauté à l'orbite espagnole. Avec l'aide de Milan et de Venise, il essaie de faire élire l'archevêque de Rouen, titulaire de six autres diocèses, Guillaume d'Estouteville. Mais celui-ci est battu au premier tour de scrutin par un intellectuel d'exception, le Siennois Enea Silvio Piccolomini, soutenu par les Rois Catholiques, l'Empire et le duc de Bourgogne dont il avait été le conseiller du temps de sa rébellion contre le pape de l'époque. En 1460, devenu Pie II, Piccolomini tente, comme ses prédécesseurs, d'organiser une croisade contre le Turc. Au congrès de Mantoue, il n'obtient que le soutien poli des princes d'Europe. Ce que voyant, en janvier 1461, il exhorte non sans ironie le sultan à se convertir, lui promettant en échange l'Empire d'Occident : « Tu es sans aucun doute, lui écrit-il, le plus grand souverain du monde. Une seule chose te manque : le baptême. Accepte un peu d'eau et tu domineras tous ces couards qui portent des couronnes sacrées et s'assoient sur des trônes bénis. Sois mon nouveau Constantin et pour toi je serai un nouveau Sylvestre. Convertis-toi et, ensemble, nous fonderons avec ma Rome et avec Constantinople — qui à présent t'appartient — un nouvel ordre universel[16]. » Cette lettre n'est sans doute pas parvenue à son destinataire ; en tout cas, rien n'en sortit. Elle marque la fin du rêve de réunion de Rome et de Byzance, de Rome et de Jérusalem.

Peu après, Pie II réussit cependant à rassembler une petite flotte de guerre. Mais il meurt à Ancône, le 15 août 1464, juste avant de s'embarquer. L'idée de croisade disparaît alors du rêve européen : nul n'a plus vraiment envie d'aller reconquérir la Terre sainte. On en parlera certes encore beaucoup : à commencer par Colomb, Isabelle de Castille et Charles VIII ; mais chacun saura que ce ne sont plus là que des mots. L'Église n'est plus d'Orient. L'Europe est faite. Et son rêve est autre.

Le 30 août 1464, le cardinal d'Estouteville, encore une fois candidat, est battu, de nouveau dès le premier tour, par un ami de Rodrigue Borgia, le cardinal vénitien Pietro Barbo, qui prend le nom de Paul II. L'influence de Rodrigue Borgia est alors à son comble. Immensément riche, il vit dans un grand palais entre le pont Saint-Ange et le Campo dei Fiori, avec sa maîtresse Vannozza Cattanei et ses quatre enfants, parmi lesquels César et Lucrèce. A la mort de Paul II, le 26 juillet 1471, il ne peut cependant imposer son candidat. Avec le soutien de la France et du duc de Milan, un modeste franciscain, devenu général de l'Ordre, Francesco Della Rovere, est élu pape sous le nom de Sixte IV. Avec lui, Rodrigue trouve son maître en intrigues et en corruption : après avoir récompensé les cardinaux qui l'ont désigné, le nouvel élu élève à la pourpre six de ses neveux. Chacun d'eux devient immensément riche, à l'égal d'autres cardinaux de ce temps — en 1465, le camerlingue Ludovico Trevisan n'a-t-il pas légué trois cent mille ducats ? Chacun dispose d'un palais à Rome avec ses soldats, ses musiciens, ses peintres, ses bouffons, ses astrologues[131].

Rodrigue, doyen des cardinaux-diacres, s'accroche à son pouvoir : sentant le danger, il se fait prêtre et doit donc prononcer le vœu de chasteté. Abbé de Subiaco, il devient trésorier du collège des cardinaux[29]. En juin 1472, il fait valider par Sixte IV l'union d'Isabelle de Castille et de Ferdinand d'Aragon, cousins germains mariés en 1469. En 1474, il marie sa propre maîtresse à un officier à son service. L'Église sombre dans le discrédit. A Florence, un jeune inconnu de vingt-deux ans, Savonarole, prend l'habit de dominicain et prêche le dépouillement ; deux décennies plus tard, il deviendra le pire ennemi des Borgia et des Médicis.

Le 24 juillet 1476, Rodrigue devient cardinal-évêque de Porto et doyen du Sacré Collège. Mais Sixte IV ne perd pas son temps et assure son contrôle et celui de sa famille sur l'Italie. En 1478, il tente d'abord de faire remplacer à la tête de Florence les Médicis par un de ses neveux ; il échoue malgré la mort de Julien de Médicis. Sous prétexte de défendre Venise contre la menace turque, il tente ensuite, en 1481, de regrouper tous les États italiens. Il échoue, là encore. Mais Rome reste le point de rencontre des prélats et diplomates de tous pays, et les cardinaux y jouent un rôle accru.

Entre-temps, Rodrigue Borgia essaie de se faire oublier : il écrit des poèmes, des nouvelles, joue de la musique, protège les humanistes, aide les bibliothèques et les collections artistiques. Pour autant, il n'a pas fait vœu de pauvreté[29]. Il multiplie les commandes artistiques à Botticelli, au Pérugin, à Ghirlandajo et à Filippino Lippi pour sa villa de Spadalleto. Dans une lettre de 1484 à son frère Ludovic le More, qui règne à Milan, le cardinal Ascanio Sforza dit avoir vu dans les appartements romains de Rodrigue Borgia « une crédence toute pleine de vases d'argent et d'or, très bien travaillés, ainsi que plats divers et autres petits vases ; tout cela était un fort beau spectacle[16] ».

Quand Sixte IV meurt le 12 août 1484, les Della Rovere sont devenus l'une des plus puissantes familles de Rome et se préparent à proposer leur candidat, Julien, à la succession de son oncle. Rodrigue, qui sent la menace, décide de sauter le pas : il présente sa candidature. Mais il échoue devant la coalition des partis français et milanais, bien décidés à barrer le chemin à l'Espagne et à mater Naples. Pour éviter la victoire de Julien della Rovere — qui deviendra plus tard Jules II —, Rodrigue s'allie à lui pour acheter la papauté à l'intention d'un obscur cardinal génois, Giovanni Battista Cibò, qui prend le nom d'Innocent VIII. Rodrigue pense sa carrière terminée et retourne à sa vie de plaisirs[29].

Plus que jamais, Rome est alors un lieu de luxe, de débauche et de corruption, au grand scandale des masses chrétiennes d'Europe. Le Saint-Siège n'est qu'une principauté italienne parmi d'autres, absorbée par de tortueuses machinations politiques et de sombres coups de main militaires, occupée à répartir les terres de conquête entre les princes découvreurs, à distribuer la pourpre et les diocèses, à soudoyer des princes, à vendre autant d'indulgences que possible pour financer palais et cathédrales. La foi est loin ; les Croisades, oubliées ; les schismes nouveaux se préparent. Nul n'a oublié celui de Jean Huss en 1378, écrasé dans le sang en

Bohême. Le nouveau pontife le sent bien, qui a tôt fait de se révéler bien plus qu'un pape de transition.

Trois mois seulement après son élection, Innocent VIII fait condamner les sorcières d'Allemagne, incarnations des démons et porteuses d'hérésies. En 1486, à son instigation, les inquisiteurs de Brescia condamnent à mort plusieurs sorcières que le gouvernement de la ville refuse d'exécuter.

Dans les couvents, menés par un jeune patricien vénitien, Ludovico Barbo, parent de Paul II, fondateur d'une communauté de chanoines, puis abbé de Santa Giustina à Padoue, des bénédictins rétablissent la stricte observance de la règle et donc la pauvreté. D'autres bénédictins, à Tierreni, à Monte Cassino, à Subiale, au Mont des Oliviers, près de Sienne, des franciscains et des dominicains font de même. Tous redécouvrent les écrits de saint Augustin et de saint Thomas d'Aquin. Aux Pays-Bas, les « Frères de la vie commune » prêchent l'austérité ; Ruysbroeck développe une pédagogie de rencontre de l'âme avec Dieu ; Groote et Radewin propagent la *Devotio moderna* en différents pays[16]. En France, Jan Standick et Lefèvre d'Étaples, en Rhénanie, Thomas de Kempen, développent une pratique spirituelle visant à la perfection de la vie intérieure. Un formidable désir de purification se fait jour. Et l'Église, sans même le décider explicitement, pousse tous les princes d'Europe à « purifier » le continent en le débarrassant des non-chrétiens, juifs et musulmans.

Ironie des temps : ce désir forcené de pureté chrétienne culminera en 1492, année où sera élu le plus corrompu des papes de l'Histoire, l'Espagnol de l'ombre, Rodrigue Borgia.

A la fin du XVᵉ siècle, l'islam, conquérant audacieux sur deux autres continents, n'est plus guère cantonné, en Europe, que sur une petite enclave dérisoire : Grenade, ville superbe, colonie génoise autant qu'État islamique, où s'échangent l'or de l'Afrique, les épices de l'Orient et les textiles des Flandres.

L'Église et les Rois Catholiques s'apprêtent à la liquider, à en finir avec la longue histoire de l'islam d'Europe, à « purifier » le continent chrétien de ces parasites.

Parasites ? Voire. Car l'islam est, dès son apparition, la religion des deux rives de la Méditerrannée. L'Italie et l'Espagne l'accueillent très tôt, parfois avant même que le christianisme ne s'y installe. Mais, à la différence du judaïsme, l'islam se constitue en nations, non en communautés ; il ne s'insère pas *dans* le monde chrétien, mais s'installe *à côté* de lui ou le remplace. Aussi bien, après avoir en vain tenté de conquérir l'Europe du Nord, se consolide-t-il en cités autonomes, en Espagne et en Italie du Sud. Au tournant du millénaire, les deux tiers de la péninsule ibérique sont fractionnés en une vingtaine de principautés islamiques[2]. Ce sont souvent des villes ouvertes, comme Tolède ou Grenade, recevant artistes et savants musulmans, chrétiens et juifs, traducteurs des grandes œuvres grecques et médecins illustres[136].

Cette présence, pourtant tolérante et créatrice, n'est pas du goût de Rome. Convoitant l'or africain et revendiquant le Saint-Sépulcre, l'Église pousse les princes au combat contre l'islam, où qu'il soit, et d'abord en Europe. En 1063, le pape de Canossa, Grégoire VII, accorde généreusement des bénédictions à quiconque ira combattre les musulmans. Cinq ans plus tard, pour se protéger des ambitions de la Navarre voisine, le roi chrétien d'Aragon, Sanchez Ramirez, se déclare vassal du Saint-Siège, et, pour démontrer sa foi, entame la guerre de reconquête du Sud islamique[2]. Tout commence là. Pour s'achever en 1492.

En 1085, à la mort de Grégoire VII, la Castille d'Alphonse VI se joint à l'Aragon dans sa lutte contre l'islam et s'empare de Tolède, dont s'enfuit l'élite musulmane. De Clermont, le pape Urbain II lance les barons d'Occident à l'assaut de Jérusalem. Avant même de prendre part à ce que les historiens nommeront les Croisades, les rois du Portugal, de Navarre, de Castille et d'Aragon entendent expulser l'islam de leur péninsule, comme les nouveaux maîtres normands de la Sicile rejettent les musulmans à la mer. A partir de ce moment — et pour deux siècles —, ils la considèrent comme une sorte de Terre sainte à libérer, allant même jusqu'à oublier l'autre, celle d'Orient...

Les princes musulmans ne se laissent pas faire ; leurs armées sont puissantes et bien organisées. Ainsi, en 1194, un prince de Grenade, An-Nasir, monte jusqu'à Madrid et écrase les armées de Navarre à Alarcos. Celles-ci contre-attaquent, en vain, à Tortose, à l'autre bout de la péninsule[2]. Trente ans plus tard, les troupes chrétiennes sont assez fortes pour l'emporter. En 1230, l'Estrémadure musulmane, attaquée de toutes parts, tombe entre les mains portugaises. Cordoue, assaillie par le nord, succombe en 1236 ; puis c'est le tour de Valence et de Jaen en 1246, de Séville en 1248, suivie par toute l'Andalousie[2]. La Chrétienté ibérique est à portée des côtes marocaines.

Les villes conquises sont très vite marquées du sceau de l'Église. On transforme les magnifiques mosquées en cathédrales. Si les musulmans sont autorisés à rester sans se convertir, les chrétiens antérieurement convertis à l'islam, les *elches*, sont pourchassés. L'Espagne console les princes d'Europe de l'échec des Croisades.

En 1248, seul reste indépendant — dernier symbole de la splendeur de l'islam européen — le royaume de Grenade que son souverain, Muhammad al-Ahmar, réussit à préserver contre forte rançon payée à la fois à la Castille, à l'Aragon et aux émirs du Maroc[2]. La ville est alors l'une des plus belles du monde : mosquées, palais, jardins éblouissent les visiteurs venus de partout, intellectuels flamands, musiciens allemands, marchands italiens et même, dit-on, princes éthiopiens et envoyés chinois.

Entre Grenade et le reste de l'Espagne, ce n'est pas l'état de siège. On se tolère, on passe d'un camp à l'autre, on se convertit dans les deux sens. Parfois, néanmoins, des destructions de villages, des massacres de prisonniers, des escarmouches, des conversions forcées exacerbent les haines. On prend des châteaux, on en perd. Les rois chrétiens ne peuvent faire mieux : la Castille et l'Aragon manquent d'hommes pour repeupler leurs conquêtes ; et Grenade leur fournit encore près de la moitié de leurs ressources fiscales. Aussi la ville est-elle restée là, intacte et superbe, deux siècles durant. Elle devient même l'incontournable plaque tournante des échanges entre l'Afrique et l'Europe, le lieu vital de l'approvisionnement en or de la Chrétienté, le carrefour des relations des Génois et des Espagnols avec le Maghreb. Grâce à elle, pendant un certain temps, l'intolérance chrétienne envers l'islam s'atténue quelque peu.

Tout change en 1460, quand le Portugal, progressant en Afrique, s'approprie les sources de l'or. Grenade alors perd les moyens de payer tribut à la Castille. La décision est prise — sans doute à Rome où Pie II vient de succéder à Alphonse Borgia — d'en finir avec l'ultime vestige de l'islam européen.

La bataille se prépare contre Grenade, affaiblie par des querelles internes. Le frère de l'émir Muhammad se fait proclamer roi à Malaga. Gibraltar tombe en 1462. Les rois du Portugal, de Castille, d'Aragon et de Navarre préparent l'assaut final. Après leur mariage en 1469, une fois terminé le conflit avec le Portugal et la guerre civile castillane, les deux cousins d'Espagne, Isabelle de Castille et Ferdinand d'Aragon, qui ont uni leurs royaumes en 1479, forts de leurs armées, pensent en finir au plus vite. Mais les troupes grenadines sont encore puissantes. Longtemps, de razzias en escarmouches, on se tâte, on s'observe. En décembre 1481, les troupes de Grenade prennent même l'initiative et s'emparèrent du château de Zahara, conquis au début du siècle par les Castillans. Contre-attaquant, les armées sévillanes prennent à leur tour la ville d'Alhama qu'ils fortifient pour résister ensuite aux assauts des musulmans. Le 9 juillet 1482, les Castillans, conduits par Ferdinand en personne, mettent le siège devant Loja ; le 14, la ville, aidée par des renforts venus de Grenade, défait les armées chrétiennes. L'échec devant Loja humilie Ferdinand et Isabelle, qui décident de lancer une guerre totale contre Grenade. Commence alors la dernière croisade « pour hisser la croix du Christ » non sur le Saint-Sépulcre, mais, plus aisément, sur le palais de l'Alhambra. Elle s'achèvera à l'aube de 1492.

Cette ultime « reconquête » n'est pas une promenade de santé. En mars 1483, trois mille soldats chrétiens sont vaincus dans la région de Malaga, et deux mille faits prisonniers. En avril, l'un des deux fils de l'émir, Boabdil, personnage ambitieux, falot et incertain, tente de prendre Lucena pour le compte de son père. Il échoue et tombe aux mains des Espagnols qui le libèrent contre l'engagement secret de les servir. En juin 1484, les chrétiens prennent Alora et attaquent Malaga, qui résiste. En janvier

1485, Ferdinand assiège à nouveau Loja. En vain. Le frère cadet de l'émir, « le Zagal », conquiert Almeria. Son neveu, Boabdil, rompant ses engagements, attaque les armées espagnoles. De nouveau capturé, il se range derechef du côté des Espagnols en échange de sa seconde libération. Le 22 mai 1485, les Castillans prennent Ronda. Peu après, le Zagal destitue son frère l'émir. En septembre 1485, Boabdil, fils du souverain déchu, s'installe à Huesca d'où, en mars 1486, il se révolte contre son oncle, avant de le reconnaître comme souverain en échange de la partie orientale du royaume. Merveilleuse force d'âme ! Le 20 mai 1486, Ferdinand met une troisième fois le siège devant Loja, qu'est venu défendre Boabdil. Le 29, la ville tombe enfin : Ferdinand est vengé. Boabdil y est fait une troisième fois prisonnier. Une troisième fois, les Espagnols le libèrent après lui avoir fait prêter un troisième serment de vassalité. Quelque chose comme le mouvement perpétuel en politique...

Un an plus tard, le 29 avril 1487, profitant d'une absence du Zagal, Boabdil entre dans Grenade, y prend le pouvoir et envoie aux rois chrétiens un messager : il leur promet de leur livrer la ville sans combat, en échange d'un fief. Incertains de leur allié, les Rois Catholiques acceptent sa proposition, tout en préparant la guerre. La fin approche. Partout où elles s'installent, les armées espagnoles massacrent les chrétiens convertis à l'islam et encouragent les musulmans à émigrer vers l'Afrique. Elles leur offrent le voyage, leur permettant de vendre sur place leurs biens ou de les emmener avec eux. Le 3 mai 1487, Vélez est prise aux troupes du Zagal. Malaga, autonome depuis vingt ans, tombe le 18 août. En juin de l'année suivante, les armées chrétiennes prennent Vera. Tout s'accélère. Le 28 novembre 1489, Baza capitule. Almeria est investie le 22 décembre, Cadix le 30.

Grenade est encerclée. Le Zagal, découragé, quitte sa seigneurie et émigre au Maroc. Il ne reste plus alors, dans Grenade même, que Boabdil l'incertain, entouré d'irréductibles et de deux cent mille habitants et réfugiés[97].

Les Rois Catholiques, forts de leur supériorité, prévoient d'y faire leur entrée en février 1490. A la fin de 1489, ils invitent même les dignitaires de l'Église à se préparer à cette cérémonie et à organiser toutes les festivités en conséquence. Le 18 janvier 1490, ils écrivent aux habitants de Séville : « Sachez qu'après bien des souffrances, des épreuves et des dépenses, il a plu à la miséricorde de Notre-Seigneur de mettre fin à la guerre que nous menions dans le royaume de Grenade[97]. » Mais ils surestiment leur puissance : il leur faudra encore deux ans pour en finir avec la ville où réfugiés et chrétiens convertis semblent prêts à tout plutôt qu'à la reddition[97]. Boabdil lui-même, par peur de ses propres troupes, doit continuer la guerre.

Comprenant que le dernier acte de la conquête sera difficile, Ferdinand et Isabelle ordonnent, depuis leur quartier général de Séville, la mobilisation générale de tous les Espagnols de dix-huit à soixante ans. Une énorme armée, utilisant pour la première fois l'artillerie moderne, se met en branle. En quatre-vingt-dix jours, elle construit, à une douzaine de kilomètres de Grenade, un campement en forme de croix — d'où son nom de Santa Fé —, entouré de quatre-vingts tours[97]. Le 11 avril 1491, la Cour elle-même quitte Séville et s'installe à l'intérieur du camp. A la fin d'août, Boabdil, pris en tenailles entre le fanatisme de ses irréductibles et les menaces adverses, décide de négocier secrètement sa reddition avec deux envoyés des Rois Catholiques, Fernandez de Cordoba et Fernando de Zafra[97]. Isabelle et Ferdinand, pressés d'en finir, accordent au traître — cinq fois traître ! — tout ce qu'il demande, bien décidés, de toute façon, à ne pas tenir leurs engagements. L'accord prévoit la sécurité des personnes et des biens, la liberté du culte, la liberté du commerce, la liberté d'émigrer, de conserver les armes et les chevaux, la libération des prisonniers... ainsi qu'une immense seigneurie des Alpujarras pour Boabdil[6]. L'accord, signé le 25 novembre, prévoit la reddition pour le 23 janvier 1492 ; en fait, elle aura lieu vingt-deux jours plus tôt.

Expulser

A la fin du XVe siècle, près de deux millions de Juifs sont dispersés à travers le monde. Seule l'Espagne accorde à la plus vaste communauté d'Europe — quelque trois cent mille personnes — un sort à peu près acceptable, même s'il s'accompagne parfois de massacres et d'expulsions.

Le judaïsme en exil, s'acceptant comme mosaïque de communautés marginales, n'a jamais voulu s'ériger en théocratie. Aussi est-il perçu par les autres comme une menace très spécifique : non pas une menace politique par *confrontation*, mais une menace idéologique par *séduction*. On a peur de sa capacité de convertir des chrétiens, puis, lorsqu'il cesse d'être prosélyte, de convaincre les juifs convertis de revenir à leur ancienne foi. Alors on le combat sans pour autant pouvoir lui faire la guerre comme à un État. Mais sans doute le choix fondateur du judaïsme — refuser l'idée de nation, parce que cette nation ne peut être qu'Israël — l'a-t-il sauvé dans son ensemble, tout en condamnant chaque communauté aux pires malheurs.

Partout dans le monde, qu'il soit chrétien, islamique ou autre, on accepte ces communautés. On a besoin d'elles pour accomplir les tâches que seuls ces marginaux peuvent ou savent en ce temps-là accomplir : traducteurs, banquiers, comptables, professeurs, médecins. Mais on les déteste pour ce qu'on les force à faire ; on les vole et on les expulse tout en sachant qu'on les rappellera. Sans le reconnaître, on leur tient aussi rigueur de signifier, par leur seule existence, que le christianisme n'est pas natif d'Europe.

Jusqu'en 425, les Juifs vivent pour l'essentiel en Palestine ; puis jusqu'au VIᵉ siècle, l'immense majorité se trouve à Babylone ; quelques-uns sont implantés en Égypte, d'autres en Chine, en Inde, disséminés dans le monde arabe, voire en Europe où certains se sont installés depuis l'époque de Nabuchodonosor puis de la destruction du Temple de Jérusalem par les Romains. Il y a des Juifs à Rome, en Gaule, en Espagne — appelée, dans la tradition biblique, « l'autre extrémité du monde ». Tous rêvent de revenir à Jérusalem ; mais l'invasion de la Palestine par les Perses, puis par les Arabes, les contraint à demeurer en exil.

En Europe, tout se gâte pour les Juifs avec la consolidation de l'Église. En Espagne, en 312, le Concile d'Elvira interdit aux chrétiens de faire bénir leur récolte par les Juifs, et les évêques interdisent à ces derniers de faire circoncire leurs esclaves. En 586, quand il se convertit au catholicisme, le roi des Wisigoths, Reccored, édicte la première législation antisémite d'Europe. En 613, l'un de ses successeurs, Sissebut, force les Juifs à choisir entre la conversion et l'exil — choix inlassablement reproposé par la suite à toutes les communautés.

Aussi, quand elles traversent le détroit de Gibraltar en 711, les troupes musulmanes sont-elles accueillies en libératrices par les communautés juives. Celles-ci s'installent alors à Cordoue, Grenade, Séville et Tolède. Paysans, tisserands, banquiers ou traducteurs juifs s'intègrent à la société islamique.

Au même moment, ils sont pourchassés en Germanie, en Angleterre, en Italie et dans tout le reste de l'Europe chrétienne ; au siècle suivant, en revanche, l'Empire de Charlemagne, qui domine le continent, leur est encore à peu près accueillant. En l'an 810 — an 4570 du calendrier juif —, écrira au XVIe siècle un médecin et historien juif, Joseph Ha-Cohen[49], « les chrétiens et les Maures se firent la guerre, et ce fut un temps d'affliction pour Jacob que ce temps-là. Une foule d'Israélites s'enfuirent des pays d'Allemagne, d'Espagne et d'Angleterre, fuyant devant l'épée (...). Il ne resta pas dans l'Allemagne un seul Juif qui ne se fût échappé, et la mère fut écrasée sur les enfants dans ce jour de colère divine[49] ». Charlemagne, souligne l'historien, les traite mieux que les autres monarques : « L'empereur Charlemagne, roi de France, amena de Rome Rabbi Calonymos de Lucques, et celui-ci reconduisit en Allemagne les Juifs survivants, rassembla les dispersés de Juda, et Charlemagne contracta une alliance avec eux. Alors ils établirent en Allemagne des écoles de la loi de Dieu, comme auparavant, et ce rabbi Calonymos fut leur chef[49]. »

Pourtant, ces premières expulsions ne sont jamais vraiment ni totales ni définitives. Elles sont toujours rapportées ou bien oubliées.

A la fin du Xe siècle, certains Juifs d'Espagne se convertissent à l'islam, par conviction ou par confort social, tout en continuant de pratiquer en secret le judaïsme[98]. Commence ce qu'on nomme en arabe l'*inouss*. En Espagne musulmane, les communautés juives se trouvent pourtant en sécurité. A la cour du roi Habbus de Grenade, en 1055, Samuel Ibn Nagrela, issu d'une riche famille de Cordoue, est à la fois ministre, chef de guerre, auteur de traités religieux[49]. Dans les régions conquises par les rois chrétiens, on permet aux Juifs, fermiers, artisans ou commerçants, de rester, de conserver des terres et de pratiquer leur religion. Après la chute de Tolède en 1085, les Juifs de Cordoue et de Saragosse servent d'intermédiaires entre les mondes musulman et chrétien[68].

Quand le pape Urbain II lance en 1095 les chrétiens vers Jérusalem — et au passage, contre les Juifs, « peuple déicide » —, le mot d'ordre atteint vite l'Europe entière. Des Juifs sont massacrés à Cologne le 30 mai 1096. Il en va de même à Londres, un siècle plus tard, le 30 septembre 1189. Certaines communautés se suicident même collectivement, comme celle d'York, le 17 mars 1190, à l'instigation de son rabbin, Yom Tov de Joigny.

La Mésopotamie devient aussi très inhospitalière, et l'Espagne est alors la région du monde où les Juifs sont le mieux tolérés. En 1150, Alphonse VII de Castille se proclame même « roi des trois religions ». La vie quotidienne des Juifs y est acceptable ; des Juifs du monde entier viennent s'y installer[68]. En 1170, à Tudela[73], par exemple, au nord de Saragosse, sous le règne de Sancho VII, aucune discrimination n'est faite entre juifs et chrétiens ; les tribunaux chrétiens arbitrent même les litiges entre juifs, avec l'accord des parties, et reconnaissent la validité des témoignages juifs et du droit talmudique. Des écrivains juifs redécouvrent la pensée grecque, ramenée d'Orient par les voyageurs arabes. Ils continuent de la traduire en hébreu, la commentent et la révèlent au monde chrétien. Ainsi, un médecin de Cordoue de l'époque, Maïmonide, cherchant la cohérence entre foi et raison, rapproche la Bible et Aristote, introduit — un des premiers dans la pensée occidentale — les idées de grâce individuelle et d'éternité de l'âme, qui inspireront Thomas d'Aquin. Persécuté par les Almohades, il est apparemment musulman depuis seize ans quand il s'exile à Fès, puis à Jérusalem et en Égypte, et reprend ouvertement sa foi.

Ailleurs, la pression antisémite s'accroît. En 1181, Philippe Auguste ferme la Yechiva de Paris. En 1211, des rabbins français et anglais émigrent en Palestine. L'Église, depuis Rome, fait savoir qu'elle n'admet pas la tolérance des monarques d'Espagne. En 1215, le concile de Latran exige d'eux, comme des autres, qu'ils excluent les Juifs de la vie sociale. En 1217, Philippe Auguste donne l'exemple en leur ordonnant le port d'un signe distinctif. En 1248, Louis IX fait brûler tous les manuscrits hébreux de Paris ; en 1254, il bannit les Juifs de France. Quittant Paris vers 1260, Rabbi Yéhiel fonde, à Acre, une école talmudique. En 1290, les seize mille Juifs d'Angleterre sont à leur tour expulsés.

L'Espagne — dont, de 1230 à 1298, ont été chassés la plupart des princes musulmans — reste pour un demi-siècle encore un havre pour les Juifs. Même si, en 1265, un édit du roi, en application de la décision conciliaire, les oblige en principe à vivre dans des quartiers séparés, la réalité est bien plus clémente. Les rois de Castille leur accordent protection et les encouragent à respecter leur religion ; ils considèrent les Juifs comme leur propriété ; les tribunaux espagnols vont même jusqu'à infliger des amendes aux Juifs non religieux et à confisquer les biens de ceux qui se convertissent. Le meurtre d'un Juif reste puni de la même amende que celle infligée pour l'assassinat d'un noble ; et si un Juif est trouvé assassiné dans les faubourgs d'une ville, celle-ci paie collectivement l'amende[68]. A cette époque, à Tudela[73], on trouve encore des Juifs financiers, paysans, artisans, médecins, vignerons, propriétaires d'oliveraies et de champs de blé. Certains cultivent eux-mêmes leurs champs, d'autres les louent à des musulmans ou à des chrétiens. D'autres encore travaillent la laine et la soie. Certains, enfin, prêtent — argent, grain, huile — aux Navarrais, rédigeant en hébreu ou en judéo-espagnol leurs lettres et factures, adressées jusqu'à la cour du roi[73]. Le vocabulaire économique se forme d'ailleurs alors à partir de l'hébreu. Ainsi, en castillan, l'intérêt d'une dette est nommé *quiño*, dérivant de l'hébreu *quenez*[73]. Des Juifs de France, expulsés en 1306 par Philippe le Bel, viennent s'y réfugier, heureux de trouver là une communauté organisée et des écoles talmudiques nombreuses.

Ailleurs en Europe, les deux premières décennies du XIVᵉ siècle marquent aussi un moment de répit relatif et sont l'occasion d'une remarquable créativité intellectuelle au sein des communautés juives. En Angleterre, on rappelle les Juifs en 1315. En France où beaucoup sont restés malgré l'édit d'expulsion, de grandes écoles talmudiques se développent à Sens, Falaise, Troyes, formant des dizaines de maîtres. En Espagne, le *Zohar* est transcrit par Moïse de León d'après des manuscrits et traditions remontant au Iᵉʳ siècle ; il éclairera toute la pensée religieuse et philosophique du judaïsme jusqu'aujourd'hui.

Mais cette trêve est de courte durée. L'Espagne ne sera plus épargnée par la vague antisémite. Certains Juifs partent alors jusqu'en Pologne où le roi Casimir III leur accorde en 1334 le *Privilegium*. En 1348, partout en Europe, la Grande Peste engendre une vague brutale d'antisémitisme. A Paris, Londres, Pavie, Nuremberg, Augsbourg, on les accuse de colporter des maladies, d'empoisonner les puits, de boire le sang des enfants et — pis encore — de chercher à convertir les chrétiens pour s'approprier leurs âmes. Partout on les enferme, on les chasse, on les brûle.

En Castille, une querelle de succession entre deux princes — le prétendant légitime, Pierre le Cruel, et son frère, Henri de Trastamare — révèle l'antisémitisme profond de la société ibérique. Incertains du sort des armes, les Juifs financent les mercenaires des deux camps. Quand il l'emporte en 1369, Henri présente son frère comme « enjuivé » et cède — avec réticence — aux demandes des Cortés qui entendent interdire aux Juifs l'accès aux charges de percepteurs et le service de l'État[68].

Vingt ans plus tard, les choses prennent un tour plus grave encore. L'Église de la péninsule exige de tous les souverains qu'ils se débarrassent des Juifs qui menacent la foi des *conversos*. La première alerte a lieu en 1378 à Valence, quand les prédications d'un moine fanatique, Vincent Ferrer, incitent les foules chrétiennes à massacrer les Juifs, accusés d'empoisonner les puits. L'archidiacre d'Ecija et vicaire général du diocèse de Séville, Ferrando Martinez, réclame leur expulsion. En juillet 1390, le souverain Jean Ier de Castille, qui les protège encore, meurt. La herse est levée : 1391 est l'année d'un massacre qui se propage à grande vitesse de ville en ville. En juin, le quartier juif de Séville est détruit[89], puis c'est le tour de ceux de Cordoue, Montoro, Jaen, Tolède et Madrid. A Ségovie, les autorités municipales essaient en vain de protéger les Juifs. Le 9 juillet, le quartier juif de Valence est dévasté ; le 22, c'est le tour de celui de Barcelone, puis, le 5 août, de ceux de Palma et de Gérone[68].

Face à cette situation, les Juifs adoptent des attitudes très diverses. Beaucoup se rebellent, quelques-uns quittent le pays, la moitié se convertit. Les comportements peuvent différer au sein d'une même famille : des parents se convertissent sans leurs enfants, un époux sans son conjoint. A Tudela, quelques-uns demandent le baptême tandis que deux rabbins de la ville, Itzhak ben Sheshet et Joseph ben Menir, partent pour le Maghreb[73]. A Saragosse, un fils de rabbin, Alazar Galluf, se convertit sous le nom de Juan Sanchez. A Burgos, le grand rabbin, Salomon Ha-Levi, se convertit avec toute sa famille et devient même, sous le nom de Pablo de

Santa-Maria, évêque de Burgos et pamphlétaire antisémite ! A Alcañiz, Josuah Ha-Lorki se convertit sous le nom de Jérôme de Santa Fe[68]. A Majorque, le médecin Bonet Bonjorn et le grand cartographe Yehuda Cresques se convertissent eux aussi[110].

Ceux qui s'exilent dénoncent les convertis : pour eux, c'est Maimonide, avec son goût pour la philosophie aristotélicienne et sa passion pour la modernité, qui a troublé les esprits et poussé les dirigeants des communautés à se convertir au lieu de donner l'exemple de l'héroïsme[110]. Un célèbre médecin juif de Burgos, Josué Lorqui, qui a décidé de quitter l'Espagne, écrit à Pablo de Santa-Maria pour se plaindre de ce que celui-ci essaie de convertir ses anciens coreligionnaires : « Les religions doivent-elles être mesurées à l'aune de la raison ? Ou plutôt est-il du devoir de tout homme d'examiner selon des critères scientifiques la loi où il est né et de l'abandonner s'il s'aperçoit qu'une autre est plus conforme à l'idéal philosophique ? Et comment connaître et juger toutes les religions ? Quels sont les critères sur lesquels on devra juger d'une religion comme étant la meilleure ? (...) Par son universalité, la philosophie n'était donc pas particulièrement propice à la conservation d'une identité religieuse[110]... » Il se convertira aussi.

Par la suite, ce débat ne cessera d'agiter les communautés juives, où qu'elles soient dans le monde : faut-il rester fermé au monde, au risque de s'en faire détester, ou s'ouvrir au contraire aux influences des autres, au risque de céder à la tentation laïque et de se perdre ?

Un siècle plus tard, les procès de l'Inquisition révèleront que beaucoup de ces convertis de 1391 sont, en fait, demeurés secrètement juifs, qu'ils ne se sont convertis que pour pouvoir rester en Espagne et protéger ce qui pouvait l'être en attendant que passe l'orage[36].

Ainsi commence la double vie du « marrane », faite d'angoisse, de double jeu, de risques quotidiens. « Marranisme » : phénomène spécifiquement espagnol. Le mot vient d'ailleurs du castillan *marrano* (porc), lui-même dérivé de l'arabe *mahram* (interdit). Filiation éclairante...

L'alerte de 1391 est terrible mais brève. Au bout de quelques mois, la péninsule se calme. En 1394, alors que les Juifs sont à nouveau expulsés d'Angleterre, ils reviennent vivre en Espagne, souvent aux mêmes endroits. Étrange, comme le pire est facilement oublié ! Dès 1397, à Saragosse, la communauté juive est redevenue florissante, gaie et démonstrative.

Seuls ceux qui se sont convertis dans la panique de l'été 1391 sont pris au piège ; car si l'Église tolère encore à la rigueur les Juifs, elle ne peut accepter qu'on abjure la foi chrétienne. Et l'Espagne, jusque-là particulièrement accueillante aux Juifs, devient pour eux le pire endroit.

Tout se crispe. On force les communautés à observer des règles très rigoureuses que la reine Catherine de Navarre institutionnalise en 1412 dans un règlement détaillé :

« Tous les Juifs du royaume doivent vivre à l'écart des chrétiens dans un quartier entouré d'un mur, avec une seule porte d'accès. Aucun Juif ne pourra manger ni boire avec des chrétiens, ni pour faire la cuisine, ni pour élever ses enfants, ni pour quelque travail que ce soit. Aucun Juif ne pourra employer le chrétien pour labourer ses champs ou ses vignes, ni pour construire ses maisons ou autres édifices. Les Juives porteront un manteau long, jusqu'aux pieds, sans frange ni plumes, et une toque sans or. Aucun Juif ne pourra se raser la barbe ni se tailler les cheveux. Aucun Juif ne pourra exercer les métiers de vétérinaire, de fabricant de bas ou de pourpoints, de forgeron, menuisier, tailleur, fondeur, boucher, tanneur, marchand de tissus, de chaussures ou de corsages, ni coudre les vêtements des chrétiens ni être muletier, ni conducteur d'aucune marchandise, et s'abstiendra surtout de trafiquer d'huile, de miel, de riz et d'autres aliments. Tout accusateur percevra le tiers de l'amende imposée aux Juifs qu'il aura fait condamner. »

En cette même année 1412, le pape d'Avignon, Benoît XIII — dont le moine Vincent Ferrer est le chapelain —, organise une *disputatio* entre le converti Josué Lorqui, son propre médecin, et quatorze rabbins aragonais. Elle les opposera pendant deux ans. La plupart des rabbins abandonneront à l'été 1414[98].

Extraordinaire ambiguïté d'une époque faite de tolérance et de fermeture, de massacres et de curiosité, de gloire et d'humiliation. Au moment même où on l'on tue des Juifs à Séville, le grand rabbin de Castille, Méir Alguadez, aidé par Benveniste Ibn Labi, achève une traduction en hébreu de l'*Éthique* d'Aristote[67] ; d'autres traduisent Thomas d'Aquin et Guillaume d'Okkam. En 1449, pour conjurer la peste, juifs et chrétiens sévillans organisent ensemble une procession conjointe des rouleaux de la Torah et du Saint Sacrement[67]. Nicolas V, pape depuis un an, sera furieux en l'apprenant.

Car l'Église n'aime pas cette Espagne trop ouverte aux autres monothéismes. Le 1er novembre 1478, le nouveau souverain pontife, Sixte IV, exige des deux nouveaux Rois Catholiques, Isabelle de Castille et Ferdinand d'Aragon, qu'ils nomment des inquisiteurs dans leurs royaumes — comme il en existe ailleurs depuis longtemps — pour dénoncer les *conversos* qui pratiquent en secret le judaïsme et les Juifs qui les incitent à se reconvertir. Les procès commencent. Selon le manuel des inquisiteurs de Nicolas Eymerich et Francisco Peira, « la finalité des procès et de la condamnation à mort n'est pas de sauver l'âme de l'accusé, mais de maintenir le bien public et de terroriser le peuple... Il faut que l'accusé ignore la spécificité de ce dont on l'accuse[36] ». En l'espace de quelques mois, cinq mille *conversos* font amende honorable. Sept cents d'entre eux, considérés comme irréductibles, sont brûlés vifs[67]. Mais l'Inquisition est fermement priée de ne s'intéresser qu'aux *conversos* et de laisser les Juifs en paix. En 1481, à la suite d'incidents à Saragosse, Ferdinand rappelle que « les Juifs sont nos vassaux (...). Prendre des ordonnances sur les Juifs qui sont nos coffres et appartiennent à notre patrimoine ne dépend que de nous[67] ».

En 1482, Sixte IV s'efforce même de freiner l'Inquisition castillane. Mais Torquemada, le nouvel Inquisiteur général, accélère le processus sans que les souverains songent à s'y opposer plus longtemps. Tous les Juifs — et non plus les seuls *conversos* — sont désormais clairement visés. Le 1er janvier 1483, les Rois Catholiques donnent aux quatre mille familles juives de l'archidiocèse de Séville et des diocèses de Cadix et Cordoue le choix entre partir ou se convertir[67]. Ils présentent eux-mêmes cette décision comme un avertissement donné aux autres Juifs d'Espagne. On ignore tout des raisons de cette décision. Et même si elle est vraiment appliquée. On sait seulement que chaque quartier juif de ces villes change de nom et devient *Villa nueva*[67].

En cette même année 1483, le choix de la conversion est lui-même remis en cause : l'ordre religieux des chevaliers d'Alcantara explique en effet que la conversion des Juifs ne suffit pas à régler le problème, car tout Juif converti reste juif en secret. Il faut donc *exclure* d'Espagne toute personne d'origine juive et instaurer ce que l'ordre nomme la *pureté de sang*. C'est là qu'apparaît ce concept, promis à jouer un rôle central dans l'antisémitisme européen — et qui, trente ans plus tard, servira aussi de base à la christianisation forcée des Indiens d'Amérique, chrétiens « par nature » en raison de leur « pureté » originelle. Concept majeur par lequel le christianisme d'Europe pousse jusqu'au bout le refus de ses origines.

Au début, les Rois Catholiques rejettent catégoriquement ce concept. Sans doute Ferdinand le refuse-t-il plus violemment qu'Isabelle. Mais l'idée est lancée, et Torquemada étend progressivement sa compétence à Tolède, à l'Aragon puis à la Castille. En quinze ans, il instruit cent mille procès et envoie deux mille personnes au bûcher, avec une seule idée en tête : faire partir *tous* les Juifs d'Espagne.

Étrange et incertaine décennie où tout est encore possible. En Palestine, comme le note Isaac Schelo[49], « une communauté juive assez nombreuse (...) se compose de pères de familles de toutes les parties du monde, principalement de France ». En Europe, les Juifs ne sont plus tolérés qu'en Pologne, dans quelques villes d'Allemagne, en Provence (à Aix, Marseille, Arles, Tarascon, Apt, Manosque, Aubagne, Avignon, Carpentras) et en Italie, en particulier dans les États du pape où ils sont paradoxalement très bien traités. Les communautés juives s'y ouvrent aux courants de pensée de la Renaissance : à Padoue, Elie ben Moïse Abba del Medigo donne des leçons publiques de philosophie et distingue, l'un des premiers, *science* et *religion*, démonstration et révélation[110].

En Espagne, dans certaines villes, on massacre, on torture, on expulse les Juifs ; en d'autres, des chrétiens assistent aux sermons de rabbins réputés, des Juifs assistent aux messes de Noël, des grands seigneurs vont dîner chez des marchands juifs, des financiers juifs sont reçus et travaillent à la Cour[67]. Un rabbin, Abraham Señor, le principal collecteur des impôts indirects du roi d'Aragon, obtient en récompense de son aide à Isabelle, à l'occasion des difficultés qu'elle eut avec Henri IV, un « juro » de cent mille maravédis. En 1488, il est nommé trésorier de la *Hermandad*, l'un des postes les plus éminents du royaume. L'astronome juif Abraham Zacuto est aussi le conseiller du roi pour le lancement des expéditions maritimes ; aucune décision en ce domaine ne se prend sans lui. De nombreux *conversos* — Alfonso de la Caballeria, Gabriel Sanchez, Luis de Santagel — occupent des fonctions considérables auprès des monarques, sans chercher à dissimuler leurs origines juives. C'est aussi le cas de Hernando de Talavera, le confesseur de la reine, né de mère juive. D'autres Juifs, chassés d'ailleurs, viennent même s'installer en Espagne. Ainsi, le grand financier portugais Isaac Abravanel quitte Lisbonne après l'accession au trône de Jean II en 1481, et se met au service d'Isabelle et de Ferdinand.

Pourtant, les faits sont là qui devraient inquiéter les dirigeants juifs. Pedro de la Caballeria, mort en 1461, est l'objet d'un procès posthume ; membre d'une grande famille convertie au début du XVe siècle, il a fait une belle carrière en Aragon : charges municipales à Saragosse, contrôleur général à la cour d'Aragon, représentant de la reine aux Cortès ; il est condamné, pour avoir, en secret, continué d'observer les lois juives. Le 16 septembre 1485, à Saragosse, un inquisiteur, le dominicain Pedro de Arbues est assassiné au cours d'une messe par des *conversos*, dont Francisco de Santa Fe, qui se suicide. En 1485, cinquante-deux *conversos* sont brûlés à Guadalupe, quarante-six cadavres y sont exhumés et brûlés, seize personnes sont condamnées à la prison à vie. En 1486, Ferdinand décide d'expulser les Juifs de Saragosse et d'Albarracin, comme il l'a fait de ceux de Séville. Mais cette ordonnance n'est pas appliquée : sans doute des notables juifs réussissent-ils à la faire rapporter. La situation empire pourtant de jour en jour : en 1486, un rabbin, Abraham de Huesca, est brûlé vif pour avoir fait circoncire des *conversos*. Et certains rabbins, pour éviter les ennuis, vont jusqu'à demander aux fidèles de dénoncer les *conversos* qui « judaïsent[67] »...

Pourtant, les quelque trois cent mille Juifs d'Espagne ne semblent pas prendre au sérieux ces massacres. Comme cinq siècles plus tard en Allemagne, ils ont du mal à admettre que le pire est possible et ils se raccrochent à tous les signes d'aménité des monarques. En 1487, par exemple, ils se réjouissent que l'impôt réclamé aux communautés pour la reconquête de Grenade n'est que le dixième de celui demandé à l'Église[67]. Nul ne songe vraiment à partir. On se sent libre, heureux, peu concerné par le malheur des autres. Au surplus, où aller ? Aucune terre au monde n'est plus accueillante que cette Espagne où certaines familles vivent depuis près de quinze siècles.

Personne, à Madrid ou à Séville, ne s'affole même quand, à Avila, à la mi-décembre de 1490, un *converso*, arrêté au motif qu'on l'a surpris avec « dans sa besace une hostie consacrée[67] », avoue sous la torture que, quelques années auparavant, un Vendredi Saint, il aurait, avec des Juifs et d'autres *conversos*, torturé et assassiné un enfant chrétien après lui avoir arraché le cœur et l'avoir crucifié, une couronne d'épines posée sur la tête. L'instruction de ce procès farfelu, commencée le 17 décembre 1490, se termine un an plus tard, le 16 novembre 1491, par une série de condamnations à mort[97]. Dernier coup de semonce.

III

L'ÉVEIL DE LA LIBERTÉ

Lire

Aucun des événements de cette époque ne serait compréhensible sans l'extraordinaire bouleversement intellectuel que suscita l'apparition de l'imprimerie.

Quand, en 1434, un imprimeur de Nuremberg, inscrit à la corporation des orfèvres, nommé Johannes Gensfleisch — qu'on appellera bientôt Gutenberg —, met au point la première presse à imprimer à caractères mobiles, son invention passe inaperçue. Quand, en 1441, il la perfectionne grâce à une encre permettant d'imprimer les deux faces du papier, nul n'en parle encore. Quand, en 1448, avec deux associés, Fust et Schöffer, il remplace les caractères en bois par des caractères métalliques, personne ne s'y intéresse[9]. Quand, en 1455, il entreprend l'impression d'une Bible, aucun écho. Quand, ayant perdu un procès contre ses associés, il leur abandonne son invention et les laisse publier, deux ans plus tard, en 1457, le premier livre imprimé — le *Psautier de Mayence* —, tout commence à s'ébruiter. En 1462, sa presse est déjà si précieuse qu'elle est évacuée en secret de la ville mise à sac par Adolphe de Nassau. Rétabli dans ses droits en 1465, anobli par l'archevêque de Mayence, la gloire l'atteint enfin. L'année suivante, il imprime plusieurs ouvrages — un poème allemand sur le Jugement dernier, des vies de saints, des sermons à l'usage des prédicateurs, trois éditions d'une célèbre grammaire latine, dite *il Donato* — et un calendrier de 1448, année de son invention majeure.

Commence alors à apparaître un nouvel objet fabriqué en série, premier *objet nomade* : le livre imprimé. En trente ans, il va bouleverser la société européenne dans un sens inattendu.

L'Église pense qu'il va favoriser le latin et la diffusion de la foi chrétienne. Elle y voit l'instrument idéal de sa propagande, et l'accueille mieux qu'elle ne recevra jamais aucune autre innovation. Elle la nomme « couronne de toute science », art divin, choisi par « l'Éternel pour rencontrer son peuple et dialoguer avec lui[16] ». Avec le livre, elle va pouvoir imposer sa version des Écritures, où Rome est la Nouvelle Jérusalem.

De fait, dans un premier temps, c'est bien ce qui se produit : textes sacrés et grammaires latines, *Ars moriendi* et *Ars memoriae* forment l'essentiel des livres publiés. Les deux ouvrages le plus souvent imprimés en Europe jusqu'à la fin du siècle, en particulier en 1492, sont la Bible et une grammaire latine rédigée en France en 1209 par un nommé Alexandre de Villa Dei, publiée d'abord à Parme en 1478, puis adoptée par la quasi-totalité des établissements universitaires du continent[133].

Pourtant, l'imprimerie échappe tout de suite à ses premiers maîtres. Elle devient l'instrument des civils contre les religieux, des langues vernaculaires contre le latin, de la science contre la foi. En dix ans, des marchands, des intellectuels créent partout des imprimeries. En 1462, on en trouve à la Sorbonne à Paris ; il en existe en 1470 à Florence, à Naples, en Espagne, aux Pays-Bas et même à Cracovie. En 1480, on en compte déjà plus d'une centaine en Europe.

Venise, capitale déclinante de l'économie-monde, devient tout naturellement celle de l'imprimerie. Pierre Chaunu décrit joliment la cité des Doges comme « la capitale de l'encre grasse, des mécaniques mystérieuses des presses et du plomb fondu[24] ». Les plus belles bibliothèques s'y trouvent. En 1463, le cardinal Bessarion écrit au Doge, Cristoforo Moro, en offrant sa bibliothèque à la ville : « Les livres sont pleins des paroles des sages, des exemples des anciens, des coutumes, des lois et de la religion. S'il n'y avait pas les livres, nous serions tous grossiers et ignorants, sans aucun vestige du passé, sans aucun exemple. Alors l'urne mortuaire même qui recueille les corps effacerait aussi la mémoire des hommes[16]. » La première presse « industrielle » voit donc le jour à Venise, qui est aussi le lieu de tous les progrès de l'imprimerie : Aldo Manuce y invente le caractère italique et le format in-octavo[24] ; son atelier emploie plus de trente ouvriers et étend son réseau de distribution en Italie, aux Pays-Bas, à Paris, à Oxford, en Pologne. Sur sept livres publiés alors en Europe, un l'est à Venise. Cent cinquante presses y impriment annuellement plus de quatre mille titres, soit deux fois la production de Paris, première cité rivale. En 1491, deux cent trente-six villes européennes disposent d'une imprimerie ; dix millions d'exemplaires de quarante mille titres sont déjà sortis des presses[9].

En rendant possible la circulation des textes philosophiques, le livre accélère la critique religieuse ; la diffusion de livres de messe à bon marché réduit le rôle de la mémoire — même si, en 1491, Pierre de Ravenne publie encore un des traités mnémoniques les plus célèbres et le plus souvent réimprimés, le *Phoenix artificiosae memoriae* — et fait perdre de son prestige au prédicateur.

En développant la littérature de voyage, le livre fournit l'assise des découvertes ; en favorisant les langues nationales, il conduit à l'abandon du latin et à l'éveil des nationalismes. Ainsi, Caxton, conseiller financier de la sœur d'Édouard IV d'Angleterre, installe à Bruges une presse où il publie en 1476 les premiers livres en anglais (dont *The Game and Play of Chess*), puis, en 1480, à Londres, un *English-French Vocabulary*, contribuant à faire de la langue parlée à Londres la langue anglaise. A Salamanque, un obscur professeur, Antonio de Nebrija, travaille à un dictionnaire latin et à une grammaire castillane.

Certains, dans l'Église, sentant cette évolution, souhaitent utiliser ces langues populaires et ces livres pour propager la foi. Érasme écrira : « Je voudrais que l'Évangile et les lettres de saint Paul soient lus par toutes les femmes et traduites dans toutes les langues pour que le laboureur puisse les chanter derrière le charme, que le tisserand puisse en tirer des airs à chanter devant son métier, et que le voyageur puisse en faire le sujet de ses conversations[16]. » Mais il est trop tard. Le temps laïc est venu.

Une autre invention majeure, passée largement inaperçue, accélère notablement le développement de la lecture et du savoir : les *lunettes*. Permettant à tous de lire jusqu'à un âge plus avancé, elles rendent possible une plus grande accumulation de savoir. Selon la légende[14], Roger Bacon les aurait inventées dès le XIIIe siècle ; en fait, les premières datent de 1285, quand des verriers italiens constatent que les verres à surface convexe corrigent la presbytie des personnes âgées. Leur utilisation ne devient courante qu'au milieu du XVe siècle, au moment où apparaissent aussi les lunettes pour myopes. En 1436, dans un tableau de Jan Van Eyck, une paire de lunettes pour myopes est posée sur le bréviaire d'un chanoine, entre saint Georges et saint Donatien[16]. En 1482, on trouve la première trace d'une corporation de lunetiers, enregistrée à Nuremberg.

Plus qu'aucune autre pratique, la lecture va désormais bouleverser la pensée du temps.

Penser

Sur les soixante millions d'habitants que compte l'Europe, deux millions seulement peuvent déchiffrer leur nom, et moins de cinq cent mille savent lire couramment. Grâce à l'imprimerie, les clercs peuvent avoir accès à moindres frais à davantage d'ouvrages. Un savoir jusqu'ici reclus dans quelques couvents et universités se répand ; des bibliothèques apparaissent dans les maisons bourgeoises. Marchands, marins, géographes, médecins, professeurs commencent à penser plus librement et redécouvrent, éberlués, la pensée grecque et latine rapatriée de Byzance. Comme l'avaient imaginé dès le XIIIe siècle les rabbins d'Espagne et d'Italie, la réflexion philosophique se sépare alors de la dévotion religieuse, la seconde relevant de l'ineffable et de la grâce, la première de la conscience et de la raison.

Les idées ne circulent plus dans l'obscur latin des scholastiques, mais dans un latin plus clair, plus simple, élégant même. Parfois aussi, extraordinaire audace, dans quelques langues vernaculaires : castillan, toscan, français, allemand, anglais. Aspirant à la culture, au savoir, à la vérité, les clercs s'organisent alors en un véritable « réseau[21] » international autour d'une ville unique qui n'est pourtant ni le cœur économique, ni le cœur politique de l'Europe : la Florence des Médicis. Après Pétrarque et Boccace, qui ont ouvert la voie un siècle auparavant en poésie, les créateurs des concepts clés de la pensée nouvelle — Marsile Ficin, Luigi Pulci, Ange Politien, Pic de la Mirandole — y trouvent des mécènes généreux, intéressés à un savoir libre, curieux de se forger une philosophie propre, extérieure à celle de l'Église, même s'ils restent — tout au moins en apparence — respecteux de ses commandements.

Tout commence donc à Florence, précisément en 1462, quand le chef de la dynastie régnant sur la ville, propriétaire de la plus grande compagnie, Côme de Médicis, décide de financer la traduction en latin de l'ensemble de l'œuvre de Platon[131]. Pourquoi lui ? Pourquoi là ? Pourquoi à ce moment ? La réponse à ces questions se trouve sans doute dans la lente maturation des esprits marchands des villes italiennes : depuis un siècle déjà, on y connaît les traductions en hébreu de ces textes, et les Juifs les y enseignent à leurs élèves chrétiens.

Côme confie cette traduction au fils de son médecin, Marsile Ficin, déjà traducteur réputé d'œuvres grecques. Pendant trente ans, toute la pensée nouvelle tournera autour des idées et des livres de cet homme qui deviendra immensément célèbre, même s'il est aujourd'hui injustement oublié.

Chanoine de la cathédrale de Florence, fascinant mélange de moine et de philosophe, de conseiller du prince et de mage, Ficin a tôt fait de dépasser le simple rôle de traducteur. Il ambitionne d'opérer la synthèse philosophique du platonisme et du christianisme[14]. Glissant de la traduction à l'interprétation, et de l'interprétation à la doctrine, sans toujours distinguer entre ce qui est de lui et ce qu'il emprunte aux penseurs qu'il commente, il dit vouloir créer une « nouvelle manière de chercher, de vivre[131] », associant foi, magie et philosophie[131].

Étonnant poète mégalomane : « Interroger les étoiles ; faire l'anatomie des vivants ; dicter ses lois à la cité, et même construire la cité ; soigner la mélancolie et la folie[131] », tracer le cadre théorique de la pensée du temps reliant foi et raison, art et commerce : telles sont ses ambitions.

Ayant d'abord traduit les *Dialogues* de Platon, il entend établir dans ses commentaires que le philosophe grec s'exprime comme un chrétien quand il parle de Dieu, de l'âme, de la vie et de la beauté de l'Univers[131]. Il propose néanmoins d'aller plus loin que lui : l'âme de l'homme, dit-il, est le reflet de Dieu, et elle aspire à le rejoindre par l'intuition, la contemplation et la beauté. Aussi suggère-t-il que seul l'*art* rend compte de l'harmonie « musicale » du monde ; seul l'*artiste* possède la capacité de créer des formes idéales à l'image de Dieu[131]. « La beauté, écrit-il, inspire plus aisément et plus violemment l'amour que le recours aux mots[131]. » Il fait donc de l'*artiste* une catégorie nouvelle, un intercesseur entre le Ciel et la Terre, l'homme du temps. Pour lui, l'artiste n'est pas seulement peintre ou musicien, c'est surtout le philosophe et le mage[14]. Car la philosophie est d'abord œuvre d'art. Elle ne doit pas se réduire à un raisonnement logique, elle doit viser à « comprendre la signification ultime de la vie en libérant l'homme de sa condition mortelle[131] ». Art et Philosophie, Science et Magie sont donc des activités voisines, voire inséparables, permettant d'entrer en contact avec Dieu, de communiquer avec l'« Univers vivant[131] » : « Le Ciel, époux de la Terre, ni ne la touche ni ne s'unit à elle, comme on le croit communément. Avec les rayons des étoiles, qui sont ses yeux, il enveloppe son épouse, et dans l'étreinte il la féconde et engendre les êtres vivants. Et nous irions dire que le Ciel qui répand partout la vie par son seul regard est lui-même privé de vie[131] ? »

Étrange texte où Marsile Ficin annonce, avec deux siècles d'avance, le panthéisme de Spinoza. Chacun à sa façon, le chanoine de Florence et le marrane d'Amsterdam libéreront leurs contemporains de corsets religieux millénaires, préparant la voie l'un à la Réforme, l'autre aux Lumières.

Marsile Ficin séduit ces marchands fiers de leur Toscane mais curieux du monde, prisonniers du surnaturel mais fascinés par la raison. Après la mort de Côme, son fils Laurent et toute l'élite de Florence continuent de fréquenter la villa de Careggi ; le maître y reçoit ses disciples autour de somptueux banquets où l'on discute philosophie et où l'on célèbre ponctuellement l'anniversaire présumé de Platon. On y voit Nicoletto Vernia, Ange Politien, précepteur du fils aîné de Laurent, prieur de la collégiale de Saint-Paul, puis chanoine à Santa Maria de Fiore ; et Pic de la Mirandole qui écrira, le 3 juin 1485, à propos de ces réunions : « Nous avons vécu célèbres, ô Ermolao, et tels nous vivrons dans le futur, non dans les écoles de grammairiens, non là où l'on enseigne aux enfants, mais dans les assemblées des philosophes et dans les cercles des savants où il ne s'agit pas de discuter sur la mère d'Andromaque, ni sur les fils de Niobé et sur des vaines fatuités de ce genre, mais sur les principes des choses humaines et divines[131]. »

Plus audacieux que son maître, le jeune Pic de la Mirandole voit dans la pensée de Platon non plus le fondement caché du christianisme, mais bien celui de la science, de la liberté et de la responsabilité. L'homme est au centre du monde, dit-il ; il est seul responsable de son destin. Dieu lui a laissé le monde à découvrir et la Science à construire. Dieu, pense-t-il, dit à l'homme : « Je t'ai placé au centre du monde pour que tu puisses plus facilement le regarder et voir toutes les choses qu'il contient. Je ne t'ai créé ni céleste ni terrestre, ni mortel ni immortel, *pour que tu puisses être ton seul éducateur et maître de toi-même, et que tu puisses te donner à toi-même ta propre forme*[131]. » Magnifique formule ! L'homme a donc le droit et le devoir de comprendre le monde. Il se réalise comme créature divine par le savoir. Méditant sur la Kabbale, Pic, dans le *Discours sur la Dignité humaine*, fait de l'homme créateur, libre de son destin, le maître potentiel du monde, et non, comme le pensait encore Ficin, l'instrument de la volonté divine.

Le pouvoir vient du savoir : aucun marchand qui connaît la valeur de l'information et a découvert celle de l'imprimerie ne peut refuser de souscrire à cette thèse révolutionnaire.

Ainsi, aux approches de 1492, dans quelques cercles isolés de Florence, se déchire le voile du fatalisme. Des concepts surgissent — Individu, Art, Liberté, Responsabilité, Création —, versions nouvelles d'idées de la Grèce antique. Très vite, elles atteignent Venise, Bruges, Paris, Louvain, Salamanque, Oxford. Jacques Lefèvre d'Étaples, Robert Gaguin, Guillaume Fichet, Guillaume Budé s'en font les avocats en France ; l'Italien Pietro Martyr d'Anghiera, ambassadeur auprès d'Isabelle et de Ferdinand, l'est en Espagne[16] ; Érasme, jeune pensionnaire austère d'un monastère à Steyn, près de Gouda, découvre lui aussi Virgile, Horace, Ovide, Térence, Cicéron. En Angleterre, John Colet fait de même. La modernité est en marche.

Calculer

La philosophie naît du marchand. La science naît du commerce. Dans les tableaux d'alors, le marchand, le marin et le savant sont souvent réunis dans un port autour d'un sablier et d'une carte.

L'art et la mathématique — maîtres-mots de l'époque — sont également liés dans un art trop négligé aujourd'hui : *la marqueterie*, qui mobilise géomètres et mathématiciens, menuisiers et artistes en des jeux fascinants de perspectives géométriques, de recoupements d'orthogonales, d'agencements complexes et énigmatiques[21].

Cette évolution de l'art annonce la renaissance de la perspective — qui éloigne l'horizon — et celle de l'algèbre — qui raccourcit les calculs. Calculer, voyager, échanger : concepts inséparables, qui se précisent simultanément. Là encore par le même chemin, des maîtres grecs aux marchands italiens en passant par les voyageurs arabes et les traducteurs juifs[7].

Les marchands ont besoin des mathématiques pour fixer les cours, calculer les intérêts, partager les bénéfices. Dès le début du XIIᵉ siècle, en Espagne musulmane, un écrivain juif, Abraham ben Hiyya Ha-Nassi, rédige en hébreu, puis traduit lui-même en latin un ouvrage résumant ce qu'on sait alors d'algèbre[7]. Ce traité, premier du genre en Occident, traduit ensuite en castillan et en toscan, restera pendant deux siècles l'instrument de base des calculs des marchands, de Bruges à Venise.

Quand, au début du XIIIᵉ siècle, l'islam espagnol s'efface, la Flandre et l'Italie prennent le relais, à la fois sur le plan marchand et mathématique. On y pose pour la première fois les chiffres sur le papier, on simplifie les pratiques opératoires[7]. On commence à étudier des équations du second et du troisième degré, nécessaires à la solution des problèmes d'intérêt et de partage des bénéfices. On publie de nouveaux traités de calcul à l'usage des marchands. En 1328, Paolo Gherardi compose le premier livre d'algèbre rédigé directement en italien qui étudie et résout quinze équations du second degré et neuf du troisième[7]. En 1340, un mathématicien florentin,

Paolo dell'Abbaco, résout de nouveaux problèmes d'association entre travail et capital, de retrait d'un associé en cours d'opération, de taux de changes, de calculs du poids et du titrage des métaux[7]. À la fin du XIVe siècle, toujours en Toscane, apparaissent les premiers ouvrages exclusivement consacrés à l'algèbre : l'*Aliabra argibra* de Dardi de Pise, contenant des algorithmes permettant de résoudre cent quatre-vingt-dix-huit équations[7]. La seconde moitié du XVe siècle est l'occasion de progrès sensibles dans les méthodes de calcul. On découvre l'équivalence entre la division et la multiplication, l'inconnue est appelée *cosa*, le carré *senzo*, le cube *qubo*. Un ouvrage toscan anonyme *(Dei Radice dei numeri e metodo di trovaria)* systématise encore les symboles : l'inconnue y est notée C, le carré Z, le cube Q ; les équations sont réparties en dix-huit « types » auxquels correspondent différentes méthodes de résolution[7].

Devant la complexité des méthodes nouvelles, les marchands ont besoin de se former aux mathématiques. A Florence, on ouvre six écoles de calcul — *botteghe dell'abbaco* —, apparemment toutes privées et réservées aux marchands, qui regroupent quelque douze cents élèves. A Lucques, il existe aussi des écoles publiques de calcul. A Milan, en 1452, trente-sept hommes d'affaires signent une pétition réclamant au duc le financement d'un enseignement de comptabilité[7].

Les meilleurs mathématiciens d'Europe du Nord sont appelés à grands frais en Italie pour y enseigner. En 1464, un mathématicien allemand, Johannes Muller — dit aussi *Regiomontanus*, du nom latinisé de sa ville natale, Koenigsberg — s'installe à Nuremberg et y rédige le premier traité systématique de trigonométrie, *De Triangulis*. Bien qu'un riche marchand de la ville lui confie un observatoire et une imprimerie, il n'hésite pas, en 1475, à aller à Rome où le pape l'appelle pour entamer l'étude de la réforme du calendrier. On retrouvera plus tard à Lisbonne — à propos de tout autre chose — un de ses élèves, Martin Behaïm, fils d'un marchand de Nuremberg.

En 1478, la première *Arithmétique commerciale* italienne est imprimée à Trévise[7]. Vers 1480, Piero della Francesca, qui théorise par ailleurs sur la perspective, publie un traité contenant la solution de soixante et une équations, dont une du sixième degré[7]. D'autres livres paraissent en d'autres pays d'Europe et en d'autres langues : en 1482, le premier traité d'arithmétique commerciale d'Allemagne est publié à Bamberg ; en 1484, les *Opera de arithmetica* du Vénitien Piero Borghi en France ; la même année, Nicolas Chuquet écrit en français une synthèse des travaux italiens disponibles, dans laquelle il crée des symboles et regroupe les différentes équations en un certain nombre de cas types. Le dernier chapitre du livre s'intitule : « Comment la science des nombres peut servir au fait de marchandise[7]. » L'année suivante, en 1485, est publié en français, à Paris, *Le Kadran aux marchands*[7], d'un certain Jehan Certain, ouvrage particulièrement intéressant en quatre parties qui récapitulent tout le savoir de l'époque : la première traite des chiffres arabes, des opérations, des preuves et des fractions (appelées « nombres rompus ») ; la seconde est consacrée « aux poids, mesures, compagnies et changes », à la règle de trois et à ses applications ; la troisième traite de la résolution des problèmes de change ; la quatrième concerne les techniques d'affinage des métaux précieux. Jehan Certain y écrit : « Et comparerez le mien traicté à un Kadran et pourtant le veulx appeler *le Kadran aux marchands*, car tout ainsi que le Kadran est guide, conducteur et chemin de toutes manieres de gens pour congnoistre la limitation du temps et du jour.

Ainsi ce petit traité sera guide, enseignement et déclaration à tous marchands de bien savoir compter pour justement prendre et donner en vendant et achetant a chacun selon son loyal droit[7]. » Le profit est présenté là comme juste répartition des choses, et non pas comme récompense du risque. Il faudra quelque temps encore pour que l'idée s'impose.

A Gênes, ville majeure des mathématiques, le groupement des producteurs et marchands de textile ouvre en 1486 une école de calcul. A Venise, Lucio Pacioli — qui rédige vers 1490 sa *Summa arithmetica* — commence sa carrière comme précepteur des enfants d'un marchand, Antonio Rompiani, avant de venir à Milan, en 1491, aider Léonard de Vinci à calculer les proportions de l'immense statue équestre en bronze qu'on lui a commandée.

Tout est en place pour que la pensée aide à l'explosion de l'économie.

IV

LE RÈGNE DE L'ARGENT

L'économie de marché européenne n'est encore qu'un minuscule parasite branché sur la lourde machinerie administrative des empires d'Orient : épices et soie contre blé et or. En Europe, la monnaie, qui caractérise le marché, ne règle encore que les échanges entre marchands de quelques villes d'Italie et de Flandre, puis de France, d'Espagne et d'Allemagne.

Après Bruges, qui domina au Nord l'économie marchande jusqu'au XVe siècle, Venise, point de passage naturel vers l'Orient, a pris le relais, unifiant les deux espaces marchands méditerranéen et balte.

A la fin du XVe siècle, un nouvel équilibre s'annonce : la Seigneurerie se laisse asphyxier par le bâillon turc ; Lisbonne, Anvers et Gênes se disputent le contrôle de nouvelles routes de commerce.

Cultiver

Comme la plupart des hommes de leur temps, l'immense majorité des Européens sont des paysans.

Leur vie est enracinée, aussi obscure qu'immuable. Ils consomment leurs propres céréales et leurs légumes. Ils ont peur du seigneur, de la forêt, de la famine, du loup, du soldat, de la peste. Ils traînent un sort fait de misère et de panique.

A la fin du XV⁰ siècle, leur situation, toutefois, s'est quelque peu améliorée, au moins au Nord. Le système seigneurial s'est désarticulé ; il y a moins de tributs et de corvées ; les grandes invasions ont cessé ; le servage est moins dur ; la production de grains a augmenté ; on a remis en valeur des terres abandonnées ; des échanges se sont organisés entre ville et campagne[74]. L'homme n'est plus réduit aux « oasis de culture[64] » de l'An mil ni perdu au milieu d'immenses forêts impénétrables.

Mais peu de progrès techniques sont venus modifier significativement l'agriculture et on n'a pas encore fini d'assimiler les extraordinaires innovations introduites au XIV⁰ siècle, tels la charrue lourde et l'outillage métallique. Le rendement en blé passe au mieux de 4,4 q/ha au début du siècle à 6,6 cent ans plus tard ; les prix baissent en valeur relative là où la productivité augmente. Les cultures se diversifient et des plantes nouvelles apparaissent ou se répandent, venues d'Orient : l'artichaut, le melon, le chou-fleur, la laitue, la carotte, la bette-rave, la fraise, la framboise[16]. Certaines régions se spécialisent dans des produits précis ; ainsi se façonnent paysages et mentalités, relations sociales et mythes, interdits et droits. L'Espagne devient pays d'élevage, d'où le mépris où l'on y tiendra le travail agricole. L'Angleterre, celui du mouton, d'où le premier mouvement d'enclosures. En Bourgogne, le paysage n'est que vignoble ; en Aquitaine, il est aussi pastel ; la Beauce n'est que blé ; la Bretagne s'organise autour du chanvre[74].

Au total, la production agricole européenne globale progresse et dépasse la demande solvable ; le continent peut exporter ses produits dans le reste du monde : la Pologne, l'Angleterre, la France écoulent leurs surplus de céréales ; l'Italie et l'Andalousie des fruits, du vin, de l'huile, des ovins, des poissons et des chevaux ; la Flandre, des colorants, du poisson, de la laine[74].

Presque partout, la propriété foncière reste la condition, sinon la marque du pouvoir. Là où existent de grands propriétaires terriens, ils sont riches. A l'inverse, là où le marchand est puissant, son ascension sociale se traduit par l'acquisition de propriétés foncières[64]. Ainsi, en Espagne, les Pacheco, marquis de Villena, règnent sur vingt-cinq mille kilomètres carrés et trente mille familles[64]. Les Fugger, les Cartier, les Arnolfini, les Médicis, les Centurioni achètent de vastes surfaces.

Sur ces grandes propriétés, en Europe du Sud, on trouve encore de très nombreux esclaves. D'abord slaves, tartares et caucasiens, ils étaient achetés en Égypte ou sur les marchés de la mer Noire ; quand la conquête ottomane tarit ces sources, ce sont des Africains, depuis toujours esclaves en terre d'islam. Un premier convoi d'esclaves d'Afrique touche le Portugal en 1444. Quand, en 1460, Antonio di Noli implante la canne à sucre dans les îles du Cap-Vert, la main-d'œuvre manque et il obtient du roi du Portugal l'autorisation d'y faire venir des Noirs de Guinée. Les Italiens ne s'intéressent que plus tard aux esclaves noirs : la première mention, dans les archives vénitiennes, d'un lien entre servitude et couleur de peau date de 1490.

L'esclavage est alors une donnée si courante dans l'Europe méridionale qu'à Séville, un habitant sur dix est un esclave.

S'il n'existe pas encore d'industrie ni de classe ouvrière au sens où on l'entendra aux XIX[e] et XX[c] siècles, il existe, surtout en Allemagne, dans les Flandres et en Italie, un univers technique fait de machines et d'ingénieurs, d'artisans et de techniciens. Le mot « machine », qui apparaît d'ailleurs au cours de la seconde moitié du XIV[e] siècle, n'a encore que le sens de « système[55] ». Par exemple, dans un ouvrage de 1377, Nicolas Oresme parle de « machine corporelle » pour désigner le corps humain[55]. Le premier traité consacré à la description des machines est le *Bellifortis*, écrit en Allemagne par Konrad Kryeser en 1410. Il traite « de chars, d'engins de siège, de machines élévatoires, d'armes à feu, d'armes défensives, de secrets merveilleux, de feux de guerre, de feux de fêtes, d'outils et instruments de travail[55] ». La première vraie machine au sens moderne du mot, l'horloge, apparaît au XIIIe siècle grâce à Dondi[5]. Avec le folio et le ressort, elle contient le premier mécanisme complet emmagasinant de l'énergie pour la restituer avec retard[5]. En 1481, Louis XI se fait fabriquer une horloge de poche, et les horloges monumentales se développent[5], utilisant de formidables progrès techniques plus ou moins anonymes qui structurent déjà la production des premières fabriques.

L'une de ces inventions majeures, dont découle tout le machinisme moderne, est *le système bielle-manivelle*[55]. Nul ne sait d'où il vient, ni de quand il date. Il permet en tout cas de fabriquer des meules à grain, des tours à pédale, des scies hydrauliques, des pompes aspirantes et refoulantes.

A la même époque, de nouveaux outils apparaissent, capables de travailler le bois et le métal : scie à refendre, scie à chantourner. Combinant les deux opérations, les premières machines-outils : machines à forer les tuyaux, à aléser les canons, à tailler les limes, à polir les pierres précieuses[55].

Trois types de fabrication utilisent surtout ces machines : le textile, les mines, l'armement.

Dans *la fabrication du textile*, le rouet remplace la quenouille. Il s'agit d'abord du rouet manuel, puis, vers 1470, du rouet à pédale. On voit se développer les métiers à tisser avec l'essor des futaines, chaîne de lin et trame de coton[46]. A Tours, vers 1490, on dénombre huit mille métiers à tisser la soie. A Augsbourg, on compte trois mille cinq cents maîtres tisserands, dont les Fugger, qui accumulent une fortune considérable. En Flandre, les marchands de tissus, propriétaires de la matière première et donneurs d'ordres, coordonnent les activités des différents ateliers et organisent entre eux la circulation des produits semi-finis[12].

L'industrie minière d'Allemagne et de Bohême concentre des milliers d'ouvriers. On y utilise des machines à chaîne et à godets pour évacuer l'eau, des pompes aspirantes et refoulantes mues par des moulins hydrauliques, des systèmes hydrauliques pour remonter le minerai, des chariots à trois roues sur chemin de bois pour transporter le minerai jusqu'à l'extérieur de la mine[55].

Dans les *fabriques d'armes*, surtout italiennes, françaises et allemandes, on développe de nouvelles techniques pour fondre le bronze, affiner le cuivre, fabriquer le fer blanc. On bâtit de nouveaux hauts-fourneaux — il en existe ailleurs depuis le VIIIe siècle — à Liège, en Lorraine, en Normandie, en Champagne, dans le Nivernais, en Angleterre[16]. Une véritable industrie de l'armement s'organise autour d'armes neuves, fabriquées en série : couleuvrines, bombardes et arquebuses.

Ce n'est pas seulement là le résultat d'une lente évolution collective, mais le produit de la création d'une figure essentielle de l'Ordre naissant, l'*ingé-*

nieur, artiste curieux du réel[55], rêveur de machines libérant l'homme, à l'affût de toutes les énergies et de toutes les sciences. Pont entre le rêveur et le monde concret, il utilise le calcul pour imaginer des machines qui économisent la peine des hommes. Le premier d'entre eux, Léonard de Vinci, travaille alors à la cour des Sforza, à Milan, à des roues hydrauliques, des moulins à roue horizontale, des turbines hydrauliques, des puits, des grues, des parachutes, des hélicoptères, des hélices. Il écrit : « La mécanique est le paradis des mathématiques parce que c'est en elle que celles-ci se réalisent[55]. » D'autres publient des traités de mécanique : Valturio en fait paraître un en 1472, le sculpteur florentin Brunelleschi rédige un traité d'optique ; le médecin vénitien Fontana écrit un livre relatif à certains instruments militaires, à des machines hydrauliques et à des automates[55].

Parmi les « ingénieurs », il en est un, l'architecte, dont le rôle est particulièrement essentiel : artiste et mathématicien, il doit dominer la nature[21], la façonner. Le premier, Leo Battista Alberti publie en 1485 un traité d'architecture qui substitue le plein-cintre à l'ogive et la colonne romaine au pilier gothique. « On peut dire, écrit de lui Vasari, qu'il fut lui-même un don du Ciel pour donner de nouvelles formes à l'architecture, qui avait été pleine de confusion pendant des centaines d'années[28]. » Par ses découvertes, il bouleverse la façon de concevoir un bâtiment.

Le mathématicien et l'ingénieur, l'imprimeur et l'ébéniste aident ainsi le marchand à calculer ses risques. Grâce à eux, l'Ordre n'est plus celui de la Force, même s'il n'est pas encore celui de la Raison ; il n'est plus celui de la peur, mais devient celui de l'énergie.

En cette fin de siècle, l'Ordre féodal finit de

disparaître, l'Ordre marchand s'installe. Dans l'échange.

Échanger

Dans les régions où le marchand a de l'influence sur la société, l'économie progresse, l'agriculture se développe, les villes se structurent.

Intellectuel, le marchand doit savoir lire livres et cartes, connaître la géographie, la météorologie, la cosmographie, les langues, les mathématiques. Aventurier, il doit oser tricher, voler, exploiter, tuer même, si nécessaire. Dominateur, il doit savoir diriger, commander, organiser, licencier, imposer sa loi. Calculateur, il doit rassembler des capitaux, les investir en de multiples entreprises, imaginer des moyens de crédit, répartir des profits, calculer des taux de change, gérer les capitaux d'autres marchands, d'artisans, d'hommes de loi, de grands seigneurs, de religieux[46], réunis aux termes de contrats établis devant notaire.

Depuis le XIIᵉ siècle, des marchands réunissent ainsi des capitaux en des *sociétés à participation* où nul ne peut perdre plus que son apport. On en trouve en Angleterre pour financer des voyages en mer, dans la région toulousaine pour installer des moulins, dans le Dauphiné pour financer des mines de fer, en Bosnie pour exploiter des mines d'argent, en Toscane pour la commercialisation de l'alun d'Asie Mineure, du corail de Tunisie ou du mercure d'Espagne[46]. On en trouve à Gênes — nommées *sociétés de mer* — pour financer des expéditions, et un peu partout pour associer un boutiquier à un forain ambulant, un tavernier à un acheteur de vins, un grand entrepreneur à des marchands implantés sur les marchés locaux[46].

A partir du XIVᵉ siècle, ces sociétés regroupent

beaucoup d'associés ; ainsi, quand, en 1310, un corsaire catalan s'empare d'un bateau vénitien, on découvre que vingt-deux marchands vénitiens l'ont armé[118] ; au XVe siècle, on note qu'un navire hanséate l'a été par soixante-deux marchands[118]. A l'inverse, un même marchand investit souvent dans plusieurs sociétés de ce genre, constituant autour de lui un *groupe de sociétés*. Grâce à ce drainage des capitaux autour d'entrepreneurs, le volume des affaires grossit, le métier de marchand se spécialise. A terre, le commerçant n'est plus fabricant. En mer, l'armateur n'est plus ni capitaine[47] ni affréteur.

Au début du XVe siècle, le grand marchand n'est plus que le gestionnaire des capitaux des autres au sein d'une nouvelle forme de société dite « *en commandite* ». Le capital, divisé en parts, en général égales et cessibles, y est rémunéré en fonction des profits réalisés — et, là encore, sans responsabilité collective des associés au-delà des capitaux qu'ils ont apportés. A Gênes, par exemple, le capital de telles sociétés est divisé en vingt-quatre parts, comme le titre de l'or fin. Chacun des investisseurs peut librement revendre sa part sans dissolution de la société ; comme le dit excellemment Jean Favier, « la *commandite* repose sur la continuité des réputations[47] ». Grand progrès ! Quiconque est entré dans une affaire peut en sortir. Un marché des titres — au moins informel — existe.

Un peu plus tard, en Toscane, d'autres sociétés se forment, les *compagnies*, dont les associés sont en général issus d'une même famille — les Médicis, les Peruzzi, les Pigelli, les Datini, les Portinari —, assurant ainsi la pérennité des affaires[47]. A la différence des associés de la société en commandite, ils partagent non seulement les profits, mais aussi les pertes, leur responsabilité étant engagée au-delà des capitaux qu'ils ont apportés. Ces compagnies acceptent aussi des dépôts, qu'elles rémunèrent, sans les mêler au capital[47]. Elles vivent donc à la fois de capitaux propres et d'emprunts. Elles ont des succursales, transformées ultérieurement en filiales autonomes afin de diviser les risques et d'éviter la propagation des faillites. Ainsi, quand, en 1480, les filiales des Médicis à Bruges et à Londres doivent fermer, le reste de l'empire familial n'est pas touché. Entre le siège d'une compagnie et ses filiales, les relations sont intenses : de 1395 à 1405, Francesco di Marco Datini échange avec ses succursales, ses représentations et ses informateurs, plus de quatre-vingt mille lettres, soit plus de vingt par jour[118] !

Parfois, les compagnies sont éphémères. C'est le cas à Venise. De même en France où l'on constitue des compagnies pour une affaire ou pour un temps donné avec un associé. Guillaume de Vary ou Briçonnet font le commerce du blé, de la laine, des épices. Jacques Cœur avance à Charles VII des fonds pour ses campagnes militaires[74] et a des « facteurs » à Naples, Palerme, Florence, Barcelone, Valence, Bruges et Londres[74].

A la fin du XVe siècle, toutes ces formes de sociétés coexistent dans les interstices des règlements médiévaux. Là où le pouvoir féodal est faible — et d'abord en Italie et en Flandre —, les marchands échappent au droit coutumier et inventent leur propre droit, réglant leurs problèmes entre eux. Là où le pouvoir féodal reste fort — en France, en Espagne et en Allemagne —, ils ne peuvent que rechercher un profit sur un monopole ou sur des prêts accordés aux princes. Parfois sur les deux. Ainsi, en France, de Vary et Briçonnet gèrent les fermes des rentes publiques[74] ; en Allemagne, Jacob Fugger, petit-fils du tisserand enrichi, associé à un marchand génois, Antonio de Cavalli, accorde au grand-duc Sigmund de Tyrol un prêt important, et, en contrepartie, obtient le monopole de l'exploitation des mines d'argent du Tyrol, puis d'autres concessions minières qu'il conservera quand, en 1491, le comté passera sous le contrôle de Maximilien Ier d'Autriche.

Cependant, les critères de réussite des marchands restent ceux de l'ordre féodal : la propriété foncière demeure pour eux le signe de la puissance, le but ultime de la fortune. Tous rêvent de transmettre leur fortune à leurs enfants, d'avoir un nom qui sonne bien, d'être reçus à la Cour. Déjà bourgeois et gentilhommes, ils investissent leurs profits dans des domaines et des titres, des hôtels à la ville et des châteaux à la campagne, des offices et des bénéfices, des tableaux et des tombeaux.

Ainsi, à la fin du xve siècle, le marchand a tout inventé du capitalisme. Tout, sauf son propre modèle de réussite.

1492 va lui en fournir l'idée.

Transporter

Il n'est pas de marchand sans véhicule. Pas de marché sans transport. En Afrique, le chameau est le moyen de transport principal, il parcourt jusqu'à trente kilomètres par jour ; une caravane compte jusqu'à douze mille bêtes[47]. En Europe, de la campagne à la ville, les vivres et les étoffes sont transportées par la route, à dos d'homme ou par chariot. Les voitures sont désormais un peu plus confortables ; l'avant-train devient mobile ; on adopte la suspension à sangles et à chaînes. Mais ni la vitesse ni la taille des véhicules ne s'accroissent. La route ne peut donc transporter que des objets de luxe — tels la soie, l'or et les épices —, et surtout le bien le plus précieux : l'information, lettres et ordres de vente, commandes et tarifs[118]. Les compagnies d'assurances de Venise, d'Anvers et de Gênes estiment qu'un courrier terrestre appartenant à un réseau organisé couvre en moyenne dix lieues par jour à pied, vingt lieues à cheval. Une nouvelle met de dix à quinze jours pour aller de Venise à Gênes, trente-sept de Venise à Anvers. Les services de courrier des hommes d'affaires sont plus rapides que ceux des rois[118]. Pour aller de Bruxelles à Madrid, les courriers royaux espagnols mettent une quinzaine de jours, alors que les courriers privés couvrent le même trajet en onze jours. Aussi l'empereur utilise-t-il fréquemment le réseau personnel de Jacob Fugger pour acheminer son propre courrier[118].

Ce qui est vrai de l'information l'est encore davantage des marchandises : la route ne vaut rien pour ce qui est lourd. Transporter le pastel de Lombardie par la route de la plaine du Pô à Gênes prend plus de temps qu'entre Gênes et Londres par mer.

C'est pourquoi, bien plus que les précédents, le xve siècle est avant tout un *siècle de la mer*.

Presque toutes les villes dynamiques d'Europe sont des ports. De la mer viennent la richesse, le neuf, le changeant, le créatif. Le marin devient la figure de la réussite, et la construction de bateaux la première industrie d'Europe. Transportant le long des côtes, et entre l'Europe et le reste des terres connues, les poissons qui nourrissent, les textiles qui habillent, les épices qui conservent, les informations qui changent le monde, le bateau devient symbole de vie.

Plusieurs sortes de bâtiments se croisent dans les ports : la *nef*, partout ; la *caraque* venue de Gênes ; la *galère* de Venise et la *caravelle* de Lisbonne.

La moitié des flottes commerciales d'Europe et les deux tiers des convois qui sillonnent les routes d'Orient[47] sont faits de nefs. Dotées de cinq mâts et mesurant quarante mètres de long, embarquant de l'artillerie, confortables et efficaces par gros temps, elles peuvent transporter jusqu'à mille tonneaux[47].

A Gênes, un vaisseau plus impressionnant encore, « monument monstrueux pour l'époque[62] », la *caraque*, inspirée d'un bateau basque, la *coca bayonesa*, est utilisé par les armateurs pour le transport d'armées et le commerce de produits pondéreux tels le blé, le sel, le vin. « Très hauts sur l'eau, dressés comme des forteresses, portant trois ponts et deux châteaux, trois grands mâts dont le plus haut atteint quarante ou quarante-cinq mètres, soutenant une nombreuse voilure très diversifiée, d'une étonnante complexité[62] », défendus par des bombardes, il leur suffit de cent hommes d'équipage pour transporter plus de mille tonneaux de marchandises[62]. Quand on sait que, pour certains voyages, l'équipage coûte plus cher que le bateau lui-même — on cite l'exemple[47] du marchand génois Leonardo Giustiniani, payant cinq mille huit cent cinquante livres de salaires alors que son navire ne lui en a coûté que quatre mille cinq cents —, on comprend l'importance économique de cette réduction d'effectifs.

A Venise où arrivent et d'où partent les produits les plus chers, on utilise surtout la *galère*, qui devient le symbole de la puissance maritime de la Seigneurerie. D'abord navire à rames utilisé pour la guerre, elle est transformée en « galère de commerce ». Six fois plus longue que large, son vaste pont peut accueillir cent quatre-vingts rameurs et arbalétriers[47], trois charpentiers et deux calfats. Avec ses voiles latines, elle se déplace vite d'un port à l'autre, et, grâce à ses rameurs, elle est d'une grande maniabilité face aux pirates barbaresques et aux blocus[47]. Elle peut transporter deux à trois cents tonneaux de marchandises. Coûteuse, elle achemine surtout des cargaisons de valeur. Par exemple, à Venise, on charge sur chaque galère en route pour Alexandrie pour cent mille ducats en lingots et pièces d'argent et d'or ; au retour, on rapporte des épices. En raison de la valeur de leur cargaison, les galères naviguent toujours en convois, certaines portant de très nombreux soldats armés d'abord de piques et d'arbalètes, puis, après 1460, de canons et d'arquebuses. Parfois, elles transportent des passagers, financiers ou marchands, à des tarifs exorbitants. Le voyage de Venise à Beyrouth coûte à un voyageur sept cent cinquante ducats vénitiens pour une traversée de vingt-deux jours, soit le salaire annuel de six cents ouvriers terrassiers vénitiens, et plus du triple de celui du directeur de la perception des douanes[118].

A Lisbonne, pour transporter la plus chère des marchandises, l'*information*, un nouveau bateau se répand au cours de la seconde moitié du XVe siècle, la *caravelle*. Son nom vient de celui d'un très petit navire arabe, le *caravo*, utilisé initialement au XIIIe siècle pour la pêche. C'est d'abord une barque à trois mâts, d'une cinquantaine de tonneaux, avec un seul plancher. Son originalité tient à ce que la surface totale de sa voilure est double de celle des autres vaisseaux de même taille, ce qui lui permet pour la première fois de naviguer en haute mer. La traversée des océans, jusque-là impossible, devient imaginable.

Avec le temps, la caravelle s'affine. Elle porte jusqu'à quatre mâts. On en construit d'abord au Portugal au XIVe siècle, puis, durant la seconde moitié du XVe siècle, dans toute l'Europe, même si on l'utilise peu en mer du Nord, car elle résiste mal aux tempêtes. Elle est de tous les voyages africains, atlantiques et méditerranéens. En Sicile, on en voit passer deux entre 1400 et 1420 ; puis cinquante-quatre entre 1420 et 1440, et cinquante-six entre 1440 et 1460[47]. Le nouveau vaisseau ouvre ainsi des voies que, plus tard, le *galion* — bateau du même genre, mais plus gros — transformera en routes commerciales pour le compte des armateurs du Portugal et des Flandres.

En Méditerranée et sur l'Atlantique, on voit circuler d'autres navires, de pêche et de maurade[47] : la *coque*, la *hourque*, le *panfile*, le *maran*, la *marciliane*, etc. Leur fabrication occupe des milliers d'ouvriers à travers le continent ; les techniques de construction progressent, surtout en Europe du Nord. On y découvre le *bordage à clin* qui, en faisant se recouvrir les planches, renforce sensiblement les coques, et le *gouvernail d'étambot*, gouvernail axial manié de l'intérieur du navire, qui permet de gouverner[12]. De plus, la précision des *boussoles* s'améliore et les cartes signalent la déclinaison magnétique.

Cette formidable avancée dans le domaine naval autorise déjà un commerce considérable au moment même où les hasards de la guerre interdisent de toute façon la voie terrestre.

Commercer

L'or, le cuivre, les épices, l'alun, le sel, le vin, les textiles : tels sont les produits que Fernand Braudel appelle avec pertinence les « vedettes du commerce international de la Renaissance[12] ». Le poivre qui, comme dit un Vénitien de l'époque, « entraîne avec lui toutes les autres épices[12] », vient de la côte de Malabar. Muscade, gingembre, piment, cannelle, sans lequels les riches ne peuvent se nourrir, au moins en Europe du Nord, viennent des Moluques et des îles de la Sonde. L'alun, sans lequel on ne peut colorer la laine, vient de Turquie.

L'Orient est donc vital pour l'Europe. Tout le commerce s'ordonne autour des routes qui y accèdent.

Or, à la fin du XVe siècle, ces routes reliant l'Orient

à l'Europe sont pratiquement rompues. Longtemps elles ont emprunté en partie la voie maritime — par la Méditerranée, puis l'Asie —, puis totalement la voie terrestre — par l'Europe centrale et l'Asie —, puis de nouveau en partie la mer — Méditerranée, Égypte et mer Rouge.

Dès le IVe millénaire avant J.-C., l'Égypte fait venir de l'or et des lapis-lazulis d'Iran, et de l'encens de Somalie en passant par l'Arabie[47]. Au Xe siècle avant J.-C., les marins phéniciens relient l'Égypte et Beryte (qui deviendra Beyrouth) à l'Espagne orientale, où se trouvent les mines d'étain nécessaires à la fabrication du bronze, fondant au passage un relais maritime, Carthage[47]. Un peu plus tard, les marchands grecs parcourent la mer Noire et, en 600 avant J.-C., ils créent des ports, tel Massalia (Marseille). A partir des invasions de peuples venus de l'Europe centrale, puis de la conquête musulmane de l'Europe du Sud, les liens marchands entre Orient et Occident se distendent. A l'époque carolingienne, les produits d'Orient sont de nouveau demandés en Europe par des clients solvables ; se dessinent alors de nouvelles routes maritimes et terrestres reliant, grâce à des marins arabes, l'Europe à l'Extrême-Orient. Les marchands d'Égypte et de Grèce étendent ainsi leur activité jusqu'en Méditerranée occidentale, favorisant la naissance de l'économie italienne.

Jusqu'au XIe siècle, la liaison entre l'Orient et l'Occident est donc maritime, au moins entre les confins de la Méditerranée. Puis elle redevient largement terrestre, passant par l'Europe centrale, le Moyen-Orient et la Perse. Avec les Croisades se mettent en place des routes commerciales totalement terrestres[47] pour les produits d'Orient les plus onéreux — la soie et les épices. La mer est réservée au transport des produits de Flandre — blé, laine, coton — qui, après avoir emprunté les routes alpines du Simplon, du Saint-Gothard et du Brenner, sont embarqués à Venise sur des navires à destination de la Turquie.

Bientôt on assiste progressivement à un basculement : ce ne sont plus les marchands orientaux qui amènent des produits en Occident, mais les marchands italiens qui viennent chercher les produits d'Orient, par terre d'abord, puis de nouveau par mer.

Jusqu'au XIIIᵉ siècle, la route, médiocre, fréquemment compromise[47], passant par Cologne, Mayence, le Rhin et le Danube, puis l'Asie, reste la seule voie possible. De nombreux marchands italiens, allemands, hongrois, russes, arméniens, arabes, iraniens, s'installent à Karakorum, capitale jusqu'en 1267 de l'Empire mongol, puis à Khambaluk qui deviendra Pékin. Les voyages sont incroyablement longs : Giovanni da Pian Carpino met cinq mois et demi pour parvenir de Kiev à Karakorum ; Guillaume de Rubrouck met sept mois et demi depuis Constantinople. Les marchands vénitiens et gênois implantent aussi des comptoirs, les « échelles du Levant », dans tout l'Empire d'Orient : Tana, Pera, Caffa, Chio, Trébizonde, Beyrouth, Alep[12].

L'Occident achète alors davantage à l'Orient qu'il ne lui vend. Aussi, pour équilibrer les échanges, doit-il fournir de l'or et de l'argent[12]. Or l'Europe ne dispose presque pas de métaux précieux. Les monnaies d'or et d'argent y sont très rares (« la pièce blanche est devenue une pièce noire[46] »). Un peu d'or africain arrive péniblement par l'Égypte, et, au milieu du XIIIᵉ siècle, réapparaissent les premières pièces d'or : en 1252, le florin florentin, qui servira de référence, puis, en 1284, le ducat génois, en 1266 le ducat vénitien ; plus tard, le denier de Saint-Louis, le ducat de Hongrie, l'escudo portugais, le « half-noble », le cruzado espagnol et l'écu français. Mais cet or repart pour l'essentiel vers l'Est, par la route terrestre.

A la fin du XIIIᵉ siècle, parallèlement à cette route, on recommence à utiliser la mer. Ainsi, les frères Nicolo et Maffeo Polo, marchands vénitiens, partis pour la Chine vers 1250 par la voie terrestre, reviennent quarante ans plus tard de leur second voyage, effectué en partie par mer, avec leur neveu Marco. Ayant quitté la Chine en 1291, ils sont de retour à Venise en 1295.

A ce moment où l'Europe affronte la mer, l'Islam l'abandonne. L'une des sept merveilles du monde antique, la tour de marbre de Pharos, conçue pour guider les navires la nuit jusqu'à l'entrée du port d'Alexandrie, déjà en ruine, est alors entièrement détruite par un tremblement de terre.

La route terrestre continue de se défaire : en 1352 se ferment les chemins mongols vers l'Asie centrale et le golfe Persique. En 1395, Tana est saccagée par Tamerlan. Les routes qui passent par l'Arabie et la Mésopotamie sont de moins en moins sûres. La Méditerranée devient progressivement un cul-de-sac, à moins de passer par l'Égypte et l'océan Indien. Aussi les condiments, les épices venus de l'Inde se font-ils rares et chers. Simultanément, les conquêtes turques en Asie rendent l'alun moins disponible. Toute l'économie de l'Europe est menacée d'asphyxie.

Les Vénitiens s'approprient alors Alexandrie et ouvrent un itinéraire de la Méditerranée à la mer Rouge. A partir de 1424, Djeddah — dont le sultan d'Égypte assure la protection — devient une étape majeure sur cette route vénitienne vers l'Orient. Certes, les marchands génois maintiennent leurs liaisons maritimes par Constantinople, Pera, Caffa, Phocée, Chio, grand entrepôt encore dirigé par un groupe de familles fédérées en une puissante société ; mais Gênes, qui a tout misé sur ce réseau d'Orient et, au-delà, sur les routes terrestres du Nord, est fragilisée par les ambitions turques.

Pour alimenter la nouvelle route maritime, il faut de l'or, de plus en plus d'or. A partir du XIVᵉ siècle — peut-être même à compter du pèlerinage à La Mecque de l'empereur du Mali, Mansa Moussa, en 1324 —, les marchands chrétiens vont en chercher au Soudan. Génois et Vénitiens achètent à Tripoli, Tunis, Bône, Alger, Oran, Ceuta, Tanger, Fez, l'or en poudre aux caravanes venues du Soudan[47]. Ils l'échangent contre du blé, des étoffes et du sel. En 1455, on notera un échange de quinze mille quintaux de blé sicilien contre une demi-tonne d'or. Le sel se négocie à égalité de poids avec l'or. Et le voyageur arabe Léon l'Africain dira à la fin du XVᵉ siècle que les tissus vénitiens se vendent si cher à Tombouctou que tous les nobles africains sont endettés en or auprès des marchands levantins ou maghrébins. De plus, comme l'argent vaut moins cher en Afrique qu'en Inde ou en Chine, l'Europe échange en Orient l'argent acheté en Afrique contre l'or[47] qui servira par ailleurs à se procurer des épices : recyclage de devises où les profits se font aux marges.

Mais les importations d'or africain ne comblent pas les besoins des marchands et on cherche partout de l'or nouveau. Court alors la légende[47] d'une pierre d'or de trente livres à laquelle le souverain du Mali attacherait son cheval ! Faute d'or, on reprend en Europe centrale l'extraction d'argent dans les filons de minerai de cuivre.

Quand, en 1453, Constantinople tombe, Gênes perd ses colonies commerciales : Pera, Caffa succombent. Après la prise de Phocée, le trafic direct à bord de gros navires de Chio jusqu'en Flandre — alun à l'aller, laines anglaises au retour — résiste, mais au terme d'un difficile combat[12] ; les Ottomans laissent survivre cette route, imposant leurs condi-

90

tions aux achats occidentaux et faisant monter les prix de tous les produits d'Orient.

Face à cette nouvelle menace sur la dernière route du Nord, les marchands de Flandre et d'Italie réagissent rapidement. Ils développent d'abord des produits de substitution : l'alun de Tofa, extrait dans les États pontificaux, la cochenille de Naples, le sucre de Grenade et de Calabre remplacent les produits d'Asie[12]. Puis la malaguette d'Afrique remplacera le poivre de Malabar. Au total, le prix des épices n'augmente pas. Sur le marché de gros vénitien, le prix du poivre chute même de moitié entre 1420 et 1440, puis se stabilise jusqu'à la fin du siècle[12].

Pourtant, à cette même époque, les routes terrestres vers l'Orient sont pratiquement fermées. Et Alexandrie survit, principal point de passage vers les épices de l'Inde, par la mer Rouge, d'où des marins et des marchands arabes tels qu'Ibn Majid, le « lion de la mer en furie[22] », fils et petit-fils de grands navigateurs, savent encore rejoindre l'Inde, la Malaisie et l'Insulinde[22]. Mais on devine le port égyptien menacé par les ambitions ottomanes. Une autre route apparaît nécessaire. Elle doit contourner l'Afrique, si c'est possible... ou, pourquoi pas, le globe !

Dominer

Ce système marchand s'organise autour de quelques ports — en Flandre et en Toscane — et des quelques foires — allemandes et françaises — qui les relient.

Jusqu'à la fin du XIVe siècle, c'est Bruges qui domine l'ensemble[12]. Quand son port s'enlise et que s'anime le commerce d'Orient, Venise prend son essor et devient la principale place de l'économie-monde. A la fin du XVᵉ siècle, c'est encore là que se décident les prix des principales marchandises, là que se trouvent les principaux chantiers navals et les principales imprimeries. La cité impressionne les voyageurs par l'extrême originalité de son architecture et le dynamisme de ses marchands. On y construit des palais[12] ; on y nettoie les canaux ; les rues — jusque-là le plus souvent en terre battue — sont progressivement dallées ; les ponts et les quais — jusque-là en bois — sont remplacés par des ouvrages en pierre[12].

La ville est avant tout une puissante machine économique entièrement tournée vers la mer. De Saint-Marc partent vers l'Orient la laine des Flandres, le velours de Gênes, le drap de Milan et de Florence, le corail de Barcelone. Là arrivent les produits précieux dont l'Europe a besoin, les esclaves de Tana, la soie et l'alun de Constantinople, les métaux d'Anatolie, les soieries de Perse, le poivre de Malabar[64]. Venise exerce ainsi un monopole de fait sur le commerce du Levant[64]. Quand, dans une lettre datée de 1460, le grand aventurier florentin Benedetto Dei accuse « les Vénitiens d'être les profiteurs de l'Italie moderne, comptant sur les *duchatazzi d'oro* et non sur le labeur créateur[16] », il fait là une remarque jalouse et injuste, celle d'un commerçant du Moyen Age dépassé par son temps.

Venise[12] est devenue un formidable ensemble militaire et industriel. Ses arsenaux publics construisent jusqu'à cinquante galères par an[12]. Deux mille ouvriers y travaillent. Le Doge régente le commerce. Pour chaque voyage, il afferme les galères au plus offrant des marchands vénitiens, décidant jusqu'aux itinéraires et aux escales, interdisant aux orfèvres vénitiens d'opérer en Allemagne afin d'obliger les marchands allemands à échanger à Venise leur argent contre des produits d'Orient venus d'Alexandrie.

Extraordinaire mobilisation d'une ville obsédée par les opérations de négoce : les ouvriers construisent les bateaux, l'administration gère les convois, les marchands financent les marchandises, les armateurs organisent les voyages. Il n'y a pas à Venise de compagnies de longue durée ni d'accumulation du capital[12]. Tout va vite. La cité des Doges ne peut survivre que dans cette fuite en avant. C'est le manque qui la pousse. Et l'asphyxie qui la guette : si elle doit tout à sa position géographique, elle s'effondrera lorsque le Turc et le Portugais en tireront parti.

Déjà, ses relais d'Orient se désarticulent. En 1383, la Seigneurerie perd le contrôle de Corfou ; puis, entre 1405 et 1427, celui de la côte adriatique. Salonique tombe en 1430. Après la chute de Constantinople — « vraiment notre ville[12] », dit un texte du Sénat — il lui faut réorganiser les routes des galères. On passe désormais surtout par Candie, Chypre et Alexandrie, même si, à la fin du siècle, on voit encore marchands et galères aller et venir de Venise à Istanbul. Mais la menace turque est maintenant pressante. On s'observe, on se harcèle, sans se livrer néanmoins une guerre à mort[12]. Alexandrie, dans l'Égypte mamelouk, devenue plaque-tournante vitale pour Venise, n'est pas encore vraiment menacée. L'agent des Gonzague à Venise écrit en juin 1472 : « Ici, rien de nouveau, sinon que l'on paraît ne plus se soucier du Turc. Rien ne se fait contre lui[12]. » Mais l'Empire turc vide peu à peu Venise de son énergie. « Sans trop de bruit[12] », la Sérénissime est en train de perdre le contrôle des routes de la richesse.

Gênes s'annonce comme sa principale rivale en Méditerranée. C'est une ville austère où on ne voit ni palais, ni cathédrale, ni prince, ni archevêque. Mais son port est l'un des rares plans d'eau méditerranéens capables de recevoir les navires de tout tonnage. Et, faute d'arrière-pays, la mer est son seul salut. Marchands et armateurs y gèrent un trafic énorme. Une foule, venue de l'Europe entière, s'y précipite : banquiers et corsaires, comptables et découvreurs, armateurs et tisserands. La Casa di San Giorgio, douane et banque, coordonne l'ensemble. Dans d'imposants chantiers navals, on construit d'énormes caraques auxquelles on accole le nom de *Santa Maria*, parce que la ville est animée par l'idée de la *Reconquête* chrétienne de l'Orient. Pourtant, les Spinola, les Centurioni, les Grimaldi édifient justement leur fortune en faisant passer par Gênes le commerce entre l'Orient musulman et les Flandres ; ils contrôlent aussi la production de corail, brut ou travaillé, de la Tunisie et de la Sardaigne musulmanes. Gênes a ses hommes à Lisbonne, à Séville, à Chio, dans le Maghreb, en mer Noire, et un consulat et un quartier réservé dans chaque grand port de la route de Chine.

A compter du milieu du XVe siècle, Gênes, trop concentrée elle aussi sur le relais d'Istanbul, perd l'Orient ; en 1458, un seul navire de commerce, quittant Beyrouth, y passe avec son chargement d'épices, de sucre, de fibres textiles, de colorants et de soie grège[12].

Gênes sait réagir à la prise de Byzance : et sa défaite à l'Est, à terme, la sauvera. La ville se retourne alors complètement vers l'ouest, acheminant d'abord jusqu'à Southampton un peu d'épices et beaucoup de colorants. Puis, s'installant à Anvers, à Bruges, à Londres, les Génois réussissent à monopoliser la finance internationale pour le compte de tous les marchands de la Méditerranée. Ils développent des moyens de paiement abstraits et, avec eux, le crédit et le prêt à intérêt, la frappe de monnaie, la comptabilité en partie double. A Gênes, les changeurs garantissent par contrat au client la contrepartie d'une somme déposée dans une autre monnaie, en un autre endroit, auprès d'un autre changeur[46]. Une simple « lettre d'avis », ou « lettre de paiement », ou « lettre de change » y suffit. L'escompte et les pratiques d'endossement y voient le jour, le virement y remplace le paiement en espèces. Gênes tirera sa puissance de ces mouvements abstraits qu'elle a inventés pour pallier la perte de marchandises plus lourdes : l'information supplée les épices.

Non loin de Gênes, Marseille aurait pu jouer un certain rôle, du moins après l'incorporation de la Provence au royaume des Valois en 1481 ; mais les dix mille Marseillais ne nourrissent pas l'ambition des Génois et se contentent de vendre du blé et de pêcher le corail à côté d'eux[74], laissant les autres utiliser leur port comme un simple relais, sans importance particulière, sur la route de l'Europe du Nord.

Naples, peut-être la plus peuplée des villes d'Europe, n'est qu'un grand port des vins et un entrepôt de produits de toute la Méditerranée occidentale — les draps en particulier. Mais elle ne joue aucun rôle notable sur la route qui mène d'Alexandrie jusqu'en Flandres.

Séville est un relais utile d'où de grandes compagnies exportent laine, cuir, sel, plomb, savon, poisson séché et cochenille, et importent noix de galle de Turquie, cochenille d'Anatolie, indigo et bleus[12]. Mais elle n'est encore qu'un port provincial sans prise sur les décisions d'ensemble.

Lisbonne apparaît comme l'un des principaux centres de redistribution des épices et de l'ivoire d'Orient vers l'Europe du Nord, et de la poudre d'or africaine vers l'Orient. Quand, en 1479, le traité d'Alcobaça, signé avec la Castille, entérine le monopole portugais du commerce avec l'Afrique noire, l'importance du port devient considérable. Mais il continue largement de dépendre des marchands génois. Faute d'une volonté politique résolue — indispensable par ces temps de guerre marchande —, faute de routes vers les marchés du Nord, Lisbonne ne peut devenir un pôle essentiel du commerce, même s'il devient celui de la découverte.

La façade atlantique de l'Europe est jalonnée d'autres marchés plus ou moins importants. Burgos exporte de la laine, du fer, des fruits secs, de l'huile d'olive, du vin, et importe draps, toiles, quincaillerie, plomb, étain[74]. Bilbao est une place commerciale et un centre de constructions navales. Plus au nord, Bayonne, Bordeaux, Vannes, Saint-Malo, Dieppe, Rouen forment de modestes relais entre l'Espagne et la Flandre ; les grands négociants y sont souvent portugais, italiens, flamands ou allemands[74]. Nantes, devenue française, ne compte encore que quinze mille habitants ; des négociants espagnols s'y installent et forment avec Bilbao une union marchande[74].

En Europe du Nord, Bruges reste une cité majeure, même si elle a cessé depuis plus d'un siècle d'être le « cœur » de l'économie-monde ; les navires y apportent encore de la laine, du fer, des vins, des fruits, des produits orientaux, et repartent avec des draps. Depuis 1312, des marchands castillans, catalans, aragonais, navarrais, portugais s'y sont installés[12]. Puis les Génois apportent leur savoir-faire.

Quand son port vient à s'ensabler, les marchands venus du Sud déménagent à Anvers dont la population passe de cinq mille habitants en 1374 à vingt mille en 1440. En 1460, on y crée une bourse de commerce. Là comme ailleurs, les étrangers se regroupent en associations professionnelles qui, à partir de 1480, bénéficient de privilèges et d'immunités accordés par Maximilien, reconnaissant du soutien de la ville face à la rébellion de la Flandre. En 1490, Anvers atteint une population de cinquante mille habitants. Les marchands anglais y envoient d'abord du drap brut qui, une fois travaillé en Flandre, repart vers l'Italie ; puis des vêtements de laine qu'Anvers exporte aussi. Mais, comme Lisbonne, le port ne dispose encore ni de marchands d'envergure internationale ni d'une flotte commerciale[12]. Sa puissance apparaîtra plus tard, après 1492, quand les découvreurs portugais auront contourné l'Afrique et feront involontairement d'Anvers le premier port de l'Atlantique.

Londres est encore extérieur à ces grands réseaux marchands. Son essor, assez lent, n'a rien d'un « feu de paille[12] », mais s'appuie sur un ensemble de facteurs. Menant une politique cohérente, Henry VII attire des marchands, fait construire de grands bateaux qu'il arme, crée un arsenal à Portsmouth et commandite des expéditions maritimes. Des compagnies (celle des Aventuriers, celle de l'Étape) sont créées pour contrôler les opérations de leurs membres[99]. Londres prépare soigneusement son heure qui viendra trois siècles plus tard.

En Allemagne méridionale et en France, quelques villes marchandes continentales rivalisent difficilement avec les ports, essayant de faire transiter les marchandises du nord au sud par les terres. Mais la rentabilité économique des routes est désastreuse, et dans ces foires les marchandises tendent à être remplacées par des échantillons[12]. Nuremberg, relais entre les Flandres et l'Italie, entre l'Angleterre et la Russie, se concentre de plus en plus sur les opérations financières. Lyon, relais entre les foires allemandes et l'Italie, accueille les Médicis qui y transfèrent leur succursale de Genève et plus d'une quarantaine d'autres maisons florentines.

Déjà, on sent que tout bascule vers le nord et l'Atlantique ; 1492 en apportera la confirmation.

V

LES BALBUTIEMENTS DE LA LOI

A la veille de 1492, plus des trois quarts de la population de la planète obéissent encore à des soldats et à des prêtres, à des prêtres-soldats, soit au sein d'empires immenses comme la Chine ou sur ce continent qu'on nommera plus tard l'Amérique, soit dans de plus petits royaumes ou principautés comme en Inde, en Afrique ou en Europe. Le reste, essentiellement en Europe de l'Ouest, s'organise en cités ou en nations. Là, des élites nouvelles remodèlent les concepts d'aujourd'hui : l'État, la Démocratie, la Liberté, l'Histoire, le Progrès.

Régner

Dans les empires, le nouveau est au mieux ressenti comme anecdotique ; au pire, comme menaçant. Les maîtres s'efforcent de maintenir la stabilité par la force. Aussi la plupart de ces sociétés ne racontent-elles jamais les incidents et vicissitudes de leur passé, sauf en les inscrivant dans les cycles de leurs mythes respectifs. Leur calendrier étant souvent mal connu, il est en général impossible d'en connaître les dates, les lieux, les causes. On en sait donc fort peu sur leur situation précise à la fin du XVe siècle.

Depuis un millénaire au moins, la première puissance de la planète est chinoise. L'Empire céleste domine l'Asie ; le reste du monde, qui le connaît, admire sa force[54]. Quand, en 1368, disparaît la dynastie Yuan, d'origine mongole, responsable de la mort de dizaines de millions d'individus, les Ming reconstruisent l'économie et mettent en place de nouvelles institutions. En un siècle, ils réaménagent l'irrigation, reboisent, transfèrent des populations. La monnaie apparaît pour le paiement des impôts, le règlement d'échanges marchands et celui des traitements des fonctionnaires[54]. La construction navale — alors la meilleure du monde — invente le cloisonnement de la cale pour lutter contre incendies et voies d'eau, et donne une souple robustesse aux navires à étages[47]. Les marins chinois disposent de cartes précises de leurs côtes et utilisent le compas dont les marins occidentaux se méfient encore.

Les empereurs confient à des eunuques, généralement originaires du Nord et issus de milieux populaires, la gestion de l'administration, de l'armée, de la police politique, du commerce extérieur et de la marine[54]. Ainsi, en 1405, le deuxième empereur Ming, Yung Lo, confie à un amiral eunuque, Cheng Ho, le soin d'organiser des expéditions navales pour visiter toutes les terres habitées à la périphérie de la Chine. *Visiter* : ni conquérir ni coloniser. Cheng Ho part à la tête de trente-sept mille hommes répartis sur trois cent dix-sept énormes vaisseaux. Le bateau amiral est un neuf-mâts de cent trente mètres de long et cinquante-cinq mètres de large ; le plus petit est un cinq-mâts de cinquante-quatre mètres de long et vingt mètres de large[47].

Cette formidable escadre visite Java et Sumatra, puis Ceylan et Calicut. Au cours de six expéditions suivantes, Cheng va plus loin vers l'ouest : il atteint le Siam, le Bengale, fait le tour de l'Inde, aborde aux Maldives et touche Ormuz. Mais il ne fait qu'affirmer une présence, sans s'installer ni conquérir[54]. A la mort de l'empereur Yung Lo en 1424, Cheng Ho se lance dans une nouvelle expédition, et, pendant deux années, visite trente-six États, de Bornéo au sud de l'Afrique. En 1432, lors d'un septième voyage, il établit des relations diplomatiques ou de vague suzeraineté avec une vingtaine de pays, de Timor à Zanzibar[54].

Ces voyages ne développent pas le commerce. La Chine n'installe ses marchands ni en Afrique ni sur la route des Indes. L'Europe, où peu de gens en sont informés, ne ressent donc pas ces expéditions comme une menace. Les symptômes du déclin et de la fermeture de la Chine sont d'ailleurs déjà visibles : la capitale de l'Empire, en se déplaçant de Nankin à Pékin, s'éloigne des rares élites marchandes du Sud[54]. L'Empire, formidable bureaucratie, se referme sur lui-même, préoccupé avant tout de la défense de son immense territoire contre la reprise des incursions mongoles. En 1433, l'empereur étouffe toutes les velléités commerciales des marchands du Sud et leur interdit même tout déplacement à l'étranger, sous peine de mort. Ainsi cessent les échanges avec l'extérieur, et l'Empire perd toute chance de peser sur le commerce d'Orient[54]. A partir de 1438, l'empereur décide l'édification de nouvelles murailles qui, en 1480, atteignent cinq mille kilomètres : la Chine s'est emmurée elle-même. A la fin du XVᵉ siècle, construire une jonque de plus de deux mâts y est un crime passible de la peine capitale. Le ministre de la Guerre, Liu Dexia, fait détruire les cartes. L'empereur régnant, Zhu You Tang, un fils d'esclave, est de plus en plus faible.

La Chine — le Cathay de Marco Polo — n'est plus, ni de près ni de loin, un interlocuteur influent de l'Europe. Elle cesse de constituer une menace, même si elle n'est pas encore objet de convoitise. Craintif et audacieux, l'Occident vient néanmoins y proposer sa foi.

A côté, l'Empire japonais — le Cipangu de Marco Polo — est plus fermé encore[100]. Un empereur, à Kyoto, exerce le pouvoir religieux. Un régent, assisté d'une sorte de Conseil d'État, y assume le pouvoir civil. Un *shogun* (généralissime), à Kamakura, coiffe le pouvoir administratif et contrôle le commerce extérieur. Progressivement, le monopole de la navigation passe à des marchands[100]. Une nouvelle cité émerge, purement marchande : la future Osaka. A partir de 1467, le pouvoir impérial et le shogunat se désintègrent au bénéfice des seigneurs régionaux. Le Japon ne reviendra sur la scène internationale qu'un siècle plus tard.

Le sous-continent indien, d'où viennent l'essentiel des épices que convoite l'Occident, en particulier le poivre, est morcelé en royaumes toujours en guerre les uns contre les autres, certains hindous, d'autres musulmans, le plus fort étant, semble-t-il, le sultanat de Delhi. Faute de trace écrite, on ne connaît presque rien de leur histoire et de leurs conflits, sans doute tout aussi fascinants et complexes que ceux de l'Europe. A cette époque, tout le Sud-Est asiatique, d'où viennent d'autres épices, entre en contact avec le bouddhisme. Pagan est dévasté par les Mongols ; Angkor — attaqué par les Thaïs en 1369, puis en 1431 — est abandonné. De nouveaux États bouddhistes s'organisent. Chiang-mai, Phnom Penh sont construites et les *stupas* remplacent les temples monumentaux. Là encore, l'absence de traces écrites empêche de raconter le détail d'une histoire immense qui a déterminé la vie de plus de la moitié des hommes d'aujourd'hui.

A l'autre bout du Pacifique — océan dont, en Europe, nul ne connaît l'existence —, un continent — dont nul, en Europe, n'imagine l'existence — est le théâtre d'événements considérables.

Au Nord vivent des tribus, chacune à sa façon, au gré de sa propre culture. De ces peuples, on ne sait pratiquement rien aujourd'hui, hormis ce que les colons du XVIe siècle et les anthropologues du XXe siècle ont cru comprendre de leurs mythes et de leurs rites. Eux non plus n'ont pas laissé d'Histoire, au sens où nous l'entendons aujourd'hui.

Ces peuples sont extrêmement divers, s'exprimant dans des milliers de langues qu'on a regroupées aujourd'hui en cent vingt-trois familles[16]. Certains, agriculteurs, cultivent le maïs et les haricots ; d'autres sont chasseurs. D'autres encore sont nomades, comme les Ottawas et les Chinooks. Certains adorent la guerre, comme les Comanches ; d'autres la détestent, comme les Pimas. Certains sont organisés selon des lignes de parenté paternelle, comme les Cheyennes ; ailleurs, les femmes contrôlent la vie des villages, comme chez les Hopis. Certains n'ont ni chef ni prêtre, ou bien les chefs n'y sont écoutés que s'ils savent convaincre. Ou bien des nobles dirigent héréditairement le peuple, comme chez les Natchez. Parfois les mœurs sexuelles sont libres, comme chez ces derniers ; ailleurs, c'est le contraire, comme chez les Cheyennes. Certains accumulent des richesses, les Natchez ; d'autres partagent tout, les Iroquois.

Le centre et le sud du continent sont mieux connus. Vers le Xe siècle, au Yucatan, l'Empire maya, puissant depuis des siècles, se fractionne en dix-sept provinces. Les villes principales — Palenque, Uxmal, Chichen-Itza — sont brusquement abandonnées, comme si les prêtres-rois acceptaient la fatalité de cycles inéluctables et se résignaient à l'épuisement des sols. Un peu plus tard, venus du nord, les Aztèques, nomades et belliqueux, s'établissent sur le territoire de plusieurs peuples millénaires : Olmèques, Chichimèques, Mexicas. Au début du XIVᵉ siècle, ils établissent un empire puissant, théocratique et sanguinaire, fondé sur une religion d'une rare brutalité, qui accorde une grande place aux sacrifices humains de masse, mode de communication privilégié avec les dieux[9]. Un empereur — dieu et prince — règne sur des armées puissantes et sur une société remarquablement organisée. Par la force de leurs armes, les Aztèques étendent progressivement leur domination sur les douze millions d'habitants du Mexique ; ils fondent d'abord, en 1325, une ville, puissante cité lacustre, alimentée par un énorme aqueduc : Tenochtitlan, à côté du centre religieux d'une autre tribu, Tlatelolco. L'Empire aztèque dispose alors de connaissances exceptionnelles : écriture et calendrier, irrigation, techniques de stockage. De 1469 à 1481, l'empereur, Axayaxcatl, poursuit les conquêtes territoriales. En 1473, il annexe Tlatelolco, encore autonome. Tizoc, son frère, qui le remplace en 1481, consolide les acquis. A sa mort en 1486 — sans doute empoisonné par des chefs militaires —, son successeur, Ahuitzotl, mène plusieurs expéditions pour prendre le contrôle du Yucatan où certaines principautés mayas conservent leur indépendance. Il fait construire dans Tenochtitlan un second aqueduc et y inaugure en 1487, avec force cérémonies et sacrifices de milliers de prisonniers de guerre, nourriture des dieux, un grand temple pyramidal, le Teocalli. En 1491, Tenochtitlan est une immense cité lacustre abritant plus de trois cent mille habitants qui ne connaissent que la pierre taillée et ignorent l'usage de la roue. Le palais royal y est « si merveilleux qu'il me paraît presque impossible d'en dire la beauté et la grandeur », écrira plus tard Cortés. L'empereur est le centre de cet État à la fois jeune et puissant, conquérant et fragile en raison même de son extrême centralisation.

A la même époque, plus au sud, un autre empire tout aussi jeune connaît également une pleine expansion[90]. Dans la région de l'actuel Pérou où, au début du XVe siècle, des peuples nombreux cultivent la pomme de terre et utilisent le lama comme moyen de transport, comme nourriture et pour sa laine, se rassemblent des tribus. En 1438, l'Inca Pachacutec, héros mythique de la région de Cuzco, impose son pouvoir sur les autres chefs régionaux, se fait reconnaître d'origine divine et crée un empire bureaucratique qu'il étend jusqu'à l'Équateur actuel[90]. La terre est alors divisée en trois parts : un tiers appartient à l'Inca, un autre au Soleil, c'est-à-dire aux prêtres, le dernier à la communauté, c'est-à-dire aux paysans. A sa mort en 1471, son fils, Tupac Yupanqui, assujettit le royaume voisin des Chimu ; il fait construire des fortifications, des viaducs et des chemins de pierre jusque dans les vallées qui descendent vers l'Amazonie, et lance des expéditions maritimes jusqu'aux îles Galapagos[90]. Il pénètre dans l'actuel Chili, malgré l'opposition des guerriers auracans, atteint le rio Maule dont il fait la frontière méridionale de l'empire, installe une garnison à Coquimbo, puis, en 1485, part inspecter son domaine — neuf cent mille kilomètres carrés et quatre mille kilomètres de côtes — dont il met quatre ans à faire le tour. Les dix millions d'habitants obéissent alors à l'Inca qui fait de Cuzco sa capitale, centre monumental où vivent deux cent mille habitants[16].

Deux grands empires naissent, de loin les plus meurtriers de ce temps, et s'installent dans la barbarie et la splendeur. Fondés sur le don, nécessairement égal ou supérieur à celui reçu, ces empires mystiques ne vivent que par l'excès et dans l'excès. Ils s'écrouleront en quelques mois au moment même où, en Europe, on nommera ce continent « Amérique ».

Au large de leurs côtes, des indigènes venus de l'Orénoque, Caraïbes poursuivant les Taïnos, s'installent dans un archipel — l'« Antilia » des légendes.

En Afrique, la fin du XVe siècle marque aussi un tournant politique. A partir de 1450, l'arrivée de marchands portugais provoque l'effondrement de nombreux États-cités, royaumes et empires, détruisant parfois des entités millénaires au profit — ironie de l'Histoire ! — d'une accélération de la pénétration islamique venue du nord-est. Au Maghreb[126], la présence portugaise provoque une anarchie générale. Plus à l'est, en Égypte, l'empire mamelouk, dirigé par une caste militaire, s'étend jusqu'à l'Euphrate et l'Anatolie, en passant par Jérusalem. Il est le point de passage obligé de l'islamisation de l'Afrique et du commerce avec l'Extrême-Orient. Mais il est faible, divisé, et n'attend plus que le coup de grâce ottoman. Plus au sud, l'empire d'Éthiopie, confédération floue aux vagues résonances chrétiennes, isolée des bouleversements mondiaux, disparaît peu à peu, lui aussi, sous la pression musulmane. Sur la côte orientale, jusqu'à Sofala, des « comptoirs » dirigés par des Noirs musulmans résistent jusqu'à se trouver menacés à leur tour par l'expansionnisme ottoman[126]. Encore plus au sud, la civilisation swahili, divisée en royaumes riches et puissants, commerce avec l'Inde et la Chine, en maître de l'océan Indien. En Afrique occidentale, deux empires — Mali et Songhaï — structurent des communautés lignagères au sein desquelles le pouvoir, essentiellement religieux, est détenu par les patriarches[126]. L'empire du Mali — qui n'a géographiquement rien à voir avec le Mali actuel —, à peine islamisé, constitué au cours de la première moitié du XIIIe siècle, est confronté à une forte poussée des Fulbes en Sénégambie et au Fouta-Djalon. Soumis à de multiples pressions extérieures, menacé à partir de 1481 par la progression des Portugais et les incursions des Touareg, il s'efface. Son voisin le Songhaï, libéré en 1469 de la tutelle malienne par l'empereur Sonni Ali Ber, est organisé autour de Tombouctou et de Gao ; musulman, il prend à son tour le contrôle des Touareg, des Fulbes, des Dogons, des Mosi et de la boucle du Niger[126].

Le reste de l'Afrique est divisé en multiples royaumes et principautés, là encore sans Histoire, ou dont on n'a nulle trace écrite : dans la région du Tchad se côtoient de nombreuses sociétés claniques, parfois fédérées comme le royaume du Kanem-Bornou et celui des Séfuwas. Ce dernier contrôle alors douze royaumes tributaires et, de 1465 à 1497, s'édifie une capitale puissante, Gazargamo. Le littoral occidental — de la Casamance aux lagunes ivoiriennes — est peuplé d'une multitude d'ethnies vivant essentiellement de l'agriculture. Au XVe siècle s'y constituent de petits royaumes — Asebu, Fetu, Aguafo, Fanti, Bénin, Ife, Oyo — aux structures politiques et économiques fortes[126]. Le sud du continent est également divisé en minuscules entités noyées dans d'impénétrables forêts, peu attirées par la mer.

Un dernier empire exerce une influence considérable sur la situation de l'Europe occidentale : l'Empire ottoman. En 1450, il s'étend déjà sur une grande partie de l'actuel territoire turc et sur la quasi-totalité de la Grèce continentale. Les chrétiens de Constantinople ne contrôlent plus que le Péloponèse et la ville même, isolée au milieu du territoire ottoman, que l'Église espère sans cesse dégager.

Au début de 1453, le sultan Mehmet II décide

d'en finir avec cette enclave d'une telle portée symbolique. Il dispose treize grosses bombardes et cinquante-six pièces plus petites autour de la ville[85]. Au bout d'un mois et demi de bombardements, le 29 mai, Constantinople tombe. Le dernier empereur romain d'Orient, Constantin Paléologue, est destitué. Mehmet II redonne à la ville, rebaptisée Istanbul, sa splendeur et sa prospérité. Les églises deviennent mosquées, mais, tout de suite, les Ottomans souhaitent se faire accepter des Européens auxquels ils laissent toute liberté de commerce et de culte. De nombreux étrangers viennent s'y installer[85], au point que les musulmans y sont largement minoritaires.

Dès le 30 septembre 1453, le pape Nicolas V fait néanmoins savoir qu'il entend reprendre Constantinople aux infidèles et qu'à cette fin, il veut unir les princes chrétiens en une nouvelle croisade. Il obtient de Venise, alors en guerre avec Milan, qu'elle fasse la paix à Lodi, le 9 avril 1454.

Mais les Ottomans n'en restent pas là. L'été suivant, Mehmet II prend le contrôle de plusieurs îles jusque-là génoises (Nouvelle-Phocée, Thasos, Enos, Imbros, Samothrace, Lemnos). Le 2 mars 1455, face à la menace, les princes italiens créent la « Ligue italienne pour la paix, la tranquillité de l'Italie, la défense de la sainte foi chrétienne ». Elle est conçue pour durer vingt-cinq ans. Mais le pape ne parvient pas à lui faire déclencher la guerre contre le Turc. Et Calixte III, le Borgia élu cette même année au trône de Saint-Pierre où il succède à Nicolas V, n'a pas non plus le temps d'agir : il meurt trois ans plus tard. A peine élu en 1458, le nouveau souverain pontife, Pie II, réunit à Mantoue les princes d'Occident pour leur demander une nouvelle fois de s'unir afin de reprendre Constantinople. Lui aussi échoue : Florentins et Vénétiens veulent éviter de déplaire au sultan dont ils espèrent des faveurs, commerciales et politiques[16] ; l'empereur romain-germanique craint qu'une telle guerre ne serve les intérêts de son ennemi, le roi de Hongrie, Mathias Corvin ; le roi d'Aragon et le roi de France sont trop exclusivement préoccupés par la question de Naples, l'un soutenant Ferdinand, l'autre Louis d'Anjou[16]. Seul Philippe, duc de Bourgogne, est séduit par l'idée d'une telle croisade, espérant « en recueillir la gloire indispensable pour franchir l'étape suprême et assurer le destin européen de la Bourgogne[16] ».

Les princes d'Europe ne se sentent plus liés à leur histoire d'Orient. Ils veulent être définitivement d'Occident. Et, à cette fin, oublier Byzance et Jérusalem.

En 1464, Venise, sentant la menace turque s'appesantir sur ses épices, décide d'entreprendre seule cette guerre si hasardeuse. Mais, comme prévu, l'opération tourne vite au désastre. La cavalerie ottomane, avec ses cinquante mille hommes, et les douze mille hommes de l'infanterie, ont tôt fait d'écraser les armées vénitiennes[85]. En 1468, l'allié albanais de Venise, Georges Castriote — dit Skanderbeg — est tué ; Négrepont tombe ; l'Eubée est abandonnée. En juin 1475, la flotte ottomane s'empare des dernières possessions génoises — Caffa, en Crimée ; Tana, sur la mer d'Azov. Mehmet II prend Scutari et proclame sa suzeraineté sur la Crimée[85]. Épuisée, Venise demande la paix et signe un traité, le 25 janvier 1479 — jour de la Saint-Marc, humiliation suprême — aux termes duquel le Doge reconnaît aux Turcs la propriété de Scutari, Kroja, Lemnos et Négrepont ; en outre, le Doge s'engage à leur verser cent mille ducats et un droit annuel de dix mille ducats pour commercer dans l'Empire ottoman[85].

Fasciné par la modernité, le sultan ne se contente pas de cette victoire. Il veut poser un pied en Italie même. En juillet 1480, ses armées débarquent à Otrante, dans le royaume de Naples, et massacrent des milliers de sujets napolitains sans que les Vénitiens réagissent. Laurent de Médicis laisse également faire : menacé par le pape et les Pazzi, il négocie le soutien du sultan contre Rome et Naples — et l'obtient. Son sculpteur officiel, Bertoldo, grave même une médaille à la gloire de Mehmet II. La même année, les armées turques échouent devant Rhodes, possession de l'ordre de Saint-Jean de Jérusalem[85].

Mais, le 4 mai 1481, en route pour l'Anatolie, Mehmet II meurt. Sa disparition met un terme aux ambitions occidentales des armées turques[85]. Sa succession est incertaine. Ses deux fils, Bayezid et Djem — le cadet à qui son père souhaitait laisser le pouvoir — se disputent le trône. Quinze jours après la mort du père, l'aîné entre dans Istanbul, son frère s'enfuit pour le Caire. Bayezid paie alors les chrétiens de Rhodes pour qu'ils interceptent Djem et le gardent prisonnier. En échange, il s'engage à ne pas les attaquer. Bayezid rend Otrante à Ferrant de Naples et signe un nouveau traité de paix avec Venise[85]. En 1483, il se retourne contre les Mamelouks et les Balkans. Il prend la Herzégovine, ainsi que deux principautés moldaves bordant la mer Noire, Kilia et Akkerman. Cette mer est désormais turque[85].

Comme Venise est alors la seule cité capable de les protéger, tous les petits princes méditerranéens — telle la reine de Chypre, Catherine Cornaro — se placent sous sa protection. Le pape Innocent VIII, avec le concours de Mathias Corvin, reprend l'idée d'une croisade contre les Turcs. Djem est transféré à Rome pour servir de monnaie d'échange en cas de bataille. Mais, au printemps 1490, Mathias Corvin meurt. Nul n'a plus intérêt à la croisade. Le 30 novembre 1490, la Sublime Porte s'engage à nouveau à ne pas attaquer Rome et Venise et se déclare disposée à payer la « pension » de Djem au pape. On respire. L'Empire ottoman se fait accepter de l'Europe.

A l'aube de 1492, avec sept millions d'habitants dont les deux tiers sont bulgares, serbes, albanais, valaques, slaves, grecs, arméniens et juifs, l'Empire ottoman est devenu respectable. L'« orientalisme » envahit l'Italie et Carpaccio peint Jérusalem comme une cité « orientale[16] », plus loin que jamais de l'Europe. En sens inverse, des ingénieurs italiens vont travailler à Istanbul et Bayezid, qui comprend l'italien et apprécie la Toscane, correspond avec Léonard de Vinci. C'est ce mouvement qui prévaudra.

L'Europe de l'Ouest fascine jusqu'à ses ennemis déclarés.

Gouverner

Cette Europe n'a pourtant pas encore la moindre identité politique. Le mot lui-même serait dérivé, selon certains, d'un vocable akkadien, *erepu*, signifiant « Occident[137] ». Selon d'autres, il vient de la mythologie grecque où il désigne une princesse originaire de la partie asiatique de la Méditerranée orientale. Élargi par les Romains à la Gaule et aux îles Britanniques, le concept d'Europe s'étend encore, au Moyen Age, à la Germanie et à la Hongrie[137]. Un concept synonyme, l'« Occident », surgit au IXe siècle. En 838, l'historien Nithard décrit l'empire carolingien comme « *Tota occidentalis Europa*[137] ». Puis s'y ajoute un autre concept synonyme, la « Chrétienté ». Les mots *Occidens* et *Europa* sont alors progressivement remplacés par celui de *Christianitas*, dont le pape et l'empereur se disputent le contrôle. Sans doute celle-ci se définit-elle alors par ceux qui sont ses ennemis : les musulmans d'Espagne, de Sicile et de Turquie, les païens de Pologne et de Scandinavie[47].

L'Europe n'aura de cesse de s'approprier « Occident » et « chrétienté », de ne se trouver de racines qu'en elle-même.

Peu à peu, le mot « Europe » se répand : il apparaît une douzaine de fois dans l'œuvre de Dante ; au XIVe siècle, Jordan de Séverac écrit que des habitants de l'Inde lui ont dit : « Un jour viendra où les Européens conquerront le monde[137]. » Dans une allégorie de l'époque, l'Europe est représentée sous « les traits d'une Vierge couronnée dont la tête est l'Espagne, le cœur la France, le ventre la Germanie, les bras l'Italie et l'Angleterre, avec, dans sa vaste robe aux plis incertains, l'horizon confus des plaines russes[127] ». Sous Louis XI, Philippe de Commynes écrit : « Dieu a organisé l'Europe de telle façon que chaque État eût un ennemi traditionnel à sa porte[33]. »

L'Europe est alors un ensemble politique incroyablement complexe, partagé entre deux rêves contradictoires : celui de son *unité continentale* (religieuse et politique), celui de sa *diversité nationale* (ethnique et culturelle).

En 1492, la diversité l'emportera, pour cinq siècles.

Ce n'est pourtant pas l'hypothèse la plus apparente. Le latin reste la langue officielle du droit ; le pape et l'empereur se disputent le contrôle du continent, réputé uni, par la délégation des princes qui directement ou indirectement les élisent.

Aimable fiction de scholastiques. En réalité, l'Europe occidentale est déjà une mosaïque de cités et de nations perpétuellement en guerre les unes avec les autres : guerres franco-anglaise, lusitano-aragonaise, germano-slave, franco-bourguignonne... On se bat pour un village, un affront, un héritage, un mariage, ou pour le plaisir. Pour réduire le coût de ces conflits, la *diplomatie* fait ses premiers pas, instable et fragile. Et, avec elle, la *politique* au sens moderne du mot.

Comprendre l'Europe de 1492 requiert donc d'entrer dans le détail de l'histoire des cinq décennies précédentes, dans leurs complexités dynastiques et leurs futilités meurtrières. L'effort n'est pas inutile, puisque ces événements ont façonné la géopolitique d'aujourd'hui.

La plus grande puissance, géographiquement et démographiquement parlant, est de loin la France. Mais elle n'est ni le moteur de l'économie — il est situé plus au nord, en Flandre —, ni le moteur du politique — plus au sud, en Italie. Pourtant, c'est elle qui impose, précisément à ce moment-là, un modèle *territorial*, alors même qu'en Italie s'invente un modèle *étatique*.

Avec seulement dix millions d'habitants, la péninsule italienne est le lieu principal de la politique. Là — et nulle part ailleurs — des puissances économiques sont au service de forces politiques. Là — et nulle part ailleurs — affluent tous les princes ambitieux en quête de fortune. Par là — et par nulle part ailleurs — passent toutes les routes de la puissance. Là — et nulle part ailleurs — s'inventent les lois de la guerre moderne, de l'État et des relations internationales. Il n'existe pas d'« identité italienne » : les cités s'allient souvent les unes contre les autres, et parfois même avec des étrangers, fussent-ils non chrétiens, pour contrer les ambitions d'un voisin.

Deux observateurs contemporains les ont jugées. En 1513, dans *Le Prince*, Nicolas Machiavel écrira : « Nos princes italiens pensaient, avant d'avoir subi les épreuves des guerres ultramontaines, qu'un prince pouvait se contenter de peaufiner, dans son cabinet, une réponse incisive, d'écrire une belle missive, de faire preuve, dans ses propos, de finesse et de sens de la repartie, de tramer une machination, de se parer d'or et de bijoux et de dormir et banqueter dans une splendeur inégalée. S'entourant de débauchés et croupissant dans l'oisiveté, ils gouvernaient leurs sujets de façon cupide et hautaine, distribuaient les grades militaires avec le favoritisme comme seul critère, dépréciaient quiconque essayait de leur indiquer le bon chemin et prétendaient que la moindre de leurs paroles fût reçue comme un oracle. Ils ne se rendaient pas compte, les malheureux, qu'ils se préparaient à devenir la proie de tout ennemi qui les assaillerait[79]. »

L'autre grand observateur italien de l'époque, le Florentin Francesco Guicciardini, notera dans son *Histoire de l'Italie*[60] : « ... Jamais l'Italie ne s'est montrée si prospère, ni ne s'est trouvée dans une situation si désirable qu'en l'an de grâce mil quatre cent quatre-vingt-dix et que dans les années qui l'ont précédé et suivi. Elle bénéficiait de la paix et de la tranquillité (...) ; elle n'était pas soumise à un empire, quel qu'il soit, mais à elle-même, et elle comptait beaucoup d'habitants et une grande abondance de marchandises et de richesses. Elle était ornée, en outre, de la magnificence de nombreux princes, de la splendeur de maintes nobles et belles villes, du trône et de la majesté de la religion ; elle abondait en excellents administrateurs de la chose publique et en esprits de haute valeur dans toutes les disciplines, et elle s'adonnait à tous les arts et s'y illustrait[60]. »

L'une et l'autre descriptions, pourtant contradictoires, sont exactes : la superficialité des princes italiens que décrit Machiavel n'empêche pas la péninsule, comme le remarque Guicciardini, d'exciter toutes les convoitises.

La République de Venise, qui domine alors les marchés, s'intéresse peu à la péninsule et au reste du continent, obsédée qu'elle est par ses relations avec les Turcs. Les cités indépendantes de Milan,

Florence, Mantoue, Lucques, Sienne sont toutes dotées d'un prince et d'une opposition, et toutes entretiennent leurs ambitions et alliances respectives. Le royaume de Naples et les États pontificaux ont eux aussi leurs pouvoirs et leurs rêves.

Deux blocs, deux coalitions s'organisent : autour de Venise, avec Naples ; autour de Florence, avec Milan et Sienne.

L'État moderne naît dans les cours de ces princes ; s'y inventent la propagande, la diplomatie, l'administration. Chacune compte plusieurs centaines de personnes, parfois quelques milliers ; on y trouve des administrateurs, des conseillers, des artistes, des écrivains, des prêtres ; le pouvoir civil y gagne constamment du terrain sur le pouvoir ecclésiastique. La pression fiscale y augmente. On y invente l'impôt sur les transactions et la comptabilité publique[131]. Pour mener leurs guerres, les princes utilisent le *mercenariat* et passent contrat avec des *condottieri*. Machiavel écrit : « Les *condottieri* sont de très excellents hommes de guerre ; s'ils le sont, tu ne dois pas t'y fier, car ils tâcheront à se faire grands eux-mêmes, ou en te ruinant, toi qui es leur maître, ou en détruisant d'autres contre ton intention ; mais si le capitaine est sans talent, il sera par là même cause de ta perte[79]. » Quand, après la paix de Lodi, l'Italie entre dans une période de paix intérieure, peu d'entre eux acceptent d'aller combattre les Turcs dans les Balkans et ils préfèrent s'installer sur des fiefs[131].

Chaque ville a sa spécificité. Cœur déclinant de l'économie marchande, Venise est la plus grande puissance de la péninsule, même si celle-ci ne l'intéresse guère. Son organisation est très particulière : État purement laïc, aucun prêtre, même fils de Doge ou de sénateur, ne peut avoir accès aux postes de l'État. Le pouvoir émane en théorie de l'Assemblée populaire[71]. En réalité, une oligarchie monopolise un Grand Conseil de quatre cents membres (héréditaires à partir de 1323), véritable centre du pouvoir politique, qui désigne les magistrats, édicte les lois, fixe les châtiments et détermine tous les règlements, jusqu'aux devoirs des ambassadeurs[6]. Une centaine de familles contrôlent donc tous les rouages du pouvoir politique et de l'administration. Au-dessus encore se trouvent le Conseil des Quarante et le Sénat, prépondérants à tour de rôle[71]. Puis le Conseil ducal, composé de six membres élus pour un an et rééligibles deux fois, qui veille à ce que le Doge, qu'il choisit, se soumette aux décisions du Grand Conseil. Il se réunit en présence du Doge et de trois représentants du Conseil des Quarante, l'ensemble constituant la *Signoria*[71]. Le Doge, dont la fonction remonte à l'époque où Venise appartenait à l'Empire byzantin, est élu à vie et exerce un pouvoir absolu[71]. Après la paix de Lodi, en 1454, Venise se tourne entièrement vers le maintien de ses réseaux d'Orient, jusqu'en 1482, date à laquelle une nouvelle guerre l'oppose au pape pour le contrôle de Ferrare. En 1491, le Doge Agostino Barbarigo, succédant à son frère Marco, peut se prévaloir d'avoir fait la paix avec tous ses voisins : Ferrare et Naples, Milan et le Turc.

Si Venise dispose de la force économique, Florence bénéficie de la gloire et du prestige politique. A la mort de Pierre de Médicis, dit le Goutteux, dans la nuit du 2 au 3 décembre 1469, son fils de vingt ans, Laurent, le remplace, assisté de son frère Julien ; il devient progressivement « l'aiguille de la balance de la politique italienne[60] », selon Guicciardini qui écrit de lui : « Son nom était grand dans toute l'Italie et son autorité affirmée sur toute la chose publique. Conscient qu'il eût été dangereux pour la république florentine et pour lui-même que l'une des puissances italiennes prît trop de pouvoir, il s'employait activement à maintenir l'équilibre existant[60]. »

Il y réussit. Vingt ans durant, Laurent mate les révoltes de Prato et de Volterra, épure le Conseil des Cent, crée un Conseil majeur, s'oppose alternativement à Naples, à Sienne, à Milan, à Venise, écrase en avril 1478 la conjuration des Pazzi, fomentée par le pape et dans laquelle meurt Julien. En 1481, l'attaque turque sur Otrante détourne ses ennemis et l'aide à maintenir pour dix ans l'équilibre de la ville, jusqu'au Carême de 1491 où un dominicain annonce, dans la sacristie de l'église San Marco, la mort prochaine de Laurent, du pape et du roi de Naples. A l'été 1491, ce moine, Savonarole, est nommé prieur de San Marco. Laurent s'affaiblit physiquement, tout comme s'affaiblit sa compagnie, fondement financier de sa puissance, désormais au bord de la faillite.

Mais la gloire de Florence et la puissance de Venise sont hors d'atteinte. En réalité, la vie politique italienne tourne autour des convoitises qui guettent deux autres États, à la fois riches et faibles : Milan et Naples.

L'un est convoité par l'autre. Et tous deux le sont par le roi de France. Milan contrôle alors toute la Lombardie, jusqu'à Gênes. Dirigée depuis 1277 par les Visconti, la ville est prise en 1450 par un condottiere, Francesco Maria Sforza, protégé de la France et de Florence ; l'assassinat de son fils Galeazzo Maria, le 26 décembre 1476, provoque quatre années de désordre. Son frère, Ludovic, dit « le More », aidé par Ferrant de Naples, renverse un dictateur de passage et empêche la veuve de Galeazzo Maria — « femme de petit sens », dit Commynes — d'obtenir qu'il rende le pouvoir à son fils Gian Galeazzo, héritier légitime. Le More se fait nommer tuteur de son neveu, qu'il marie à une petite-fille du roi de Naples, Isabelle, avant de l'éloigner. Avec l'aide de Charles VIII, le More devient maître de Milan. Mais Gian Galeazzo et Isabelle tentent de récupérer le trône, depuis Naples, qui change de camp ; le More, avec la complicité de plusieurs princes napolitains, déclenche mille complots contre Ferrant. Ils échouent et celui-ci fait exécuter les meneurs. Cette rivalité acharnée entre les deux États extrêmes de la péninsule, l'un allié de la France et de Florence, l'autre allié du pape et de l'Espagne, détermine une grande partie de l'histoire politique de l'Europe de ce temps. Car Naples, tout autant que Milan, est la cible de tous les appétits de conquête.

Alors peut-être la plus grande ville d'Europe, Naples, qui appartenait jusque-là aux Angevins, échoit en 1442 par héritage au roi d'Aragon Alphonse V. La ville est riche : elle contrôle tout le sud de l'Italie, la Sardaigne, la Sicile, les deux grandes îles de la mer Tyrrhénienne. C'est un point stratégique sur les routes d'Orient. La domination espagnole est d'abord une véritable occupation. A la mort d'Alphonse V, en 1458, Naples va à l'un de ses fils naturels, Ferrant, tandis que la couronne d'Aragon revient à son frère Jean II. Refusant de reconnaître Ferrant comme roi, des barons napolitains entendent faire couronner Jean, un fils du roi René d'Anjou. Ce prince déchu, alors exilé à Gênes, débarque à Naples en 1459. Mais Ferrant, avec l'aide de Milan et de Rome, le bat en 1464. Après vingt ans de paix relative et mille et un complots fomentés par Milan pour le renverser, Ferrant doit affronter en 1482 une obscure guerre de frontières qui l'oppose à Rome. Le condottiere Orsini, pour le compte du pape, vainc les Napolitains en 1482 à Campo Norte. En 1485, aidés du nouveau pape génois, de Milan et du roi de France[16], des barons napolitains tentent à nouveau de renverser Ferrant, soutenu cette fois par Laurent le Magnifique. La guerre est brève ; une médiation de Ferdinand d'Aragon conduit à une paix, signée le 11 août 1486, aux termes de laquelle Ferrant devra payer un tribut au pape. Ferrant refuse et la guerre reprend ; cette fois, on demande au prestigieux Laurent le Magnifique de s'interposer. Sa médiation aboutira en 1492. Mais Naples reste menacée par la plus grande puissance territoriale et militaire d'Europe : la France, qui revendique le trône.

L'espace français, le plus vaste d'Occident après l'Empire, est encore celui défini par le traité de Verdun. Le territoire dont Louis XI hérite en 1461 à la mort de Charles VII est d'environ quatre cent vingt-cinq mille kilomètres carrés. Sa langue — substituée progressivement au latin dans les actes de chancellerie — commence à faire l'unité du pays[74]. Le Rhône, la Saône, la Meuse et l'Escaut en marquent les frontières ; la Bretagne, la Provence, la Lorraine sont indépendantes, Calais est anglais.

Dès son accession au trône, Louis XI prend le Berry, arrache le Roussillon et Marseille à Jean d'Aragon, revendique Naples et Jérusalem dont il prétend avoir hérité par testament du roi René, avec toutes les possessions de la maison d'Anjou.

L'histoire de la France, au cours de ces décennies, va se jouer dans cette relation agressive et manquée avec les deux « cœurs » de l'économie marchande : la Flandre et l'Italie. Louis XI échouera en Flandre ; son fils, Charles VIII, échouera en Italie. Parce que sur le flanc nord-est du pays existe alors une autre formidable puissance : la Bourgogne. Malgré cette double défaite, la France n'en forcera pas moins l'Europe à penser désormais en termes de nations, et non plus de principautés, d'États et non plus de cités. La France sera le premier creuset d'une nation mêlant des peuples autour d'une langue et dans le cadre de frontières communes.

La Bourgogne est alors le cauchemar du roi de

France. Le duché incarne en effet l'idéal d'une Europe confédérale, union de cités soumises au duc, qui menace de réduire à néant les ambitions nationales des monarques français. Forte de l'appui de l'Angleterre, de la Savoie, de la Bretagne, de Venise et de Milan, les princes de Dijon s'opposent à l'idée d'un État national tel que le conçoivent Isabelle en Espagne et Louis en France. D'apparition récente, le duché, donné par Jean le Bon en 1361 à son fils Philippe le Hardi, puis consolidé par son petit-fils Jean sans Peur, s'est étendu jusqu'à Liège par d'habiles mariages. Vers 1460, le duc Philippe le Bon gouverne un territoire morcelé qui s'étend d'Amsterdam à Nevers ; il rêve de conquêtes et de croisades. A partir de 1465, son fils Charles, dit le Téméraire, né du mariage de Philippe le Bon avec Isabelle de Portugal, rêve d'unir sa Bourgogne et sa Flandre en un royaume d'un seul tenant, voire de devenir empereur d'Europe, de porter ce qu'il appelle « la couronne impériale d'Occident et Constantinople ». Tout de suite, Charles entreprend d'attaquer ses voisins. En 1467, il convainc Louis XI d'abandonner ses alliés liégeois révoltés contre leur duc et les mate. A Péronne où il rencontre le roi de France, alors à sa merci, il le laisse filer, impressionné par l'onction sacrée reçue par le roi : « Le renard crotté a échappé au repaire du loup[33] », écrira Commynes. Faute majeure : Louis XI ne l'oubliera pas et, sagement, en profite pour refaire ses forces tout en préparant sa vengeance.

Charles le Téméraire pense avoir tous les atouts en main pour installer durablement la Bourgogne au centre de l'Europe. Mais il échouera : nul conquérant n'est à même d'unir l'Europe rétive. Il joue cependant cartes sur table. A Trèves, le 30 septembre 1473, il annonce à l'empereur Frédéric III qu'il sera, le jour venu, candidat à sa succession et que son allié Édouard IV d'Angleterre l'aidera avec une armée de vingt-trois mille hommes, tout juste installée à Calais. Effrayé, l'empereur saisit les princes d'Allemagne, les villes d'Alsace, les cantons suisses — déjà unis dans une confédération — et le duc de Lorraine. Ceux-ci se liguent contre l'ambitieux. En juillet 1475, le roi de France — qui, le 30 avril, a occupé Avignon et l'ancien palais des Papes —, apprenant que le duc de Bretagne soutient le duc de Bourgogne, se rallie à cette coalition[33].

Charles prend Nancy, que le duc de Lorraine est contraint d'abandonner. Mais il s'enlise au siège de Neuss, en Rhénanie, face à des armées impériales trop fortes pour lui[33]. Louis XI pénètre alors en Bourgogne, puis en Picardie et en Franche-Comté. Coup de grâce : le 29 août 1475, il signe une paix séparée avec les Anglais ; contre remboursement de leurs frais de guerre et versement d'une pension annuelle, ceux-ci renoncent à l'alliance bourguignonne et à toute prétention à la couronne de France. La même année, le roi de France fait, à Senlis, la paix avec le duc de Bretagne. Charles le Téméraire est isolé.

Pourtant, l'année suivante, en 1476, il réussit encore un coup superbe : sa fille Marie, alors âgée de dix-neuf ans, courtisée successivement par Ferdinand d'Aragon et par Nicolas de Calabre, petit-fils du roi René, est promise à Maximilien de Habsbourg, fils de l'empereur. Par cette alliance, Charles pense obtenir un jour le titre de roi des Romains et, ultérieurement même, celui d'empereur. Mais il est trop tard : le duc de Lorraine, aidé par Louis XI et les Suisses, entreprend la reconquête de son duché et assiège Nancy où se trouve Charles. Celui-ci est tué le 5 janvier 1477 ; ses armées sont défaites. Le rêve lotharingien semble s'être écroulé. En fait, il durera encore, moribond, quinze ans, jusqu'en 1492.

Car, même après la mort du Téméraire, la

« chimère » bourguignonne exerce un prestige considérable sur les cités d'Italie et du reste de l'Europe : les élégances, les meubles, les vases, les tapisseries, les fêtes de l'Europe doivent beaucoup à la Bourgogne de Charles[16].

Étrangement, à la mort du duc, Louis XI fait la même erreur que ce dernier avait commise lorsqu'il avait négligé son rival vaincu. Sous-estimant à son tour Maximilien d'Autriche, qui a épousé Marie de Bourgogne six mois après la mort de son père, Louis XI attaque les Flandres. Philippe de Commynes montre bien comment Maximilien défend alors avec acharnement l'héritage de sa femme contre les prétentions françaises. Au début, il est mal accepté par les sujets de Bourgogne : Gand, par exemple, refusant d'être sous tutelle impériale, se révolte et arrache en 1477 à Marie son « grand privilège de par-deçà », la privant de tout pouvoir[74]. Louis XI fond alors sur l'Artois et le Hainaut. Tout semble consommé. Mais se produit alors un étrange renversement : en 1479, les Gantois se retournent contre la domination française et se proclament fidèles à Marie, à Maximilien et aux deux enfants du couple, Marguerite et Philippe le Beau. L'invasion française en Flandre est stoppée.

Louis XI continue cependant d'agrandir son royaume : en 1481, l'héritage d'Armagnac ; l'année suivante, la Provence et l'Anjou. En décembre 1482, à Arras, il fait la paix avec Maximilien qui promet de donner sa fille Marguerite, qui n'a que trois ans, en mariage au Dauphin, fils du roi de France, le futur Charles VIII, qui n'en a que onze. En dot, Maximilien lui cède la Picardie, le Boulonnais, la Franche-Comté, l'Artois, le Mâconnais et le Charolais. Le Bourguignon conserve les Pays-Bas, où il s'installe. La France espère ainsi annexer la Flandre. Trois mois plus tard, en mars 1482, Marie de Bourgogne meurt d'une chute de cheval et Maximilien, veuf à vingt-cinq ans, devient régent et tuteur de son fils, Philippe le Beau. Il envoie Marguerite, sa fille de trois ans, fiancée acceptée du Dauphin, vivre à la cour de Louis XI. Elle y restera huit ans.

La Bourgogne semble avoir vécu ; la Flandre est dans l'orbite capétienne. En avril 1483, Jean de Baudricourt, ancien gouverneur de Bourgogne, est dépêché à Aix par Louis XI pour destituer tous les agents gouvernementaux provençaux et les remplacer par d'autres, venus d'autres provinces. La France s'étend à présent de Boulogne à Marseille.

Quand Louis XI s'éteint à Plessis-lès-Tours en août 1483, la France est faite. Restent à annexer la Bretagne et, déjà presque acquise, la Flandre. Mais le Dauphin n'a que treize ans et Commynes raconte[33] comment le roi, mourant, confie les affaires du royaume à sa fille Anne de France, dame de Beaujeu — qu'il tenait pour la « femme la moins folle qu'il y ait en ce royaume, car de sage il n'y en a point[33] » —, alors que son cousin Louis, duc d'Orléans, escomptait la régence. Pour asseoir leur pouvoir contre les Grands, Anne et son mari, le duc de Bourbon, convoquent immédiatement des « États généraux » — le terme « généraux » étant employé pour la première fois. Dans la grand-salle de l'archevêché de Tours, choisie parce que ville de marchands, ils réunissent le 15 janvier 1484 deux cent cinquante députés des trois ordres, élus par les bailliages et les villes. La Bretagne, encore indépendante, délègue des observateurs. La Flandre n'est pas représentée[74]. Six bureaux régionaux synthétisent les plaintes communes en un cahier unique, sous six rubriques générales : Église, Noblesse, Commun, Justice, Commerce et Conseil. Anne de Beaujeu, en présence du jeune Dauphin, y reçoit les députés. On discute de la rédaction des coutumes, des libertés du commerce intérieur et de la réduction des impôts. L'ancien sénéchal de Bourgogne, devenu après la conquête de sa province collaborateur de la France, Philippe Pot, pose le principe de l'élection des rois par les sujets et y revendique la *souveraineté du « peuple »* : « L'État, dit-il, est la chose du peuple ; la souveraineté n'appartient pas aux princes, qui n'existent que par le peuple... *J'appelle peuple l'universalité des habitants du royaume*[74]. » Belle formule qui annonce la conception française de la nationalité, faite du sol et non des races.

Au grand dam de Louis d'Orléans, les États généraux se concluent par un renforcement de l'autorité des Bourbons qui, jouant le « peuple » contre les princes, acceptent une réduction des deux tiers de la taille, éludent la requête d'une réunion régulière de l'assemblée, composent le Conseil du roi à leur gré et suspendent l'indemnité des députés. Cependant, ni les Bourbons, ni Charles VIII, malgré leurs promesses, ne convoqueront plus les États généraux.

Furieux de leur défaite, les princes complotent encore : le 23 novembre 1484, Jean de Dunois, Louis d'Orléans et le duc de Bretagne tentent de soustraire le jeune roi à la tutelle des Bourbons. En vain : le 12 mars 1485, à Évreux, Louis d'Orléans est même contraint de signer un traité de paix avec la régente ; le 9 août, les seigneurs bretons en font autant ; mais ils ne désarment pas. A Paris, le 14 janvier 1487, on découvre un complot visant à enlever Charles VIII ; deux des instigateurs, l'archevêque de Rouen Georges d'Amboise et Philippe de Commynes, sont arrêtés ; Louis d'Orléans se réfugie à Nantes. Commence alors ce que l'on a appelé la « Guerre folle[74] ».

Maximilien, élu en février 1486 roi des Romains par la diète de Francfort, s'allie au duc François II de Bretagne et à d'autres grands seigneurs du

royaume de France (le sire d'Albret, Charles d'Orléans, comte d'Angoulême) contre le roi, pourtant
fiancé de sa fille. L'armée française, menée par
Anne et Charles, soumet en quelques mois tout
l'Ouest, de Bayonne à Parthenay. Le 9 mars 1487,
après avoir reconquis la Guyenne, Charles VIII fait
son entrée dans Bordeaux[74]. Il marie le comte
d'Angoulême à Louise de Savoie, en des noces dont
naîtra un jour François Ier. Même si, le 6 avril, le
roi doit lever le siège devant Nantes qui refuse de
se rendre, les armées du duc de Bretagne et de son
allié Maximilien sont mises en pièces par son
artillerie et ses mercenaires. En 1488, Maximilien
est même fait prisonnier à Bruges par des troupes
françaises commandées par le seigneur de La Palice,
qui le libère sans se faire prier : après tout, le duc
est le père de la fiancée du roi de France ! Le
27 juillet 1488, à l'issue de la bataille de Saint-
Aubin-du-Cormier, la « Guerre folle » se termine par
la déroute des Bretons et des princes rebelles. En
septembre 1488, Louis d'Orléans est fait prisonnier ;
au même moment meurt François II de Bretagne.
Le 21 août a été signé le traité dit « du Verger », qui
stipule que la fille de François II ne pourra se
marier sans le consentement du roi de France.
L'époux de la duchesse de Bretagne ne doit pas être
un ennemi de la France et Charles VIII, désormais
tout-puissant, a les moyens de l'empêcher. En janvier 1490, le pape Innocent VIII lui demande même
de l'aider à obtenir de Ferrant de Naples qu'il lui
paie le tribut qu'il lui doit depuis quatre ans. En
récompense, Charles VIII reçoit l'épée et le bonnet
d'honneur que le pape réserve aux monarques ayant
bien mérité de Rome.

Bien des princes convoitent alors la main d'Anne
de Bretagne. Mais celle-ci, cultivée et opiniâtre,
entend bien sauvegarder l'indépendance de son
duché vis-à-vis de la France[74]. Pour ce faire, en

violation du traité du Verger, tout juste signé, elle décide, en application de ce que son père avait imaginé, d'épouser Maximilien d'Autriche, veuf de Marie de Bourgogne et père de la fiancée du roi de France. Colère de Charles VIII, qui n'en peut mais. Le 19 décembre 1490, le roi des Romains, « retenu dans ses États », délègue un envoyé qui glisse une jambe nue dans le lit d'Anne de Bretagne[74]. Le mariage est scellé. La Bretagne entre dans l'orbite de la maison d'Autriche. Furieux, les Français assiègent Rennes pour obliger Anne à rompre ce mariage à la validité douteuse, tant en raison de l'absence de l'époux que du traité du Verger.

En mai 1491, Anne de Beaujeu, duchesse de Bourbon, accouche d'une petite fille et se détourne de la politique. Charles VIII prend alors pleinement le pouvoir. Petit, laid, secret, rêveur et mystique, féru d'histoire et de vies de saints, obsédé par la reconquête de Naples qu'il voit comme le prélude à une croisade contre les Turcs dont il prendrait la tête, il se réconcilie avec son cousin Louis d'Orléans, qu'il fait libérer le 28 juin 1491 de la tour de Bourges où Anne de Beaujeu l'a enfermé depuis trois ans. Il restitue aussi le Roussillon à l'Espagne et la Franche-Comté à l'Empire. Et, coup spectaculaire, pour faire annuler le mariage d'Anne de Bretagne avec Maximilien, il décide tout simplement de l'épouser lui-même — prenant à son compte les énormes dettes de la Bretagne à l'égard de l'Angleterre et de l'Espagne —, et donc de rompre ses propres fiançailles avec la princesse Marguerite, fille de Maximilien d'Autriche, qu'il renvoie chez son père. Devant la force, Anne de Bretagne doit s'incliner ; le 6 décembre 1491, elle épouse le roi de France à Langeais[70]. Il a vingt ans. Elle en a quinze. Craignant que Maximilien — à la fois père de sa fiancée répudiée et « époux » de sa femme — n'accuse le roi d'avoir enlevé et violé

Anne de Bretagne, la sœur aînée de Charles, Anne de Beaujeu, dans son dernier acte politique, fait placer six bourgeois derrière les rideaux du lit nuptial pour attester, si nécessaire, que la duchesse est devenue librement reine de France[31]. Étrange mariage entre parents au quatrième degré, l'une déjà mariée au père de la fiancée de l'autre, sans les dispenses pontificales nécessaires pour résilier ces engagements ! Dispenses qui n'arriveront qu'au début de 1492...

Ces rebondissements assurent la victoire de la principale monarchie d'Europe sur son principal rival ducal. Dès lors, la France servira de modèle aux nations en devenir.

Et d'abord dans la péninsule ibérique, alors divisée pour l'essentiel (si l'on néglige la petite Navarre, à l'époque dirigée par la maison d'Albret, qui a succédé aux comtes de Foix) en trois royaumes autonomes :

Le Portugal — qui saura conserver son indépendance grâce à l'appui de l'Angleterre — est dirigé par la dynastie d'Aviz, composée des descendants de Jean, bâtard de Pierre Ier et grand-maître de l'Ordre militaire religieux d'Aviz. Après Jean Ier vient Alphonse V, qui règne de 1438 à 1481, puis son fils, Jean II, qui régnera près de quinze ans. Comme son père, celui-ci consacrera tous ses efforts aux découvertes.

L'Aragon est dirigé depuis 1412 par la famille d'Antequera, branche cadette des Trastamare. D'abord par Ferdinand Ier, à qui succède en 1458 son frère Alphonse V, puis par le fils de celui-ci, Jean II, en 1472. En 1479, quand le royaume est menacé par la France, Jean II abdique en faveur de son fils, Ferdinand II, qui a épousé dix ans plus tôt Isabelle, sa cousine germaine, fille de l'une de ses tantes paternelles, devenue reine de Castille. Jean II se retire alors en Sicile où il meurt peu après.

En Castille, Isabelle, qui a épousé son cousin aragonais contre l'avis du roi son frère Henri IV, accède au pouvoir en 1475, à la mort de ce dernier. Elle doit combattre les partisans de sa nièce, Jeanne, dite la « Beltraneja ». En 1476, aidée de son confesseur Hernando de Talavera, elle met en place une sorte de fédération interurbaine dotée d'une milice, la *Santa Hermandad*, financée par les amendes et les taxes locales sur le modèle des « fraternités » de villes créées au début du XIVe siècle. Elle mène avec son époux une longue guerre contre le Portugal qui soutient Jeanne. En 1479, quand Ferdinand devient roi d'Aragon, royaume beaucoup plus pauvre que la Castille, les deux monarchies s'unissent sans se fédérer. Le couple vainqueur signe la paix avec le Portugal. Isabelle et Ferdinand deviennent « une volonté en deux corps », dira le chroniqueur Hernando del Pulgar[97]. La guerre de succession s'achève. Pour soumettre les villes à l'autorité royale, les deux monarques suivent l'exemple français : ils nomment des fonctionnaires royaux, les *corregidores*, à la tête de chaque ville, dépossèdent les nobles du commandement des ordres militaires, interdisent les guerres privées, abattent les forteresses[97]. A partir de 1482, les Rois Catholiques s'approprient un tiers des dîmes ecclésiastiques ; ils nomment les évêques et demandent à l'archevêque de Tolède, primat de Castille, Jimenez de Cisneros, de surveiller leur moralité. En 1488, le commandement de la *Hermandad* est confié à Alphonse d'Aragon, duc de Villahermosa, frère naturel de Ferdinand. L'Espagne évolue insensiblement vers une monarchie centralisée à l'image de la France.

Pendant ce temps, là encore comme la France, l'Angleterre se constitue aussi en monarchie centralisée et s'installe en toute discrétion dans la paix et la puissance, après d'énormes soubresauts. Au début du XVe siècle, Henry de Lancastre, devenu Henry IV, cède la place à son fils Henry V, qui réside peu en Angleterre et s'intéresse surtout à ses domaines français. Son successeur Henry VI se désintéresse lui aussi de sa fonction. Quand, en 1453, Édouard, le chef de la maison d'York, issu des Plantagenêt, le destitue et se fait couronner sous le nom d'Édouard IV, commence la guerre des Deux-Roses : les York contre les Lancastre, la rose blanche contre la rose rouge. En 1471, Henry VI et son fils sont assassinés et Édouard IV peut régner sans opposition jusqu'en 1483, date à laquelle il est assassiné à son tour — sans doute avec ses fils Édouard V et Richard d'York — par son propre frère, qui devient Richard III. En 1485, le dernier des Lancastre, Henri Tudor, duc de Richmond, réfugié en France, débarque en Angleterre et bat à Bosworth l'armée des York ; Richard III est tué. C'est la fin de la maison d'York et de la dynastie des Plantagenêt. C'est aussi la fin de la guerre civile. Henri Tudor, duc de Lancastre, épouse Élisabeth d'York, la fille d'Édouard IV, et devient Henry VII en 1485. Il régnera vingt-quatre ans, unifiant les familles d'York et de Lancaster, s'appuyant sur un Conseil composé de bourgeois instruits et de marchands. La guerre des Deux-Roses a anéanti la noblesse et accru le pouvoir royal. L'Écosse et le Pays de Galles semblent accepter la domination anglaise. L'Irlande se rebelle.

Plus au nord, en 1498, à la fin de la dynastie Valdemar, la Suède se sépare du Danemark et de la Norvège. Jean puis Christian II tenteront en vain de la récupérer.

Un autre royaume, celui de Germanie, où se trouve la couronne de Charlemagne — la plus prestigieuse de la Chrétienté — a plus de mal à défendre ses frontières de l'Est. L'Empereur, roi de Germanie, est élu depuis 1356 par quatre monarques laïques (le roi de Bohême, le margrave de Brandebourg, le duc de Saxe-Wittenberg et le comte palatin du Rhin) et trois princes-archevêques (ceux de Cologne, Mayence et Trèves[8]). En 1420, la maison de Habsbourg prend la couronne impériale. Elle la gardera quatre siècles, presque sans interruption. D'abord avec Albert V de Habsbourg. En 1440, son cousin Frédéric III lui succède ; en 1452, il épouse la nièce d'Henri le Navigateur, Éléonore, et se fait couronner empereur, roi des Romains, par Nicolas V à Saint-Pierre de Rome. Frédéric III n'est pas un foudre de guerre. « Il est prêt — dit le cardinal Piccolomini, qui deviendra pape un peu plus tard sous le nom de Pie II — à conquérir le monde en restant assis[16]. » En 1456, la Hongrie, conduite par le régent Jean Hunyadi, le menace ; puis le fils de ce dernier, Mathias Corvin, occupe Vienne en 1485, s'emparant de la Basse-Autriche, de la Styrie et de la Carinthie. Le fils de Frédéric III, Maximilien, fort de son mariage avec l'héritière de Bourgogne qui lui donne les Pays-Bas, se fait élire roi des Romains en 1486. En 1487, Frédéric III, refusant de céder la Basse-Autriche à Mathias Corvin, se réfugie à Linz. A la mort du Hongrois, Maximilien, venu au secours de son père, rentre dans Vienne et rétablit les droits familiaux sur le Tyrol. Son père peut regagner sa capitale[8]. La mort de Mathias Corvin marque la fin des relations équilibrées entre l'Est et l'Ouest du continent. Entre les deux s'établit proprement une barrière économique et culturelle. Ladislas VI Jagellon devient alors roi de Hongrie ; un autre Jagellon règne en Bohême ; un troisième, Casimir IV, règne en Pologne, alors pays puissant dominant la Russie. La famille de Jagellon règne sur la Prusse, la Pologne, la Lituanie, la Bohême, la Hongrie, la Croatie, la Bosnie, la Moldavie, l'essentiel de la Biélorussie et de l'Ukraine.

La monarchie russe est à peine en formation : Ivan Ier Kalita, prince de Moscou, allié aux armées mongoles, devenu en 1328 grand-prince de Russie, en a doublé le territoire. Un siècle et demi plus tard, en 1480, Ivan III refuse désormais de payer tribut aux Mongols, se fait nommer tsar, conquiert Novgorod — seule ville qui aurait pu contester la suprématie moscovite — et fait achever le Kremlin et les tours d'enceinte par des architectes italiens. Moscou se prétend la « troisième Rome », cœur de la Chrétienté orthodoxe après Byzance, carrefour du monde balte, balkanique et asiatique. Elle se prépare à combattre la Pologne et à s'intéresser à l'Orient. Elle ne se veut pas d'Europe. Et l'Europe catholique l'exclut.

L'Europe est alors presque coupée en deux. L'Ouest s'intéresse à la mer. L'Est s'intéresse à lui-même. 1492 confirmera cette fracture. Il faudra cinq siècles pour commencer à la réduire.

VI

NAISSANCE DE LA RENAISSANCE

Créer

En cette fin de siècle, cinq figures dominent l'Europe et en forment l'image pour le futur. Cinq figures d'aventuriers : le *Marchand*, le *Mathématicien*, le *Diplomate*, l'*Artiste* et le *Découvreur*. Des trois premiers j'ai déjà parlé. Restent à évoquer les deux autres.

La fin du xve siècle est d'abord, pour l'homme moderne, le temps de l'« artiste de la Renaissance ». Pourtant, à l'époque, aucun de ces deux mots n'existe.

On ne parle pas de la « Renaissance » : le terme ne sera inventé qu'à la fin du xixe siècle, quand les historiens voudront signifier que le xve marque une rupture avec le « barbare » et « obscur » Moyen Age.

Le mot « artiste » n'appartient pas davantage au vocabulaire de l'époque. Quand, dans toutes les langues, on emploie un mot voisin, tel *artifex* en latin ou « artisan » en français, c'est pour désigner simplement celui qui travaille de ses mains à une œuvre qui le dépasse. Ficin, quand il parle d'« artiste », désigne le philosophe. Ainsi désignera-t-on, à la cour de France, Bartolomeo Colomb quand il préparera un mémoire sur le projet de son frère.

Peintres, musiciens, orfèvres, sculpteurs, architectes, ébénistes sont encore soit des artisans anonymes travaillant dans des ateliers collectifs, soit les patrons de ces ateliers, soit encore des employés de cour.

Jusque-là, l'œuvre d'art est partie intégrante d'un ensemble à la gloire de Dieu ou d'un prince, église ou château, monument funéraire ou arc de triomphe. Les princes — écrit Laurent de Médicis à Ferdinand d'Aragon en 1476 — commandent « pour leur renom » : « statues, palmes, couronnes, oraisons funèbres, mille autres admirables distinctions[131] ». D'autres commandent des sculptures — comme Ludovic le More qui veut en 1491 que Vinci construise un cavalier à l'image de son père — ou des messes — comme le pape Innocent VIII à Josquin des Prés. Les marchands, impressionnés ou rebutés par la taille des œuvres antérieures, aspirent à des objets plus modestes, transportables, comme ceux dont ils font commerce[119]. Ils souhaitent aussi qu'ils aient valeur marchande. Chaque élément des ensembles monumentaux tend ainsi à devenir œuvre d'art autonome ; les riches commandent tapisseries et portraits et acceptent aussi de s'y montrer comme ils sont, ne se contentant plus d'apparaître en humbles figurants de grandes scènes religieuses. Quand Sandro Botticelli peint la famille Vespucci — y compris Amerigo —, il dissimule encore Simonetta dans la figure du *Printemps* et le reste de la famille parmi les saints de sa fresque de l'église des Ognissanti[119]. A Bruges, princes de l'Église et riches marchands sont encore masqués dans les commandes passées à l'atelier de Memling, tels le *Jugement dernier* et la *Passion*. Le marchand florentin Francesco Sassetti se déguise encore en 1480 quand il charge Ghirlandajo et son atelier de représenter la légende de saint François en six fresques pour la chapelle de sa famille[119]. Vers 1476, un représentant des Médicis à Anvers, Portinari, achète encore le triptyque de l'*Adoration des bergers* à Hugo Van der Goes, pour l'expédier à l'église de San Egidio à Florence[21]. Mais, bientôt, des marchands y envoient des commissionnaires acheter tapisseries et huiles sur toile.

Quand ils osent commander leur portrait, la durée leur est assurée. Dès 1434, un marchand lucquois fixé à Bruges, Arnolfini, commande à Jan Van Eyck le mystérieux tableau de son mariage, qui le rendra plus durablement célèbre que son propre commerce.

Les artistes sont alors rémunérés selon leur renommée ou celle de leur atelier. Ils travaillent collectivement à des œuvres souvent monumentales. Statues, arcs de triomphe, fresques, retables et même peintures de chevalet ou messes exigent le concours de plusieurs ouvriers[131]. Aucun d'eux n'est spécialisé : la plupart sont à la fois ingénieur, architecte, peintre, sculpteur, musicien, mécanicien, ébéniste[21]... La spécialisation viendra avec la notoriété.

Tous, dans leur travail, sont avant tout des artisans. Certains sont employés d'un prince, à l'instar des bouffons et des coiffeurs, des médecins et des *condottieri*. D'autres sont aussi employés d'ateliers hiérarchisés, organisés en corporations, à l'instar des menuisiers, des forgerons ou des horlogers. Là, des maîtres les forment et les exploitent jusqu'à ce que les nouveaux venus puissent s'installer à leur compte ou se faire engager par une cour. A Florence, une école forme les jeunes artistes. Le directeur en est un sculpteur, élève de Donatello, Bartoldo de Giovanni, qui explique aux élèves les trésors grecs de la collection des Médicis[119].

Au début, ces artistes viennent du peuple. Au XVᵉ siècle, Piero della Francesca est le fils d'un cordonnier ; Antonello de Messine, d'un maçon ; Botticelli, d'un tanneur ; le père de Raphaël est peintre, mais celui de Piero del Pollaiolo vend des poulets. Seuls parmi les créateurs célèbres du temps, Léonard est fils — naturel — d'un notaire florentin, et Michel-Ange est issu d'une famille noble.

Lorsque l'artiste est l'employé à plein temps d'une cour, il est en général rétribué en nature ; célèbre, il reçoit une pension payable en monnaie d'or. Dans ce cas, il commence à être identifié comme « artiste », dépendant du caprice des princes et constituant avec ses pairs une société dans la société, avec ses mœurs et ses rivalités spécifiques[131].

Les plus riches des princes ne veulent s'attacher que les services des plus célèbres ou n'achètent que leurs œuvres. On spécule sur les toiles des uns et des autres, et la rumeur fait et défait les réputations : « Florence fait de ses artistes ce que le temps fait de ses créatures, qu'une fois créées il détruit et consume petit à petit[21] », écrit Laurent de Médicis. On ne saurait mieux dire des artistes, hier comme aujourd'hui.

De ce fait, voici que les marchands désignent l'artiste par son nom, ce qu'aucune société n'avait fait jusqu'ici, en tout cas à cette échelle. Il devient une figure identifiable de la société marchande, reflet de la façon dont cette société souhaite se voir elle-même. La production de richesses ne sert plus, comme dans l'ordre précédent, à dire à Dieu sa soumission, mais la beauté de l'Univers. Par l'entremise de l'artiste, le marchand se raconte à lui-même un conte de fées dont il est le prince charmant.

Musicien, peintre, poète, les trois artistes dominants de ce temps s'inscrivent dans un projet unique, celui par lequel la vie devient de l'art : celui de la Fête. « La *fête italienne*, écrit Jakob Burckhardt, à son degré supérieur de civilisation, fait véritablement passer de la vie à l'art[119]. » Aussi les plus grands artistes du siècle sont-ils d'abord ceux qui font basculer la cérémonie religieuse en fête civile pour la transformer en œuvre d'art.

La laïcisation de cette célébration se manifeste dans ses trois dimensions principales : la musique, le décor et le texte.

La musique est née, dans les couvents, des chœurs grégoriens. Elle s'exprime dans les églises et sur les places des villes par la représentation des mystères qui racontent la vie des martyrs et des prophètes[16]. Dans ces œuvres anonymes et collectives où la voix joue encore un rôle essentiel, des instruments apparaissent (l'orgue « positif », l'orgue « portatif », le luth, la harpe[3]).

Mais, dès l'origine, la musique n'est pas seulement élément de fête religieuse, c'est aussi une façon laïque de faire accepter la domination de l'Église. Un Carnaval pour faire accepter le Carême. Cependant, dans la France du Sud, au XIIIe siècle, des troubadours écrivent et jouent déjà des partitions, de même qu'un siècle plus tard, à Mayence et à Nuremberg, se développent des ateliers musicaux organisés en écoles de chant, soumis à des règles coopératives rigoureuses[3].

Quand les cours s'enrichissent, les princes aspirent à donner leurs fêtes et à disposer de leurs propres musiciens professionnels, premiers artistes individuels capables de vivre de commandes ou de pensions. Maîtres de chapelle et de palais, ils composent pour les mariages, les entrées d'ambassadeurs, les inaugurations de maisons, les bals, les funérailles. Au XVᵉ siècle, les cours se disputent les services de ces artistes, flamands pour la plupart. Guillaume Dufay compose pour les princes de Malatesta de Savoie et célèbre à Florence l'inauguration de la coupole de Brunelleschi. Johannes Ockeghem compose pour le duc de Bourbon, pour Charles VII, Louis XI et Charles VIII. Josquin des Prés sert les Sforza, puis le pape Innocent VIII. Heinrich Isaac devient l'organiste de Laurent de Médicis, puis celui de l'archiduc Sigmund à Innsbruck, et de Maximilien Iᵉʳ à Augsbourg. Ces musiciens explorent le champ du possible : ils portent la polyphonie à son apogée en écrivant des partitions mêlant jusqu'à trente-six voix.

Certains princes, tel Laurent de Médicis, écrivent eux-mêmes des chants de Carnaval ; des marchands les imitent et jouent d'instruments, utilisant des partitions que les musiciens professionnels écrivent et font imprimer en Allemagne ou à Venise après 1473.

La métaphore musicale en dit long sur l'évolution sociale : le passage de la voix à l'instrument annonce celui du travail manuel au *machinisme*[3] ; le jeu des notations et la recherche de correspondances entre les nombres et les proportions annoncent le triomphe de la *mathématique*[3]. Le siècle s'y prête et s'y prépare.

La Fête se manifeste aussi dans le *spectacle vivant*. On commence à retrouver le théâtre grec et on songe à le jouer devant des spectateurs. En 1472, à Mantoue, on mime et danse l'*Orfeo* de Politien, première théâtralisation du « motif artistique[119] », préalable au théâtre moderne. En 1486, dans son édition de Vitruve, Sulpicio da Veroli fait allusion aux représentations de pièces grecques données alors à Rome. En 1491, à la cour du duc d'Este, à

Ferrare, a lieu la première représentation moderne d'une pièce de Plaute dans la cour d'un palais.

Là encore, représenter, mettre en scène annoncent la société marchande où chacun peut également se faire « représenter » et obtenir un service en payant.

Quant au décor de théâtre, il annonce le *peintre* qui, comme le dramaturge, réfléchit à la représentation de la personne humaine en reprenant à son compte celle qu'en donna l'Antiquité classique[119]. La fête appelle le mouvement, la mise en scène appelle la mise en situation et l'image. Le tableau en constitue la maquette, le modèle réduit, l'observation instantanée[119].

Dans l'extraordinaire explosion picturale de l'époque, deux courants s'affrontent vers 1490 : l'un, « rationnel et scientifique[119] », l'autre, « irrationnel et intuitif[119] ». Trois progrès décisifs s'y expriment, qu'Aby Warburg a mieux défini que personne : « La perspective, la théorie des proportions, la connaissance des moyens expressifs pour représenter la vie[119]. »

Comme les autres arts, la composition picturale annonce alors les changements sociaux. La peinture italienne s'ouvre aux immenses espaces de l'Orient et du Nord, comme si un besoin de voyage se faisait alors sentir. Elle accepte les portraits, comme si l'individu était en train de s'affirmer. Elle joue avec les perspectives, comme si la mathématique réglait déjà l'Univers. Elle représente le monde comme on le voit — et le veut — d'Europe, occidentalisant tous les sujets bibliques.

Tous les grands peintres de l'époque sont engagés dans cette aventure : Piero della Francesca a achevé son traité *De Prospectiva pingendi*, qui fixera les principes de la géométrie esthétique. Andrea Mantegna et Ghirlandajo poussent à l'extrême les règles de la perspective. A Milan, Léonard travaille à la

Cène et au *Cavallo*. A Florence, Filippino Lippi invente l'autoportrait. L'Italie et les Flandres échangent leurs techniques comme leurs œuvres : Antonello de Messine utilise la technique de la peinture à l'huile venue des Flandres, et les portraits de Memling fascinent le reste de l'Europe. A Nuremberg, Dürer, qui a tout appris de l'atelier de Mantegna et de celui de del Pollaiolo, commence à élaborer son art du portrait à mi-chemin de la science et de la magie, tout comme sa ville est à mi-chemin des Flandres et de Florence.

Impossible sans la richesse des cités italiennes et flamandes, la fête italienne est au total une forme de rêve, d'appel, d'évasion. Tout se tient : voici aussi venu le temps de la célébration du voyage. Elle aussi sera, pour l'essentiel, l'œuvre de marginaux venus d'Italie.

VII

AMÉRIQUE DE HASARD, ORIENT DE NÉCESSITÉ

Oser

Dans la mémoire collective du monde telle que l'Europe, devenue *Continent-Histoire*, la résumera beaucoup plus tard, l'année 1492 se réduira à un seul événement de hasard : la découverte d'un continent nouveau.

En réalité, il ne s'agit pas là d'une *découverte*, mais d'une *rencontre* résultant d'une évolution globale de la société européenne qui la rendait inéluctable. Ce continent n'avait rien de nouveau, ni géographiquement ni sur le plan historique. D'ailleurs, l'Amérique va plutôt gêner l'Europe sur sa route vers l'Inde. Enfin, cette découverte aurait pu avoir lieu beaucoup plus tôt — ou un peu plus tard.

De fait, l'appropriation du monde par le *Continent-Histoire* européen eut lieu à la fois bien avant et peu après.

Au début du XVᵉ siècle, le monde semble encore cloisonné en continents fermés, séparés les uns des autres par des mers infranchissables ou des déserts redoutables. « Aucune civilisation, écrit Pierre

Chaunu, n'a d'yeux sur plus d'un tiers de la planète[22]. » En réalité, les uns savent déjà beaucoup de choses sur les autres. Mille réseaux relient des peuples en apparence étrangers. Partout on dispose d'un ensemble d'informations éparses et mystérieuses. En quelques années, en Europe, celles-ci vont s'unifier en une vision globale, cohérente, objective, indiscutable, définitive. En trente ans, de 1480 à 1510, le monde devient un pour les Européens ; la planète s'accepte comme une sphère ; les hommes se supportent comme nomades.

Cette brève période marque donc, dans ce domaine comme en beaucoup d'autres, un formidable bouleversement. Jamais — ni avant, ni après — le monde n'aura été, aux yeux des Européens, aussi vaste. Jamais auparavant ils n'avaient pu aller aussi loin. Toujours, par la suite, ils purent y aller plus vite.

1492 est donc, d'une certaine façon, le moment où l'espace et le temps européens sont à leurs maxima, où l'espace-temps du *Continent-Histoire* est le plus grand.

Au cours de ces trois décennies, quelques centaines d'hommes, presque tous issus d'une région précise de l'Europe latine, franchissent l'Équateur, contournent l'Afrique, puis, partant dans l'autre sens, font le tour de la planète, découvrant au passage, sans l'admettre, un continent nouveau.

Cette formidable aventure, qui ne ressemble à aucune autre dans l'Histoire humaine, ni avant ni après, n'est pas le fruit du hasard, mais le résultat d'une vision, d'un projet, d'une situation.

La *vision* : trouver une nouvelle route maritime vers l'Orient. Le *projet* : contourner l'Afrique à partir de la péninsule ibérique. La *situation* : une Europe puissante en voie d'être asphyxiée par l'Orient.

Tout un monde — des princes aux géographes, des financiers aux marins — est en quête d'une nouvelle route vers l'est pour y chercher les épices ; on trouvera à l'ouest un continent nouveau, sans épices.

Pour comprendre ces événements de 1492, sans doute faut-il remonter loin en arrière. Car quand commence le XVᵉ siècle, les meilleurs esprits européens n'en savent pas beaucoup plus long sur le monde que les savants grecs, quinze siècles auparavant.

Ceux-ci connaissaient déjà l'ensemble de la Méditerranée. Au début du Vᵉ siècle avant J.-C., un marin grec de Phocée, nommé Euthymènès, passant par Gibraltar, reconnaît même l'amorce des côtes atlantiques de l'Afrique ; un Carthaginois nommé Himilcon remonte vers le nord le long des côtes espagnoles[47]. Mettant à profit ces voyages, Hécatée de Milet confectionne le premier atlas portant sur l'ensemble du monde connu, le *Parcours autour de la Terre*[47]. Observant l'ombre portée par le soleil, les Grecs ont déjà compris que la Terre est ronde, mais ils pensent que les étoiles tournent autour d'elle. Le mathématicien Eudoxe de Cnide estime la durée de l'année à trois cent soixante-cinq jours et six heures, ce qui n'est pas si mal ! A la fin du IVᵉ siècle avant J.-C., un autre marin grec de Phocée, Pythéas, remonte plus au nord dans l'Atlantique et atteint l'Écosse, peut-être même l'embouchure de la Vistule[47]. Mais on sait déjà la Terre beaucoup plus vaste : à la fin du IIIᵉ siècle, par l'observation comparée de la hauteur du soleil à Alexandrie et Assouan, le jour du solstice, Eratosthène de Cyrène estime le périmètre du méridien terrestre à trente-neuf mille six cent quatre-vingt-dix kilomètres, ce qui n'est pas une mauvaise estimation. Les Grecs sillonnant la Méditerranée connaissent l'Inde par les Arabes qui, depuis des millénaires, rapportent des produits d'Orient, *via* la mer Rouge, en passant par l'Égypte. On connaît donc déjà cette Inde qu'Alexandre s'apprête à conquérir, et Aristote pense — comme la totalité des géographes contemporains — qu'un océan la sépare de l'Europe ; on doit pouvoir le franchir en contournant l'Afrique, que certains pensent de petite surface. D'autres rêvent néanmoins déjà de rejoindre l'Orient par l'ouest, en longeant les côtes septentrionales de l'Europe. Mais d'autres encore pensent que ni l'une ni l'autre de ces voies n'est praticable dans la mesure où l'Afrique ne serait pas contournable, ni l'Inde accessible par mer.

L'image du monde se fixe peu à peu. Au IIe siècle avant J.-C., le grammairien Cratès de Mallos décrit quatre continents — deux par hémisphère —, mais sans apporter aucune précision qui étaie son hypothèse. L'océan sans fin, univers inaccessible, reste le lieu des mythes et des rêves. Les Romains, conquérants terrestres, n'ajouteront rien à la connaissance des mers.

Les premiers sans doute, au VIe siècle après J.-C., des ermites irlandais se dirigent par mer vers l'ouest. Ils s'établissent dans les îles Feroé, les Shetland et les Orcades. Bientôt, les pirates vikings, capables de naviguer en haute mer, en pleine brume, sans autre science que leur connaissance du paysage marin[47], les chassent d'île en île vers l'ouest et le nord. Les Irlandais se réfugient alors jusqu'en Islande ; l'un d'eux note avoir découvert « une île plus loin vers l'ouest, battue par les grands vents du large[63] », qu'il nomme île de Saint-Brandon et qui deviendra plus tard, pour les Portugais, l'« île des Sept Cités » — selon leur tradition, elle aurait été redécouverte un siècle plus tard par sept évêques portugais. Peut-être s'agit-il en l'occurrence d'une des Canaries, mais nul n'est alors à même de savoir si c'est davantage qu'une légende.

Au VIIe siècle, d'autres Vikings envahissent les Feroé d'où ils achèvent de chasser les Irlandais.

Sans doute poussent-ils encore plus loin. En 886, ils atteignent le Groenland, sans s'y installer. Un peu plus tard, dix mille d'entre eux s'installent, dit-on, en Islande. En 982, d'autres marins vikings retournent au Groenland, oublié depuis un siècle ; cette fois, ils y débarquent pour passer l'hiver. Revenus en Islande au printemps suivant, ils reviendront au Groenland pour le coloniser.

D'après certaines sources, deux ans plus tard, en 986, un de ces bateaux, naviguant dans les brumes des mers polaires, se perd à l'ouest du Groenland, et, au terme d'un extraordinaire voyage de sept mille kilomètres, aperçoit une côte : ce serait celle de l'Amérique. Selon la même source, l'année suivante, Leifr, le fils d'Éric le Rouge, avec trente-cinq hommes d'équipage, aurait longé la côte du Labrador, hiberné à Terre-Neuve, et, au printemps, y aurait découvert des vignes sauvages — d'où le nom qu'il donna à cette terre, Vinland. Un de ses frères, Bjorn, aurait même remonté alors le Saint-Laurent. D'autres sources[47] prétendent que les Vikings n'auraient pas atteint le continent en voguant directement depuis le Groenland, mais, caboteurs prudents, en longeant la banquise.

Vers l'An mil, en tout cas, d'autres voyageurs européens atteignent ce continent où vivent alors presque autant d'habitants qu'en Europe et où, bien plus au sud, fleurissent déjà des civilisations puissantes autant que sanguinaires. Un capitaine islandais, Karl Sefni, parti avec trois bateaux et cent soixante hommes à bord, hiberne près de l'estuaire du Saint-Laurent. Neuf marins décident de rentrer d'une seule traite en Irlande, les autres restent et vivent un temps du troc avec les autochtones — des Iroquois —, avant de regagner le Groenland[47]. En 1001, Leifr aurait conduit une nouvelle expédition afin de reconnaître la terre entrevue par son frère Bjorn quatorze ans plus tôt. Il aurait redécouvert d'abord Terre-Neuve, qu'il nomme Helloland — aujourd'hui la Nouvelle-Écosse ; il serait ensuite arrivé jusqu'à l'actuelle Nantucket, où il aurait passé l'hiver. Il serait retourné au Groenland au printemps suivant[47].

De ces expéditions il ne reste guère de traces, hormis les étranges « sagas » racontant dans les tavernes d'Islande les aventures d'Eric le Rouge, de Leifr le Chanceux ou de Freydis, la femme au couteau entre les seins. Puis, à la fin du XIe siècle, un historien, chroniqueur officiel des archevêques de Hambourg, Adam de Brême, décrit ces « îles du Nord » dans les *Gesta Hamburgensis Ecclesiae Pontificum*, première référence écrite à l'Amérique[47]. Les récits gallois du XIIe siècle parlent de trois expéditions qui ont échoué du côté du Vinland : « Premièrement, Gafran ab Aeddan, avec ses hommes qui se mirent en mer pour chercher Gwerdonau Llion (l'île Verte des Courans), et dont on n'entendit plus parler ; secondement, Merdwyn, le barde du roi Ambroise, avec ses neufs savants bardes qui se mirent en mer dans la Maison de Verre, et qui arrivèrent on ne sait où ; troisièmement, Madawg ab Owain Gwyned, qui se mit en mer avec trois cents hommes embarqués sur dix navires, et qui arriva on ne sait où[140]. »

A ce moment, les relations maritimes entre le Groenland et l'Europe s'espacent puis s'interrompent ; l'expansion des glaces polaires repousse la végétation vers le sud et rend la grande île inhabitable. Les voyages vers l'ouest se raréfient. Face au froid, les voyageurs vikings ne pensent pas à descendre plus au sud sur le continent inconnu, mais se replient vers leurs bases d'Europe. L'Atlantique Nord redevient une mer déserte et mystérieuse. On oublie ce qu'on y a vu. Vikings et Gallois continuent un temps à faire un peu de pêche autour du Groenland. Certaines cartes établies en Islande au début du XIVᵉ siècle parlent encore avec précision de ces côtes[47] ; des chroniqueurs scandinaves évoquent en 1347 une ultime expédition vers le Groenland. Mais, en 1369, quand la Peste noire l'atteint, les derniers établissements vikings disparaissent, la Norvège interrompt définitivement toute relation avec lui, et personne ne fait d'efforts pour y rester : on n'y trouve ni les précieuses épices ni l'or. Et on ne sait encore y pêcher morues ou baleines.

On se désintéresse des terres occidentales, on les oublie. A moins que certains marins, gardant jalousement pour eux leurs légendaires secrets, ne les aient transmis aux cartographes de Nuremberg ou à ces marchands juifs radhanites dont Maurice Lombard décrit l'extraordinaire réseau, de Londres à Hang-Tcheou[77], et qui semblent, à l'époque, en connaître long sur l'Océan et ses îles ?

Les utiliseront-ils ? Colomb sera-t-il l'un des leurs ?

Rêver

La Chrétienté n'a presque rien su des aventures vikings. En tout cas, nul n'écrit plus rien à propos de ces terres. Personne ne parle d'aller en Inde par l'ouest. Le nord de l'Europe, vaste zone païenne, disparaît du regard collectif.

D'ailleurs, on oublie tout, jusqu'à la rotondité de la Terre. La géographie chrétienne efface le savoir grec et judéo-musulman, et néglige l'aventure viking. Elle invente la géographie et l'histoire à sa façon. Dans tous les monastères d'Europe, on dessine scrupuleusement des sphères célestes et des mappemondes conformes aux récits bibliques[47]. Il s'agit d'imposer un *Continent-Histoire* nouveau, différent de celui du monde gréco-latin, celui des Écritures.

La Terre y est représentée comme un disque plat entouré d'eau, avec, au centre, se jouxtant, Jérusalem et l'Europe. Plus loin, une terre torride et monstrueuse peuplée de cynocéphales, de cyclopèdes et d'unipèdes[135]. Enfin, tout autour, un anneau aquatique. Vision symbolique qui annonce quel va être le *Continent-Histoire* : l'Europe est la Nouvelle Jérusalem. Les Européens sont des hommes ; les autres sont des monstres.

Parfois, la Terre n'est plus un disque, mais un fer à cheval, ou un ovale, ou une sorte de T. Sur ces cartes, chaque pays a la taille de sa puissance[57]. Puis, sur une mappemonde dite de Beatus, par exemple, dessinée au XIIe siècle, l'Inde est à gauche de l'Afrique ; au-dessous, la Libye, nom du nord de l'Afrique, et à sa droite la Palestine, qui n'est plus au centre[57]. L'Europe moderne gardera de ces phantasmes l'idée de sa centralité et le désir, plus ou moins conscient, d'éliminer Jérusalem de l'histoire de la foi.

Ces cartes se nourrissent aussi de récits rapportés par les marins ou colportés par des faussaires. En particulier d'une étrange histoire qui, se répandant à travers toute l'Europe à partir de 1160, y exercera une influence considérable : celle d'un certain Prêtre Jean, chef chrétien d'une tribu nomade mongole, les Kara Kitaï, prétendument descendant des Rois Mages, sorcier, « une sorte de roi Arthur entouré des trésors de Golconde[47] ». Ce souverain magnifique aurait harcelé les musulmans et les Turcs entre la mer d'Aral et le lac Baïkal. A présent il vivrait là, puissant et amical, maître d'une enclave chrétienne dans un océan barbare, une sorte de Paradis terrestre. Cette légende, qui provient peut-être d'une erreur de traduction de textes orientaux où Jean serait une approximation de *Khan* — roi —, frappe les imaginations du temps : Jean est un allié potentiel qui permettra de prendre les Infidèles à revers lors des Croisades. Une lettre de ce roi Jean — en fait, on le sait, rédigée par un chanoine de Mayence — commence à circuler en Occident. Elle décrit un royaume rempli de richesses fabuleuses, de chameaux, de lions, de licornes, de pygmées et d'une source d'éternelle jeunesse[47], d'un « palais d'ébène et de cristal, avec un toit de pierres précieuses orné d'étoiles, soutenu par des colonnes d'or, de fleuves qui naissent dans le paradis terrestre, riches de pierres précieuses, d'or, d'argent et de poivre[57] ». Jean — « plus puissant monarque de l'Univers, suzerain de dizaines de rois, qui domine les trois Indes[57] » — est si puissant qu'il peut seul, porté par ses griffons, traverser un désert de sable dont « les ondes sont si rapides qu'elles produisent des vagues redoutables[57] ». A sa table « s'assoient le patriarche de Saõ Tomé, les évêques de Samarcande et de Suse, et trente mille visiteurs[57] ».

La foi venue d'Orient est devenue foi d'Occident. Le roi chrétien d'Orient n'est plus au centre, mais un allié périphérique.

Le mythe est très vite accepté comme une réalité. L'Église s'en sert pour justifier son pouvoir. Chacun rêve d'aller visiter ce royaume lointain, cet allié mirifique, localisé loin en Asie sur toutes les cartes. Le mythe s'enfle de décennie en décennie, nourri par les récits de voyageurs revenus des routes des épices. Menacée par Gengis Khan — puis par un général au service de son successeur Ogodeï, qui arrivera jusqu'aux portes de Vienne en 1240 —, l'Europe chrétienne rêve que ce Jean lui fournisse or et épices. Les rares chrétiens d'Éthopie ou de l'Inde, rencontrés par hasard, nourrissent ce fantasme.

La plupart des princes, des philosophes, des cartographes et des marchands ont cru à cette histoire jusqu'au milieu du XIIIᵉ siècle. Parce qu'elle renvoie l'écho du Paradis terrestre de l'*Homme pur* enfin accessible.

Quand, à la fin du XIVᵉ siècle, les papes, usant de

leur droit d'attribuer la souveraineté temporelle sur toute terre nouvelle à un monarque chrétien, accordent aux rois du Portugal la propriété de la côte africaine, ils notent : « jusqu'au royaume du Prêtre Jean. » Le mythe devient réalité par la vertu d'une bulle papale.

Tenter

Pourtant, au début du XIIIᵉ siècle, négligeant ces fantaisies, des clercs se mettent à repenser sérieusement la géographie du monde. Les œuvres des géographes grecs, retrouvées en Égypte, voyagent du Caire à Tunis, de Cordoue à Tolède[136] où une « école de traduction » met ces textes à la disposition de quelques lettrés. On s'apprête à tenter la grande aventure, à rejoindre l'Inde par la mer, en passant « sous l'Afrique », qu'on estime étroite.

Quelques voyageurs se lancent alors sur l'Océan. Au début du XIIIᵉ siècle, l'Italien Lanzaroto Malocello redécouvre les Canaries, oubliées depuis longtemps. D'autres se lancent sur les routes de Chine, à la demande de l'Église et des grands marchands, pour convertir et commercer. En 1245, le pape Innocent IV y envoie un franciscain, Giovanni da Pian Carpino. A son retour, celui-ci rédige une histoire des Mongols. En 1255, Louis IX expédie un autre franciscain, Guillaume de Rubrouck, dans la même direction. Un peu plus tard, les frères Polo, déjà évoqués, déclarent à leur retour avoir décompté sept mille quatre cent cinquante sept îlots aux épices entourant Cipangu.

Sur mer, les progrès sont tout aussi rapides. En 1277, le commerçant Nicolo Spinola, parti de Gênes, franchit Gibraltar, se dirige vers le nord et atteint la Flandre. A partir de 1298, cette ligne commerciale devient régulière ; les deux pôles de l'Ordre marchand sont reliés.

A la fin du XIIIe siècle, à la demande du pape Boniface VIII, Giulano da Levanto dessine la carte des routes des Croisades, y détaillant les barrières naturelles : Alpes, Apennin, Caucase et même Himalaya ! Les marins génois et vénitiens utilisent pour leurs voyages d'affaires des textes d'un genre nouveau, qu'on nomme *portulans*, à la fois cartes et livres d'instructions nautiques, décrivant les ports et les routes maritimes. En 1291, trois Génois — Tedisio Doria et les frères Ugolino et Vadino Vivaldi — tentent, les premiers, le tour de l'Afrique en vue d'atteindre l'Inde par mer. Tandis que Doria reste à Gênes, les frères Vivaldi partent vers le sud et atteignent peut-être le golfe de Guinée, mais sans jamais en revenir, laissant des colonnes de pierres énormes en plusieurs endroits qui indiquent leurs points de passage. On ne contournera l'Afrique que deux siècles plus tard.

La même année 1291, un franciscain, Giovanni da Monte Corvino, est chargé par le premier pape franciscain, Nicolas IV, d'évangéliser l'Asie : obsession du temps. Il s'installe à Khambaluk, enseigne, prêche, convertit six mille personnes et y devient très célèbre[47]. Dix ans plus tard, le pape suivant, Clément V, envoie à sa rencontre sept autres franciscains, promus évêques avant leur départ, pour l'aider dans sa tâche. Trois d'entre eux seulement réussissent à le rejoindre à Khambaluk en 1311 ; ils le sacreront archevêque de Chine, où il mourra en 1328.

En sens inverse, au début du XIVe siècle, des Abyssins chrétiens, « moines noirs[47] », débarquent en Europe où ils contribuent à alimenter encore le mythe du Prêtre Jean, et à renforcer l'idée de la centralité de l'Europe : l'Église d'Orient serait postérieure à celle de Rome. A partir de 1310, deux dominicains, Guillaume Adam et Étienne Raymond, s'enfoncent en Afrique orientale à partir de l'Éthiopie. Immense périple d'une audace extrême, mais aventure sans lendemain.

En même temps, à l'ouest, l'Océan commence à être approché, avec terreur et fascination, par les plus entreprenants des marins du temps, les Génois. Vers 1310, ceux-ci découvrent Madère et lui donnent le nom de Legname (île boisée[47]). On trouve maintenant, longeant les côtes de l'Atlantique, de Londres à Gibraltar, des bateaux génois, castillans, français, catalans, normands.

Ces aventuriers se financent par et pour le commerce. Ainsi, en 1317, le roi portugais signe le premier un contrat avec un Génois, Manuel Pessanha, qu'il fait amiral, pour tenter d'explorer une route contournant l'Afrique.

A l'est, le rêve de christianisation se poursuit. En 1326, Corvino fait savoir au pape qu'il a converti dix mille Tartares et quinze à trente mille orthodoxes de rite grec. En 1334, Corvino étant mort, Jean XXII envoie un autre franciscain pour lui succéder, mais celui-ci ne parviendra jamais jusqu'en Chine. Deux marchands génois et un Mongol rapportent alors à Avignon une lettre émanant d'une communauté chinoise qui se plaint de l'absence d'archevêque en Chine. En 1338, Benoît XII y dépêche quatre évêques franciscains, dont Giovanni Marignoli qui assumera l'archiépiscopat de 1342 à 1346.

Lisbonne est déjà le cœur de l'activité des gens de mer. De toute l'Europe, financiers, cartographes, marins, espions, commerçants y affluent[134]. On commence à y comprendre la topographie du monde. En 1320, sur la mappemonde de Pietro Vesconte, les terres sont pour la première fois placées selon les directions données par la boussole ; les proportions y sont exactes ; la Méditerranée et l'Arabie y sont correctement tracées[57]. Peu après, Madère et les Canaries font leur apparition sur une carte. « D'un coup, l'espace maritime balisé de l'Occident chrétien s'accroît des deux tiers d'une Méditerranée[22]. »

En 1338, réalisant que ses sujets ne pourront à eux seuls exploiter leurs rêves, Alphonse IV du Portugal concède des privilèges commerciaux à des Florentins, des Lombards et des Génois qui s'installent à Lisbonne. En 1341, les Majorquins atteignent de nouveau les Canaries dont le souverain portugais réclame la propriété au pape en 1345. Le 10 août 1346, un marin marjorquin, Jaime Ferrer, longeant les côtes africaines, passe un cap qu'il nomme Bojador — « renflement », aujourd'hui cap Juby — et atteint sans doute le Sénégal, mais n'en revient pas ; on trouvera ses traces — des *Padraõs* — plus tard. Après 1350, l'exploration des côtes africaines s'accélère. On pense encore qu'au-delà du cap Bojador, on peut tourner aisément vers l'est et atteindre rapidement l'Inde. En 1356, le géographe français Jean de Mandeville écrit le *Livre des Voyages* ; il y parle de l'Inde et de Cathay, où il prétend être allé : « Tout ce que nous rencontrions était plus grand, plus considérable, plus fantastique que ce qu'on en avait dit (...). Je suis sûr que personne ne croirait sans la voir à la magnificence, à la somptuosité, à la multitude des gens qui vivent en cette Cour[135]. » Il décrit Malabar, la côte occidentale de l'Inde, comme « le pays où pousse le poivre, dans une forêt appelée Combar. Il ne pousse nulle part ailleurs. Le royaume du Cathay est le plus grand qui existe au monde et son empereur est le plus grand souverain sous le firmament. Les chrétiens vivent ici tranquillement, et les gens qui le désirent peuvent se convertir au christianisme, parce que le Grand Khan n'interdit à personne de choisir la religion qu'il préfère[47] ».

Toujours cette même idée dont se nourrit l'Europe : ailleurs est le paradis ; l'Europe est une terre malheureuse, souillée, qu'il faut *purifier*, en espérant que l'Européen pourrait ailleurs, pour sa rédemption, produire le chrétien parfait.

Colomb réfléchira beaucoup sur ce livre.

En 1375, l'*Atlas catalan*, exceptionnel portulan d'un cartographe juif au service du roi d'Aragon, Yehuda Cresques, écarte pour la première fois les mentions fantaisistes et nomme les régions inconnues « *Terra incognita* ».

Le nom n'est plus rêvé. Immense progrès. La circonférence terrestre y est évaluée à trente deux mille kilomètres. Ce portulan est reconnu à l'époque comme une référence si parfaite que, quand le roi de France, Charles V, demande au souverain d'Aragon une copie de sa meilleure carte du monde, il en reçoit un exemplaire.

Au début du XVe siècle, on sait la Terre ronde, mais on la pense au centre de l'Univers — Copernic ne naîtra qu'en 1473 à Torun, en Pologne. Un mathématicien italien, Apollonius de Perza, ose écrire que certaines planètes — mais pas la Terre — tournent sans doute autour du Soleil.

On s'intéresse aux îles de l'Océan qui séparent, pense-t-on, Cipangu et Cathay de l'Europe. En 1402, le Français Jean de Béthencourt s'établit dans l'archipel des Canaries et reconnaît la suzeraineté du roi de Castille, Henri III. En 1418, il vend ses droits au comte de Niebla. Son neveu, Maciot de Béthencourt, gouverne encore l'une des îles, celle de Lanzaroto Malocello, au moins jusqu'en 1430[129].

Certains commencent à penser qu'en allant vers l'ouest sur l'Océan, on peut aussi atteindre Cathay. En 1410, dans son *Imago Mundi*, un astrologue et théologien français, Pierre d'Ailly, s'appuyant sur Pline, affirme que l'océan qui s'étend entre l'Europe et l'Inde n'est pas si vaste : « Car il est évident que cette mer est navigable *en quelques jours* si le vent est favorable, d'où il découle que cette mer n'est point si grande[135]. » Colomb lira plus tard ce texte avec passion. Comme il va dans le sens de ce qu'il veut démontrer, il lui accordera les plus grands mérites[63].

En 1414, on parle d'une île nouvelle sur cet océan — « Antilia » —, qui aurait été « colonisée, au VIIᵉ siècle, par l'archevêque de Porto et six évêques avec d'autres chrétiens, hommes et femmes, du bétail et des marchandises[47] ». Il s'agit sans doute de l'« île des Sept-Cités » dont la découverte fut attribuée aux évêques portugais, ou encore de l'« île de Saint-Brandon » reconnue par des moines irlandais au VIᵉ siècle[140].

L'année suivante resurgit à Florence, rapporté de Constantinople par un mécène florentin, Paolo Strozzi, le manuscrit de la *Géographie* de Ptolémée. Traduit en latin par Jacopo d'Angelo, le livre, contenant des principes généraux de géographie et un catalogue de lieux connus, acquiert très vite une réputation extraordinaire[135]. Plusieurs exemplaires circulent en Europe, certains accompagnés de vingt-sept cartes, prétendument de Ptolémée, en fait apocryphes et fort inexactes. Prenant connaissance du livre de Ptolémée, Pierre d'Ailly s'aligne sur ses thèses dans le *Compendium geographiae*[15]. Le temps est venu de la conquête sérieuse.

Contourner

L'exploration prend alors un tour systématique qu'elle gardera un siècle durant, jusqu'au premier périple autour du monde, exactement cent ans plus tard.

Le 21 août 1415, le roi du Portugal, Jean Iᵉʳ, assisté de son troisième fils, Henri, prend aux corsaires marocains le port de Ceuta, le plus important avant-poste musulman en Afrique, clé du détroit de Gibraltar, par où arrive l'or africain. Après cette expédition, le prince Henri cesse lui-même de naviguer mais va chercher dans l'exploration la gloire qu'il ne peut espérer en politique. Il s'installera, dit-on[9], à Sagres, en Algarve, avec un objectif : atteindre l'Orient par la mer — et une stratégie : *contourner* l'Afrique. Organisateur obstiné et systématique, à la fois « visionnaire audacieux et esprit casanier[9] », Henri sera pendant quarante ans le chef d'orchestre d'expéditions méthodiques[9]. Exigeant de chacun de ses navigateurs qu'il multiplie les notes dans son journal de bord et sur des cartes maritimes dont lui-même est l'unique destinataire, il recueille des informations que le fils de Yehuda Cresques synthétise. Il fait de Sagres, selon certains[9], un centre de cartographie secret et un « laboratoire de la mer[9] ». Pour d'autres[57], la réalité est moins organique, plus concrète, et tourne autour du port voisin de Lagos[57]. En tout cas, il est certain que savants juifs, musulmans, arabes, génois, vénitiens, allemands, scandinaves participent à cette entreprise pour laquelle Henri dispose de la confiance et des moyens de la cour de Lisbonne. Pour financer le tout — audace nouvelle —, il laisse aux marchands le bénéfice des produits qu'ils rapportent, y compris des esclaves, en échange de leurs informations dont ils ne doivent rien dire à quiconque, en dehors de lui-même.

Ces marins vont vite, mettant à profit les toutes dernières nouveautés techniques : l'*astrolabe*, le *torquatum*, le *quadrant*, les *tables de déclinaison*, le *compas*, la *sonde* et le *loch*. Les bateaux de découverte font leurs débuts. Bientôt viendra le temps de la *caravelle*.

Henri lance alors navire sur navire afin d'atteindre le bout de l'Afrique — en vain, pour le moment. En 1418, ses marins sont à Madère, dont ils prennent le contrôle. De 1420 à 1434, quatre nouvelles expéditions tentent de contourner l'Afrique, mais le cap Bojador, où les courants s'inversent, reste un obstacle infranchissable. Les marins disent qu'au-delà, il y a de hautes falaises, des cascades, du sable rouge. De plus, pour en revenir, il faut s'éloigner du littoral d'Afrique, jusque vers les Açores, sans appui côtier. Rien de plus dangereux. Sans doute ces retours d'expédition permettent-ils de dessiner des côtes situées à l'ouest de l'Afrique. Mais nul n'en dit mot. Une carte établie en 1424 sur la base d'informations portugaises montre cependant un groupe d'îles, loin à l'ouest dans l'Atlantique. N'est-ce pas déjà le Brésil ?

L'Infant lance alors l'un de ses écuyers, Gil Eanes, dans l'aventure. Après un échec en 1433, celui-ci réussit l'année suivante, à bord d'une simple barque de trente tonneaux dotée d'un seul mât et d'une seule voile ronde, à passer le cap Bojador. Mais, terrible déception, il comprend que, de l'autre côté, le littoral africain se prolonge loin vers le sud : Bojador n'est pas l'extrémité de l'Afrique. L'Inde n'est pas en vue. Tout est à reprendre. Peut-être même n'y a-t-il pas de passage...

En 1436, Alfonso Gonçalves Baldaia descend plus loin et atteint une baie. Il y laisse un *padraō*, colonne surmontée d'un cube portant les armoiries du roi du Portugal et d'une croix, et l'appelle Rio de Oro, parce qu'il croit y voir un fleuve et de l'or. Double illusion.

Henri ne se décourage pas. Au contraire, il redouble d'efforts. Le port de Lagos, à quelques kilomètres de Sagres, devient le chantier de construction des premières caravelles[57]. Il faut contourner l'Afrique. Les Portugais peuplent Madère et les Açores. En 1435, quand les Canaries passent sous contrôle de la Castille, ils ne s'en soucient guère, car pour eux l'Océan n'est pas un objectif en soi, ils ne l'empruntent que pour longer l'Afrique.

D'autres s'y intéressent. Ainsi, en 1436, un Vénitien, Andrea Bianco, officier navigateur sur des galères marchandes à destination de Tana, Beyrouth, Alexandrie et les Flandres, dessine des cartes où on relève pour la première fois les traces d'îles situées à l'ouest de Madère, et certaines très au nord, telle celle qu'il nomme Stockfixa (l'île de la Morue), qui pourrait être Terre-Neuve[47]. Sur la mappemonde dite de Yale, en 1444, la même île apparaît sous le nom de Vinland. Une autre carte de Bianco, dressée à Londres en 1448, mentionne une grande « île véritable » là où se trouve le Brésil[135]. Curieuse notation : comme si des marins, lors des voltes nécessaires pour passer le cap Bojador, l'avaient déjà découverte.

Quoi qu'il en soit, les marins génois employés par le Portugal continuent d'avancer. En 1441, trois d'entre eux, Antonio de Noli, son frère Bartolomeo et son neveu Rafaello, obtiennent d'Henri le droit de naviguer dans le golfe de Guinée et d'y chercher épices, or et esclaves. On y trouve une sorte de poivre africain, la malaguette, beaucoup moins cher que celui de Malabar. Le poivre portugais devient un vrai rival de celui de Venise : premier résultat marchand de la route d'Afrique. En 1443, l'île située au nord de l'embouchure du Sénégal, Arguim, devient un comptoir portugais — le premier comptoir blanc en Afrique. En 1444, Lanzarote atteint Tyder, et Nuño Tristaõ l'embouchure du Sénégal. Peu à peu, les marins consolident quelques escales le long du littoral africain et en font de véritables ports, entrepôts d'esclaves et d'autres marchandises. Henri le Navigateur exige de ses capitaines qu'ils se contentent d'acheter les esclaves aux marchands locaux et interdit les razzias à l'intérieur. La même année, lui désobéissant, un certain Diniz Diaz double la presqu'île du Cap-Vert, débarque dans une île — sans doute l'actuelle Gorée —, puis fait prisonniers au cap Blanco deux cents Africains qu'il ramène comme esclaves à Lagos.

Pendant ce temps, par la terre, Antonio Malfante pénètre dans le Sahara algérien.

En 1446, Nuño Tristaõ dépasse le Cap-Vert ; la même année, un autre capitaine portugais, Alvaro Fernandez, atteint l'actuelle Guinée-Bissau. Henri confie alors à son plus proche confident, Gil Moniz, tous les droits seigneuriaux sur Madère. (La petite-fille de ce dernier épousera Colomb.) En 1447, atteignant le golfe de Guinée, les marins d'Henri, sous-estimant une nouvelle fois la taille du continent, croient encore que l'Afrique s'arrête là et qu'ils ont enfin trouvé le passage vers l'Inde. Les estuaires de la Gambie et du Congo sont l'occasion de nouvelles illusions. Cet entêtement conduira pourtant, cinquante ans plus tard, Bartolomeo Dias à la victoire.

A cette époque, nul n'imagine encore qu'un continent puisse exister, de l'autre côté de l'Atlantique, entre l'Europe et l'Asie. Il y a des îles, sans doute, des presqu'îles, à la rigueur. Mais rien qui ne soit l'Asie elle-même, indienne, japonaise ou chinoise. Aussi, atteindre l'Inde par l'ouest paraît-il trop risqué : on estime la distance à quelque vingt mille kilomètres de haute mer. Impossible avec les bateaux du temps : il y faudrait peut-être six mois de navigation.

Au milieu du XVᵉ siècle, l'Europe entière s'intéresse aux aventures africaines. La frénésie de découvertes gagne même les royaumes les plus lointains. Malgré les réticences d'Henri qui souhaite en garder le monopole, la France, l'Angleterre envoient quelques bateaux. Vers 1450, Christophe III de Bavière, roi du Danemark, de Suède et de Norvège, organise, avec le neveu du roi du Portugal

Alphonse V, une expédition le long des côtes africaines, « pour trouver le Prêtre Jean[147] ». L'expédition échoue lamentablement, anéantie en Guinée par des pirates. Peu à peu, la côte africaine devient vraiment portugaise. De petits ports s'installent, une fois posées les *padraõs* qui valent appropriation. Afin de multiplier les voyages, Henri laisse de plus en plus librement ses capitaines faire fortune avec la traite d'esclaves[9]. On en prend mille par an vers 1450, près de trois mille dix ans plus tard, qu'on échange contre de l'or ou contre de grands coquillages des Canaries — un de ces coquillages vaut en Afrique autant que deux ducats d'or[47]. L'esclavage, déjà très répandu dans l'Islam africain, devient une activité très lucrative qui exige d'aménager des ports. Nulle autorité religieuse ne vient s'y opposer.

Henri continue de garder ces découvertes confidentielles et exige de ses marins le secret sur ce qu'ils voient en Afrique. Les départs ne sont ni annoncés ni même répertoriés[47]. Les meilleures cartes représentent correctement l'Europe, l'Afrique du Nord, la mer Noire, la mer Caspienne, la mer Rouge et l'Arabie, mais l'Afrique reste *Terra incognita*[135]. Les navigateurs ont le sens du secret : il s'agit pour eux de protéger les découvertes pour s'en assurer le monopole, de trouver un passage vers l'est, et, s'il n'y en a pas, d'aller plus loin, sans laisser à d'autres le profit du savoir amassé.

Mais quand, à partir des années 1450, de plus en plus d'hommes d'affaires italiens — tels le Vénitien Alvise Ca' da Mósto, le Génois Antonio Usodimare — s'imposent dans les expéditions portugaises, leur donnant pour objectif la recherche d'épices à bon marché et de canne à sucre, les voyages changent de nature. Ils cessent d'être recherche d'informations maritimes pour devenir commerce d'informations marchandes. Or celles-ci doivent circuler : le marchand ne peut cacher ses routes. Il les vend.

Celui qui deviendra le plus célèbre de ces mercenaires — il arrivera au Portugal à l'âge de vingt-six ans — naît à Gênes, sans doute en août 1451 : Christophe Colomb. Maître tisserand, son père, Domenico Colombo, reçoit du Doge Fregoso, en 1439, la charge de gardien d'une porte de la ville[62]. On le dit juif. Salvador de Madariaga[80] le pense descendant d'une famille juive de Barcelone expulsée en 1391 et réfugiée à Gênes. Pour le prouver, il s'appuie sur mille indices : sa signature, le prénom de sa mère, Suzanne, le fait qu'il ait toujours écrit en espagnol ses écrits mystiques qui démontrent qu'il a été élevé dans l'Ancien Testament, etc. La thèse est séduisante, et bien des détails de la vie de Colomb paraissent l'étayer. Nombre de ses adversaires le considèrent comme juif. Lui-même, on le verra, laissera toujours planer le doute. De fait, un Colón est identifié avec certitude comme le fondateur de la *yechiva* de Padoue en 1397, et la mère de Christophe est presque certainement juive. Mais la plupart des chercheurs doutent que son père l'ait été. Jacques Heers[62] ne trouve aucune trace d'un Juif tisserand à Gênes, métier d'ailleurs à l'époque entre les mains de confréries religieuses, les *humiliati*. Pour lui, les ancêtres de Christophe sont tout simplement des paysans natifs de Plaisance. Selon les plus récentes recherches, son grand-père serait de Gênes. Lui-même fera croire qu'il est issu d'une famille de marins, voire qu'il n'est pas le premier amiral de la famille... Pour ma part, je le crois volontiers d'ascendance juive et de foi chrétienne. Et doté d'une culture biblique plus juive que chrétienne.

En 1454, le Vénitien Alvise Ca' da Mósto s'embarque vers la Guinée sur le bateau du Portugais Vicente Dias, marchand d'or et d'esclaves. Dans la zone du Cap-Vert, Ca' da Mósto rencontre un autre Génois, Antonio Usodimare, lui aussi résident au

Portugal, qui atteint en 1455 la Gambie et prétend avoir « trouvé ici un compatriote qui descend des matelots qui formaient l'équipage des Vivaldi il y a cent dix ans. Il me le dit lui-même, et à part lui, il ne restait aucun de leurs descendants[62] ».

Le 8 janvier 1455, à la demande du roi Alphonse V, le pape lui accorde le monopole de toute la navigation côtière en Afrique et le Portugal fera respecter cette décision. Mais les grands d'Andalousie — tels les Guzman, ducs de Medina Sidonia, qui contrôlent le trafic de Séville — s'intéressent de fort près aux îles et à l'Afrique. Ils veulent « faire de cette mer océane le prolongement de leurs propres domaines[97] ». Les caravelles espagnoles se lancent alors vers les côtes d'Afrique, ramenant à Palos or et esclaves. S'ensuit entre Portugal et Castille — divisés par ailleurs par de sombres querelles de succession — la première des guerres coloniales.

En 1456, les deux Italiens Ca' da Mósto et Usodimare explorent pendant deux ans une partie des îles de l'archipel du Cap-Vert. En 1460, l'Espagnol Diego Gomes rapporte de l'or de Gambie. Un trafiquant d'esclaves espagnol est capturé par les Portugais dans la région du Cap-Vert — aujourd'hui Dakar ; des navires génois sont coulés. Colomb, enfant à Gênes, peut en avoir entendu parler. L'Afrique est désormais pénétrée par toutes les nations commerçantes. Le marchand florentin Benedetto Dei arrive à Tombouctou pour le compte des Médicis.

La même année, un moine d'un monastère de Murano, Fra Mauro, achève pour le prince Pierre, frère d'Henri le Navigateur, une carte du monde où il s'efforce de mieux préciser la direction du pôle astronomique.

En 1460, à la mort du prince Henri, ses découvertes entrent dans le patrimoine de la Couronne portugaise. Le roi Alphonse V, surnommé « l'Africain », qui règne depuis 1438, dépossède Lagos au profit de Lisbonne. Il s'intéresse davantage à la politique qu'à la conquête, au Maroc qu'à la Guinée. Car l'Afrique a déçu : il est plus difficile que prévu de la contourner. Elle ne rapporte pas beaucoup d'or. Mieux vaut consolider son emprise sur le Maroc que vouloir aller plus loin.

En 1462, Alphonse V concède à l'un de ses chevaliers tous les droits sur deux îles de l'Atlantique, s'il vient à les trouver. On les nommera Lovo et Capraia — ou « Non Trubada », ou « Encubierta », ou encore « Antilia ». En novembre 1469, il concède à un riche marchand de Lisbonne, Fernaõ Gomez, le droit de naviguer et de commercer sur le littoral d'Afrique, à charge pour lui « de découvrir cent lieues de côte par an pendant cinq ans, et de verser au roi une redevance annuelle de deux cent mille réaux[135] ». En 1470, Soeiro Costa reconnaît mille kilomètres de plus, jusqu'au cap Das Tres Pontas, au Ghana. En 1471, João de Santarem et Pedro Escobar descendent jusqu'à l'embouchure du Niger, puis, droit au sud, vers les îles de Saõ Tomé et franchissent pour la première fois l'Équateur. La même année, on fonde le premier fort de Saint-Georges-de-La-Mine, qui deviendra pour des siècles le principal point d'ancrage de la présence européenne en Afrique. En 1472, on découvre une île qu'on nomme Fernando Po, tout au fond du golfe de Guinée. Mais lorsque, franchissant l'Équateur, une autre expédition portugaise constate que le Gabon n'est qu'un fleuve, c'est de nouveau la déception.

Pendant ce temps, à Gênes, le jeune Christophe Colomb apprend le métier de tisserand et s'initie à la cartographie avec ses deux frères, dans la taverne dont s'occupe son père, où viennent marchands et marins. Il lit beaucoup. Il a la passion de comprendre. Pêcheur, marin d'occasion — à dix ans, il aurait fait son premier voyage en Corse —, il navigue bientôt successivement pour les Centurioni, les plus grands banquiers de la ville, les Spinola et les Di Negro, puis petit marchand et commissionnaire. En 1472, on l'envoie acheter des épices en Tunisie, chargé de balles de drap ou de barils de sucre. Il écrit : « Il m'advint que le roi René (d'Anjou) m'envoya jusqu'à Tunis pour capturer la galère *Fernandine*[63]. » Là, il entend dire par des marins qu'il existe des îles lointaines où l'on trouve de l'or et des pierres précieuses. Étrange personnage déjà ambigu : aux yeux de certains, c'est un mystique ; pour d'autres, il n'a qu'une ambition, le pouvoir ; pour d'autres enfin, il ne nourrit qu'un rêve : la mer. On connaît peu son physique. Son fils Ferdinand écrira plus tard : « L'Amiral était bien fait de corps, d'une taille au-dessus de la moyenne, il avait le visage allongé, assez plein, assez coloré, et n'était en réalité ni gras ni maigre. Son nez était aquilin, ses yeux avaient de l'éclat. Dans sa jeunesse, il avait eu les cheveux blonds ; mais, avant qu'il eût atteint l'âge de trente ans, ils étaient devenus complètement blancs[63]. »

Pendant l'hiver 1473 — il a vingt-deux ans —, il opte définitivement pour la navigation. A peu près au même moment, le 12 janvier 1473, le roi Alphonse V donne l'« île des Sept-Cités », aperçue quelques années auparavant à l'ouest du Cap-Vert, à João Gonçalves da Camara, qui repère les côtes du Gabon et franchit à nouveau l'Équateur.

Colomb voyage encore et lit toujours. Il entend parler de l'idée d'une liaison par mer entre le Portugal et Cathay, qui agite les cercles portugais et génois. Le 25 juin 1474, un médecin-astronome florentin, Paolo del Pozzo Toscanelli, écrit à un chanoine de Lisbonne, Fernão Martins, pour lui expliquer qu'il existe certainement une route vers l'Orient — qui « est très riche en or, en perles et en pierres précieuses » — par l'ouest. Cette « route est plus courte qu'aucune autre. L'étendue des mers à franchir n'est point si grande (...). On peut y parvenir aisément[135] ». Toscanelli évalue la distance entre les Canaries et l'Asie à sept cents lieues. Il affirme même qu'il existe deux routes : l'une, directe, l'autre passant par Antilia et Cipangu. Colomb entendra parler de cette lettre sept ans plus tard, mais il ne reconnaîtra jamais sa dette intellectuelle envers Toscanelli.

En 1474, Alphonse V du Portugal confie à son fils aîné, le prince Jean, passionné de mer, la gestion du commerce d'Afrique. L'année suivante, celui-ci autorise son intendant, Fernaõ Telles, à aller lui aussi découvrir l'« île des Sept-Cités ». Celui-ci n'ira pas bien loin et se perdra. Il n'en est pas moins un des premiers à être autorisé à tenter ce que réussira Colomb.

L'imprimerie propage vite les détails relatifs aux découvertes. On a vu qu'en 1477, à Bologne, on édite la *Géographie* de Ptolémée. On en connaît six éditions avant 1500. Colomb la lit. Il lit aussi le *Livre des Merveilles* de Marco Polo, l'*Imago Mundi* de Pierre d'Ailly, les *Voyages* de Jean de Mandeville[63]. Il a maintenant accès aux cartes que les navigateurs de Sagres avaient refusé de publier et qui sont refaites en Italie, en Flandre, dans les pays rhénans, à Saint-Dié, à Nuremberg[9]. Elles portent des coordonnées en longitude et latitude, et laissent paraître l'évidence d'un chemin possible par l'Ouest.

En février 1477 — il a vingt-six ans —, Colomb part faire du cabotage commercial vers Londres, successivement sur le *Galway* et la *Bechalla*, deux bateaux sans doute flamands. Il va jusqu'en Irlande et en Islande — qui y rencontre-t-il ? Il entend parler de Terre-Neuve, peut-être au Groenland. Il y voit des cadavres, sans doute de Lapons, qu'il prend pour des Chinois. Cette année même, il s'installe au Portugal.

Selon la tradition, il y vient parce que son bateau — est-il vraiment flamand ? — la *Bechalla*, a été coulé, le 13 août, par une escadre française près de Lagos. Après avoir rejoint la côte à la nage, agrippé à une épave, il aurait été recueilli par des habitants de Lagos. La réalité est sans doute plus prosaïque : il est arrivé à Lisbonne par un bateau marchand afin d'y rejoindre un de ses deux cadets, Bartolomeo, déjà installé là comme fabricant et marchand de cartes marines, aidé par un riche compatriote, Manuel Pessanha, patron de navire, devenu si riche qu'il possède un quartier de la ville, le « *barrio do almirante*[63] ».

Colomb veut à la fois la célébrité et la fortune. Il ne pense pas encore à la route de l'Ouest. En 1478, il est envoyé à Madère afin d'acheter du sucre pour le compte d'un négociant génois de Lisbonne. Là, il rencontre une jeune fille de grande famille locale, Dona Felipa Perestrelo e Moniz. C'est la fille de Bartolomé Perestrelo, l'un des pionniers de la colonisation de Madère, et la petite-fille de Gil Moniz, proche compagnon de Henri le Navigateur à qui celui-ci a attribué en 1446 tous les droits seigneuriaux et commerciaux sur Madère[63]. Il l'épouse et s'installe à Porto Santo, puis à Madère même, devenant ainsi membre de la famille régente de l'île. Il fait du commerce de sucre, sans renoncer à ses rêves de gloire. Le 25 août 1479, on trouve sa trace à propos d'un contrat portant sur l'achat et le convoyage de deux mille arrobes de sucre pour le compte de Ludovico Centurioni et Paolo di Negro, armateurs génois de navires basques et galiciens[63]. A Funchal, capitale de Madère, où naît vraisemblablement son premier fils, Diego, Colomb perfectionne son castillan.

Là, il entend les mille rumeurs décrivant, plus à l'ouest, des îles proches. En septembre 1479, par exemple, un marin flamand, Eugène de la Fosse, voyageant sur un navire espagnol vers Saint-Georges-de-la-Mine, en Afrique, fait prisonnier par les Portugais, apprend d'eux qu'un bateau portugais repoussé par une tempête loin de Madère aurait aperçu une île située très à l'ouest, mais n'y aurait pas débarqué.

Après le couronnement d'Isabelle de Castille, une fois la guerre de succession réglée, Espagnols et Portugais ont fait la paix, y compris sur mer. En 1480, le traité d'Alcobaça confirme que l'Afrique et les régions situées au sud du cap Bojador appartiennent au Portugal, et les Canaries à la Castille. Quant aux routes éventuelles vers l'ouest, elles ne sont à personne, puisqu'aucun fou ne s'y risquerait.

Cette même année, un jeune géographe de Nuremberg, Martin Behaïm, élève du mathématicien « Regiomontanus », reçoit du roi Jean II la mission d'explorer les Açores. De cet homme étrange, on reparlera beaucoup.

Colomb voyage alors encore au large des côtes africaines et perfectionne sa pratique de la navigation. Il apprend à choisir les provisions pour une longue course et à les stocker. Il participe à au moins un voyage vers Saint-Georges-de-la-Mine, conduit en 1491 par Don Diego d'Azambuza, parti y établir une forteresse. Là — c'est le Ghana d'aujourd'hui —, il entend parler de mystérieux objets retrouvés sur les côtes des Açores après de forts vents d'ouest. Il aurait rencontré un marin dont le bateau aurait été entraîné par les vents vers une île située plus à l'ouest. (En 1784, la même mésaventure arrivera à un navire français propulsé en deux jours des Canaries au Venezuela !) Il rêve de l'Orient, des îles aux épices, du royaume du Cathay, de ses richesses. La route de l'Inde par l'ouest lui paraît de plus en plus la seule aventure digne de lui.

Fin 1481, il revient s'installer à Lisbonne en compagnie de sa femme et de son fils. Il entend parler de la lettre de Toscanelli affirmant qu'une route vers l'Inde existe bel et bien par l'ouest. Il écrit au Florentin pour lui demander des précisions. Celui-ci répond en lui fournissant des détails et même une carte[63]. On peut, explique-t-il, faire le voyage vers l'Asie en quelques jours, en passant par Antilia. Colomb n'avouera jamais avoir correspondu avec Toscanelli. Pourtant, plus que lui-même, l'Italien est bien le découvreur de la route de l'Ouest.

Cette année-là court une légende selon laquelle deux bateaux anglais de Bristol, le *Trinity* et le *George*, auraient atteint Terre-Neuve en cherchant l'« île de Brésile »...

Jean II succède à son père Alphonse V sur le trône du Portugal. La politique d'expansion de Lisbonne, interrompue depuis cinq ans, prend un nouveau départ. Pour appuyer les voyages sur la route de l'Équateur, Jean II fait renforcer la forteresse de Saint-Georges-de-la-Mine, qui deviendra pour des siècles le centre du trafic d'esclaves. Il confie à Diego Cão le soin de poursuivre l'exploration de la côte au-delà du cap Sainte-Catherine. En 1482, celui-ci atteint l'embouchure du Congo et croit une nouvelle fois avoir trouvé le passage vers l'Inde. Il doit déchanter quand, après avoir remonté le fleuve sur quatre-vingt-dix milles, il se rend compte que la mer n'est pas au bout. En août 1483, il atteint la côte de l'Angola, à cent cinquante kilomètres au sud de Benguela. En 1485, il descend même jusqu'au 22e degré de latitude Sud, mais sans trouver encore le passage vers l'est. On désespère.

Colomb, pendant ce temps, est encore à Lisbonne. Il lit et annote quantité de livres. On en connaît au moins quatre datant de cette époque, conservés dans sa bibliothèque de Séville : l'édition de Venise de 1477 de l'*Historia rerum ubique gestarum* du pape Pie II, l'édition de 1483 de l'*Imago Mundi* de d'Ailly, celle de 1485 du *Devisement du Monde* de Marco Polo, et celle de 1489 de l'*Histoire naturelle* de Pline l'Ancien[63].

Étrange tisserand-marin-cabaretier-cartographe autodidacte, parlant très mal le génois et le castillan, ânonnant le latin, s'échinant à trouver dans les livres une route vers son rêve. Il écrit, en marge de l'ouvrage de d'Ailly : « L'extrémité de l'Espagne et le début de l'Inde ne sont pas très éloignés, mais assez proches, et il est donc possible de traverser cette mer *en quelques jours*, avec un vent favorable[63]. »

En quelques jours : cette conviction, géographiquement absurde, ne le quittera jamais plus, jusqu'à sa mort, contre toute évidence. Contre même sa propre expérience.

Il pense que la distance à parcourir est inférieure à deux mille cinq cents milles, soit quatre fois moins que la réalité. Pour établir la dimension correspondante de la Terre, la plus petite jamais proposée[22], il s'appuie sur le prophète Esdras[63], de qui on peut tirer que l'Océan ne représente qu'un septième de la surface du globe : « les six autres parties, Tu les as asséchées ». Il en déduit que l'Asie s'étend vers l'est jusqu'au 116e degré de longitude. De plus, il confond le mille arabe et le mille italien, inférieur d'un tiers. Il se trompe donc à la fois sur la largeur de l'Océan et sur l'étendue de l'Asie.

Comment peut-il commettre de telles erreurs ? Les a-t-il vraiment commises ? Ne sait-il pas où il

va ? Pourquoi parle-t-il toujours de « découvrir »,
s'il ne cherche qu'une « route » vers l'Inde ? On
parlera plus tard d'un pilote inconnu, seul survivant
d'un bâtiment dérouté, qui, avant de mourir, aurait
révélé au seul Colomb l'existence de ces îles et la
manière de les atteindre ; aucun document sérieux
ne vient confirmer cette thèse. Cette année-là —
1484 —, il fait en revanche la connaissance de
Behaïm.

Que se sont dit ces deux hommes, l'un et l'autre
étrangers et mal vus, qui pensent tous deux qu'une
route existe par l'ouest à destination de l'Inde, mais
n'imaginent pas le continent à découvrir ?

En 1484, après le retour de Diego Cão de son
voyage décevant en Afrique, Colomb se décide à
demander au roi du Portugal de financer son expédition vers l'Inde par l'ouest. Il ne lui faudra pas
moins de huit ans pour convaincre un monarque.

Il demande à Jean II trois bateaux et l'équivalent
de deux millions de maravédis. Le roi confie à une
commission dirigée par deux mathématiciens juifs
— un Portugais, Abraham Zacuto, et un Espagnol,
Joseph Vizinho, de l'université de Salamanque, réfugié au Portugal — le soin d'apprécier ce projet,
comme ils jugent des autres[63]. Ces deux grands
experts ont déjà établi, vingt ans auparavant, des
tables en notant la déclinaison du soleil le long des
côtes de Guinée, et publié un *Almanach perpetuum*
écrit en hébreu. Ils rejettent d'emblée le projet,
considérant les distances évaluées par Colomb
comme invraisemblables. Jean II, menacé au Portugal par les complots du duc de Bragance, en lutte
contre l'Espagne et contre les musulmans du Maroc,
confirme cette décision et ne s'intéressera plus au
projet de Colomb.

L'année suivante — 1485, année où naît Hernán
Cortés — est une année tragique pour Colomb. Sa
femme meurt ; le roi du Portugal ne veut plus

entendre parler de son projet ; il est couvert de dettes. Avec son fils de cinq ans et ses livres, il quitte le Portugal sur un des bateaux reliant le Tage au Guadalquivir. Il se rend en Castille au couvent de la Rábida, à Huelva, dans le comté de la Niebla, où vit la tante de sa femme, Violante Nuñez, qui a épousé un Flamand, Miguel Molyarte. Elle a accepté de prendre Diego en charge. Il est recommandé au supérieur du couvent, un franciscain, frère Juan Pérez, confesseur de la reine, par le très riche marchand d'esclaves florentin Berardi, qu'il a connu à Lisbonne par les Centurioni de Gênes. Il pense s'installer là, puis aller parler de son projet à la cour d'Espagne.

Le seul document contemporain sur cette arrivée sera rédigé en 1513, après la mort de Colomb, lorsqu'il faudra établir les droits de ses héritiers[63]. Un médecin de Huelva certifie que « le dit amiral vint à pied à La Rábida, monastère des frères dans cette ville, et demanda au frère portier de lui donner du pain et un verre d'eau pour ce petit garçon qui était son fils[63] ». Histoire évidemment farfelue, conforme à l'esprit de Colomb qui sans cesse se masque, se transforme et disparaît...

Au couvent, en tout cas, il rencontre un astronome, Antonio de Marchena, qui le présente à un savant franciscain, Dom Enrique de Guzman, lequel, enthousiasmé par ses idées, se dit même prêt à lui financer une expédition, mais s'en garde bien, car la Cour interdit à quiconque, fût-il grand d'Espagne, de financer des projets d'expédition si elle ne les a pas approuvés au préalable.

A Florence meurt cette année-là le grand géographe Toscanelli, dont les intuitions ont convaincu Colomb de l'existence d'une route vers l'Inde par l'ouest. Celui-ci ne laissera jamais rien percer de ce qu'il doit au génial Florentin.

Cette même année, Martin Behaïm est nommé

par le roi du Portugal géographe de l'expédition de Diego Cão, qui part le long des côtes d'Afrique. Ils descendent jusqu'au 22e degré de latitude Sud, vers la Namibie actuelle, puis, avec João Alfonso d'Aveiro, ils atteignent 28o 23'. A son retour, en 1486, Martin Behaïm est nommé chevalier de l'Ordre du Christ et épouse la fille de Job Huerter de Moerbeke, chef de la colonie flamande de l'île de Fayal. Puis il se brouille avec le roi du Portugal et repart pour Nuremberg où il restera en relation avec des savants de Lisbonne — peut-être avec Colomb —, travaillant à un projet simple et grandiose à la fois : fabriquer le premier globe terrestre. Projet qui aboutira justement en 1492.

Colomb comprend alors que les « grands marchands » génois de Séville ne peuvent rien pour lui. Il souhaite voir la reine qui peut seule, pense-t-il, décider de son voyage[63]. Le 20 janvier 1486, il se rend à Cordoue où se trouve la Cour. Mais la souveraine n'y est pas. Il s'installe dans la ville et y gagne sa vie en vendant des cartes. Il rencontre du beau monde : un des précepteurs des Infants, Geraldini, le contrôleur des Finances d'Isabelle, Alonzo de Quintinilla, le nonce du pape à la cour de Ferdinand, Antonio Geraldi, l'archevêque de Tolède, Mendoza, l'homme le plus puissant du royaume, et une jeune fille de vingt ans, Beatriz Enriquez de Harana, qu'on dit juive. En mai 1486, Mendoza lui obtient une audience d'Isabelle et de Ferdinand, à l'Alcazar de Cordoue. Colomb, jouant au dévot devant la reine et au chercheur d'or devant le roi, fait forte impression. On convoque alors, pour décider du projet, une commission d'experts, ecclésiastiques pour la plupart : le frère Diego Deza, prieur du collège de San Esteban et confesseur-précepteur du prince héritier, le hiéronymite Hernando de Talavera, confesseur de la reine, devenu évêque d'Avila, entre autres.

La commission délibérera plus de cinq ans. Et finira par dire non.

Colomb n'est pas seul dans la course : le 24 juillet 1486, un Flamand — ils sont de plus en plus nombreux dans la péninsule ibérique —, Van Olmen ou Fernão d'Ulmo, « chevalier de la cour royale et capitaine dans l'île de Terceira[47] », obtient du roi Jean II du Portugal le droit d'aller, avec deux caravelles, « éclaircir le mystère de l'Ile des Sept-Cités, à ses frais et propres dépenses[47] ». Mais ce voyage, exactement dans la même direction que celui que projette Colomb, quoique avec moins d'ambitions et sans moyens, n'a, semble-t-il, pas lieu. En tout cas, Olmen disparaît. Il est le troisième, après João Gonçalves en 1473 et Fernão Telles en 1474, à se voir autorisé à tenter le voyage. Cet Ulmo ou Olmen aurait pu le premier découvrir le nouveau continent ; son projet montre en tout cas que l'Europe entière commence alors à s'éveiller à l'idée de la route de l'Ouest. Le mythe d'un Colomb solitaire, réussissant seul et contre tous, doit donc être abandonné. Colomb entend simplement faire un voyage que chacun sait absurde : il n'est pas à portée des caravelles. Mais vouloir aller vers les îles, vers Antilia, est un défi raisonnable. Peu intéressant, certes, mais réaliste. Et d'autres, avant Colomb, ont dû vouloir le tenter.

Le 5 mai 1487, en attendant de trancher sur le fond, la commission espagnole lui accorde trois mille maravédis castillans par trimestre. Il a maintenant de quoi vivre pour un temps. Il s'installe avec Beatriz à Cordoue et suit la Cour à Séville, Tolède, Barcelone, sans cesse apportant de nouvelles preuves, des idées, des concepts. Il irrite. Mais on l'écoute. Toutefois, la commission le rejette à l'unanimité.

Pendant ce temps, au Portugal, Jean II lance deux entreprises simultanées visant à organiser la route de l'Inde par l'est. L'une, terrestre, conduite par Pedro da Covilha ; l'autre, maritime, par Bartolomeo Dias. Deux voyages parfaitement coordonnés et cohérents.

Le premier, le voyage terrestre, doit jeter les bases du second en préparant les accords politiques nécessaires à l'établissement de bases portugaises en Inde, lorsque l'Afrique aura été contournée par la mer.

Pedro da Covilha quitte Santarem le 7 mai 1487, accompagné d'Alfonso de Païva et d'un très petit équipage. Ils chevauchent jusqu'à Valence, Barcelone, puis vont par mer jusqu'à Naples, Rhodes, et arrivent à Alexandrie. Ils se déguisent alors en marchands, gagnent Le Caire, puis Aden qu'ils atteignent à l'été 1488. Là, ils se séparent. Pedro da Covilha se dirige vers l'Inde, Alfonso de Païva part pour l'Éthiopie où il tombe malade et meurt. Pedro da Covilha, lui, atteint en bateau Calicut, puis Goa. Il noue mille contacts préparatoires à l'établissement de comptoirs en Inde, puis regagne Ormuz, Aden, enfin Le Caire. Là, il trouve deux envoyés du roi du Portugal venus lui apprendre la mort d'Alfonso de Païva. Il leur remet à l'intention du souverain un long rapport qui servira de base à la préparation du voyage vers l'Inde de Vasco de Gama, dix ans plus tard. L'un des messagers va remettre ce rapport à Lisbonne. En compagnie de l'autre, Pedro da Covilha repart pour Aden et Ormuz, puis l'Éthiopie. Reçu par le Négus en Abyssinie, il y reste et y vit riche. Plusieurs Portugais lui ont ultérieurement rendu visite. C'est là qu'il mourut. Fabuleux destin !

La seconde expédition, qui vise à contourner l'Afrique par la mer, part deux mois après le départ terrestre de Covilha. En août 1487, Bartolomeo Dias embarque à bord de deux caravelles de cinquante tonneaux chacune, le *São Critovão* et le *São Pan-*

taleo, avec, pour la première fois dans un voyage de découverte, une nef de conserve[9]. Dias est un marin professionnel, officier de la marine royale. Il a participé à l'expédition qui a fondé La Mine en 1472. Il espère trouver l'extrémité de l'Afrique vers 45° de latitude Sud, soit à trois mille cents lieues de Lisbonne. Fin novembre, il atteint le 28° de latitude Sud, c'est-à-dire le point extrême déjà atteint par Cão. Il laisse là la nef, qui a du mal à progresser dans les vents contraires.

A Lisbonne, on est sans nouvelles et on s'inquiète. En juillet 1488, Colomb reçoit de Jean II un sauf-conduit l'appelant son « ami personnel » et l'invitant à venir le voir. Le roi craint-il l'échec de Dias ? Veut-il revenir sur son refus de 1486 ? Au même moment, Dias s'éloigne de la côte et, opérant une « volte » audacieuse pour bénéficier des vents d'ouest, atteint les 35° de latitude Sud, puis, le 16 août 1488, il double le cap de Bonne-Espérance sans même le voir, en pleine tempête, par 34°52'. Il s'ancre alors dans la baie de Mossel, de l'autre côté du cap, et y érige un dernier *padrão*, le padrão de São Gregorio[47], retrouvé en 1938. Mais les équipages refusent de poursuivre vers l'océan Indien. Dias revient alors vers Lisbonne où il arrive en décembre 1488, après seize mois et dix-sept jours de navigation.

Colomb assiste à la remise par Dias de son rapport au souverain. Il est extrêmement déçu de ce retour victorieux. Dias détruit le projet de Colomb. Jean II est enfin maître de la route vers l'Est ; le rêve d'Henri le Navigateur est réalisé.

En ce mois de décembre 1488, Colomb, désespéré, revient en Castille au couvent de La Rábida. Il est seul. Tous les marins se tournent alors vers l'Afrique ; la carte de 1489 d'Henricus Martellus décrit avec précision le continent africain, le passage vers l'Inde, la péninsule indochinoise et la

Chine. Il n'y a plus de gloire possible ; ne reste que le commerce.

Lui attend toujours la réponse de la commission espagnole, une première fois négative. Il devine en Hernando de Talavera, confesseur de la reine, un irréductible ennemi.

Au début de 1489, il envoie son frère Bartolomeo chez Charles VIII, à Amboise, chercher « des capitaux pour financer le singulier projet de son frère Christophe[63] ». Le roi de France ne le reçoit même pas.

En 1490, Bartolomeo se rend en Angleterre où Henry VII ne le reçoit pas davantage. Il revient en France à l'invitation d'Anne de Beaujeu, qui semble la seule à s'intéresser un tant soit peu à sa proposition ; elle l'appointe comme « artiste » — au nouveau sens du mot — avec mission de rédiger un mémoire sur son projet.

Anne de Beaujeu hésite. Sans le savoir, elle tient alors entre ses mains la place de la France dans l'histoire des découvertes.

Cette même année, à Malaga des experts de la cour d'Aragon font de nouveau savoir que le projet est absurde car il faut trois ans pour faire ce voyage... Colomb s'entête. En 1491, tous ses protecteurs se mobilisent : le duc de Medinaceli, les financiers Luis de Santangel et Gabriel Sanchez, Alexandre Geraldini, le légat du pape, le dominicain Diego de Deza et le franciscain Pedro de Marchena.

Quand s'annonce 1492, il se trouve à Cordoue avec Beatriz qui vient d'avoir un fils, Ferdinand. Rageur, moqueur, désespéré, aigri, plein de son rêve, fou d'ambition, il écrit mémoire sur mémoire aux souverains d'Europe.

DEUXIÈME PARTIE

1492

Partout — sauf à Grenade — le samedi 31 décembre 1491 passe inaperçu. Nul n'a d'ailleurs de raisons d'y attacher la moindre importance ; sur tous les éphémérides du monde, c'est un jour très ordinaire. Dans le calendrier chrétien, l'année 1492 ne commencera même que le dimanche 1er avril.

Pourtant s'annoncent douze mois extraordinaires où vont se percer des avenues, se dénouer des contradictions, s'accumuler des folies. Jour après jour, des événements apparemment erratiques feront le monde tel qu'il est culturellement, politiquement, économiquement aujourd'hui, révélant les phantasmes majeurs de la modernité.

Avant 1492, mille choix sont encore à faire. En 1492, ils se font. Après 1492, l'Europe est devenue maîtresse du monde. Il ne lui reste plus qu'à le comprendre et à le faire admettre aux autres, en leur imposant l'essentiel : sa façon de raconter l'Histoire, de la falsifier ou de la rêver. A commencer par celle de 1492 : le *Continent-Histoire* se doit d'abord d'inventer sa naissance.

D'où la difficulté qu'on éprouve aujourd'hui à rendre compte des événements de cette année-là : les rares mémorialistes de l'époque, Commynes ou Las Casas, en truquent le récit pour la gloire de ceux dont ils escomptent les faveurs ; et les victimes

179

n'ont pas de chroniqueurs, hormis l'audacieux Sahagun, pour raconter la barbarie des vainqueurs.

En cette dernière soirée de décembre 1491, la
Chine est encore la première puissance planétaire ;
les empires aztèque et inca, malien et Shonghaï
s'installent dans de formidables splendeurs ; Barbarigo est doge de Venise, encore le cœur du monde
marchand, même si ses accès aux épices se révèlent
de plus en plus fragiles ; Laurent de Médicis relève
la gloire de Florence ; Ludovic le More gouverne à
Milan. En Espagne coexistent encore, vaille que
vaille, chrétiens, musulmans et juifs. Innocent VIII
souhaite s'allier à Ferrant de Naples contre Milan.
Le nouveau roi de France, Charles VIII, rêve de
Terre sainte, encouragé par le Sforza qui a besoin
de son aide pour en finir avec le prétendant exilé à
Naples. En France, les feuilles éphémères, premiers
« journaux », ne parlent que du couronnement à
venir de la nouvelle reine, Anne de Bretagne, et des
hommages que les ambassadeurs de l'Europe entière
viennent lui rendre. L'archiduc Maximilien Iᵉʳ d'Autriche, ulcéré de les avoir perdues, entend récupérer la Bourgogne, la Picardie et la Franche-Comté ;
son père Frédéric III souhaite reprendre la Hongrie
qu'il sent à sa portée depuis la mort de Mathias
Corvin. Henry VII d'Angleterre convoite la Bretagne. Ivan III, tsar de la petite Russie, veut écarter
l'influence de la grande Pologne où Casimir IV
pense à prendre la Lituanie. A Istanbul, Bayezid II
rêve de conquérir la Méditerranée et l'Égypte ; il
songe aussi à Vienne et à l'Empire germanique.

L'Europe est en pleine expansion économique et
démographique. Le Portugal s'apprête à transformer
l'exploit de Dias en route commerciale. L'Italie
bruit de mille chantiers[28]. On admire à Milan la
construction de l'église Santa Maria di Canapanova ;
à Pavie, celle du cloître de Sant'Ambrogio, à Flo-

rence du cloître de Santa Maria-Maddalena dei Pazzi, à Naples de la chapelle de Pontano, à Ferrare du palais des Diamants, à Venise de l'église de Santa Maria Formosa, de palais à Vérone et Brescia[28]. Cette année-là, Biagio Rossetti dessine pour Ercole Ier d'Este les plans d'agrandissement de Ferrare. Léonard de Vinci travaille à Milan à des canons, à des machineries de théâtre, et termine la maquette en argile du « cavalier géant » de bronze que Ludovic le More lui a commandé à la mémoire de son père. Botticelli est en pleine gloire à Florence et traverse une crise religieuse.

Les livres fleurissent. La *Doctrinale* de Villa Dei est le plus vendu[133]. Les prophéties de Middleburg et Lichtenberger résonnent dans toute l'Europe[119]. Marsile Ficin règne en maître sur la pensée ; Pic de la Mirandole est son plus célèbre disciple. On n'a jamais autant lu, en dépit d'un certain Giovanni Tritemio qui écrit que, « même si l'on pouvait avoir des livres par milliers, il ne faudrait pas cesser d'écrire [c'est-à-dire de recopier des manuscrits], car les livres imprimés n'auront jamais la même qualité[16] ».

Pourtant, à l'aube de 1492, par une ironie de l'Histoire et de la Géographie, alors qu'on s'attend à la guerre, c'est la conquête qui advient. On s'attend à l'Orient, et c'est l'Amérique.

D'abord, le destin se charge de calmer les monarques belliqueux. En 1492 meurent Innocent VIII, Laurent de Médicis, Casimir IV et Ali Ber. Maximilien épouse la fille du More, renonçant par là à la Bretagne et scellant l'alliance austropiémontaise. En Espagne, Ferdinand d'Aragon échappe de justesse à un attentat. Henry VII tire un trait sur ses ambitions continentales. La Bretagne devient irréversiblement française, le rêve bourguignon disparaît à jamais.

Bien des hommes qui marqueront cette année sont encore inconnus ou déjà oubliés : Colomb n'espère plus faire financer son voyage. Martin Behaïm est exilé et amer à Nuremberg. Le professeur Antonio de Nebrija n'est qu'un obscur universitaire à Salamanque. Gaffurio est maître de chapelle à Rome. Encina travaille chez le duc d'Albe. L'Arioste a dix-huit ans et médite peut-être déjà son *Orlando Furioso*. Amerigo Vespucci n'est qu'un jeune commissionnaire des Médicis. Nicolas Machiavel prépare son entrée à un obscur poste de la chancellerie de Florence, tout en entamant la rédaction d'un premier livre qu'il souhaite dédier au Prince. Le jeune Michel-Ange forge ses rêves. Dürer étudie à Colmar, dans l'atelier de gravure de Schongauer, les dessins de Mantegna. Copernic étudie à Bologne. Sous le nom d'Érasme, un moine augustin de vingt-sept ans, nommé Geertsz, se prépare à être ordonné prêtre au monastère hollandais de Steyn. Le peintre Sanzio éduque son fils de neuf ans, qui deviendra un jour Raphaël. Un enfant de Thuringe, du même âge, Martin, fils d'un mineur du nom de Luther, apprend en renâclant le latin sans savoir qu'il réalisera la prophétie de Middleburg.

Rien n'annonce que Martin Behaïm achèvera le premier globe terrestre, qu'à Rome on parlera de la première transfusion sanguine, qu'à Salamanque le professeur Nebrija publiera la première grammaire en langue non latine. Que seront publiés la *Theorica Musicae* de Franchino Gaffurio, premier essai de théorie musicale moderne. Qu'Encina fera représenter la première pièce de théâtre au sens moderne du terme, que Machiavel terminera bientôt *Le Prince*, et Dürer le premier autoportrait de l'histoire de la peinture. Que des Européens rencontreront le tabac, le chocolat, le maïs, la pomme de terre — et la syphilis. Que l'Europe fondera son identité sur la fascination de l'Orient en même temps que sur l'oubli de ce qu'elle lui doit.

Et, surtout, que deux continents se verront confrontés à leur pire ennemi, l'Europe. Laquelle les anéantira pour le plus grand bien de leur âme...

JANVIER

Janvier commence par un coup de tonnerre, à Grenade, qui se réverbérera dans tout le continent, bouleversant jusqu'à la conception que celui-ci a de lui-même. Un continent ouvert pendant au moins un millénaire aux influences extérieures décide d'en finir avec toute présence non chrétienne. De se définir exclusivement par une foi originaire d'un autre continent, qu'il s'approprie avant de s'approprier le reste du monde.

1492 commence donc symboliquement par l'*européanisation du christianisme*, « religion de Continent » avant qu'on ne parle de « religion d'État ».

Dans la nuit du samedi 31 décembre au dimanche *1ᵉʳ janvier**, la tension est à son comble dans et autour de Grenade. L'émir Boabdil, soupçonné par ses propres partisans de préparer une nouvelle trahison — qui ne serait que la sixième! —, fait demander aux Rois Catholiques qui assiègent la ville de lui confirmer la validité des accords secrets passés le mois précédent. En particulier, il demande

---

* Les dates retenues sont celles qui m'ont paru le plus probables, par comparaison entre les diverses sources.

si, en échange de la reddition de la cité, on lui laissera le grand domaine qu'il convoite dans le massif des Alpujarras[97]. Dans la nuit, un émissaire du roi Ferdinand, Fernando de Zafra, se rend clandestinement à l'Alhambra[97] pour communiquer l'acceptation des souverains. Soulagé, Boabdil décide alors d'accélérer la reddition. On règle les ultimes détails, on confirme au passage que les Juifs bénéficieront des mêmes droits que les musulmans, et que les chrétiens convertis à l'islam ne seront pas inquiétés. On négocie méticuleusement le protocole de reddition en précisant les paroles à prononcer, les gestes à accomplir, l'emplacement de chacun[97].

A l'occasion des négociations pour la reddition de Grenade, les Rois Catholiques reçoivent comme otages 500 notables maures, deux chevaux et une épée. Ils chargent Juan de Roblès, alcade de Jerez, d'en assurer la réception.

Au cours de la nuit suivante — celle du dimanche 1ᵉʳ au *lundi 2 janvier* —, vers une heure du matin, un petit détachement placé sous les ordres de Guitierre de Cardenas, grand commandeur de León, entre dans la ville endormie, libère des captifs chrétiens, puis fait irruption dans le palais de l'émir où un prêtre dit une messe, la première à être célébrée à Grenade depuis plusieurs siècles.

Le *lundi 2 janvier* à l'aube, le commandeur de León envoie le signal convenu aux troupes espagnoles massées devant l'entrée de la ville : trois coups de canon tirés d'une tour de l'Alhambra. Grenade se réveille occupée après cinq siècles de gloire et deux siècles de siège. On ne note aucune résistance[97]. Les irréductibles s'enfuient comme ils peuvent en se noyant parmi la population. C'est la victoire de la trahison et de la corruption.

La légende — première dénaturation des événements de cette année-là — prévaudra d'une glorieuse victoire militaire des armées chrétiennes sur celles de l'islam. Un chroniqueur espagnol de l'époque, Andrea Navajero, écrira : « C'était une guerre noble, il n'y avait encore que peu d'artillerie... et il était plus facile de reconnaître les hommes courageux... Chaque jour ils combattaient, et chaque jour ils accomplissaient quelque haut fait[16]. » L'Europe invente une Histoire qu'elle a les moyens d'imposer.

Vers une heure de l'après-midi, un long cortège s'avance vers la ville[97]. Pour ne pas s'habiller en noir à l'occasion d'un si grand jour, Isabelle et Ferdinand renoncent au deuil du prince Alphonse du Portugal, l'époux de l'infante Isabelle, mort le 22 juillet 1491[6]. Le roi d'Aragon marche en tête, suivi de la reine de Castille — qui lui laisse ainsi le premier rôle —, puis de leurs enfants, du cardinal Mendoza qu'on appelle déjà le « troisième roi d'Espagne », et de la noblesse du royaume. Le cortège contourne la ville et s'arrête sur une colline qui domine l'Alhambra.

Vers trois heures de l'après-midi, Boabdil les y rejoint, suivi de sa cour, parmi laquelle sa mère, une des femmes du dernier sultan de Grenade. Il se découvre devant le roi espagnol et fait mine de descendre de cheval ; d'un geste, Ferdinand le retient. La scène, soigneusement mise au point, se répète ensuite devant la reine et les infants[97].

— A qui allez-vous confier la garde de l'Alhambra ? s'enquiert Boabdil.

— Au comte de Tendilla, répond le roi.

— Puis-je le voir ? fait Boabdil en ôtant de son doigt un anneau d'or orné d'une turquoise sur laquelle est écrit en arabe : « Allah seul est le vrai Dieu ; voici le sceau d'Aben Abi Abdilehi. »

Le comte de Tendilla, neveu du cardinal Mendoza, s'avance ; Boabdil lui remet les clés de la ville et l'anneau.

— Tous ceux qui ont gouverné Grenade ont porté cette bague. Portez-la à votre tour, puisque vous allez gouverner, et que Dieu vous rende plus heureux que moi[97] !

Boabdil s'éloigne alors, puis, selon la légende[97], se retourne pour jeter un dernier regard sur l'Alhambra. Sa mère lui crie :

— Pleure comme une femme ce que tu n'as pas su défendre comme un homme[97] !

Le comte de Tendilla fait hisser successivement sur la plus haute tour de l'Alhambra la croix du cardinal Mendoza, la bannière de Saint-Jacques et les armes de Castille : emblèmes de l'Église, de la Croisade et du Pouvoir politique.

Des hérauts d'armes crient par trois fois : « Castille ! Grenade ! Vivent la reine Isabelle et le roi Ferdinand[97] ! »

Les Rois Catholiques entonnent alors un *Te Deum*, repris par la foule parmi laquelle se trouvent des captifs chrétiens libérés[97] et, peut-être, Christophe Colomb[63] qui écrira : « J'ai vu les bannières des Rois flotter sur les tours de l'Alhambra... » Fasciné par ce spectacle, sans doute pense-t-il que les souverains, désormais libérés des soucis de la reconquête, pourront accepter de financer son voyage. A cette fin, il va réorienter son argumentation : il parlera encore d'épices et de découvertes, mais aussi de la mission évangélisatrice de l'Espagne, de la christianisation de l'Inde, comme celle qui vient d'avoir lieu à Grenade — et de l'or nécessaire aux Croisades, qu'il se fait fort de ramener. Un certain nombre de nobles ayant assisté à la prise de Grenade meurent au cours des mois suivants : Pedro Enriquez, *adelantado mayor* d'Andalousie, le 8 février ; le duc de Medina Sidonia et le marquis de Cadix, en août.

Le *jeudi 5 janvier*, presque personne n'est inquiété parmi les habitants de Grenade. Les ébénistes, tisserands, commerçants, muletiers, tout comme les riches intellectuels de l'Albaïcin, ne quittent pas la ville. Au demeurant, les Rois Catholiques ont interdit aux chrétiens, sous peine de mort, d'y pénétrer avant qu'eux-mêmes n'y aient fait leur entrée. Et ils ne comptent le faire que le lendemain, quand tout sera prêt pour les y recevoir dignement.

Le *vendredi 6 janvier*, ils entrent dans Grenade au cours d'une cérémonie grandiose. Ils sont plutôt bien accueillis par les quelque deux cent mille habitants auxquels ils promettent le respect des accords passés avec Boabdil. Partout en Espagne, chrétiens et juifs célèbrent l'événement. Peu nombreux sont ceux, parmi les seconds, qui y voient un signe menaçant. Après tout, se disent-ils, eux n'ont jamais commis l'erreur des musulmans espagnols : jamais ils n'ont cherché à acquérir ni territoire ni État.

A la Cour, certains grands d'Espagne s'inquiètent : quelle sera l'attitude des princes du Maroc ? y aura-t-il des représailles égyptiennes sur les Lieux saints de Jérusalem ? que vont faire les Turcs ?

Le *mardi 10 janvier*, en France, Charles VIII apprend la nouvelle. Il s'inquiète de la puissance des monarques espagnols et jalouse leur gloire chrétienne. Il se promet de les chasser de Naples pour leur barrer les voies de l'Orient[74]. La croisade, pense-t-il, est son affaire, pas la leur.

Il aurait pu alors en conclure qu'il lui fallait financer Colomb. Non : il est terrien et homme du Moyen Age. Joueur et tournoyeur, passionné de chevalerie, grand maître de l'Ordre de Saint-Michel[74], il se prépare à confirmer son furtif mariage de décembre par un fastueux couronnement prévu pour le début de février ; pour l'heure, rien d'autre ne le préoccupe.

Le même *mardi 10 janvier*, à Venise, le Doge Agostino Barbarigo reçoit en son palais deux illustres patriciens, Zaccaria Contarini et Francesco Capello, à qui il confie le soin d'aller accomplir le « solennel office des compliments[6] » au roi de France à l'occasion de ce mariage. « Vous commencerez, leur dit-il, par rappeler notre ancienne et continuelle amitié et notre dévotion à tous les autres Rois Très-Chrétiens nos devanciers et ancêtres, amitié qui, toujours grande, fut toujours sincère... Vous déclarerez que ce fut pour nous une bienheureuse nouvelle que celle qui nous apprit que, par le bon succès de sa magnanime expédition, Sa Majesté avait obtenu le très-grand et très-noble duché de Bretagne... Lorsque vous aurez ainsi fait une demeure de vingt-cinq jours (temps pendant lequel vous n'oublierez rien de ce qui pourra honorer Sa Majesté et vous la rendre amie et bienveillante), vous prendrez du Roi un gracieux congé et retournerez, *parfaitement instruits* de tout ce qui est digne d'être connu de nous en ces pays[6]. »

« Parfaitement instruits »... Ambassadeurs ou espions ? L'un et l'autre, sans doute. De ces deux missions, on va le voir, ils s'acquitteront fort bien.

Le lendemain, *mercredi 11 janvier*, le roi de France publie ses comptes pour l'année ; ils sont désastreux : si les recettes se montent à trois millions six cent mille écus, les dépenses sont de plus du double. Les impôts ne rentrent pas et les dettes d'Anne de Bretagne, contractées pour faire la « Guerre folle » à la France, viennent s'ajouter à celles du royaume. La gravité de la situation a beau être tue, c'est la faillite. On s'en sortira comme toujours, cette année-là, en vendant des bénéfices et même quelques territoires. Seules comptent aux yeux du souverain la conquête de Naples et la route d'Orient. Les alliances italiennes seront d'autant plus essentielles.

Le *jeudi 12 janvier*, le pape et Ferrant de Naples, toujours en conflit à propos de la dette du second à l'égard du premier, en dépit de l'accord de 1486, sollicitent l'arbitrage de Laurent de Médicis. On croit rêver : Florence arbitre du Saint-Siège ! Laurent est vraiment devenu « *l'aiguille de la balance de la politique italienne*[60] ».

Le *dimanche 15 janvier*, Christophe Colomb est revenu à Cordoue expliquer que son voyage financera la Croisade. Y croit-il vraiment ? Sans doute, mais, au passage, il n'oublie pas de rappeler qu'il souhaite être nommé chevalier, grand amiral et vice-roi des Indes, et garder pour lui un dixième des revenus des terres nouvelles. A la Cour, Hernando de Talavera s'emploie à le discréditer. Il veut en finir avec cet étranger, ce demi-Juif qui prétend servir l'Espagne alors qu'il est à l'évidence l'homme des Génois de Lisbonne. Talavera écrit à la reine pour la supplier d'empêcher « cette folle aventure inspirée à cet étranger par Satan lui-même (...). Si c'était la volonté de la Sainte-Trinité de voir partir ses fils vers les mers extérieures, notre Dieu aurait-il attendu l'arrivée d'un étranger anonyme dont personne ne connaît les origines ? » Talavera évoque un vieil ermite qui lui est apparu en rêve : « Je lui ai demandé de me dire comment le criminel voyage de Colomb pourrait donner la Terre sainte aux Juifs. Sans pouvoir me l'expliquer, il m'a répété ce que saint Jean-Baptiste lui avait dit, à savoir que les Juifs tireraient un grand bienfait du voyage de Colomb, s'il se réalisait, et que, finalement, ils s'empareraient du tombeau de Notre Sauveur... Si Votre Altesse consent à confier Colomb aux mains de l'Inquisition, je puis vous affirmer que le plancher sur lequel marchera Colomb ne sera pas celui d'un navire. »

Je nourris des doutes sur l'authenticité de cette lettre qui a récemment surgi dans bien des livres. D'ailleurs, quelques années plus tard, l'Inquisition dénoncera Talavera et sa famille comme *conversos*.

Le *lundi 16 janvier*, le projet de Colomb est rejeté par la commission que la reine a nommée cinq ans plus tôt. Hernando de Talavera a gain de cause. Les experts expliquent leur refus par le fait que le projet est « chimérique et compromettant pour la dignité de la cour d'Espagne ». Leurs arguments — de bon sens, même s'ils auraient pu les invoquer cinq ans plus tôt —, portent sur les distances : le voyage est au moins trois fois plus long que ne le prétend le Génois. Furieux, Colomb décide de retourner au couvent de La Rábida. Il veut reprendre son fils et partir pour la cour de France, y rejoindre Bartolomeo. Et se lancer dans d'autres aventures : « Ce que je veux, c'est voir et découvrir le plus que je pourrai », écrira-t-il plus tard dans son *Journal*.

Le *vendredi 20 janvier*, Juan Pérez le supplie de ne pas quitter l'Espagne. Il pense qu'il peut encore réussir à convaincre la Cour. Colomb accepte d'attendre.

Le *samedi 21 janvier*, trois amis de Colomb, réunis par Juan Pérez — un médecin, Fernandez, un riche navigateur de Palos, Martin Alonzo Pinzón, et un pilote de Lépi, Sebastián Rodriguez — lui proposent de financer son expédition si les souverains les y autorisent. Colomb les laisse tenter cette démarche, sans trop y croire. Martin Alonzo Pinzón et ses deux frères l'accompagneront jusqu'au bout du voyage.

Le *dimanche 22 janvier*, Juan Pérez écrit à la reine pour solliciter cette autorisation, arguant que Colomb ne demande plus d'argent, seulement le droit de voyager au nom de la Couronne sur des mers où seule une expédition officielle a le droit de se rendre.

Le *lundi 23 janvier*, Sebastián Rodriguez porte la missive à la Cour, toujours installée à Santa Fe.

Le *mardi 24 janvier*, après l'arbitrage rendu par Laurent de Médicis, Innocent VIII et Ferrant de Naples se réconcilient. Ce dernier accepte de payer sa dette au pape ; en échange, une petite-fille de celui-ci, apparentée aux Médicis, épousera le petit-fils de Ferrant. L'un et l'autre s'engagent à participer à la croisade à venir. Un nouveau lien est ainsi tissé entre Naples, Florence et Rome, après le mariage de la fille de Laurent avec le fils du pape, Francesco Cibò.

Cette réconciliation — dont le texte est publié trois jours plus tard — interdit à Charles VIII de prétendre défendre la Chrétienté en s'attaquant à Naples, à moins de s'exposer lui-même aux foudres du Saint-Siège.

Le même jour, *24 janvier*, à Santa Fe, le ministre des Finances de la reine d'Espagne, Luis de Santangel, reçoit le message de Juan Pérez, puis tente de convaincre Isabelle de revenir sur la décision de la commission et de laisser Colomb partir. Le Portugal, dit-il, vient de réussir à contourner l'Afrique ; il faut tout tenter pour ne pas lui laisser le monopole du commerce des épices. De surcroît, ajoute-t-il, « soutenir l'entreprise des Indes ne coûterait pas plus cher qu'une semaine de fêtes en l'honneur d'un hôte de marque[9] ». Et il propose à la reine de financer lui-même ce voyage.

Hernando de Talavera s'y oppose encore. La reine

hésite, puis autorise Santangel à négocier avec Colomb les conditions et privilèges de ce voyage. Elle spécifie qu'elle ne déboursera rien sur sa cassette personnelle.

Le *28 janvier*, Luis de Santangel fait savoir à Colomb, stupéfait, qu'il est admis « à débattre ses plans et ses conditions avec les ministres de Ferdinand ». Voilà huit ans qu'il attend cette réponse de tous les monarques d'Europe ! La négociation durera trois mois, manquant d'échouer au moins à deux reprises en raison des exigences du marin génois — presque marin, presque génois...

FÉVRIER

Colomb s'installe à Santa Fe pour négocier. Il réclame « le titre et les privilèges d'amiral et de vice-roi de toutes les terres qu'il découvrira ; la dîme à perpétuité, pour lui et pour ses descendants, de tous les revenus de ces possessions ». *Possessions*, précise-t-il, ce qui montre qu'il espère bien découvrir autre chose que quelques routes : des terres nouvelles, des îles ou des presqu'îles asiatiques. Pas question, répond la Cour, qui entend rabaisser ses exigences. Mais les négociateurs sont tenus par l'accord de principe donné par la reine. Et puisque Colomb doit s'élancer vers l'ouest, il convient de le lier à la Couronne d'Espagne. Autrement, il risque d'aller vendre ses découvertes à Jean II du Portugal.

Le *mercredi 1er février*, la nouvelle de la prise de Grenade arrive à Rome. Rodrigue Borgia offre aux Romains qui, n'en avaient jamais vu, une corrida. A cette occasion, César tue deux taureaux.

Le *vendredi 3 février*, la cour du Parlement de Paris décide d'aller au devant d'Anne de Bretagne, et fixe les conditions de la cérémonie du couronnement.

Le *mercredi 8 février*, en la basilique Saint-Denis, devant l'Europe assemblée, Anne de Bretagne est sacrée et couronnée reine de France. La Bretagne devient irrévocablement française, au grand désespoir des Habsbourg et de l'Angleterre, de l'Espagne et de l'Allemagne. On dit la reine déjà enceinte. Le roi en profite pour faire une grande démonstration de la force de ses armes. Un des ambassadeurs présents, celui de Milan, relève alors ce déploiement de puissance : « Le corps d'armes du roi est présentement de trois mille cinq cents lances, à trois chevaux par lance, et les hommes d'armes ont leurs gros chevaux bardés de cuirasses, et ils sont munis d'armes blanches dont ils se servent avec un bien meilleur air et un autre savoir-faire que les nôtres ; dans ce corps, il y a sept mille archers, tous hommes choisis et de la plus grande utilité dans les camps[6]. »
Le message sera compris à Milan : si la France attaque, il ne faudra pas s'aviser de la combattre.

Le *vendredi 10 février*, à Florence, Laurent accueille avec joie Jean Lascaris, son bibliothécaire, un érudit grec émigré de Constantinople, qu'il a renvoyé l'année précédente en Grèce pour rassembler le plus possible de manuscrits. Lascaris en rapporte plus de deux cents, provenant principalement du Mont Athos[38]. On fête le succès de cette étrange expédition, mi-culturelle, mi-militaire, destinée à sauver des manuscrits, pour certains vieux de quinze siècles, comme d'autres vont délivrer des otages. Éminent symbole de cette période : faire venir la culture grecque, ne pas la laisser entre des mains non européennes, et faire de Florence une nouvelle Athènes, le lieu de mémoire de l'ancienne civilisation dont on peut désormais oublier le véritable berceau, puisqu'il se trouve entre les mains des Infidèles.

Le *samedi 11 février*, le jeune fils de Marie de Bourgogne et de Maximilien d'Autriche, Philippe le Beau, tuteur de la Flandre, doit reconnaître l'indépendance du duché de Gueldre. Au même moment, son père, qui n'a encore que trente-cinq ans, se fiance à Bianca, fille de Ludovic le More. Pour l'Empire, l'alliance bretonne est définitivement oubliée. S'esquisse ainsi l'union piémontaise qui, par mille péripéties, façonnera l'Europe d'aujourd'hui.

Le *dimanche 12 février*, Laurent le Magnifique lance un concours d'architecture pour l'achèvement de la façade de Sainte-Marie-des-Fleurs. Cette cathédrale, il en rêve depuis longtemps, il souhaite y entendre mille messes. Deux mois plus tard, on l'y enterrera.

Entre-temps, à la cour d'Espagne, deux événements majeurs et contradictoires se préparent : le grand inquisiteur Torquemada parachève la rédaction d'un plan d'expulsion des Juifs ; le professeur Nebrija, de l'Université de Salamanque, met la dernière main à la dédicace de sa grammaire castillane, qu'il compte remettre à la reine. L'un provoquera un génocide culturel, l'autre aidera à la naissance de l'une des grandes langues européennes. Les contemporains accueilleront l'un et l'autre avec le même enthousiasme. Les grands bourreaux apprécient toujours les grands artistes.

Le *mercredi 15 février*, à Grenade, Torquemada vient présenter son projet à la reine. Il explique que le procès d'Avila, au mois de décembre précédent, l'a convaincu que tous les Juifs d'Espagne doivent

197

être chassés. Ils sont dangereux pour l'Église : ils commettent d'horribles atrocités contre les chrétiens — comme celles qu'a révélées ce procès — et poussent les *conversos* à en commettre d'autres. L'Espagne, dit-il, doit retrouver son identité, se purifier, devenir véritablement fille de l'Église, donc expulser tous ses Juifs, à moins que ceux-ci ne se convertissent. Les souverains hésitent. Depuis treize ans, Ferdinand se veut le roi des trois religions. Il n'est convaincu, ni politiquement ni économiquement, de la nécessité de l'expulsion[67]. Ni le peuple, ni la bourgeoisie, ni la noblesse ne la demandent. Les Juifs constituent en outre une force économique significative. Non pas majeure, mais importante. Au surplus, les preuves qu'avance Torquemada pour dénoncer les atrocités des Juifs ne le convainquent guère. Isabelle, tout encore à la joie de l'expulsion des musulmans, se montre plus séduite par les idées de Torquemada : purifier est son obsession.

La légende voudrait que jamais aucun problème n'ait engendré de désaccord entre les deux monarques[67]. S'opposent-ils alors ? Mystère, parmi d'autres, de cette année-là.

Le *samedi 18 février*, à Ferrare, le duc Hercule d'Este frappe le premier *testone*, première monnaie d'Europe à représenter une effigie — et non plus, comme jusqu'alors, un monogramme ou la silhouette entière d'un roi ou d'un prince à cheval. Cette représentation de la tête du Prince traduit l'importance nouvelle attribuée à l'intelligence du chef, et non plus à sa seule puissance militaire. Le savoir devient instrument de pouvoir. D'autres *testoni* seront frappés un peu plus tard par le Doge de Venise, le duc de Milan, le duc de Savoie. A Gênes, on frappera aussi, cette année-là, un *testone* particulier qu'on baptisera *lira*, première monnaie italienne à porter ce nom.

Le *jeudi 23 février*, Ludovic le More marie sa fille, Bianca Maria, à l'empereur Maximilien Ier, en échange d'une dot de trois cent mille florins d'or. L'alliance ainsi scellée inquiète Charles VIII qui comptait sur Milan pour conquérir Naples. Ludovic presse Léonard de construire le *Cavallo*. L'artiste en poursuit les esquisses tout en travaillant déjà à *la Cène*.

Le *samedi 25 février*, à Grenade, Antonio de Nebrija, qui a déjà publié un *Dictionnaire latin-espagnol*, remet à la reine sa grammaire castillane, intitulée *Arte de la Lengua castellana*. La reine l'accepte. Audace qui fonde une nation. Dans la dédicace de cette grammaire, Nebrija présente l'intérêt et la portée de son travail. Il s'agit en premier lieu d'unifier la langue, en fixant son usage, afin d'éviter les écarts. Cette prétention met le castillan au même niveau que les langues « nobles » : grec et latin. L'unité de la langue est envisagée dans la perspective de l'unité religieuse, territoriale. Le castillan, langue de la Conquête. « La langue a toujours accompagné la puissance, et c'est vrai que toutes les deux naissent, se développent et s'épanouissent ensemble, de même que leur décadence est simultanée. [...] Aux peuples barbares et aux nations ayant des langues étranges que l'Espagne va soumettre, il faudra imposer des lois et une langue[116]. » Mais, davantage encore, la dédicace souligne que « *la langue est compagne de l'Empire* ». Prémonitoire : le castillan deviendra bientôt langue de l'Espagne *et* de l'Empire. Quatre cents millions d'individus le parleront au XXe siècle. L'imprimerie, dont l'Église pensait faire l'instrument de la suprématie du latin, est vraiment devenue l'instrument de son déclin.

Le *mercredi 29 février* — l'année est bissextile —, un navire français chargé d'or, raconte le vicomte de Santarem, est intercepté par la flotte portugaise à son retour de Guinée, car il se livre à un commerce que les Portugais considèrent comme leur chasse gardée[129].

MARS

Le *mardi 6 mars*, Pierre de Médicis arrive en grande pompe à Florence pour voir son père Laurent, brusquement tombé malade[15]. Il est accompagné de son propre fils Laurent et de sa fille, mariée au fils du pape, ainsi que de Francesco Matteo, précepteur et homme de confiance[119].

Le *mercredi 7 mars*, arrive à Colmar — une des premières villes marchandes de la vallée du Rhin — le jeune Albrecht Dürer pour rencontrer un grand maître connu par ses estampes, Martin Schöngauer, « le beau Martin ». Cet enfant d'orfèvre a fini son apprentissage chez un peintre, Michael Wolgemut. Mais Martin Schöngauer est mort depuis un an. Trois de ses frères (deux sont orfèvres, l'un est peintre) accueillent Dürer et le recommandent à un quatrième Schöngauer, orfèvre à Bâle. Dürer repart pour Bâle.

Le *jeudi 15 mars*, à Grenade, sur les conseils de Talavera, les Rois Catholiques rejettent à nouveau les conditions, si péniblement négociées, que pose Colomb pour entreprendre son voyage. La reine n'entend pas lui accorder le titre d'amiral ni aucun privilège pour ses expéditions ultérieures. Colomb enrage. Il pense que tout est fini.

Le *samedi 17 mars*, à Florence, Savonarole évoque, en chaire « la maladie grâce à laquelle Dieu contraint parfois les grands à honorer les humbles[6] ».

Le *mardi 20 mars*, le Conseil royal, réuni à Grenade, inscrit deux sujets à son ordre du jour :
D'une part, il étudie un projet d'ordonnance proposant de donner aux Juifs le choix entre conversion et bannissement. Devant les monarques, Luis de Santangel s'oppose à Torquemada. Aux yeux du premier, la communauté juive, par sa spécificité même, est nécessaire à la nation espagnole à laquelle elle rend d'éminents services[67]. Le second rétorque qu'elle est dangereuse, car « l'hérésie judaïsante, dit-il, est une tumeur maligne à éliminer...[67] » *Tumeur maligne :* la métaphore médicale a de beaux jours devant elle ! Les souverains hésitent entre leur rôle de protecteurs des trois religions, qu'ils ont encore rappelé six mois plus tôt, et leur désir d'être pleinement reconnus par leurs pairs, les autres monarques chrétiens. On ne sait quelles ont été leurs démarches depuis que Torquemada leur a parlé pour la première fois de son projet, un mois auparavant. Ont-ils consulté Rome ? On ignore à peu près tout du débat à la Cour[67]. Que dit Isabelle ? Et Ferdinand ? Quoi qu'il en soit, nul dans la communauté juive espagnole ne se doute encore, semble-t-il, de ce qui se prépare, ni n'est associé à la décision : pas plus Isaac Abravanel qu'Abraham Señor, ni aucun autre parmi les *conversos* les plus proches de la Cour, tel Caballeria. Auraient-ils été « manœuvrés[67] » par le roi Ferdinand dont Machiavel vantera les mérites dans *le Prince*[67] ? En réalité, la situation, comme toujours, semble échapper à la volonté de tous les acteurs, y compris les plus

grands princes. Personne ne décide rien : le Prince suit l'opinion, l'opinion suit le Prince. On a chassé l'islam, le judaïsme doit suivre. C'est tout. L'Europe doit se réapproprier son territoire avant de conquérir celui des autres. Car son territoire, c'est aussi sa mémoire. Il lui faut donc désigner les non-chrétiens comme des ennemis ou des monstres pour mieux justifier qu'elle veuille les chasser.

A l'issue du Conseil, les monarques se donnent une semaine de réflexion. Ferdinand, semble-t-il, a du mal à ajouter foi aux atrocités qu'on lui décrit. En 1507, il écrira : « Il nous était impossible d'agir autrement. On nous racontait tant de choses sur l'Andalousie que, même s'il s'était agi de notre fils, nous n'aurions pu empêcher ce qui est arrivé. »

Le *mercredi 21 mars*, Laurent se sent perdu. Il quitte Florence, accompagné de Marsile Ficin et de ses plus proches amis. Il s'installe à Carregi. La ville s'affole : chacun sent que, sans lui, la Seigneurie ne pourra tenir longtemps face aux assauts multiples du pape, de Milan, de Savonarole. Son fils Pierre est trop jeune, et la compagnie financièrement trop fragile pour constituer un rempart durable.

Le *jeudi 22 mars*, la reine Isabelle se sépare de son confesseur, l'évêque Hernando de Talavera. Grand serviteur de l'État, créateur de la *Santa Hermandad*, il a trop ouvertement désapprouvé l'Inquisition et le voyage de Colomb. La reine, qui l'admire encore et le respecte, l'envoie à Grenade comme archevêque de la ville pour aider le comte de Tendilla, son gouverneur, avec mission de convertir les Maures.

Le *mercredi 28 mars*, après une semaine de réflexion, les souverains tranchent en faveur de l'expulsion des Juifs et approuvent le texte du décret. Selon l'exposé des motifs, les Juifs n'ont pas compris que leur expulsion de Séville, en 1483, constituait un avertissement — « croyant que cela suffirait pour que les Juifs des autres villes et lieux de nos royaumes et seigneuries cessent de faire et commettre ce qui est susdit[67] » [la conversion des nouveaux chrétiens]. Mais les monarques se donnent encore deux jours avant de parapher le décret, et un mois avant de le rendre public[67]. Ultime hésitation ?

Le *jeudi 29 mars*, les ambassadeurs du duc de Milan entrent dans Paris par la porte Saint-Antoine[33]. Les jours précédents, ils ont traversé en grande pompe Moulins, Étampes, Montlhéry, Corbeil, Villeneuve-Saint-Georges, franchi le pont de Charenton. D'une fenêtre, le roi et la reine assistent incognito à leur entrée pour s'assurer qu'ils sont bien reçus. De Milan dépendent les ambitions italiennes de la France. Dans une des rares pages de ses mémoires consacrées à 1492, Commynes écrit : « Et, pour commencer à conduire toutes ces choses, ledit seigneur Ludovic envoya une grande ambassade devers le roy, à Paris, audit an, dont était chef le comte de Caiazze. Des cérémonies publiques, telles qu'entrée fort brillante par la porte Saint-Antoine, audiences publiques au Grand Palais, et privées en celui des Tournelles[33]... » Il ajoute un peu plus loin : « Cela commence à faire sentir à ce jeune roy Charles huitième, de vingt et deux ans, *des fumées et gloires d'Italie*[33]. »

Le *samedi 31 mars* — date officielle, en Europe chrétienne, de la fin de l'année 1491 —, les Rois Catholiques signent le décret d'expulsion des Juifs. L'édit prévoit que, jusqu'au 31 juillet, les Juifs seront libres de leurs mouvements et disposeront comme ils l'entendent de leurs biens et propriétés. Il stipule également que ceux quittant l'Espagne pourront tout emmener sauf l'or, l'argent, les armes et les chevaux. L'édit ne mentionne pas explicitement la possibilité de la conversion. Le texte stipule que la décision doit être gardée secrète pendant un mois ; on donnera alors trois mois aux Juifs — jusqu'au 31 juillet — pour partir ou se convertir[67]. Modalités encore inexpliquées aujourd'hui : les souverains se réservent-ils encore le droit de changer d'avis ? Le roi d'Aragon prétend qu'un mois est nécessaire pour organiser un départ digne. En réalité, une fois signé, le décret est connu de tous les dirigeants des communautés juives d'Espagne. En ce jour de Shabbat où ils s'apprêtent à commémorer le départ d'Égypte, la nouvelle tombe comme la foudre. Pour beaucoup, elle ne peut qu'être fausse. Elle paraît trop en contradiction avec la politique menée jusque-là par les souverains. Pour d'autres — tel le financier de la reine, Isaac Abravanel, tenu à l'écart des débats —, cette décision, absurde[67], qu'il se fait vite confirmer, découle de la prise de Grenade. Il écrira un peu plus tard dans son exil napolitain : « Quand le roi d'Aragon eut pris Grenade, ville puissante et populeuse, il se dit : "Comment puis-je rendre grâces à mon Dieu, montrer de l'empressement envers Celui qui a livré cette ville en mon pouvoir ? N'est-ce pas en abritant sous ses ailes ce peuple qui marche dans l'obscurité, cette brebis égarée qu'est Israël, ou en le rejetant vers d'autres pays sans espoir de retour ?" Aussi le héraut annonça-t-il partout : "A vous, toutes les familles de la maison d'Israël, nous faisons savoir : si vous recevez l'eau du baptême et que vous vous prosternez devant mon Dieu, vous jouirez comme nous du bien-être en ce pays. Si vous refusez, sortez dans les trois mois de mon royaume"[111]. » Peu après, un autre écrivain juif contemporain, Joseph Ha Cohen, expliquera cette décision par le fait « que la foule des nouveaux chrétiens s'étaient rattachés à la maison d'Israël[49] ».

Autrement dit, on n'expulse pas un corps étranger, mais un ferment de discorde, un « microbe » capable de contaminer la fraction guérie du peuple juif. La métaphore médicale se fait beaucoup plus subtile : il ne s'agit plus d'amputer un membre gangrené, mais d'exclure un agent d'infection. L'expulsion des Juifs d'Espagne est le premier acte politique à utiliser le mode de pensée de la pathologie microbienne bien avant que le concept même n'en soit découvert.

Au fond, on ne craint pas le Juif, mais bel et bien la fragilité de la conviction chrétienne. Or l'Église se sent trop peu sûre d'elle-même pour se permettre le moindre aveu de faiblesse ; l'expulsion est donc une mesure préventive face à une menace qui ne se concrétisera en fait que plus tard, de l'intérieur même de l'Église : la menace de ceux qui n'acceptent pas que la Chrétienté soit avant tout une puissance politique, émanation de l'Europe ; de ceux qui souhaitent qu'elle redevienne porteuse du message universel venu d'Orient.

AVRIL

Le *lundi 2 avril*, les négociations entre Colomb et la Cour espagnole piétinent. Les deux principaux avocats de Colomb, Luis de Santangel et le dominicain Diego Deza, précepteur du prince héritier, interviennent auprès de la reine pour qu'elle accepte ses exigences. Le premier informe la souveraine que la ville de Palos, qui vient d'être condamnée pour avoir enfreint l'interdiction de naviguer au sud de Bojador, doit mettre deux caravelles à la disposition de la Couronne. Pourquoi ne pas les confier au Génois ? Le second soutient que si, en dépit de toutes les objections des géographes, Colomb parvient à rejoindre l'Asie, Dieu en témoignera toute gratitude à la reine[97]. Celle-ci finit par céder aux requêtes du dominicain. C'est grâce à Deza, écrira plus tard Colomb, « que les Rois Catholiques ont gagné les Indes[97] ».

Pas encore informé, Colomb fait une fois de plus ses bagages et repart pour le couvent de La Rábida. Il veut revoir son premier fils, qui vit toujours avec la sœur de sa femme (le second vit avec lui et sa compagne Béatriz, qu'il n'a pas épousée).

Le *mardi 3 avril*, Laurent se meurt à Carregi[15].

Les compagnies, les marchands, les artistes s'affolent. Qui, après lui, pourra tenir la ville ? Le prince agonisant reçoit Marsile Fisin et Pic de la Mirandole pour leur faire ses dernières recommandations. Il s'entretient avec Pic de tous les livres qu'il aurait voulu avoir le temps de lui offrir pour pouvoir en discuter ensemble.

Le *jeudi 5 avril*, selon la légende, un messager de Santangel rattrape Colomb sur la route de La Rábida et le fait revenir à la Cour. Selon d'autres sources, l'épisode aurait eu lieu à la fin de mars, mais c'est peu vraisemblable. Toujours est-il qu'on reprend les négociations[63]. On lui parle des bateaux de Palos ; l'éventualité a l'air de lui plaire : Palos se trouve à proximité du couvent de La Rábida, et il sait que les bateaux y sont bons. On lui demande de ne pas exiger d'être nommé amiral de Castille, de se contenter de l'appellation de « Grand Amiral de la Mer océane[63] », titre de pacotille inventé pour la circonstance. Il acquiesce et demande en échange que ses deux enfants soient pris comme pages à la cour d'Isabelle. Accepté.

Le *samedi 7 avril*, Laurent, mourant, évoque à nouveau avec Pic de la Mirandole tous les livres dont ils n'auront pas le loisir de parler. Dans un ultime geste de défi, il fait venir Savonarole et lui demande de prier pour lui. Le moine s'exécute.

Le *dimanche 8 avril*, vers trois heures du matin — selon l'artiste florentin Bartolomeo Masi —, « le temps s'obscurcit, dans la pluie et le vent éclatèrent six éclairs simultanés, la foudre frappa la lanterne du dôme de Santa Maria dei Fiore, endommageant nombre de marbres, tant à l'intérieur qu'à l'extérieur de l'église (...). On a dit qu'à l'instant même de cette bourrasque, Lorenzo di Piero di Cosimo de

Medici avait laissé s'échapper un esprit qu'il tenait prisonnier dans le chaton d'une bague ; l'événement serait survenu au moment précis où il l'aurait laissé partir ; on a ajouté qu'il gardait cet esprit captif depuis de longues années et qu'il l'avait libéré à cet instant parce qu'il était malade[16] ». A l'aube, Laurent s'éteint à l'âge de quarante-trois ans.

Le *lundi 9 avril*, le prince de Florence est enterré humblement en présence d'une foule considérable. Son fils Pierre, qu'on appellera « le Malchanceux », lui succède.

Le *12 avril*, Isaac Abravanel réussit à être reçu par les souverains dont il est encore le conseiller. Il espère les convaincre de ne pas expulser les Juifs. « C'est absurde, leur remontre-t-il, vous avez besoin de nous[111]. » En vain. Commence alors une terrible quinzaine au cours de laquelle d'autres Juifs — marchands, diplomates, médecins, banquiers, hauts fonctionnaires —, des nobles, même des évêques, se succèdent auprès des monarques pour plaider la cause des expulsés. Les souverains ne reviennent pas sur leur décision. L'heure de la publication du décret approche.

Le *15 avril*, à Venise, le responsable du Trésor de Saint-Marc, Alvise Foscarini, chargé d'émettre des pièces ayant cours dans les divers ports dépendant du Doge (en Serbie, en Croatie, en Istrie, à Corinthe, à Éphèse, à Chypre, à Rhodes), crée le *premier système monétaire international* de l'histoire moderne : sur l'avers, toutes les nouvelles pièces portent l'effigie du Lion de Saint-Marc ; sur le revers, chacune porte celle du saint protecteur du lieu. Deux monnaies principales — le *florin* et l'*osella* — sont frappées en or à Venise, tandis que les autres — les *bagattini* — sont fabriquées sur place. Foscarini deviendra peu après l'un des Doges les plus prestigieux de l'histoire de Venise.

Le *mardi 17 avril*, à la Cour d'Espagne, on prépare les modalités de l'expulsion des Juifs, le roi d'Aragon insistant pour que tout soit prêt avant la publication du décret. Au même moment s'achèvent enfin les pourparlers avec Christophe Colomb. On commence à mettre au point des *capitulations* aux termes desquelles il obtient les titres de « Grand Amiral de la Mer océane » et de « Vice-Roi des terres qu'il pourrait découvrir[63] ». On l'appellera désormais « Don Cristóbal Colón ». Il doit lui-même trouver les capitaux nécessaires à son expédition et est autorisé à investir son propre capital dans tout navire commerçant sur les nouvelles routes de l'Inde, à concurrence du huitième de la dépense totale. En cas de succès, il recevra, comme il l'a demandé, le dixième des produits de ses voyages — y compris l'or, l'argent et les perles — et le huitième des gains commerciaux ultérieurs réalisés éventuellement sur les routes ainsi découvertes[63].

Cet accord est, en fait, inapplicable, car il garantit à Colomb des profits par trop énormes. Tout se passe comme si les négociateurs savaient d'avance que le contrat ne serait pas respecté, ou bien pensaient que Don Cristóbal Colón se perdrait en mer. Ce qui était au demeurant le plus vraisemblable.

Le *mardi 17 avril*, Florence se remet peu à peu de la mort du Prince. Ce jour-là, Marsile Ficin écrit au mathématicien Pacioli pour lui confier que la situation dans la ville est normale, et Politien écrit de son côté à Pierre de Médicis pour le féliciter d'avoir nommé chanoine son ami Matteo Franco, d'abord précepteur de Pierre, dont Laurent a fait ensuite l'homme de confiance de sa fille Madeleine, mariée à Francesco Cibò, fils du pape Innocent VIII[119].

Le *mercredi 18 avril* — puis à deux autres reprises au cours de ce mois —, Abravanel vient à nouveau supplier les souverains espagnols de rapporter le décret d'expulsion, encore secret. Il décrira ultérieurement dans ses mémoires ces trois audiences pathétiques : « Et moi qui me trouvais dans le palais royal, je me suis fatigué à implorer, ma gorge en devint endolorie, tant je parlai au roi. Par trois fois, je le suppliai : "De grâce, Sire, pourquoi agir ainsi avec vos serviteurs ? Augmentez nos contributions, demandez-nous beaucoup d'or et d'argent, car tout ce qu'un Juif possède, il le donnerait pour son pays." Je fis appel à mes amis de l'entourage du souverain pour l'implorer en faveur de mon peuple. Des princes s'entendirent pour parler au roi, le priant instamment de révoquer ce funeste édit. Peine perdue ! Il restait d'autant plus insensible et sourd à nos supplications que la reine était à son côté pour le presser d'être impitoyable[111]. »

Seul témoignage de première main des hésitations du roi et du fanatisme de la souveraine.

Le *vendredi 20 avril*, les ambassadeurs de Ludovic le More à Paris sont reçus par le roi de France et l'incitent à attaquer Naples[74]. Philippe de Commynes écrit à ce propos : « Commença ledit seigneur Ludovic à envoyer devers le roy Charles huitième, de présent régnant, pour le pratiquer de venir en Italie à conquérir ledit royaume de Naples, pour détruire et affoler ceux qui le possédaient, que j'ai nommés : car, étant ceux-là en force et vertu, ledit Ludovic n'eût osé comprendre ni entreprendre ce qu'il fit depuis. Naples est une conquête difficile, et nul ne peut s'y risquer aisément : car en ce temps-là étaient forts et riches ledit Ferrant, roi de Sicile, et son fils

Alfonse, fort expérimentés au métier de la guerre et estimés de grand cœur, combien que le contraire se vit depuis, et ledit seigneur Ludovic était homme très sage mais fort craintif et bien souple quand il avait peur (j'en parle comme de celui que j'ai connu et beaucoup de choses traitées avec lui), et homme sans foi s'il venait son profit pour la rompre[33]. »

Les ambassadeurs milanais vantent à Charles « le droit qu'il avait en ce beau royaume de Naples[33] » ; ils s'appuient sur les conseillers du roi, Etienne de Vesc (« devenu sénéchal de Beaucaire, et enrichi, mais non point encore à son gré[33] ») et Guillaume Briçonnet (« homme riche et entendu en finances, grand ami lors du sénéchal de Beaucaire, auquel il faisait conseiller audit Briçonnet de se faire prêtre et qu'il le ferait cardinal : à l'autre touchait d'un duché[33] »).

Le *vendredi 20 avril*, Colomb fait ajouter à son contrat qu'il entend nommer ses deux frères, Bartolomeo et Giacomo, l'un lieutenant général, l'autre gouverneur des découvertes, et qu'il veut choisir librement ses marins, y compris même parmi les gens poursuivis par la Justice. Étrange clause : est-il au courant de l'expulsion des Juifs, tenue encore secrète ? La chose paraît invraisemblable. Et pourtant...

Il se met en quête des deux millions de maravédis dont il a besoin pour payer les équipements, les salaires et les vivres de ses marins. Pour obtenir sa part des bénéfices éventuels, il doit en apporter le huitième, soit deux cent cinquante mille maravédis, somme énorme. Trois marchands italiens de Séville les lui avancent : le banquier florentin Juanoto Berardi et deux marchands génois de la ville, Riparolio, qui a hispanisé son nom en Riberol, et Francisco Pinello. Reste à réunir le plus gros : un million sept cent cinquante mille maravédis. Pour cela, Colomb s'adresse à Luis de Santangel qui lui promet de les trouver.

Le même jour naît, à Arezzo, Pietro Bacci, que l'on appellera l'Arétin.

Le *mercredi 25 avril*, un obscur jeune Hollandais nommé Geertsz est ordonné prêtre au couvent de Steyn ; il le quittera sous le nom d'Érasme pour devenir secrétaire de l'évêque de Cambrai.

Le *samedi 28 avril*, Santangel apporte à Colomb les maravédis manquants. Selon certaines sources[63], il a prélevé une partie de cette somme (trois cent cinquante mille maravédis) sur sa propre fortune ; le reste viendrait de la caisse de la *Santa Hermandad* qu'il gère et dont les réserves, alimentées par les contributions des propriétaires terriens et les amendes, sont quasi illimitées.

Ce que fait là Santangel n'est pas inédit : déjà, en 1480, le trésorier de la *Hermandad* de l'époque, Juan de Lugo, marchand et navigateur, avait utilisé l'argent de la caisse pour financer la colonisation des Canaries[47].

D'après d'autres sources[97], Santangel aurait avancé sur sa propre cassette un million cent quarante mille maravédis qu'il se serait fait rembourser par le trésorier de la bulle de la Croisade du diocèse de Badajoz, caisse alimentée « par le petit peuple chrétien d'Estrémadure à coups de modestes aumônes[97] ». Le reste proviendrait de Palos et aurait été rassemblé par Pinzón.

Là encore, deux versions contradictoires : selon l'une, ce sont les nobles, selon l'autre, c'est le peuple qui auraient financé Colomb. La première thèse paraît plus vraisemblable ; la seconde veut trop donner l'impression que l'aventure de Colomb a été « hispanisée » par son financement populaire. Pourtant, Pinzón, pivot de la seconde hypothèse, jouera un rôle majeur dans la suite des aventures de Colomb et reprochera ensuite à l'amiral son ingratitude.

Ce même jour, Colomb se rend à Palos et examine les bateaux sur le port afin de choisir ceux qu'on lui a promis. On lui a annoncé deux navires. Il en veut trois.

Le *lundi 30 avril*, malgré les ultimes tentatives du grand rabbin, Abraham Señor, et de grands seigneurs, tel Alfonso de la Cavalleria, les rois rendent public le décret d'expulsion. Isaac Abravanel décrit la façon dont il vécut cette journée : « Lorsque la terrible nouvelle fut connue de nos frères, ce fut parmi eux un grand deuil, une terreur profonde, une angoisse telle qu'on n'en avait jamais ressentie de pareille depuis que Juda, le peuple d'Israël, avait été emmené captif par Nabuchodonosor. Ils essayaient cependant de se réconforter mutuellement. "Courage ! disaient-ils, c'est pour l'honneur de notre foi et pour la Loi de notre Dieu que nous devons nous sauvegarder des blasphémateurs. S'ils nous laissent la vie, c'est bien ; s'ils nous mettent à mort, nous périrons ; mais nous ne serons pas infidèles à notre Alliance, notre cœur ne doit pas reculer. Nous partirons en invoquant le nom de l'Éternel, notre Dieu." Et, défaillants, ils partirent[111]. »

Texte qui aurait pu être écrit quatre siècles et demi plus tard, en Pologne ou en Allemagne, pays pour lesquels, justement, partiront dans un délai de trois mois certains Juifs d'Espagne.

Ce même lundi, en application des accords signés, les Rois Catholiques ordonnent aux tribunaux : « A tous et à chacun de vous, en vos lieux et juridictions, de ne juger aucune cause criminelle touchant les personnes qui partent avec ledit Colomb sur lesdites caravelles. »

Frappante simultanéité entre cet édit et la publication du décret d'expulsion des Juifs. Comme si on voulait inciter ceux-ci à partir eux aussi vers l'inconnu. Comme si la Cour voulait pousser les Juifs à disparaître dans l'Océan.

MAI

Le *mardi 1ᵉʳ mai*, le décret d'expulsion est placardé dans les deux royaumes ; la panique s'empare des communautés juives. Que faire ? Se convertir est dangereux : c'est s'exposer à être un jour convaincu de judaïser en secret et risquer d'être brûlé vif. Se cacher est tout aussi dangereux, même si de grands seigneurs d'Aragon proposent leur aide. Partir et laisser les cimetières serait sacrilège. D'ailleurs, pour aller où ? Au Portugal, en Navarre ? L'antisémitisme y menace aussi. Les Flandres ? Trop loin. L'Italie ? La France ? La Turquie ?

Les familles se déchirent. L'Inquisition, chargée par le pouvoir royal de superviser l'ensemble des opérations, pousse les Juifs à choisir l'exil, non à se convertir. On leur suggère de liquider au plus vite toutes leurs propriétés. La plupart décident de fuir. Mais on n'a pas le droit d'emporter or ou argent ; il faut donc tout brader. Sans oublier de s'occuper des pauvres, des objets du culte. Le temps presse. Les profiteurs s'en donnent à cœur joie. Les Rois Catholiques répètent qu'ils placent ce départ sous leur protection, mais les mots n'y changent rien. A Cadix, près de huit mille familles juives dispersent leurs biens et négocient leur voyage avec des capitaines bien décidés à leur faire lâcher tout l'or qu'elles ne peuvent de toute façon emporter[67].

Le *samedi 5 mai*, si l'on en croit les mêmes sources[97], la bulle de la croisade rembourse à Santangel l'argent qu'il aurait avancé à Colomb. Brève avance de trésorerie.

Le *dimanche 6 mai*, les ambassadeurs du Doge quittent Venise pour la France avec une nombreuse suite. Leur voyage sera long. Ils en feront jour après jour une relation détaillée qui constitue l'un des premiers exemples connus de dépêches diplomatiques[6].

Le *jeudi 10 mai*, entreprenant le voyage en sens inverse, les ambassadeurs milanais quittent la cour de Charles VIII. Ils jubilent, sûrs d'avoir convaincu le souverain français de se lancer à l'assaut de la double couronne de Naples et de Jérusalem[74]. Les Beaujeu, opposés à cette guerre, sont écartés du pouvoir. Étienne de Vesc, sénéchal de Beaucaire, Guillaume Briçonnet, évêque de Saint-Malo, l'un et l'autre payés par Ludovic le More, deviennent les favoris[74]. Un obscur descendant de la famille Visconti se trouve là, lui aussi, avec quelques exilés napolitains du temps de la cour angevine de Naples. Mais Charles VIII hésite encore à passer à l'action. Il sait que le pape ne le laissera pas traverser ses terres. Qu'il est en outre allié de Florence, laquelle se mettra donc elle aussi en travers de son chemin. Nul ne sait comment convaincre Rome. Et Charles VIII est trop croyant pour risquer l'excommunication au nom de la croisade.

Le même jour, les ambassadeurs de Venise, en route vers Paris, entrent en grande pompe à Padoue[6]. Comme en toute ville, leur passage donne lieu à entrées, réceptions et sorties, qu'ils décrivent consciencieusement dans leurs rapports, comparant avec les cérémonies organisées pour d'autres afin de mieux juger du prestige du Doge[6].

Le *dimanche 20 mai*, la reine de Castille promulgue les lettres prévues par les Capitulations et qui anoblissent Colomb. On y parle de ce dernier à la troisième personne en l'appelant l'« amiral don Cristóbal Colón » — troisième nom de Cristoforo Colombo, déjà devenu Cristofo Colón. Lui-même, dans son journal, se désignera toujours ainsi et parlera désormais de lui à la troisième personne.

Le *lundi 21 mai*, les ambassadeurs vénitiens arrivent à Milan. Ils sont reçus par Ludovic le More qui les adjure de soutenir le roi de France contre Naples. Conformément à leurs instructions, ils restent prudemment évasifs ou aimablement négatifs[6].

Le *mardi 22 mai*, Ferdinand répète aux grands seigneurs d'Espagne, venus plaider la cause de quelques amis juifs, que le décret d'expulsion ne souffrira pas d'exception et que toute personne, y compris même un grand d'Espagne, qui protégera ou cachera un Juif, fût-ce le plus riche, sur ses terres, sera sévèrement puni. Il ajoute que même les Juifs de Grenade doivent partir, en violation des accords passés lors de la prise de cette ville[67].

Le *mercredi 23 mai*, en l'église de San Jorge, en présence du frère Juan Pérez, on donne lecture de l'ordre selon lequel les *vecinos* de Palos doivent fournir à Colomb, dans les dix jours, deux caravelles et « le ravitaillement nécessaire au plus juste prix, étant dispensés de taxes[97] ».

Le *vendredi 25 mai*, dans la « nationalité » espagnole d'Anvers, on fête la prise de Grenade. On offre un manteau d'or à la Vierge de la cathédrale, on construit sur la Grand'Place une maquette de la citadelle conquise, on la garnit de « victuailles » et l'assaut est donné par les spectateurs. Les réjouissances se concluent par une joute[58]. Les Juifs espagnols qui résident depuis longtemps à Anvers se mêlent à cette fête. Depuis trois semaines, pourtant, la décision d'expulsion des Juifs est publique en Espagne ; ceux d'Anvers, marchands pour la plupart, n'en savent apparemment rien encore ! Les nouvelles ne vont décidément pas vite dans l'Europe de ce temps.

Le *mercredi 30 mai*, les ambassadeurs vénitiens atteignent le duché de Savoie où ils sont reçus par la duchesse Blanche, fille du marquis de Montferrat et d'Élisabeth Sforza, veuve de Charles de Savoie, mort en 1489. Ils notent dans leur rapport au Doge : « Nous trouvâmes Madame au château, dans une chambre tendue d'étoffes noires ; elle se tenait d'un côté avec Monseigneur de Bresse et M. le Grand Chancelier ; de l'autre côté étaient environ onze damoiselles, et tout le reste de la pièce était rempli de monde, absolument comme dans une église un jour d'indulgence plénière. Madame est d'environ vingt-six ans, grande, bien en chair, blanche et charmante de visage, si bien que, à mes yeux, elle me parut une joyeuse et belle dame[6]. »

Ce même mercredi, les armateurs de Palos choisissent, sans récriminations excessives, les deux caravelles destinées à Colomb. La première, la *Pinta* — dont le nom, disent certains, rappelle celui des Pinzón qui en furent un temps les propriétaires, à moins qu'il ne signifie « la Maquillée » —, est un bateau de vingt mètres de long, six mètres de large, trois mètres de tirant d'eau, soixante tonneaux. Construit dans les chantiers du rio Tinto, c'est un bon bateau, et Colomb l'accepte avec plaisir. Son dernier propriétaire, Cristóbal Quintero, le laisse partir à contrecœur. Colomb apprécie moins le second, la *Niña* : un peu plus petite que la *Pinta*, sortie des chantiers de Moguer, baptisée antérieurement la *Santa Clara*, du nom de la patronne de la cité, elle est devenue *Niña* lorsqu'un armateur de Moguer, Juan Niño, l'a achetée[97] (à moins que cette appellation ne signifie tout simplement « la Petite Fille »). Colomb l'estime « mauvaise manœuvrière[63] ». N'en trouvant point d'autre, il l'accepte, mais fait remplacer la voile latine du grand mât par plusieurs petites voiles carrées, « afin qu'elle puisse suivre les autres navires[63] ». Colomb notera d'ailleurs plus tard que « ces deux navires feront eau par la faute des calfats de Palos, qui les avaient très mal calfatés et qui, voyant que l'amiral s'était rendu compte de leur mauvais travail et voulait le leur faire recommencer, avaient disparu de la circulation[16] ».

Le *jeudi 31 mai*, Colomb réclame un troisième bateau, mais la population de Palos renâcle. Pressé par le temps, il loue alors lui-même avec son propre argent à un patron de Galice, le Basque Juan de la Cosa, un bâtiment qu'il a aperçu dans le port de Palos, la *Marie Galante*. Encore un nom aux consonances étranges...

C'est un bateau beaucoup plus grand que les autres et deux fois plus lourd. Pourtant, Colomb ne l'aime guère, il le juge « trop lourd et peu adapté à une mission de découverte[63] ». « Mais s'il s'en embarrasse — écrira-t-il — c'est parce que les gens de Palos n'avaient pas répondu aux ordres des souverains, car ils avaient promis de préparer des bâtiments convenables pour une telle expédition et ne l'avaient pas fait[63]. »

Voilà tout Colomb, et sa mauvaise foi : les gens de Palos devaient armer deux bateaux, ne l'ont-ils pas fait ?

Ces trois bateaux se nomment donc la « Petite Fille », la « Maquillée » et la « Marie Galante ». Encore une fois, l'ambiguïté. Tout, dans l'aventure de Colomb, permet ce genre de double lecture : du dérisoire au sublime.

Au même moment, à l'autre bout de l'Europe, le maître de la Turquie, le sultan Bayezid, signe la paix avec les Mamelouks d'Égypte. Profitant de la mort de Mathias Corvin, il accroît sa pression sur l'Autriche, la Hongrie, la Transylvanie et l'Albanie. L'Empire germanique ne réagit pas ; Frédéric laisse faire et son fils Maximilien a l'esprit ailleurs. Venise est plus que jamais étouffée à l'est ; la route maritime des épices lui est barrée. L'Europe est plus que jamais poussée vers l'ouest ; l'Orient devient son ennemi. Ainsi, au moment où les Portugais se préparent à transformer en route commerciale l'exploit de Dias, l'Europe voit se dresser un mur en travers des routes traditionnelles d'Orient. Colomb se hâte : les enjeux commerciaux de la bataille en cours sont gigantesques. Le Portugal et l'Espagne se disputent la route des épices ? Il veut trouver la meilleure.

JUIN

Le *mardi 5 juin*, la communauté juive d'Espagne, désespérée, voit approcher la date d'expiration du délai fixé. Elle reçoit un énorme choc : le grand rabbin Abraham Señor, dont chacun espérait qu'il parviendrait à convaincre les souverains de rapporter le décret d'expulsion, se convertit en grande pompe, dans la cathédrale de Cordoue, en présence du roi Ferdinand et de la reine Isabelle. Il prend le nom de Fernando Perez Coronel. Si même lui se soumet, c'est qu'alors tout est perdu. Señor se tait et rompt tout contact avec la communauté. On découvrira plus tard qu'en réalité, il continua en secret à pratiquer le judaïsme et ne s'était converti que pour pouvoir rester en Espagne, protéger au mieux les siens, attendre et laisser passer l'orage dont il espérait qu'il serait bref.

Le *mercredi 6 juin*, grâce à l'un des rares documents évoquant la vie quotidienne en Angleterre à cette époque[99], on note dans le procès-verbal d'un conseil municipal qu'un nommé Thomas Prince, maître d'école, a tenu des propos contre la religion ; le conseil a décidé de demander au juge du comté s'il y avait lieu de le poursuivre. Qu'un gentleman sur les propriétés duquel passe un chemin de halage s'est vu ordonner de le faire réparer. Que, pour répondre aux besoins de l'ambassadeur turc, un boucher a été autorisé à abattre des bêtes durant le Carême.

Étrange voisinage de faits dans un texte d'apparence anodine. L'un annonce la Réforme. L'autre, les révoltes sociales à venir. Le troisième signale la présence de l'islam et les difficultés de la tolérance. Trois problèmes majeurs de ce pays, dans les siècles à venir, pour qui sait lire.

Le *jeudi 7 juin*, Casimir IV de Pologne meurt, laissant une famille divisée, la puissance de Moscou faiblit.

Le *lundi 18 juin*, Ferdinand étend l'expulsion des Juifs à la Sicile. Il leur donne jusqu'au 12 janvier 1493 pour obtempérer. Le lendemain, désormais convaincu que la décision ne sera pas rapportée, Isaac Abravanel décide de quitter l'Espagne — avec qui voudra le suivre —, sans attendre la date limite fixée par le décret. Il obtient la permission spéciale du roi et de la reine d'emporter son or et son argent, et s'embarque pour Naples avec sa famille.

En l'espace de quelques jours, les Juifs d'Espagne reçoivent donc deux messages contradictoires de leurs deux plus hautes autorités : l'un, le religieux, leur dit : « Convertissez-vous et restez » ; l'autre, le laïc : « Ne vous convertissez pas et partez. »

Étrange inversion des rôles qui n'a pas pu ne pas ajouter, à l'époque, à l'extrême confusion des esprits.

Le *mardi 19 juin*, Hernando de Talavera fait pression sur Isabelle pour qu'elle annule l'expédition Colomb.

Le *mercredi 20 juin* — semble-t-il — à Nuremberg, dans l'indifférence la plus complète, a lieu un événement considérable, sans doute l'un des plus importants de cette année-là : Martin Behaïm, l'élève de Regiomontanus, le marin cartographe, le confident de Colomb à Lisbonne en 1484, voyageur d'Afrique en 1489, revenu du Portugal, achève la fabrication du premier globe terrestre.

Il existait déjà des globes *célestes*, mais on ne connaît aucune représentation sphérique antérieure de la Terre. Étonnante mutation : pour la première fois, l'homme peut tenir la planète entre ses mains, la voir enfin comme elle est, simple balle lancée dans l'espace. Pour la première fois aussi, aucune partie du monde n'est privilégiée[135] ; sur cette petite boule bleu foncé de vingt-cinq centimètres de diamètre, très joliment dessinée, couverte d'indications détaillées sur les produits et les particularismes, ainsi que de drapeaux multicolores[135], Behaïm a dessiné la plupart des découvertes portugaises d'avant 1486 ; les noms des lieux sont ceux que Marco Polo a donnés, les terres et les mers y sont disposées de façon à montrer combien « la route de l'Ouest est séduisante[57] ». L'Océan n'est plus représenté comme un vide, mais comme un espace, approprié lui aussi par des drapeaux. On y voit, distinctement dessinée, une route maritime partant de La Mina, en Afrique, passant par les îles du Cap-Vert, le sud des Canaries, « Antilia », l'« île de Saint-Brandon », à quelques degrés au-dessus de l'Équateur, et allant jusqu'à Cipangu (le Japon), approximativement situé là où se trouve en réalité le Brésil[135]. Il signale la Gambie comme productrice de malaguette, poivre africain.

Behaïm arrête l'Afrique là où il s'est lui-même rendu en 1486, méconnaissant le voyage de Dias dont il ne peut pourtant ignorer l'existence. Curieusement, il fait en revanche figurer sur sa carte la route que Colomb prendra un mois plus tard... De quoi avaient donc discuté, ce jour de 1484, le marin

225

tisserand et le cartographe épicier, juste avant que le premier ne présente son projet à Jean II ? Encore une influence que jamais Colomb ne reconnaîtra.

Le *dimanche 17 juin*, à deux semaines de l'expiration du délai fixé par le décret d'expulsion, un rabbin de Saragosse, Levi Ibn Santo, avoue sous la torture des inquisiteurs que le célèbre Juif converti Alfonso de la Caballeria[49], devenu grand d'Espagne et protecteur des Juifs d'Aragon, est en fait resté juif en secret (les rabbins s'étaient engagés à dénoncer les convertis qui judaïsaient). « Maintenant que les Juifs sont expulsés, avoue-t-il, je viens soulager ma conscience[49]. » Libéré, Levi Ibn Santo s'enfuit au Portugal. Caballeria, dont la famille s'est convertie en 1414, sera assassiné un peu plus tard.

Le *dimanche 24 juin*, à Paris, l'alliance franco-milanaise de décembre 1491 est solennellement réaffirmée au moment même où les ambassadeurs vénitiens entrent dans Villeneuve. Selon l'usage, ils s'y arrêtent pour être accueillis au nom du roi par ses chambellans[6]. Les ambassadeurs sont sensibles à cette marque d'attention et en font un récit détaillé dans leur relation[6].

Le *mardi 26 juin*, le roi de France assiste, caché derrière des volets mi-clos, à leur arrivée par la porte Saint-Antoine, comme il l'a fait un peu plus tôt pour les ambassadeurs milanais[6]. C'est l'occasion d'un grand mouvement de foule. Les maîtres imprimeurs publient alors les premiers *journaux* de Paris, portant en gros titre : « S'ensuyt l'entrée de messires les magnifiques ambassadeurs de l'Estat des Vénitiens[6]. »

Les ambassadeurs racontent eux-mêmes leur entrée avec force détails : « Selon l'avis que nous reçûmes, vers dix-huit heures, nous montâmes à cheval, nous et toute notre compagnie, tous revêtus de nos plus magnifiques habits ; et ayant mis en avant tout notre équipage, les nôtres se rangèrent deux à deux, et, sur ma foi, Prince Sérénissime, il faisait fort beau de leur voir (...). Nous avions à peine chevauché avec eux l'espace d'une lieue, lorsque nous rencontrâmes quatre chambellans et trois maîtres d'hôtel de Monseigneur le duc d'Orléans, avec tout le reste de sa maison, qui nous reçurent avec de grandes démonstrations d'amour et d'honneur pour Votre Sublimité (...), avec deux hérauts vêtus aux armes et six trompes longues de la maison de Sa Majesté, *démonstration qui n'a point été faite ni aux ambassadeurs de Milan, ni à tous autres ambassadeurs depuis bien longtemps ;* ils étaient suivis d'un très grand nombre de chevaux, si bien que tous réunis arrivaient à être cinq cents et plus (...). Toute cette compagnie enfin nous fit cortège jusqu'à l'hôtel de M. de Noès, qui nous fut réservé et préparé par les ordres du roi : c'est un bel et parfait hôtel, tout tendu des plus belles tapisseries qu'ait M. d'Orléans[6]. »

Pour qui connaît les télégrammes diplomatiques modernes, l'essentiel des règles de l'art est alors fixé.

Le *lundi 25 juin*, sur ordre de Charles VIII, passé par là en novembre 1491, deux hommes, Antoine de Ville et Renaud Jubié, commencent à gravir les deux mille quatre-vingt-dix-sept mètres du mont Aiguille, dans le Vercors. C'est la première tentative connue d'ascension d'un sommet[70]. Voici donc venu aussi le temps des aventuriers en montagne ; la mer n'est plus leur seul terrain. Mais, cette fois, il n'y a au bout ni route commerciale ni fortune. C'est le temps du risque en soi.

Le *mercredi 27 juin*, les Juifs d'Espagne vendent ce qu'ils peuvent ; les communautés essaient d'aider les plus pauvres à payer leur voyage. Les réactions des chrétiens sont très diverses. *L'aljama* de Gérone (Catalogne) vend le terrain de la synagogue, avec les écoles, les bains et l'hôpital. Quand la communauté de Palencia tente de vendre la synagogue pour financer le voyage des plus pauvres, la municipalité interdit à quiconque de l'acheter. A l'inverse, quand la communauté de Vitoria donne son cimetière en garde à la municipalité en la priant de s'engager à ce qu'on n'y construise jamais, celle-ci accepte de prendre cet engagement — et ne le rompra qu'au lendemain de la Seconde Guerre mondiale[97]. Ceux qui, en Allemagne, ont songé à construire en 1991 un supermarché à Ravensbrück, auraient dû s'en souvenir.

Les témoignages visuels de cet exode de masse sont rares. Un témoin chrétien, le curé André Bernaldez, écrira peu après : « Les Juifs d'Espagne, délaissant ces biens et cette splendeur, et se confiant aux vains espoirs de leur aveuglement, vendirent en quelques mois tout ce qu'ils purent ; ils donnaient une maison pour un âne, une vigne pour une pièce de tissu ou de toile. Avant de partir, ils marièrent entre eux tous leurs enfants de plus de douze ans, pour que chaque fille eût la compagnie d'un mari[49]. »

Ce même 27 juin, à Rome, Innocent VIII tombe brusquement malade. On cherche des médecins. Toutes les chancelleries s'agitent. La question est grave : l'équilibre politique de la péninsule est si instable que du choix du futur pape peut résulter en Italie une guerre pour le contrôle de Naples. Les Della Rovere et les Borgia se préparent à s'affronter. Les Rois Catholiques, qui viennent de donner deux gages de leur foi à l'Église, souhaitent imposer Rodrigue, plus espagnol que pieux. Charles VIII le soutient, sachant qu'il n'a rien de bon à attendre d'un pape italien, tout comme Milan qui trouve utiles les ambitions napolitaines de Charles VIII. Naples et Florence se rangent du côté des Della Rovere. Venise rallie leur camp. Mais Rodrigue est favori : l'Espagne a le vent en poupe.

JUILLET

Le *dimanche 1ᵉʳ juillet*, de Ville parvient au sommet de l'Aiguille[70]. La première *première* en matière d'alpinisme est réalisée. Elle restera longtemps inconnue.

Le *jeudi 5 juillet*, un jeune Florentin issu d'une riche famille, Amerigo Vespucci, part pour l'Espagne pour le compte de la Compagnie des Médicis, qui l'envoie y acheter des équipements de bateaux. Il n'en reviendra plus, happé, comme beaucoup de jeunes gens de sa génération, par la folie des découvertes et les rêves de gloire. Curieuse coïncidence : ce jeune inconnu arrive en Espagne à la fin de juillet, pratiquement au moment même où Colomb en part. L'un découvrira le continent qui portera le prénom de l'autre.

Le *samedi 7 juillet*, la décision des Rois Catholiques consolide les courants antisémites partout en Europe ; la situation des Juifs se dégrade. Ainsi, accusés par le prince de Mecklembourg d'avoir acheté une hostie à un prêtre afin de la profaner, trente d'entre eux sont condamnés à mort[49]. Le même jour, Charles VIII accorde aux Bretons le droit de ne payer que les impôts décidés par les autorités du duché.

Le *dimanche 8 juillet*, à Paris, les ambassadeurs vénitiens sont enfin reçus par le roi. Leur portrait du souverain français est savoureux : « Sa Majesté le roi de France est âgé de vingt-deux ans, petit et mal bâti de sa personne, laid de visage, ayant les yeux gros et blancs et beaucoup plus aptes à voir mal que bien ; le nez aquilin, plus grand et plus gros qu'il ne le devrait, les lèvres grosses aussi, et continuellement il les tient ouvertes ; il a certains mouvements de main nerveux qui ne sont point beaux à voir, et il est lent dans son mode de parler. A mon jugement, qui d'ailleurs pourrait bien être faux, je retiens que, de corps et d'esprit, il ne vaut pas grand-chose ; cependant, ils en font tous l'éloge à Paris comme étant fort gaillard à jouer à la paume, à chasser et à jouter, exercices auxquels, à tort ou à raison, il consacre beaucoup de temps. On le loue aussi de ce que, contrairement aux années précédentes où il abandonnait le soin des délibérations et des affaires à quelques hommes du *Conseil secret*, présentement, il veut être celui qui ait à délibérer et à décider, ce dont on assure qu'il s'acquitte de la plus belle manière[6]. »

Le roi sait faire comprendre qu'il est le Prince et que l'ère des conseillers puissants et des régents encombrants est révolue. Lui-même donne les consignes nécessaires pour qu'on finance les ambitions de Rodrigue Borgia, dont il espère tant. Il lui fait envoyer deux cent mille ducats, somme considérable.

Le *dimanche 15 juillet*, Colomb continue de choisir ses marins. Il prend des Basques, des Espagnols.

Parmi eux, certains connaissaient-ils quelque route secrète, quelque carte inconnue ? Aucun d'eux, semble-t-il, n'est jamais allé en Guinée. Ce sont des marins familiers de la navigation en haute mer et qui connaissent la « volte ». Tous savent le voyage risqué. Colomb parle de deux mois de mer. Beaucoup n'ignorent pas qu'il s'agira de beaucoup plus et espèrent en des îles nombreuses, avant d'atteindre l'Asie : « Antilia », « Saint-Brandon » font rêver. Colomb emmène aussi des médecins, un notaire pour enregistrer ses découvertes, et un Juif à peine converti, parlant l'arabe, pour convertir ces Indiens et ces Chinois qu'on va nécessairement rencontrer et qui, bien sûr, doivent parler l'arabe ! Y croit-il ? Curieuse absence : il n'emmène aucun prêtre.

Du point de vue maritime, l'expédition est entre les mains des Pinzón. Deux d'entre eux commandent un des bateaux : le capitaine de la *Niña* est Vicente Yanez Pinzón, le premier officier en est le propriétaire du bateau, Juan Niño, et le second officier Juan Martin Pinzón, frère du capitaine ; y monteront vingt-deux hommes. Un troisième Pinzón, Martin Alonso, sera le capitaine de la *Pinta* où il embarque avec vingt-six hommes d'équipage. Le Basque Juan de la Cosa sera capitaine de la *Santa Maria* où Colomb embarque avec trente-neuf hommes[97]. On commence à y charger pour quinze mois de vivres, six mois d'eau, et de la pacotille à l'intention des indigènes de rencontre.

Le *mercredi 18 juillet*, on murmure à Rome qu'un médecin juif — il y en a beaucoup autour du pape — aurait tenté sur lui la première transfusion de sang humain. En tout cas, la première connue. On dit que trois jeunes gens y ont trouvé la mort, et que l'opération a échoué. Le fait n'est pas établi, mais l'information fait grand bruit dans l'entourage du Saint-Père.

Le *mercredi 25 juillet*, le pape rend le dernier soupir. Les deux principaux candidats déclarés à sa succession sont le neveu de Sixte IV, Julien della Rovere, soutenu par le roi de Naples et Venise, et Rodrigue Borgia, candidat de l'Espagne, du « parti de Milan » et de Charles VIII. Le chroniqueur italien Francesco Guicciardini écrit que Borgia est alors « d'une sagesse et d'un zèle singuliers, d'excellent conseil, qu'il montrait une capacité merveilleuse à convaincre et qu'il traitait les affaires sérieuses avec une adresse et une application incroyables ; *cependant, ses vertus étaient largement distancées par ses vices*[60] ».

L'avenir de l'Église au XVIe siècle est tout entier dans cette dernière remarque.

Le *29 juillet*, les ambassadeurs de Venise sont à nouveau reçus chez le roi de France « en compagnie de beaucoup d'autres hommes de qualité[6] ». On leur demande si Venise accepterait de signer un traité avec la France. Leur réponse est contenue dans les instructions qui leur ont été données :

« Comme il pourrait arriver, en raison des choses auxquelles il aspire en Italie, qu'il sondât les chances d'un traité avec nous, nous voulons, le cas échéant, que vous vous efforciez de ne rien répondre d'explicite aux demandes qu'il pourrait hasarder, prenant soin d'éviter tout ce que vous pourrez ne pas dire, en restant polis. Vous lui répondrez que votre mandat ne contient rien à ce sujet, que d'ailleurs il n'a pas été nécessaire que vous soyez chargés du soin d'une telle alliance, puisque Son Excellence doit connaître qu'entre elle et nous il y a toujours véritable échange d'amitié et de bienveillance, qu'elle peut toujours compter sur nous pour tout ce qui touche à son honneur et à ses intérêts, comme on est en droit de l'attendre de bons amis[6]. »

Tout diplomate moderne pourrait envier cet art élégant de ne rien dire.

Le *lundi 30 juillet*, les ambassadeurs vénitiens vont discrètement observer les capacités militaires de la France. Ils en reviennent fort impressionnés par la modernité des armes, en particulier de l'artillerie, dont la Sérénissime ne dispose guère dans sa lutte contre les Turcs. Leur description est l'un des inventaires les plus précis dont on dispose sur les armes de l'époque :

« Les artilleries du roi sont des bombardes qui jettent des boules de fer qui, si elles étaient de pierre, pèseraient cent livres environ ; ils sont affûtés sur des petits chariots avec un artifice admirable, en sorte que, sans socle ou autres préparatifs de soutien, ils lancent fort bien leurs coups. Il y a aussi les spingardes, assises sur des petites charrettes. Ces artilleries s'emploient dans deux cas : l'un, lorsque le camp est formé et qu'ils font des remparts de ces charrettes, et se rendent ainsi inexpugnables ; l'autre, quand ils veulent démanteler quelque lieu, et alors ils ruinent les murailles avec ces mêmes bombardes bien plus facilement et *en bien moins d'espace de temps que nous ne le faisons avec les nôtres*[6]. » Autrement dit, la France pourrait envahir l'Italie sans coup férir. Et si elle le fait, nous autres Vénitiens, ne nous en mêlons pas... C'est bien ce qui se passera deux ans plus tard.

Le *mardi 31 juillet*, reçus par la reine, les mêmes ambassadeurs en font un portrait cruel : « La Reine a dix-sept ans *(sic)* ; petite, elle aussi est maigre de sa personne, boiteuse d'un pied et d'une façon sensible, bien qu'elle s'aide de chaussures à talons élevés, brunette et fort jolie de visage, et, pour son

235

âge, fort rusée ; de sorte que ce qu'elle s'est une fois mis dans l'esprit, elle le veut obtenir de toutes manières, qu'il faille rire ou pleurer pour cela[6]. » Ils lui remettent les cadeaux du Doge : « Une pièce de brocart d'or et une pièce de drap sur champ d'or avec franges, et deux autres pièces d'étoffe, l'une de velours violet et l'autre de satin cramoisi, chacune de vingt-deux bras, et les plus belles qu'il soit possible de trouver[6]. »

Puis vient un commentaire qu'aucun ambassadeur ne risquerait aujourd'hui : « Elle est jalouse et désireuse de Sa Majesté outre mesure, si bien que depuis qu'elle est sa femme, il s'est passé peu de nuits qu'elle n'ait dormi avec le Roi, et en cela elle s'est aussi très bien conduite, puisqu'elle est grosse de huit mois[6]. » Pour un mariage remontant à décembre... Difficile à croire en ce temps-là. En fait, l'enfant naîtra deux mois et demi plus tard, à une date plus raisonnable. La France aura un héritier ; les Cours d'Europe bruissent déjà des intrigues de ceux qui s'occupent de son futur mariage. En fait, cet enfant mourra prématurément et tous ces échafaudages s'effondreront.

Le même mardi 31 juillet, conformément au décret d'expulsion — et non le 2 août, comme on l'écrit trop souvent —, les Juifs d'Espagne commencent à quitter la Castille et l'Aragon. Premiers *boatpeople* de l'Histoire, ils partent par mer en Italie, en Flandre, au Maghreb, au Moyen-Orient. Par la route, en Navarre, en France et au Portugal. Le curé Bernaldez écrit : « Ils se mirent en route, quittant leur terre natale, petits et grands, vieux et jeunes, à pied, à cheval, à dos d'âne ou en charrette ; force mésaventures les attendaient en chemin, les uns tombant, les autres se relevant, les uns mourant, les autres naissant, d'autres encore tombant malades, et il n'y eut pas de chrétien qui ne les plaignît, et tous les rabbins les encourageaient, faisant chanter les filles et les garçons, au son des tambourins et des flûtes, pour stimuler les gens, et c'est ainsi qu'ils sortirent de Castille. Les uns passèrent au Portugal, les autres s'embarquèrent dans les ports[49]. »

AOÛT

Le *jeudi 2 août* — qui, dans le calendrier juif, correspond au 9 du mois d'Ab, marquant le jour de la destruction du Temple de Jérusalem par les Romains —, les Juifs continuent de quitter le pays. Un chroniqueur génois note : « Ils ressemblaient à des spectres, pâles, émaciés, les yeux hagards ; on disait qu'ils auraient été tués s'ils n'étaient pas partis rapidement. Beaucoup moururent sur le môle[49]. »

Combien partirent ? Combien restèrent ? Abravanel, depuis Naples, écrira en 1496 : « Sur la crainte que j'ai des cieux et sur la gloire de la divinité, je témoigne que le nombre des enfants d'Israël était en Espagne de *trois cent mille* en l'année où fut pillée leur splendeur ; et la valeur de leurs biens et leur fortune en immeubles et en meubles et l'abondance de leurs bénédictions étaient de plus de mille milliers de ducats d'or pur, richesses qu'ils gardaient pour les jours du malheur. Et aujourd'hui, quatre ans après notre exil et notre destruction, tout a péri à la fois, d'une fin amère ; car il ne reste d'eux qu'environ *dix mille hommes, femmes et enfants, dans les pays qu'ils habitent* ; et aux régions de leur exil finirent leurs richesses et tout ce qu'ils avaient apporté dans leurs mains de leur pays natal[1]. »

Le plus vraisemblable est que cinquante mille restèrent et se convertirent, et que plus de deux cent mille partirent. La plupart des premiers devaient s'exiler ultérieurement. Les Rois Catholiques sont surpris du nombre de Juifs qui choisissent de quitter l'Espagne. Ils s'attendaient à une grande majorité de conversions.

Ce même jeudi 2 août, à Rome, le conclave devient sanglant. On intimide. On tue deux cents personnes en l'espace de quinze jours[97]. Rodrigue Borgia est bien décidé cette fois à ne pas laisser passer sa chance. Avec l'appui financier des Rois Catholiques et du roi de France, il achète, voix par voix, le Sacré Collège, assurant tous les cardinaux qu'une fois élu pape, il augmentera leurs revenus personnels jusqu'à quinze mille ducats vénitiens, soit plus d'un demi-quintal d'or[16].

Le *vendredi 3 août*, les trois caravelles de Colomb quittent le port de Palos en présence d'une foule considérable, avec quinze mois de vivres et six mois d'eau, soit mille trois cents kilos par homme. « Six mois » : audace folle, s'il fallait vraiment traverser la moitié de la planète ! L'expédition compte au total quatre-vingt-dix personnes. Le pavillon amiral est arboré sur la *Santa Maria*. Les frères Pinzón — Martin Alonzo sur la *Niña*, Vicente Yanes sur la *Pinta* — commandent la manœuvre. Colomb n'est plus un aventurier, il se voit déjà vice-roi. Il écrit sobrement : « Vendredi 3 août, mis le cap sur les îles Canaries qui appartiennent à Vos Altesses, afin de là m'élancer sur ma route et de naviguer jusqu'à ce que j'aie atteint les Indes... Pour arriver au bout de mon dessein, il sera nécessaire que j'oublie le sommeil[63]. » C'est l'un des rares textes où Colomb parle encore de lui à la première personne.

Le *samedi 4 août* commence en Irlande la révolte

de Perkin Warbeck. C'est un aventurier flamand qui se fait passer pour Richard, duc d'York, fils d'Edouard IV — sans doute mort à la Tour de Londres. Appuyé par la sœur d'Edouard IV, Warbeck se fera reconnaître roi d'Angleterre par Maximilien, avec l'aide de Jacques IV d'Écosse. Son aventure se terminera lamentablement deux ans plus tard par son exécution.

Le *dimanche 5 août*, un récit anonyme de l'époque[136], traduit par L. Cardaillac, rapporte un émouvant dialogue, sur le port de Cadix, entre un Juif tolédan expulsé, Abraham ben Salomon de Torrutiel, et un musulman de Grenade qui reste encore nommé Tulaytulli[136] :

« Je pars avec mon père et tous les miens. Notre peuple a oublié la loi d'Israël en échange de la sagesse du monde. Dieu s'est manifesté contre Son peuple, car il a été infidèle ; seuls les pauvres et les malheureux vivent encore dans la fidélité... Juste châtiment pour ce peuple élu dont l'élite a préféré sauver sa fortune plutôt que son âme[136]. »

Tulaytulli « pressent que son propre destin sera celui de ces Juifs exilés. Il s'interroge. Alors que l'islam a perdu tout territoire sur la terre d'Espagne, va-t-il accepter les conditions généreuses qui ont été offertes aux vaincus au moment de la reddition de la ville ? Bien sûr, les autorités chrétiennes se sont engagées à laisser vivre les fidèles de l'Islam dans leur foi, à leur permettre de conserver leur langue et leurs coutumes, et cela à tout jamais. Mais que valent de tels accords, concédés par les chrétiens dans l'euphorie de la victoire ? Que la nuit est belle ! Il décide de rester là, face aux côtes d'Afrique. Maintenant, il sait qu'il abandonnera bientôt ce continent, il se sent envahi par tout un passé, son passé. Dans la douceur de cette nuit d'été, il voudrait le saisir, le faire revivre, l'actualiser de façon à jouir plus intensément encore des quelques jours qui lui restent à vivre sur cette terre d'Espagne[136]. »

Beau récit d'un double anéantissement qui achève de christianiser l'Europe. En attendant celui qui se prépare, sur les bateaux qui viennent de quitter le port, contre les habitants d'un autre continent, là aussi pour christianiser des terres rendues préalablement désertes.

Le *lundi 6 août*, en mer, la *Pinta* a des problèmes de gouvernail. Elle traîne. Colomb peste : il savait bien que ce bateau le retarderait[47] !

Le *mercredi 8 août*, Colomb voit la Grande Canarie, mais ne s'y arrête pas[47].

Le *jeudi 9 août*, les Juifs expulsés continuent de quitter l'Espagne. Selon un des rares témoins oculaires des départs de ce jour, Joseph Ha Cohen, « du port de Carthagène sortirent, le 16 au mois d'Ab, seize grands navires chargés de bétail humain. Et il en fut de même dans les autres provinces. Les Juifs s'en allèrent où le vent les poussa, en Afrique, en Asie, en Grèce et en Turquie, pays qu'ils habitent encore de nos jours. D'accablantes souffrances et des douleurs aiguës les assaillirent. Les marins génois les maltraitèrent cruellement. Ces créatures infortunées mouraient de désespoir pendant leur route : les musulmans en éventrèrent pour extraire de leurs entrailles l'or qu'elles avaient avalé pour le cacher, et en jetèrent d'autres dans les flots ; il y en eut qui furent consumées par la peste et la faim ; d'autres furent débarquées nues par le capitaine du vaisseau dans des îles désertes ; d'autres encore, en cette année de malheur, furent vendues comme esclaves dans Gênes la superbe et dans les villes soumises à son obéissance[49]. »

Sans doute faut-il prendre ce récit pour un témoignage plus polémique que réaliste.

Le même jeudi 9 août, en dépit des marchandages, des pots de vin, des menaces, trois tours de scrutin se succèdent à Rome sans résultat. Au troisième, il ne manque qu'une voix à Rodrigue Borgia pour être élu[29]. La France, Milan et l'Espagne le soutiennent avec acharnement. Le cardinal Jean de Médicis fait campagne contre lui ; le patriarche de Venise, Maffeo Gherardo, vieillard de quatre-vingt-quinze ans, semble hésiter.

Le *vendredi 10 août*, Rodrigue Borgia réussit enfin à acheter la voix la plus chère, celle du patriarche de Venise, qui change ainsi de camp, contrairement aux instructions du Doge. Mais Venise, république laïque, ne peut rien exiger de son patriarche. Le cardinal est un homme libre, et le conclave, en principe secret.

Le *samedi 11 août* au matin, une fumée blanche monte de la cheminée du Saint-Siège. Rodrigue Borgia est élu au quatrième tour de scrutin. Il choisit le nom d'Alexandre VI. Il a soixante ans, une ravissante maîtresse et quatre enfants, dont César et Lucrèce. Le jour même, il envoie des messagers, payés trois cent cinquante ducats chacun, porter la nouvelle à travers l'Europe, et fait frapper un ducat à son effigie[29].

Le *dimanche 12 août*, la *Niña* et la *Santa Maria* atteignent Gomera, une des Canaries. La *Pinta*, commandée par Martin Alonzo Pinzón, traîne de plus en plus. Mal calfatée, elle prend l'eau. Pestant contre les gens de Palos, Colomb se déplace d'île en île à la recherche d'un autre bateau pour la remplacer. En vain. A Tenerife, l'expédition assiste à l'éruption d'un volcan[47].

Le *jeudi 16 août*, Charles VIII fait savoir à Henry VII qu'il n'a pas l'intention de payer les dettes d'Anne de Bretagne, d'ailleurs contractées pour lui faire la guerre.

Le *samedi 18 août* est pour la première fois imprimé à Venise le traité de Boèce, *De Institutione Musicae*, livre majeur écrit au VIe siècle, qui met en correspondance l'architecture des lieux sacrés et celle des chants liturgiques, et qui fut commenté tout au long du Moyen Age.

Le *dimanche 19 août*, les départs des Juifs d'Espagne se poursuivent. Certains se passent très mal. D'après un récit anonyme de cette époque, « parmi ceux qui s'étaient embarqués pour l'Italie se trouvait un chantre de synagogue appelé Joseph Gibbon, lequel avait un fils et plusieurs filles, dont l'une inspira de l'amour au capitaine du vaisseau. La mère en fut instruite et, préférant la mort, elle jeta ses filles dans les flots et s'y précipita ensuite elle-même. Les matelots, à cette nouvelle, furent saisis d'horreur, descendirent à la mer pour les ramener à bord, et parvinrent à en ressaisir une. Le nom d'une des sœurs était Paloma, qui veut dire Colombe ; leur père la pleura en ces termes : "Et ils prirent la colombe et la jetèrent dans les flots[83]" ».
Autre récit : « Car il y avait parmi ceux qui furent mis à terre dans les îles voisines de la Provence, un Juif avec son vieux père, mourant de faim, lequel mendiait un morceau de pain sans que personne, sur cette terre étrangère, ne voulût le lui donner. Alors cet homme alla vendre son plus jeune fils pour du pain, afin de ranimer le vieillard, mais lorsqu'il revint auprès de son père, il ne trouva plus qu'un cadavre. Il déchira ses vêtements et retourna chez le boulanger pour reprendre son fils, et le boulanger ne voulut pas le lui rendre ; il poussa des

cris déchirants et versa des pleurs amers, et nul ne lui vint en aide[49]. »

Le *lundi 20 août*, Colomb accoste à San Sebastián, aux Canaries. Il cherche toujours un bateau pour remplacer la *Pinta*. En vain. Il n'y a dans les parages aucun bâtiment de cette taille[47].

Le *samedi 25 août*, Colomb accoste de nouveau à la Grande Canarie avec ses trois navires. Il lui faudra garder la *Pinta*. Il hésite un instant à se lancer dans sa traversée.

Le *dimanche 26 août*, Alexandre VI est couronné sur les marches de la basilique Saint-Pierre au cours d'une cérémonie somptueuse[29].

Le *mardi 28 août*, l'un des messagers envoyés de Rome pour annoncer l'élection du pape arrive à Valence, berceau de la famille Borgia, où la nouvelle provoque d'immenses fêtes populaires[29].

Le *vendredi 31 août*, Alexandre VI, fidèle à sa promesse, distribue à ceux qui l'ont soutenu pour plus de quatre-vingt mille ducats de revenus d'abbayes, d'évêchés et de fiefs. Son fils César reçoit l'archevêché de Valence et l'abbaye de Valdigna, ce qui lui assure un revenu global de vingt mille ducats[29]. Son neveu Juan reçoit la pourpre. Le cardinal milanais Ascanio Sforza, frère de Ludovic qui l'a tant aidé, devient vice-chancelier. Même le cardinal Jean de Médicis, qui n'a pas voté pour lui, reçoit une dotation[32] afin d'éviter que Pierre, nouveau maître de Florence, ne soutienne le roi de France. Celui-ci espère encore qu'Alexandre le laissera intervenir à Naples. Le pape ne souffle mot, mais prépare des alliances nouvelles que d'aucuns appelleront trahisons.

Fin août, l'empereur du Songhaï, Ali Ber, meurt accidentellement, semble-t-il, noyé dans le Niger, au retour d'une campagne militaire. Il est remplacé par un de ses généraux, Sarakollo Mohamed Touré, qui fonde la dynastie islamique des Askias. Un empire considérable se défait. L'Empire songhaï se libère de l'emprise malienne et accepte pleinement l'islam qui, chassé d'Europe, progresse en Afrique, gagnant l'ouest du continent.

SEPTEMBRE

Le *samedi 1ᵉʳ septembre*, après y être restés beaucoup plus longtemps que prévu par leurs instructions[6], les ambassadeurs vénitiens quittent Paris. Ils rédigent leur rapport sur la France de 1492, rare document sur la géographie française de l'époque, vue de l'étranger :

« Le royaume de France par le fait est très grand, plus grand même, à mon sens, qu'on ne le croit communément, pour cette raison que dans son domaine, y compris la province de Bretagne, dans laquelle sont neuf villes ayant évêché, et deux ayant suffrageants, il y a en tout quarante-sept provinces ou pays, dans lesquels on compte trente-six villes d'archevêché et cent vingt-huit d'évêché, qui, le tout réuni, forme un nombre de cent soixante-quatre villes ; de toutes, la plus digne est Paris... C'est une ville très riche et abondante en métiers de toutes sortes et admirablement populeuse ; ceux qui lui accordent le moins à cet égard parlent de trois cent mille habitants[6]. »

Surestimation suscitée par une admiration qu'on peut comprendre de la part de gens venus d'une cité maritime sans arrière-pays.

Le *dimanche 2 septembre*, Colomb est revenu à Gomera ; il a tant bien que mal calfaté ses bateaux[47].

Le *jeudi 6 septembre*, Colomb se décide enfin à partir vers l'ouest. L'aventure commence. Il n'hésite ni sur la route ni sur les vents. Il a la carte de Toscanelli. Prémonition : il sait où il va, et comment. De nos jours encore, la route qu'il prend est une des meilleures possibles...

Le *samedi 8 septembre*, dans son journal de bord — du moins dans ce que nous en connaissons par le compte rendu qu'en a établi plus tard le dominicain Bartolomé de Las Casas, seul texte à nous être parvenu —, Colomb note : « A trois heures, le vent commença à souffler du nord-est, et l'Amiral mit le cap vers l'ouest. Il embarquait de l'eau sur la proue, ce qui rendait la progression éprouvante. »

Le *dimanche 9 septembre*, il perd de vue les Canaries. A partir de ce jour, il sous-estimera systématiquement les distances parcourues pour ne pas inquiéter l'équipage[47].

Le *mardi 11 septembre*, l'expédition voit passer un bout de bois provenant des restes d'un navire... Sombre présage[47].

Le *jeudi 13 septembre*, naissance de Laurent II de Médicis, petit-fils de Laurent et fils de Pierre. Il succédera en 1513 à son oncle Julien. Il épousera Madeleine de la Tour d'Auvergne. Catherine de Médicis, reine de France, sera sa fille.

Le *vendredi 14 septembre*, une hirondelle de mer et un paille-en-queue — qui, en théorie, ne s'éloignent guère de plus de cent kilomètres des terres

— passent au-dessus des bateaux. Signe magnifique[47].

Le *samedi 15 septembre*, Colomb note, toujours selon Las Casas : « Jour et nuit, l'Amiral suivait la route vers l'ouest, à vingt-sept lieues et plus. Au début de la nuit, ils virent tomber du ciel dans la mer une merveilleuse bande de feu à une distance de quatre ou cinq lieues[47]. »

Le *dimanche 16 septembre*, l'expédition est dans la mer des Sargasses, recouverte d'« herbes » très vertes... Les marins s'affolent. Ils veulent rentrer. Mais l'amiral les calme[47].

Le *vendredi 18 septembre*, le mathématicien Lucio Pacioli estime à deux cent mille livres d'alliage le poids nécessaire à la statue équestre commandée par Ludovic le More. Léonard écrit alors : « Je promets de travailler encore, si je peux, au cheval de bronze qui sera l'immortelle gloire et l'honneur éternel du révéré Seigneur, votre défunt père. »

Le *lundi 17 septembre*, Colomb note : « Ils rencontrèrent beaucoup d'algues qui semblaient venir d'une rivière, et trouvèrent un crabe vivant que l'Amiral étudia. Il dit que c'était un signe certain de terre, parce que cet animal ne s'en éloignait jamais à plus de trente lieues. Ils notèrent aussi que l'eau de la mer était moins salée que lorsqu'ils avaient quitté les Canaries, et que la brise était toujours plus douce. Tous poursuivirent le voyage avec beaucoup d'allégresse[47]. »

Le *mardi 18 septembre*, Martin Alonso Pinzón, sur la *Pinta* qui suit péniblement, aperçoit un vol d'oiseaux de mer se dirigeant vers l'ouest. Le ciel s'assombrit au nord. Tout le monde s'attend à apercevoir la terre. Martin Alonso dépasse Colomb. On se prépare à se disputer la prime de dix mille maravédis promise par la reine à quiconque découvrira quelque île ou presqu'île nouvelle[47].

Le même jour, Henri VII menace le roi de France de représailles s'il ne lui règle pas immédiatement les dettes d'Anne de Bretagne. Le roi de France n'en a pas le premier sou.

Le *mercredi 19 septembre*, l'expédition de Colomb aperçoit deux palmipèdes qui sont censés ne pas s'éloigner, eux non plus, à plus de vingt lieues des côtes[47].

Le *jeudi 20 septembre*, de plus en plus d'oiseaux : quatre fous, une hirondelle de mer. L'herbe abonde. On entend des oiseaux de terre[47].

Le *vendredi 21 septembre*, la mer paraît presque solide, tant l'herbe y est dense... Ce n'est pas du goût des marins qui s'attendent à en voir surgir mille monstres[47].

Le *samedi 22 septembre*, Fernando de Zafra, secrétaire des Rois Catholiques, leur annonce l'exil de toute la famille des Banu Abd al Barr (dont sont issus plusieurs émirs de la dynastie nasride).

Le *dimanche 23 septembre*, les oiseaux se font de plus en plus nombreux. « La mer était si lisse et calme que l'équipage commença à murmurer, disant que, puisque la mer n'était pas grosse, il n'y aurait pas de vent permettant de rentrer en Espagne. Mais la mer devint assez grosse, et cela les étonna. » Colomb ne s'inquiète pas, comme s'il disposait des informations les plus modernes sur les vents de l'Atlantique[47].

Le *lundi 24 septembre*, le climat s'alourdit entre la France et l'Angleterre. Pour le contraindre à payer, Henry VII prépare une opération militaire contre son débiteur récalcitrant, non pour lui faire vraiment la guerre, mais pour l'intimider.

Le *mardi 25 septembre*, Martin Alonso Pinzón croit apercevoir une île. Fausse alerte. Malgré la multiplication des signes, les équipages s'inquiètent. Pinzón rejoint Colomb à bord de la *Santa Maria* pour discuter des mesures à prendre en cas de mutinerie[47].

Le *jeudi 27 septembre*, on pêche une daurade[47].

Le *vendredi 28 septembre*, on pêche deux daurades[47]...

Le *samedi 29 septembre*, on voit passer à tire d'aile une frégate[47].

Le *dimanche 30 septembre*, Colomb note un vol de quatre pailles et deux vols de quatre fous[47]. Pour lui, Cipangu se trouve à sept cent cinquante lieues des Canaries. Ayant à son avis parcouru cette distance, il cesse de naviguer de nuit, de peur de laisser passer la terre, qu'il *sait* proche. Il dit à ses hommes que, malgré la présence d'îles dans les parages, il leur faut se diriger vers les Indes sans marquer d'arrêt ; on les visitera au retour[63]. Il note les variations de l'aiguille magnétique de la boussole. Curieusement, il utilise les mots *nordestear* et *noroestear*, que l'on ne retrouvera plus sur d'autres documents maritimes avant le début du siècle suivant au Portugal[47]. Prémonition ? A moins que certains Portugais n'aient connu ces notions bien plus tôt, parmi bien d'autres ? Et que Colomb ait été l'un des leurs ?

Le même jour, dimanche 30 septembre, l'Église fait détruire systématiquement des cimetières juifs pour effacer jusqu'au souvenir de la présence juive en Espagne. Le rabbin Abraham Señor, devenu Fernando Perez Coronel, assiste à la messe. Isaac Abravanel est à la cour du roi de Naples et travaille à ses mémoires.

OCTOBRE

Le *lundi 1ᵉʳ octobre*, les pilotes des trois bateaux comparent leurs calculs. Celui de la *Santa Maria* évalue la distance parcourue depuis les Canaries à cinq cent soixante-dix-huit lieues, celui de la *Pinta* à six cent trente-quatre lieues, celui de la *Niña* à cinq cent quarante lieues. Colomb estime la distance à sept cent sept lieues, mais il n'en annonce que cinq cent vingt-quatre, pour ne pas effrayer ses marins.

Le *mardi 2 octobre*, à Calais, Henry VII fait débarquer une armée de quinze mille hommes pour intimider le roi de France.

Le *samedi 6 octobre*, Henri VII assiège Boulogne. Le même jour, Colomb se demande s'il n'a pas dépassé Cipangu. Certains marins s'inquiètent et murmurent[47].

Le *dimanche 7 octobre*, nouvelle fausse alerte sur la *Niña*. On a aperçu des oiseaux migrateurs venant du sud-ouest. Colomb, à leur vue, décide de changer de cap. Il se dirige vers le sud-ouest. Cette manœuvre lui fera manquer le continent qu'il aurait autrement atteint à hauteur de la Floride[47].

Le *lundi 8 octobre*, mer calme. On aperçoit des canards[47].

Le *mercredi 10 octobre*, la reine de France donne le jour à Charles-Orland, dauphin de France. Le prénom dit bien le rêve italien du roi. Il sonne en Italie comme une menace. Le pape, tout comme ses protecteurs les Rois Catholiques, est bien décidé à s'opposer aux ambitions de la France. On s'occupe déjà de marier ce nouveau-né, qui mourra peu après.

Le même jour, des marins, en mer sans escale depuis trente-cinq jours[47], se révoltent à bord de la *Santa Maria*. Le capitaine Pinzón est décidé à les jeter à la mer, mais Colomb, à ses côtés, préfère négocier. « Ici les gens de l'équipage se plaignirent de la longueur du chemin ; ils ne voulaient pas aller plus loin. L'Amiral fit de son mieux pour relever leur courage, en les entretenant des profits qui les attendaient. Il ajouta, du reste, avec fermeté, qu'aucune plainte ne le ferait changer de résolution ; qu'il s'était mis en route pour se rendre aux Indes, et qu'il continuerait sa route jusqu'à ce qu'il arrivât avec l'assistance de Notre-Seigneur. »

Le *jeudi 11 octobre*, Colomb note : « L'Amiral naviguait ouest-sud-ouest. Ils durent essuyer la plus forte tempête qu'ils eussent connue durant tout le voyage. Ils virent des oiseaux de mer et une branche verte près du bateau. Ceux de la caravelle *Pinta* aperçurent un bambou et un bâton et repêchèrent un autre petit bâton, entièrement taillé, leur sembla-t-il, avec une lame ; ils virent aussi un autre morceau de bambou, une autre herbe qui pousse sur la terre et un petit morceau de bois. Ceux de la caravelle *Niña* observèrent aussi des signes d'une terre proche et un rameau portant des baies. Aussi tous reprirent espoir... »

Le soir, à dix heures, Colomb aperçoit une lueur au niveau de la mer. Pour vérifier qu'il n'a pas eu la berlue, il met dans la confidence deux de ses compagnons, Guttieriez et Sanchez, de la *Santa Maria*, qui distinguent eux aussi cette lueur et gardent le silence[47]. Colomb préfère conserver le secret afin de gagner lui-même la prime. D'après certains, vers onze heures, un matelot de la *Pinta*, Rodrigo de Triana, crie « Terre ! ». Selon d'autres, le même matelot s'appelle Juan Rodriguez Bermejo, et c'est vers deux heures du matin qu'il aperçoit la côte depuis le gaillard d'avant. Colomb note en tout cas dans son journal que c'est lui qui a vu le premier la terre. Il gardera pour lui les dix mille maravédis de récompense. Il n'y a pas de petits profits.

Au matin du *vendredi 12 octobre*, il descend à terre avec un notaire emplumé « ayant dans la main droite le drapeau brodé d'une croix avec les chiffres de Ferdinand et d'Isabelle, surmontés de leur couronne ». L'endroit est habité par des Taïnos, de langue arawak, venus de l'Orénoque plusieurs siècles auparavant, qui appellent leur île Guanahani. Colomb la baptise San Salvador. (Cet îlot, situé à l'est dans l'archipel des Bahamas, s'est nommé Watling jusqu'en 1926.) Colomb tombe à genoux et prie : « Dieu éternel et tout-puissant, Dieu qui par l'énergie de la parole créatrice as enfanté le firmament, la mer et la terre ! que Ton nom soit béni et glorifié partout ! que Ta majesté et Ta souveraineté soient exaltées de siècle en siècle, Toi qui as permis que, par le plus humble de Tes esclaves, Ton nom sacré soit connu et répandu dans *cette moitié* jusqu'ici cachée de Ton empire[63] ! »

De paisibles indigènes viennent à leur rencontre. « Ils sont nus, tels que leur mère les a enfantés. Tous très bien faits, très beaux de corps, très avenants de visage, avec des cheveux quasi aussi gros que la soie de la queue des chevaux, courts et qu'ils portent tombants jusqu'aux sourcils. » Ils ont « le front et la tête très larges », « les yeux très beaux et non petits », « les jambes droites » et « le ventre plat ». « Ils rament avec une sorte de pelle de boulanger, et cela avance à merveille. » L'amiral a « donné à quelques-uns d'entre eux quelques bonnets rouges et quelques perles de verre et beaucoup d'autres choses de peu de valeur dont ils eurent grand plaisir ».

Les indigènes — qu'il nomme *Indios*, parce qu'il se croit près des Indes — lui montrent du tabac.

Ils n'ont pas d'armes, et quand il leur présente des épées, ils les saisissent par la lame et se coupent.

Colomb ne les considère pas comme des hommes. Pourtant, il veut croire qu'il les comprend, afin de se persuader lui-même et de prouver à ses hommes qu'il se trouve bien en Asie.

Le même vendredi 12 octobre, Piero della Francesca, aveugle, meurt à Borgo San Sepolcro, à la limite de la Toscane et de l'Ombrie, là où il est né. Ce géant universel, serein et inclassable, qui a découvert un continent de formes et de perspectives, disparaît le jour où un autre continent entre dans l'histoire de l'Europe.

Ce même vendredi 12 octobre encore, Gand, restée fidèle au fils de la duchesse et à son père Maximilien, le régent des Pays-Bas, capitule et passe dans le camp français. Anvers résiste.

Le *samedi 13 octobre*, baptême du dauphin, qui reçoit le nom de Charles-Orland.

Le *dimanche 14 octobre*, Colomb quitte l'îlot à

bord de la *Niña*, emmenant avec lui six Taïnos. Il laisse là les autres bateaux et part explorer deux îles situées plus au sud, où il croit avoir compris des Indiens qu'on y trouve de l'or. Les Indiens les nomment Colba (qu'il baptise Cuba) et Bohio (qu'il baptise Hispañola — aujourd'hui Haïti et Saint-Domingue). Colomb pense être dans le voisinage immédiat de Cathay. Il s'obstine à saisir chaque signe qui pourrait confirmer sa thèse[47].

Le *lundi 15 octobre*, il longe plusieurs petites îles qu'il nomme platement Santa-Maria de Concepción, Fernandina, Isabella, Juana.

Le *mercredi 17 octobre*, Charles VIII décide de négocier avec les représentants d'Henri VII. Les deux monarques sont relativement pressés de parvenir à un accord. Ni l'un ni l'autre n'assistent cependant aux pourparlers qui se déroulent à Étaples.

Le *dimanche 28 octobre*, Colomb arrive à Cuba. Il y découvre de nouveaux habitants et les voit cultiver le maïs et la pomme de terre. Convaincu d'être dans le Cathay de Marco Polo, il veut imposer son sens aux mots qu'il entend. De ce que disent les indigènes, il prétend déduire que de gros navires appartenant au Grand Khan viennent là régulièrement. Il s'entête à croire qu'on lui parle d'or et d'épices, et que les Indiens comprennent tout ce qu'il leur dit.

Il se sent tout près du Paradis terrestre. « Ces gens ne connaissent donc pas la honte : ne seraient-ils pas proches d'Adam d'avant la chute ? » Déjà, l'Européen entend raconter le Nouveau Monde à sa façon. Et faire de l'Indien un homme parfait, non pollué par l'Europe.

L'Europe se perçoit par Colomb à la fois comme

civilisatrice et coupable : purifiée des deux monothéismes rivaux du sien, elle s'apprête à s'approprier
un continent vierge, où un *homme nouveau*, non
contaminé par la culture laïque, est disponible pour
un christianisme parfait.

NOVEMBRE

Le *jeudi 1er novembre*, Colomb se déplace à bord de la *Niña* et débarque au cap des Palmiers, à l'ouest de Cuba.

Le *samedi 3 novembre* meurt le célèbre médecin parisien Mathieu Dolet[121], doyen de la faculté de médecine de Paris depuis 1481.

Le même jour, à Étaples, les négociateurs français et anglais signent un traité aux termes duquel Charles VIII accepte de payer sept cent quarante-cinq écus d'or. En échange, Henry VII reconnaît que la Bretagne est française. Ce traité marque le basculement de l'impérialisme anglais vers l'outre-mer, la fin des aventures continentales de la monarchie britannique, et pose les fondements de la puissance des Tudor.

Pour payer sa dette et récupérer sa caution, Charles VIII décide simultanément de restituer le Roussillon à Ferdinand d'Aragon. Il écrit d'ailleurs ce même jour aux habitants de Perpignan pour les en aviser. Cette transaction sera conclue à Barcelone, le 19 janvier suivant, par un traité. Perpignan redeviendra officiellement aragonaise le 10 septembre

1493. La France, le plus étendu des pays d'Europe, vit d'expédients.

Le *dimanche 4 novembre*, Christophe Colomb se déplace encore et découvre une nouvelle île qu'il nomme Dominique, parce qu'on est dimanche.

Ce même jour, il persiste à voir le monde comme il veut qu'il soit. Il note, dit Las Casas : « Il comprit encore que plus au-delà, il y avait des hommes avec un seul œil et d'autres avec des museaux de chiens. » Aussi décide-t-il de ne point s'y hasarder. Il lui faut se préparer à rentrer.

Le *samedi 10 novembre*, les Rois Catholiques autorisent les Juifs exilés au Portugal qui le souhaitent à rentrer en Espagne, à condition de se faire baptiser immédiatement.

Le *mercredi 14 novembre*, Colomb continue de nommer les lieux qu'il rencontre et interroge inlassablement les indigènes à propos de l'or. Il sent qu'il approche d'une mine : il remarque des colliers d'or sur les femmes et s'en empare.

Le *lundi 19 novembre*, Colomb fait une tentative pour se diriger au nord-est de Cuba afin de découvrir de nouvelles îles. Par suite d'une tempête, il fait demi-tour et manque ainsi une seconde fois d'atteindre le continent.

Le *jeudi 22 novembre*, les vivres commencent à s'épuiser. Martin Alonzo Pinzón, à bord de la *Pinta*, repart le premier vers l'Europe.

Le *mardi 27 novembre*, à Genève, un co-syndic de la ville, Jehan Mailliard, sollicite un congé pour se soigner du « mal de Saint-Méen[120] ». L'expression est synonyme de vérole. Comme sainte Claire est invoquée par les aveugles, saint Louis par ceux qui n'ont pas d'ouïe, saint Claude par les boiteux, ceux qui ont mal aux mains (lèpre, gale, dermatose, vérole) s'adressent à saint Méen[120].

C'est le premier cas déclaré de ce qu'est peut-être la syphilis. « Les édiles genevois se comportent comme s'ils se trouvaient en présence d'un fléau inconnu, comme s'ils n'avaient pas la moindre expérience de la nature spéciale de la maladie[120]. » En tout état de cause, rien ne permet d'avancer qu'il en ait existé d'autres cas auparavant.

Le *28 novembre*, Colomb précise dans son journal le double but de son voyage : « Il pourrait y avoir en ces contrées un lieu de *commerce* pour toute la Chrétienté, et principalement pour l'Espagne, à qui tout doit être assujetti... (Mais) seuls de *bons catholiques* chrétiens doivent pouvoir prendre pied ici, car le but initial de l'entreprise a toujours été l'accroissement et la gloire de la religion chrétienne. »

Rusé, il sait que ce texte sera lu, et il pense déjà au financement des expéditions suivantes pour lesquelles l'avis d'Isabelle et de Ferdinand sera nécessaire : *commerce* et *conversion* — double motivation à son aventure.

DÉCEMBRE

Le *dimanche 2 décembre*, profitant des difficultés de Charles VIII avec l'Angleterre, Maximilien d'Autriche, désireux de récupérer la dot de sa fille, envahit la Franche-Comté sans rencontrer de véritable résistance.

Le *mardi 4 décembre*, Colomb quitte Cuba avec la *Santa Maria* et la *Niña*, quinze jours après la *Pinta*. Il rapporte des bijoux en or, des perles, et ramène six Indiens Taïnos.

Le *jeudi 6 décembre*, Colomb, en route vers l'Europe, accoste à Hispañola.

Le *vendredi 7 décembre*, attentat contre Ferdinand d'Aragon à Barcelone. Ferdinand est assez sérieusement blessé par un coup d'épée, apparemment, le geste d'un déséquilibré[6]. Jehan Mailliard quitte Genève. On ne sait pour quelle destination. Il reviendra début janvier 1493 et reprendra sa place au Conseil[121], guéri.

Le *samedi 8 décembre*, Paul de Middleburg publie *Invectiva in superstitium quadam astrologum*, dans lequel il se plaint que Lichtenberger, dans ses *Practica* de 1490, n'ait fait que reprendre et plagier ses *Prognostica*. Paul de Middleburg répète que c'est lui qui a découvert qu'un petit prophète « viendra » au moment où Saturne et Jupiter seront en conflit. Saturne : les paysans. Jupiter : le Pouvoir. « Un moine », répète-t-il, va se dresser contre le Clergé[119].

Dans un exemplaire de l'édition du livre de Lichtenberger publiée cette année-là à Mayence, tel qu'il se trouve encore à la Bibliothèque municipale de cette ville, on peut voir, écrits à la main sous un dessin représentant un grand moine avec un diable accroupi sur l'épaule, ces mots en allemand : « Ceci est Martinus Luther[119]. »

Le *lundi 10 décembre*, à Florence, Savonarole prophétise la venue du roi de France, « nouveau Cyrus », « envoyé de Dieu pour punir les Médicis et pour annuler l'élection d'Alexandre VI Borgia[74] ».

Le *mardi 11 décembre*, Colomb persiste à croire qu'il comprend les Indiens et que ceux-ci le comprennent[47] : « Chaque jour, nous comprenons mieux ces Indiens et eux de même, bien que plusieurs fois ils aient entendu une chose pour une autre. » Argument dont il compte bien se servir pour convaincre les monarques de financer mon deuxième voyage.

Le *jeudi 13 décembre*, Charles VIII signe à Paris le traité d'Étaples sans avoir rencontré Henri VII qui l'a paraphé un mois plus tôt à Londres[74].

Le *dimanche 16 décembre*, Colomb pense fonder une colonie dans l'île d'Hispañola où il séjourne encore. Il veut nommer la colonie *Natividad* et y laisser des volontaires.

Le *mardi 18 décembre*, Colomb reçoit, à bord de la *Santa Maria*, un chef local. Là encore, il remarque sur lui des objets en or. Il les prend sans hésiter.

La *Niña* l'a rejoint.

Dans la nuit du mardi 25 au mercredi 26 décembre, la *Santa Maria* s'échoue sur un récif au nord de l'île[47]. Colomb note : « Juan de la Cosa, le maître d'équipage de la *Santa Maria*, malgré les recommandations de l'Amiral, confie le timon de son navire à un mousse. L'enfant s'endort, puis ne sait pas maîtriser le vaisseau qui dérive vers un banc de sable et s'y échoue. On réveille Colomb, il fait couper le mât, tirer la coque par deux barques et des cordages : peine perdue, la *Santa Maria* s'enlise irrémédiablement. On ne peut que sauver les hommes et le chargement. Juan de la Cosa fuit à la nage. »

Colomb se retrouve avec un seul bateau, la *Niña*, dans une baie d'Haïti.

Le sort en est jeté. Puisqu'il manque un bateau, il va falloir coloniser.

Avec les matériaux de la *Santa Maria*, il fait construire une sorte de fort qu'il nomme *Navidad*, première colonie européenne dans le Nouveau Monde. Il y laisse trente-neuf volontaires avec vivres, semences et quelques outils[47]. On viendra les rechercher. Ils se donnent un an « pour amasser un tonneau d'or et des épices ». Au voyage suivant, on les retrouvera tous morts.

Le *mardi 25 décembre*, dans une salle du château du duc d'Albe — c'est le premier théâtre fermé —, Juan del Encina, à la fois poète, musicien et dramaturge, fait représenter deux textes, joués par des acteurs devant des spectateurs installés dans un espace fermé. *Le Premier Églogue*, en latin, très proche par ses thèmes du mystère médiéval, met en scène deux bergers représentant des évangélistes, dont l'un fait l'éloge des protecteurs du poète⁴². *Le Deuxième Églogue* paraphrase lui aussi l'Évangile, mais, cette fois, le texte est en castillan — nouveau pas vers la sécularisation du théâtre⁴².

Que cette année, si souvent mise en scène par la suite, se termine ainsi par la première représentation théâtrale en salle fermée de l'Histoire moderne n'est pas sans ironie.

TROISIÈME PARTIE

INVENTER L'HISTOIRE

Selon le Zohar, on ne peut comprendre le passé que par l'avenir qui, seul, lui donne un sens. J'y crois assez : on juge les actes d'un homme d'après leurs conséquences, et, de même, l'histoire d'une année ne saurait être vraiment comprise qu'à la lumière de ce qui en a découlé.

Chaque année est le théâtre d'aventures nouvelles, le lieu possible de nouvelles bifurcations. Vue d'aujourd'hui, 1492 aurait sans doute une tout autre allure si les hommes, au fil des décennies, des siècles suivants, en avaient tiré d'autres conséquences. Telle qu'elle s'est déroulée, cette année a ouvert des portes et en a fermé d'autres de manière irréversible. Si les choses s'étaient alors passées différemment, l'Europe aurait pu rester tournée vers la Méditerranée, ouverte à l'Islam et à l'Orient ; l'Amérique et l'Afrique auraient pu voir leurs empires se consolider jusqu'à devenir des partenaires presque égaux de l'Europe, comme le firent plus tard les empires chinois ou japonais.

On ne fait pas l'Histoire avec des *si*, mais ils aident à y réfléchir.

Telle est en tout cas cette année-là : *incontournable*. La décennie suivante acheva de confirmer ce qui s'y annonçait. Presque personne parmi les contemporains n'en perçut pourtant l'importance.

En France, Philippe de Commynes, qui décrit avec un tel luxe de détails les événements des trente dernières années du siècle[33], n'y consacre que quelques lignes — et encore, pour raconter la visite d'un ambassadeur milanais à Paris, utile à son analyse des ambitions ultérieures de Charles VIII en Italie[33]. De même, en 1534, ni Christophe Colomb ni Amerigo Vespucci ne figurent parmi les géographes et les découvreurs — tels Marco Polo, Jacques Cartier, Pedro Alvarez Cabral — que Gargantua se vante d'avoir rencontrés au « pays de Satan[35] ».

En Italie non plus, aucun mémorialiste contemporain d'importance — ni Machiavel ni Guicciardini — ne parle des événements de 1492. Même en Espagne, la découverte de l'Amérique ne figure pas parmi la liste des principaux événements du temps énumérés dans la *Chronique des événements mondiaux* publiée en 1534 par le poète Garcia de Resende, inspirée d'un texte à peine antérieur dû à la plume de deux auteurs français : *La Recollection des merveilles advenues en nostre temps*, de Georges Chastelain et Jean Molinet. Pourtant, sa sélection n'est pas particulièrement sévère puisqu'on y trouve pêle-mêle : « les Rois Catholiques espagnols, la révolte des communautés et le soulèvement de Valence, le sac de Rome, l'impérialisme ottoman, avec, par exemple, la prise de Rhodes, mais aussi le Prêtre Jean, la ruine de l'Égypte et de Venise provoquée par l'expansion portugaise dans l'océan Indien, la conversion du Manicongo, les *amoks* malais, les mœurs sexuelles du Malabar, du Pegu, de Cambale et d'autres régions, le fer comme monnaie entre les sauvages du cap de Bonne-Espérance, ce qui se passe à Ceylan, au Siam, au Coromandel, à Amboine, à Sumatra, aux Célèbes, le sacrifice rituel des veuves en Inde ainsi que les pratiques commerciales, le *soufi* de Perse, l'État de Narsinga, la prise de Bintao, l'anthropophagie au Brésil[57]... »

Étonnant inventaire, reflet de l'émerveillement

des Européens devant la découverte des autres cultures, mais aussi de l'oubli de la totalité des événements qui ont rendu cette découverte possible.

Ce n'est que beaucoup plus tard que l'Europe commencera à *penser 1492* : au moment où les États d'Amérique, acquérant leur indépendance et lui disputant le contrôle de l'Histoire, s'y intéresseront eux-mêmes ; où l'Europe voudra s'affirmer comme la mère du Nouveau Monde.

Vue d'aujourd'hui, 1492 marque l'accélération d'un long processus d'appropriation du monde, de naissance d'un *Continent-Histoire*. S'y mettent en place des *concepts*, des *langues*, des *armées* qui vont servir à organiser la domination de l'Europe sur les mémoires et les consciences.

Cette année-là apporte d'abord l'éclatante démonstration de quelque chose de bouleversant pour les contemporains : le *nouveau* est possible ; le monde n'est plus condamné à l'infinie répétition du même ; la quantité de richesses disponibles n'est plus finie ; *créer ne suppose plus nécessairement détruire*.

De fait, après 1492, le changement est brutal : on ne mesure plus les distances en unités de longueur, mais en unités de temps ; on passe de la découverte à la conquête, puis de la conquête à l'exploitation. L'extérieur devient périphérie, matière première à valoriser, homme nouveau à forger.

1492 rend donc tangible une idée autour de laquelle beaucoup tournent depuis longtemps, sans oser vraiment la formuler : celle du *progrès*. L'Europe s'impose alors comme la source naturelle du *mieux*, pour elle-même comme pour ceux qui subissent sa loi, immémoriales victimes d'éphémères bourreaux.

I

LA LOGIQUE DE LA PROPRIÉTÉ

Après avoir atteint trois continents, l'Europe se les approprie. Elle en *nomme* d'abord — avec ses mots et ses préjugés — les lieux et les habitants. Puis elle les *marque* et enfin les *occupe*. Mais chacun de façon différente. Dans le Nouveau Monde, ses monarques *répartissent* les terres et les mines, les hommes et les richesses. En Afrique, ses marchands se contentent d'*emporter* l'or et d'emmener les hommes sans y établir autre chose que des comptoirs côtiers. Dans les deux cas, des peuples entiers, des États, des empires, des civilisations disparaissent. En Asie, ses prêtres viennent d'abord *convertir*, relayés par des marchands qui se contentent d'y *commercer* ; les États orientaux sauront s'en faire respecter : intimidation avant tout d'ordre démographique, évidemment ; en tout cas, pour l'instant.

Commence ainsi à s'installer la « civilisation » par l'esclavage, le « progrès » par le génocide. Cette situation sera à peu près partout irréversible, en dépit des luttes libératrices. L'Histoire enseigne qu'on se libère des tyrans, pas de leur langue ; de leurs soldats, pas de leurs marchandises.

Marquer

Étrangement, dans les livres de l'époque, on ne trouve raconté aucun autre voyage de découverte, durant l'année 1492, que celui de Colomb ; tout se passe comme si le monde retenait son souffle en attendant son retour. En réalité, d'autres expéditions, au moins de vaisseaux portugais, ont eu lieu à destination de l'Afrique au cours de cette année-là, mais nul n'en parle ; rien de vraiment nouveau ne paraît mériter de retenir l'attention des chroniqueurs. L'essentiel est maintenant d'aller plus loin que Dias, au-delà du cap qu'il a nommé cap des Tempêtes, dans l'océan Indien ; et il y faudra une énorme préparation qui prendra encore dix ans.

Tout au long de cette décennie, Espagnols et Portugais vont se disputer le contrôle de routes et de terres qu'ils voudront plus tard nommer, puis coloniser.

Le 2 janvier 1493, Colomb est à Hispañola. Après le naufrage de la *Santa Maria*, il rembarque la moitié de ses hommes sur la *Niña* et laisse les autres à terre, dans un fort improvisé. Avec Pinzón sur la *Pinta* il repart, longe une île qu'il nomme mystérieusement « île des Femmes » et, le 25 janvier, mouille devant une autre île qu'il baptise la Martinique, avant de repartir vers l'Europe où il ramène six Taïnos en costume de cérémonie, des perroquets, un peu d'or pris à Cuba et quelques perles. Autre énigme : il ne suit pas la même route qu'à l'aller, comme s'il connaissait le mouvement des alizés... Pendant le voyage de retour, il rédige son rapport aux souverains espagnols. Texte très important à ses yeux, car il lui faut prouver qu'il a bien atteint les Indes et qu'on doit donc le laisser y retourner au plus tôt. Il fait d'abord escale aux Açores, essuie une tempête — la saison s'y prête — qui sépare les deux bateaux, puis, bizarrement, le 4 mars 1493, fait escale à Lisbonne — « pour ravitailler et réparer son navire », dira-t-il plus tard. En fait, il demande audience au roi Jean II qui le reçoit immédiatement à Valparaiso.

Pourquoi l'amiral espagnol rend-il compte en priorité de sa traversée au principal concurrent de son commanditaire ? Comportement encore non élucidé, qu'on lui reprochera véhémentement à son arrivée à Séville. En tout cas, entendant son récit, le souverain portugais doit en être bouleversé : si Colomb a vraiment découvert une route vers l'Inde par l'ouest, les monarques voisins vont en demander la propriété au pape et l'obtiendront. Le Portugal qui, depuis Henri le Navigateur, a tout misé sur le contournement de l'Afrique, aura perdu le bénéfice commercial qu'il escomptait tirer de ce monopole. Jean II décide alors d'accélérer la préparation des expéditions qui doivent relayer celle de Dias, et de rentabiliser au plus vite la route de l'Est avant que celle de l'Ouest — si elle existe — ne soit mise en service par l'Espagne. Jean II sait peut-être aussi que quelques grandes terres existent par là-bas, à l'ouest, sans trop savoir si elles font ou non partie de l'Asie.

Colomb repart pour Cadix sans envoyer de messagers terrestres aux souverains d'Espagne : sans doute souhaite-t-il leur annoncer lui-même la nouvelle. Dès ce moment, cependant, grâce à leurs contacts à la cour du Portugal, les marchands génois de Lisbonne doivent la connaître. La cour d'Espagne en sera vite informée.

A peu près au même moment, la *Pinta*, qui s'est elle aussi perdue dans la tempête, accoste en Galice.

Pourquoi Pinzón se rend-il d'abord chez les voisins des Basques ? Autre mystère, lui aussi non élucidé.

Le 15 mars, la *Niña* arrive à Palos ; le 31 — jour des Rameaux, et alors dernier jour de l'année —, un an exactement après la décision d'expulsion des Juifs, Colomb rentre en triomphateur à Séville et fait remettre son rapport, *De Insulis inventis*, aux souverains. On n'en connaît aujourd'hui qu'une version ultérieure, à l'authenticité douteuse. Colomb y déclare qu'il a atteint des îles situées juste devant Cathay et Cipangu, qu'il y a trouvé de l'or, « et cela en telle quantité que les Rois peuvent avant trois ans préparer et entreprendre d'aller conquérir la Sainte Maison[63] ». Il lui faut donc y retourner au plus vite, dit-il, afin de répandre la religion chrétienne chez le Grand Khan et en Chine, et trouver l'or nécessaire pour reconquérir Jérusalem. Il semble que la Cour n'ait pas vraiment pris au sérieux sa proposition : « Lorsque j'ai témoigné à Vos Altesses le désir de voir le bénéfice de ma présente entreprise consacré à la conquête de Jérusalem (...), Vos Altesses rirent[115] », écrira-t-il plus tard. Ont-elles ri de la forfanterie ou de la naïveté ?

Par ailleurs, « remerciant Dieu de lui avoir permis de faire ces découvertes », il propose de faire de ces Indiens — de ces « monstres » — des esclaves. La reine ne veut pas en entendre parler. L'esclavage est monnaie courante dans la péninsule, mais la Cour feint de l'ignorer. Tartuffe est castillan.

Les Rois Catholiques prennent davantage au sérieux sa dernière recommandation, à savoir d'en appeler immédiatement au pape pour qu'il reconnaisse à l'Espagne la propriété de cette route des Indes, ainsi que des îles qui la jalonnent — c'est-à-dire « de tout ce qui est à l'ouest d'une ligne passant à cent lieues des Açores », ligne à partir de laquelle, d'après Colomb, change « le climat de l'Atlantique ». Les Rois Catholiques transmettent aussitôt cette requête à Rome et envoient même au Souverain Pontife le rapport de Colomb. Ce document est reçu à Rome le 18 avril, soit quinze jours seulement après que les souverains en ont pris connaissance à Séville. La nouvelle est reçue au Saint-Siège comme le signe d'une grâce divine, récompense pour la reconquête de Grenade et l'expulsion des Juifs. C'est d'ailleurs aussi le point de vue des contemporains, tel le marin flamand Eugène de la Fosse qui écrira dès avril 1493 : « Depuis que la cité de Grenade fut conquise, on y va tout à volonté auxdites îles enchantées et sans aucun danger, et auparavant on les avoit jamais su voir ni trouver[57]. »

Le 20 avril — soit deux jours après que son rapport est parvenu entre les mains du pape —, Colomb est reçu par les souverains au palais royal de Barcelone. Il est traité comme un membre de la famille régnante et assiste à la messe aux côtés de la reine. On lui dédie des vers, des panégyriques ; un certain Giuliano Dati, auteur de poèmes et de textes pieux, compose pour les chanteurs de rue une « *Lettera dell'isole che ha trovato nuovamente il re di Spagna* » à la gloire de Colomb[63].

Mais, derrière ces éloges de façade, les gens de la Cour s'agitent. Chacun pense que la découverte est une affaire trop sérieuse pour être laissée à cet étranger douteux. Le 20 mai, soit moins de deux mois après son retour, on crée une administration nouvelle chargée du gouvernement des découvertes, la *Casa de Contratación*. Colomb n'en est que l'administrateur ; l'archidiacre de Séville, Juan Rodriguez de Fonseca, évêque de Badajoz, en est le véritable maître. Colomb fait alors la connaissance de celui qui deviendra son pire ennemi. Il ne s'en inquiète guère, tout occupé qu'il est à préparer son second voyage.

Au même moment, le pape s'exécute et, dans une bulle dite *Inter coetera*, publiée le 28 juin mais antidatée du 4 mai, le Borgia recopie sans vergogne des passages entiers du rapport de Colomb pour attribuer aux Rois Catholiques toutes les terres situées au-delà de cent lieues à l'ouest des Açores, jusqu'à l'autre côté de la Terre. On imagine la rage du roi du Portugal à cette nouvelle. Rage redoublée quand il reçoit, le 14 juillet, une lettre de Martin Behaïm — lequel vient de se réfugier à Naples, fuyant la peste qui menace Nuremberg. Ignorant encore le retour de Colomb, l'inventeur du premier globe terrestre lui conseille de commanditer un voyage vers l'ouest à destination de Cathay qui, dit-il, « peut être atteint en quelques jours de navigation, comme le prouvent les roseaux apportés par les courants sur la côte des Açores ». Ayant lu cette lettre — qui confirme bien que Behaïm connaissait cette route à l'époque où il achevait sa sphère, et sans doute dès 1484, quand il rencontra Colomb —, le roi du Portugal proteste auprès du pape et réclame le déplacement de trois cents lieues vers l'ouest du méridien-limite, arguant que les voltes de ses propres bateaux les avaient amenés là bien avant Colomb.

Étrange revendication : ce déplacement reviendrait à rendre portugais le Brésil, encore inconnu. Elle autorise à penser que les Portugais en savent sans doute plus long qu'ils ne disent, et beaucoup plus que ne savent les cartographes du temps. En octobre 1493, en effet, sur la meilleure mappemonde de l'époque — que Hartmann Schedel insère dans sa *Chronique de Nuremberg* —, l'océan Indien, l'Inde, l'Indochine et Malacca n'apparaissent pas ; le golfe Persique est trop ouvert et mal placé, et ne figure pas de continent là où est l'Amérique[57]. Mais certains se doutent de quelque chose : en novembre, à Séville, Pietro Martyr d'Anghiera, dans le premier livre de sa première *Dédale océanique*, un Milanais au service de la Castille, écrit que « Christophe

Colomb, après la découverte de Cuba, crut avoir trouvé l'île d'Ophir où les vaisseaux de Salomon allaient chercher de l'or ; cette île, et celles qui en sont voisines, sont les îles *Antilia* ».

Toujours est-il que le pape ne veut rien entendre et rejette la requête de Jean II, qui décide alors de négocier directement avec l'Espagne, sachant que le Borgia s'inclinera, quoi qu'il advienne, devant les instructions des Rois Catholiques.

Colomb, lui, n'a qu'une idée en tête : repartir. Homme de mer, il n'est pas à l'aise dans cette cour qui ne l'aime pas et le lui fait sentir chaque jour davantage. Dans l'ambiance mystique de l'Espagne de la Reconquête, il entreprend de prouver à la reine qu'il est un envoyé de Dieu et que sa mission est de retourner vers l'Ouest. A cette fin, il rassemble à la hâte des passages de la Bible censés prédire son aventure en un recueil qu'il intitulera, dix ans plus tard, *Livre des prophéties*. Dans la préface qu'il rédige, il se présente comme un quasi-prophète : « Pour l'exécution de l'entreprise des Indes, la raison, les mathématiques et la mappemonde ne me furent d'aucune utilité. Il ne s'agissait que de l'accomplissement de ce qu'Isaïe avait prédit. » Il travaillera à ce livre jusqu'à sa mort.

Prophète et amiral, saint et vice-roi, il obtient de Luis de Santangel les moyens de repartir au plus vite, sous le contrôle sourcilleux de Fonseca. Et, le 23 septembre 1493, il quitte Cadix avec, cette fois, dix-sept navires, dont la *Niña*, et une nouvelle *Santa Maria* commandée par Antonio de Torres (peut-être de la famille de l'interprète juif qui l'a suivi lors de son premier voyage). Il emmène quinze cents hommes. De toutes les parties de la péninsule, on s'est bousculé pour l'accompagner : des nobles en mal de fortune, des marins, des troupes régulières, des paysans, un vrai médecin de Séville, maître Diego Chanca, affecté par le roi au service de

Colomb. Il embarque de la nourriture pour six mois, des miroirs et des milliers de grelots. Son voyage durera trois ans et l'amiral s'y révélera un piètre administrateur.

Le 1ᵉʳ octobre, à la Grande Canarie, on achète des animaux domestiques, des semences d'oranger, de bergamote et de melon. Puis on traverse l'Atlantique sans encombres. A nouveau, surprenante précision du voyage. A l'aube du dimanche 2 novembre, on retrouve la Dominique, puis une île que Colomb nomme Marie-Galante, et une autre, la Guadeloupe, pour respecter la promesse faite aux religieux du couvent espagnol de Sainte-Marie de Guadalupe. Là, il accoste et, selon son fils Fernando — qui n'est pas du voyage —, c'est la surprise : « L'Amiral étant descendu lui-même à terre, (...) il aperçut quelques cabanes dans lesquelles il trouva des têtes d'hommes pendues çà et là ainsi que des tas d'ossements humains. » Ce sont des Caraïbes, ennemis séculaires des gentils Taïnos rencontrés lors du premier voyage. Il s'en retourne alors à Hispañola où, le 27 novembre, il découvre les corps des trente-neuf hommes qu'il y a laissés l'an passé. Jugeant néanmoins que les Espagnols sont sûrement responsables de leurs propres malheurs, il ne cherche pas à se venger des Taïnos : rare mansuétude de Colomb dont ses avocats sauront tirer parti quand il s'agira de bâtir sa légende... Il se proclame gouverneur de l'île et, plus à l'est, fait édifier un nouveau fort, qu'il nomme *Isabela*. (L'imagination manque !) Il note dans son journal, d'après Las Casas : « Au nom de la Sainte-Trinité, je détermine de faire mon établissement là. » Et il ramasse tout l'or qu'il peut trouver sur les indigènes : des bijoux sommaires, pour l'essentiel. Le 30 janvier 1494, il renvoie en Espagne la *Santa Maria*, avec Antonio de Torres à son bord, chargée, dit-on, de l'équivalent de trente mille ducats d'or en bijoux. Mal lui en prend : ceux qui rentrent se plaignent de l'amiral[47] ; ceux qui voient l'or le convoiteront. Lui, continue de voyager, explorer, nommer, s'approprier plus de cent îles. Sans incident majeur avec les Indiens, mais au milieu de mille rivalités entre Castillans et Aragonais, Génois et Catalans.

Au même moment, en février, à Tordesillas, Jean II du Portugal achève de négocier avec les Espagnols le déplacement de la ligne de partage des terres. Il a demandé qu'elle passe de cent à trois cent soixante-dix lieues des Açores, soit une translation de mille trois cent cinquante kilomètres vers l'ouest. Il propose de verser, en échange, une grosse quantité d'or rapportée de ses expéditions d'Afrique. Les négociateurs espagnols, qui attendent alors l'arrivée d'un envoyé de Colomb, acceptent, mais stipulent que si l'amiral leur fait connaître une nouvelle découverte dans les vingt jours, la ligne de partage sera ramenée à deux cent cinquante lieues à l'ouest des Açores.

Quand Torres débarque en Espagne en mars 1494, il n'annonce aucune découverte de ce genre. En juin 1494, déçus, les Espagnols doivent signer le traité tel quel.

Marché de dupes : *c'est l'Asie que l'on croit diviser, or c'est l'Amérique que l'on partage*[20].

Les Rois Catholiques croient avoir obtenu l'Asie qui, pensent-ils, commence juste à l'ouest de l'île où Colomb a accosté[20]. En fait, ils obtiennent ce qu'on appellera peu après les Amériques — à l'exception du Brésil — et, au-delà, rien. Ou plutôt tout ce qui sera connu ultérieurement comme l'océan Pacifique, immense désert d'eau.

Le Portugal, lui, obtient ce qui est situé à l'est de la ligne de partage, soit le Brésil, les routes qui y mènent et les terres d'Afrique, d'Arabie, d'Inde — laquelle n'est pas mentionnée —, d'Asie du Sud-Est, des Moluques et de Chine.

Sans le savoir encore, l'Espagne a gagné l'or de l'Amérique ; quant au Portugal, il s'est arrogé le Brésil, qui ne sera officiellement découvert que six ans plus tard, et surtout les îles aux épices de l'océan Indien, qui ne le seront que trente ans après[20]. Tout se passe comme si, dès 1494, les Portugais avaient connu ce qu'ils prétendaient chercher. Rien d'étonnant à cela : depuis un siècle, l'administration portugaise est infiniment mieux préparée à ce genre de débat que celle des Rois Catholiques. Par ses contacts en Afrique, elle sait mille choses sur l'Orient. Cette année-là, l'Allemand Hieronymus Münzer décrit d'ailleurs fort bien une ville de Lisbonne entièrement tournée vers le sud, où les marchands manipulent frénétiquement les « esclaves, le poivre, la malaguette et l'ivoire de Guinée[20] », ainsi que « le musc, la myrrhe, les perroquets, les loups-marins, les singes, les tissus en fibres de palmier, les paniers, les cotons et autres produits[20] ».

Personne en Italie, en France, en Flandre ou en Angleterre n'attache d'importance à ce traité ni ne demande à y être partie prenante. On ne s'intéresse qu'au commerce et au profit. On laisse à d'autres le plaisir des découvertes. On se réserve d'y aller voir plus tard si elles se révèlent rentables.

Mais découverte de quoi, au fait ?

Quelques-uns commencent à penser que Colomb n'est pas parvenu à proximité de l'Inde ; que l'Asie des épices n'est pas devenue subitement espagnole. Que le Génois n'a découvert que quelques îles perdues au milieu de l'immense océan, îles dont on parle depuis des siècles. Et que l'Asie est devenue très lointaine. Ainsi, le 20 octobre 1494, quelques mois à peine après la signature du traité de Tordesillas, Pietro Martyr d'Anghiera, ambassadeur florentin à la cour des Rois Catholiques, utilise pour la première fois l'expression *Nouveau Monde* pour

désigner les îles découvertes. L'idée est lancée :
dans ce monde *nouveau*, un homme *nouveau* est
possible. Tout en découlera.

Pendant ce temps, à Hispañola, toujours persuadé
que le royaume du Grand Khan n'est pas loin,
Colomb a de plus en plus d'ennuis avec ses compagnons de voyage. Génois, il est suspect aux yeux des
Espagnols. (« N'envoyez plus des gens de leur pays »,
écrit à la Cour un franciscain de Castille[35].) Rotu-
rier, il est méprisé des nobles.

Mais un coup de chance retourne la situation en
sa faveur. Au début de 1495, une petite troupe
caraïbe attaque le fort de Saint-Thomas, qu'on vient
de construire sur l'île de Cuba. Leur chef est fait
prisonnier. Les Espagnols découvrent sa mine d'or.
Colomb jubile. On édifie alors, sous une grande
croix, une nouvelle forteresse baptisée *Concepción*,
et l'on commence à faire exploiter le filon par les
indigènes. En application du droit minier espagnol
de 1378[35], le cinquième de l'or recueilli est, on l'a
vu, réservé au Trésor royal, le reste est partagé
entre les hommes présents.

Mais il faut de plus en plus d'esclaves pour
exploiter cette mine et les rapports avec les indigènes — qu'on nomme naturellement « Indiens »
— se dégradent. Le chef des troupes espagnoles qui
a accompagné Colomb, Pedro Margarite, en massacre même à plaisir. Les prêtres, tout comme
Colomb, n'y voient rien de bien répréhensible, car,
disent-ils, les Indiens vivent « sans foi, ni roi, ni
loi ». L'amiral les considère comme des « barbares », des « sauvages », « des êtres sans police ».
Les voyant travailler dans la mine, il songe à les
vendre en Espagne pour financer ses voyages ultérieurs. « Un seul de ces Indiens, écrit-il alors aux
Rois, vaut bien trois Noirs. Je me suis trouvé aux
îles du Cap-Vert où l'on fait une grande traite
d'esclaves et j'ai vu qu'on les payait huit mille

maravédis. Bien que, pour le moment, les Indiens meurent, il n'en sera pas toujours ainsi, car c'est ce qui arrivait aux Noirs et aux Canariens du début[35]. » On retrouvera des textes similaires pendant les siècles du commerce triangulaire et de l'économie de l'esclavage[4]. Pour faire accepter son projet, il en expédie même deux cents à la reine, à titre d'échantillon. Mais Isabelle, horrifiée, les refuse et les renvoie : l'esclavage est pour elle — elle l'a déjà dit à Colomb — une abomination qu'elle tolère en son royaume, mais qu'elle ne saurait pratiquer elle-même. Colomb a commis plus qu'une erreur : une faute de tact.

Le moment est donc venu pour Juan Rodriguez de Fonseca de briser son monopole, d'abolir les capitulations de 1492 et d'organiser les voyages, pour le plus grand bénéfice de la seule Couronne, *via* son administration, la *Casa de contratación*. Il laisse entendre que Colomb n'est qu'un espion au service du roi du Portugal — pourquoi s'est-il arrêté à Lisbonne en rentrant de son premier voyage ? — et entreprend de remettre en cause son autorité.

Colomb ne sait rien de ce qui se trame et s'installe en roi capricieux à Hispañola dont il a fait son quartier général. Il en nomme son frère Bartolomeo « *adelantado* ». A chaque voyageur qui vient s'y installer il distribue terres, emploi et esclaves, inaugurant une pratique utilisée ensuite sur tout le continent sous le nom de *repartimiento*[35]. Mais il peste contre la paresse des hidalgos qui l'entourent. Il note : « Il n'est personne qui n'ait deux ou trois Indiens à son service, des chiens pour chasser, et, chose que je dis à contre-cœur, qui n'ait plusieurs femmes, si belles que c'est merveille. Cette façon de faire me mécontente beaucoup et ne me paraît pas du service de Dieu. C'est pourquoi quelques dévots religieux nous seraient très utiles, plus pour réformer la foi chez les chrétiens que pour la porter aux Indiens. Il faudrait qu'on m'envoie par chaque navire cinquante à soixante personnes et j'en renverrais autant de paresseux et de désobéissants[35]. »

Avec ce genre de propos, il ne se fait évidemment pas beaucoup d'amis. Et, face à l'afflux de plaintes de ceux qui rentrent en Espagne, Fonseca décide, à la fin de 1495, d'envoyer à Hispañola un enquêteur royal, Juan Aguado. Celui-ci annonce à Colomb qu'il est rappelé « en consultation » à Cadix. Il y arrive sur la vieille *Niña*, le 11 juin 1496, pour plaider sa cause devant les Rois Catholiques. Mais la Cour est alors à Burgos, tout occupée aux préparatifs du mariage de l'infante Jeanne et de l'archiduc Philippe le Beau, fils de Maximilien de Habsbourg. L'Espagne s'allie à l'Empire : immense affaire. On reçoit mal l'amiral. On ne s'intéresse pas à lui : le temps de l'aventurier est passé. Cependant que des Portugais commencent à laisser entendre que Colomb est passé à côté d'un continent nouveau qu'ils ont eux-mêmes découvert et dont ils ont obtenu la propriété aux termes du traité de Tordesillas, l'amiral répète qu'il n'en est rien, que ce sont bien les Indes qu'il a découvertes, que l'Espagne les possède et qu'il ne demande qu'à y retourner pour le prouver. Il s'entête et irrite. Au surplus, depuis qu'on a trouvé de l'or à Cuba, il n'est plus question de lui laisser le monopole de ses découvertes : les capitulations, si âprement négociées pendant six ans, sont nulles et non avenues trois ans à peine après leur signature.

Chacun, en Europe, veut maintenant aller voir ces îles : le voyage n'est ni risqué ni trop long. Et il y a de l'or. Beaucoup d'or, dit-on. Les femmes y sont réputées sublimes et faciles, la flore et la faune magnifiques. En 1553, Ronsard écrira encore qu'il souhaite aller « loin de l'Europe et de ses combats ».

Beaucoup vont alors vers l'ouest. On retrouvera bientôt l'un de ces voyageurs de la deuxième génération, Amerigo Vespucci. Deux autres mériteraient aussi la célébrité : deux Génois, Jean et Sébastien Cabot, le père et le fils. En 1496, le roi d'Angleterre finance leur voyage vers l'ouest. Partis de Bristol avec dix-huit marins, ils parviennent jusqu'à une côte boisée — sans doute le Labrador — qu'ils identifient eux aussi au pays du Grand Khan. Ils s'en retournent en 1497, jusqu'à Terre-Neuve où ils témoignent de leur voyage ; l'un puis l'autre repartent et ils feront plus tard d'autres voyages. Ce sont peut-être les premiers modernes à avoir touché le continent proprement dit.

Ces terres attirent d'ailleurs beaucoup plus que l'Afrique dont nul ne vante les mérites et qu'on ne songe qu'à contourner sans s'y installer. Les Portugais, justement, s'affairent à préparer méticuleusement l'expédition qui doit transformer le voyage d'exploration de Dias au bout de l'Afrique — dix ans plus tôt — en route commerciale vers l'Inde. Sans s'implanter davantage sur le littoral, ils renforcent les bases d'Arguim et de Saint-Georges. Ils étudient soigneusement tout ce qu'on sait ou croit savoir des courants, des Arabes de la côte orientale d'Afrique, du détroit d'Ormuz, de la côte de Malabar. On prend son temps : le roi Manuel Ier, qui vient de succéder à son cousin Jean II, choisit lui-même le commandant de l'expédition. C'est un vieil officier nommé Vasco de Gama, à qui il confie le soin de négocier avec le souverain de Calicut, sur la côte de Malabar, les conditions de la présence ultérieure des marchands portugais sur ces terres où l'on trouve le poivre le meilleur du monde. Conseillé par Dias, qui partira avec lui, aidé par son fils et son frère, Vasco de Gama prépare des bateaux plus lourds et plus robustes que ceux de Dias, et mêle les voiles rectangulaires et triangulaires. Mais, juste avant le départ, l'amiral meurt. Son fils lui succède à la tête de l'expédition et part le 8 juillet 1497 à la tête d'une flotte de quatre bâtiments et cent cinquante hommes. Dias commande l'un des vaisseaux ; mais, lors d'une escale aux îles du Cap-Vert, malade, il doit débarquer. Une seconde fois, le découvreur du cap ne peut le dépasser.

Le 22 novembre 1497, Gama passe ce cap qu'on nommera bientôt de Bonne-Espérance. Il est le premier Européen à atteindre le Zambèze, puis Mombasa en avril 1498. Les puissantes villes commerçantes musulmanes lui réservent un accueil convenable. La remontée le long de la côte orientale de l'Afrique, dans des eaux inconnues où souffle un fort vent de terre, constitue le moment le plus difficile du voyage. Ibn Majid, un navigateur arabe, guide Gama, participant ainsi sans le savoir à la liquidation de la présence maritime arabe dans l'océan Indien. Puis Gama se lance dans sa traversée et arrive à Calicut, au Kerala, avant la mousson, le 20 mai 1498. Il a passé quatre-vingt-treize jours en haute mer — contre trente-six pour Colomb. Gama croit retrouver dans l'hindouisme une sorte de christianisme exotique. Le royaume de Jean refait surface. Il entreprend de négocier avec les princes locaux les contrats qui permettront au Portugal de s'arroger, conformément à l'accord de Tordesillas, le monopole des épices.

Comportement bien différent de celui de Dias en Afrique et de celui de Colomb en Amérique : Dias *contourne* l'Afrique, Colomb *colonise* l'Amérique, Gama *commerce* en Asie.

Exactement au même moment — le 30 mai 1498 —, Christophe Colomb, qui a réussi à obtenir son pardon de la Cour et à faire financer son troisième voyage par le bon Santangel, repart avec deux cent soixante-dix colons dont, cette fois, trente femmes. Comme il entend démontrer l'inexistence de ce « continent dont le roi portugais affirme l'existence près de l'Équateur », il ne prend pas directement la route de l'Ouest, comme lors de ses traversées précédentes, mais descend d'abord vers les îles du Cap-Vert et, par une volte inverse, atteint, à sa grande surprise, la côte sud-américaine à la hauteur de l'embouchure de l'Orénoque, au Vénézuela. Comme on va le voir, il n'est sans doute pas le premier à y parvenir, à quelques mois près. Au demeurant, il n'y accoste pas, et, le 4 août 1498, s'engage dans le golfe de Paria afin de remonter l'Orénoque. Tout en sachant fort bien qu'une telle quantité d'eau douce ne peut venir que d'un fleuve, donc d'un continent — sauf à en nier l'existence et à y voir le Paradis terrestre ! —, il note sérieusement dans son journal de bord : « C'est une chose admirable, et ce le sera pour tous les savants, que le fleuve qui aboutit là soit à ce point grand qu'il rende la mer douce jusqu'à quarante-huit lieues. J'ai la conviction que le Paradis terrestre se trouve là. » Colomb a le choix : soit sa théorie est fausse et il s'agit d'un continent nouveau ou pour le moins d'une grande péninsule ; soit c'est le Paradis terrestre. Fidèle à lui-même, il retient la seconde hypothèse. D'une façon ou d'une autre, le continent nouveau est déjà perçu comme le lieu pur de naissance de l'Homme nouveau, du chrétien parfait.

Quelques jours plus tard, à la mi-août 1498, Colomb prend peur. Il ne descend pas à terre et préfère faire demi-tour. Comment peut-il commettre une telle erreur ? On le dit malade, atteint de la malaria. N'a-t-il pas compris — ou pas voulu comprendre — que la thèse qu'il défend depuis quinze ans est fausse ? Un peu plus loin dans son journal, il ajoute cependant : « Je suis persuadé que ceci est une *terre ferme*, immense, et dont jusqu'à ce jour on n'a rien su. Et ce qui me confirme fortement en cette opinion, c'est le fait de ce si grand fleuve et de la mer qui est douce ; ensuite, ce sont les paroles d'Esdras en son livre IV, chapitre 6, où il dit que six parties du monde sont de terre sèche et une d'eau, lequel livre est approuvé par saint Ambroise en son *Hexameron* et par saint Augustin[35]. »

Enfermé dans sa croyance, il a de plus en plus de mal à raisonner avec cohérence.

Fin août 1498, il est revenu à Hispañola où les tensions sont à leur comble entre les tribus qu'il nomme indiennes, les hidalgos et les Catalans. Chacun fonde son petit royaume. Colomb fait pendre des mutins conduits par Roldán. Il en jette lui-même un, qui refusait de se confesser pour retarder son exécution, du haut d'une tour. C'en est trop. On le surveille, on complote contre lui. Le 5 octobre, dans son bureau d'Isabela, l'amiral reçoit deux visiteurs voyageant pour le compte du roi d'Aragon : un employé florentin des Médicis, Amerigo Vespucci, et un marin espagnol, Alonso de Ojeda, qui l'avait accompagné dans son second voyage. Eux aussi, juste après lui — en septembre 1498 —, viennent de passer par l'Orénoque. Mais, à sa différence, ils y ont accosté. Et il y ont rencontré un compagnon de Dias, un certain Duarte Pacheco Pereira. Géographe et cosmographe, navigateur et homme de guerre, parti juste avant eux « à la découverte dans les régions de l'Occident, en traversant toute la grandeur de la mer océane, là où l'on a trouvé et longé en naviguant une *grande terre ferme*[20] », ce Pereira est le premier Européen identifié à avoir accosté, sans doute vers le début de 1498, sur le continent américain.

Car Vespucci a compris — comme Pereira, sans doute — qu'il s'agit là d'un ensemble assez vaste pour mériter le nom de continent. En parle-t-il avec Colomb ? Nul ne le sait. En tout cas, le Florentin rentre au plus vite à Cadix, à la fin de 1498, et se prépare à faire connaître cette découverte — à se l'approprier.

Au moment même où Colomb et Vespucci se rencontrent à Hispañola, le 5 octobre 1458, Vasco de Gama quitte l'Inde pour entamer un terrible voyage de retour. A bord des trois vaisseaux, le scorbut fait de nombreuses victimes. Près de Mombassa, il doit brûler le *São Raphael*. Ses deux autres bâtiments, le *São Gabriel* et le *Berrio*, passent le cap de Bonne-Espérance le 20 mars 1499. Il atteint Lisbonne le 9 septembre, avec seulement quatre-vingts hommes. La liaison maritime avec l'Inde, dont on rêve en Occident depuis au moins trois siècles, est enfin établie.

A la mi-1499, Vespucci quitte à nouveau Cadix en direction de l'ouest, toujours pour le compte du roi d'Aragon. Il sait qu'il n'atteindra pas l'Inde, mais une nouvelle « terre ferme », et il veut en savoir davantage pour le raconter au retour. Le 13 mars 1500, Pedro Alvarez Cabral, financé par des armateurs génois, part à son tour avec treize navires, officiellement vers l'Inde. Bartolomeo Dias est encore une fois du voyage. Mais, le 22 avril, en effectuant la volte nécessaire avant de redescendre vers le cap de Bonne-Espérance, Cabral atteint le Brésil — simple hasard, ou bien était-ce le but réel du voyage ? Le continent est officiellement découvert.

Cabral n'insiste pas : il a marqué sa découverte et repart vers l'Inde, avec Dias, en essayant de doubler très au sud le cap de Bonne-Espérance. Là, dans la tempête, quatre bateaux disparaissent, dont celui commandé par Bartolomeo Dias ; le grand marin ne devait décidément jamais dépasser le cap.

Cabral décide alors de revenir au Portugal afin d'y annoncer sa découverte. Sans doute était-ce bien là le vrai but de son expédition. Seul un de ses navires, *l'Annunciada*, armé par deux Génois, Bartolomeo Marchionni et Girolamo Sernigi, et commandé par Diego Dias, frère de Bartolomeo, continue sa route, passe le cap et atteint l'Inde en août 1500. Il reviendra avec des épices pour le marché génois : le commerce est désormais l'obsession des marins.

Beaucoup, comme Vespucci et Pereira, commencent à penser que Colomb a rencontré plus que des îles et qu'il existe là-bas quelque chose comme une vaste presqu'île qui fait obstacle sur la route occidentale des Indes : le continent nouveau gêne avant même d'être découvert. Aussi cherche-t-on à contourner cette presqu'île et certains remontent à cette fin vers le nord. En 1500, les Rois Catholiques donnent à deux frères originaires des Açores, Gaspar et Miguel Corte-Real, le privilège de « découvrir et de gouverner toutes les terres et les îles de ces hautes latitudes[47] ». Ils atteignent le Groenland, Terre-Neuve, le Canada, le Saint-Laurent et l'Hudson — et les marquent. L'Espagne les revendiquera plus tard en invoquant le traité de Tordesillas.

Colomb, pendant ce temps, s'empêtre dans ses îles. Au milieu de colons paresseux et rebelles, il gère une situation de plus en plus désastreuse. Informé, Fonseca envoie un nouvel enquêteur royal, Francisco de Bobadilla, qui débarque à Hispañola le 25 août 1500. Il s'y présente comme le gouverneur des Indes, donc au-dessus du vice-roi Colomb qu'il fait même arrêter et renvoyer, les fers aux pieds, en Espagne. Second retour forcé de l'amiral, qui arrive à Séville le 25 novembre. Mortifié, il écrira : « Le roi et la reine m'ont enjoint de me plier à tout ce que Bobadilla m'ordonnerait en leur nom. C'est en leur nom qu'il m'a chargé de chaînes et je les porterai jusqu'à ce qu'eux-mêmes me disent de les enlever ; je les garderai comme des reliques en souvenir de la récompense que m'ont value les services que je leur ai rendus. »

Devant la Cour, Colomb obtient que Bobadilla soit désavoué, mais il perd le titre de vice-roi et tous ses privilèges. Il n'est plus rien. Malade, presque aveugle, il ne veut plus qu'une seule chose : retourner en mer. Le faux empereur est d'abord un vrai marin.

Simultanément progresse la compréhension de la géographie. Juan de la Cosa, le pilote basque de la *Santa Maria* lors du premier voyage de Colomb, l'ami des mauvais jours, fait pour la première fois figurer sur une carte datée de 1500 les côtes orientales d'un ensemble vaste et flou : Colomb est donc désavoué par son plus proche compagnon. En 1502, sur la carte portugaise dite de Cantino, on trouve dessinés le Brésil et les Antilles, l'Afrique, l'Inde, l'Extrême-Orient. Les côtes de la Scandinavie sont les plus mal figurées : depuis trois siècles, on n'y circule plus beaucoup.

En 1502, Gama repart pour Calicut, avec toute une escadre, pour un voyage ouvertement commercial. Il y installe une colonie de marchands portugais et, pour les protéger, y laisse cinq navires commandés par son oncle : c'est la première force navale permanente d'un pays européen dans les eaux asiatiques[47]. Il ramène à Lisbonne trente-cinq mille quintaux de poivre, de gingembre, de cannelle, de noix de muscade et de pierres précieuses. Première amorce de la conquête portugaise du marché du poivre jusqu'ici contrôlé par Venise.

Colomb, vieux fou pathétique, s'entête : il veut maintenant rejoindre Vasco de Gama en passant par l'Ouest. Montrer qu'il existe, quelque part entre ce qu'on nomme aujourd'hui le Honduras et le Panama — qu'il croit des îles —, un passage vers l'Inde. Il obtient de son fidèle protecteur, Luis de Santangel, les financements nécessaires à ce quatrième voyage et quitte Cadix le 11 mai 1503, avec quatre caravelles. Il emmène son second fils âgé de douze ans qu'il a eu à Cordoue de Beatriz.

Au mois d'août 1503, l'amiral s'échoue à la Jamaïque où il reste bloqué pendant sept mois avec une centaine d'hommes, quasi-prisonnier, tandis qu'un de ses compagnons rejoint Hispañola en canot. Lors de l'éclipse de lune du 29 février 1504, il annonce aux Indiens que ce phénomène est un signe terrible de Dieu.

On vient le délivrer. Il arrive à Hispañola en juin 1504, épuisé, malade, sur le point de perdre la vue. Dans le port, il assiste, ironie du sort, au naufrage de la flotte du gouverneur Bobadilla qui repartait pour l'Espagne. Il y revient lui-même le 7 novembre 1504, quelques jours avant la mort de la reine Isabelle.

Entre-temps, Vespucci est retourné par deux fois outre-Atlantique, cette fois pour le compte de la Couronne portugaise. Il longe la côte du Nouveau Continent et descend presque jusqu'au futur détroit de Magellan. A son retour, il est déçu : le roi du Portugal ne l'aime guère et ne reconnaît pas plus ses mérites que les monarques espagnols. « Il connut là-bas beaucoup de déboires et reçut peu de profit, écrira-t-il, car bien qu'il ait mérité grandes récompenses, le roi du Portugal concède les terres par lui découvertes à des Juifs convertis[9]. » Colomb est-il ainsi visé ? A moins que ce ne soit Pereira... Ou Cabral... ?

L'amiral n'aura pas le temps de répliquer. Le 20 mai 1506, aveugle, amer, ayant perdu tous ses droits, en procès avec tout le monde, il meurt à Valladolid, toujours persuadé d'être allé en Inde. Il est enterré chez les franciscains. Son corps sera ensuite transféré à Las Cuevas, près de Séville, puis, en 1541, croit-on, dans la cathédrale de Saint-Domingue. Puis, en 1795, à Cuba. En fait, nul ne sait vraiment où il se trouve : jusque dans la mort, Colomb ne se départira pas de son ambiguïté.

De nouveaux découvreurs continuent de chercher le passage vers l'Inde. En 1508, une colonne espagnole atteint l'isthme de Panama sur l'Atlantique et fonde Uraba, premier fort du continent. Le 25 septembre 1513, Vasco Nuñez de Balboa traverse à pied le Panama et découvre un océan inconnu dont l'immensité effraie.

On comprend à présent qu'on a affaire à une vaste barrière qui sépare l'Europe de l'Asie, et qu'il convient donc de chercher un passage au nord ou au sud, tout comme on a cherché, un siècle auparavant, à contourner l'Afrique. En 1516, en quête de ce « passage » vers l'Inde, Juan Díaz fonde ce qui deviendra Buenos Aires. Le Nouveau Continent est finalement une *mauvaise surprise*. C'est en tout cas un obstacle sur la route qui mène à la seule chose intéressante : les épices, dont on ne trouve nulle trace ici.

Pendant ce temps, en Asie, les flottes portugaises marquent les terres d'épices de leur présence. En 1510, Albuquerque s'installe à Goa, qu'il incendie. D'autres Portugais arrivent en 1513 en mer de Chine et à Malacca. En 1515, ils occupent Ormuz et bloquent la route des convois de poivre à destination de Venise. Bientôt, tout l'océan Indien est sous leur contrôle. On ne colonise pas, on influence. Et on bloque les routes commerciales des autres à l'Est.

L'ère des découvertes s'achève. Elle se conclut en 1519 par le plus grand exploit maritime de tous les temps. Un marin portugais de trente-neuf ans, Fernão de Magalhaes, tente le tour du monde en contournant l'Amérique par le sud. Bien qu'il doive y trouver la mort, cette première tentative sera un succès. D'abord refusé par le roi du Portugal, son projet est accepté par Ferdinand d'Aragon, en mars 1518, quelques mois avant la mort du souverain qui aura été de toutes les aventures. Il ne s'agit pas seulement de contourner l'Amérique, mais de se lancer jusqu'au bout, d'un seul souffle, dans le tour complet de la planète : audace inouïe.

Magellan quitte Cadix le 10 août 1519 à la tête de cinq nefs et de deux cent soixante-cinq hommes — dont des esclaves achetés à Malacca par d'autres navigateurs portugais — qui parlent les langues des pays où l'on va. Les plus formidables aventuriers l'accompagnent, qui ne savent rien de la largeur du Pacifique ni des peuples qu'ils vont y trouver. Le 26 septembre 1519, Magellan est à Tenerife, passe les îles du Cap-Vert, l'Équateur et longe le Brésil. Il arrive en Patagonie et, le premier, franchit le 21 octobre 1520 le détroit qui portera son nom. Il perd un bateau sur des rochers ; un autre regagne l'Espagne. Le 28 novembre, il est le premier Européen à naviguer dans le Pacifique. Il remonte les côtes chiliennes, se ravitaille difficilement chez les Incas qu'il est le premier Européen à rencontrer, onze ans avant Pizarre. Après avoir atteint les Mariannes, il traverse le Pacifique Sud et arrive, le 17 décembre 1521, dans ce qui sera nommé un peu plus tard les Philippines. Il leur donne le nom du saint du jour : Lazare. L'accueil est d'abord pacifique. Dans une des îles, Cebu, un esclave, s'aperçoit qu'il comprend la langue que parlent les habitants. Cet homme est donc revenu près de chez lui : il est le premier à avoir fait le tour du monde.

Peu après, Magellan est tué lors d'un incident avec des indigènes, sur la plage de l'île de Mactan, voisine de Cebu. Un seul de ses bateaux, la *Victoria*, reviendra au Portugal, le 6 septembre 1522, avec dix-huit hommes à bord commandés par le Basque Sebastián del Cano.

L'ère de la découverte, commencée en 1416 après la prise de Ceuta, est terminée. C'est à nouveau un Basque qui l'achève.

Voilà donc parcouru le monde tel qu'à présent l'Europe va le décrire et le nommer, pour en raconter l'histoire à sa façon.

Qui peut croire à l'innocence des noms ? Florence, par exemple, écrit Jean-Paul Sartre, « est ville et fleur et femme ; elle est ville-fleur et ville-femme et fille-fleur tout à la fois[119] ».

D'autant que posséder, c'est d'abord nommer.

Bien avant 1492, les conquérants mettent des noms sur les terres qu'ils prennent et y imposent des langues. Déjà, les Hébreux désignaient leurs adversaires de noms qui leur sont restés. Rome a nommé une partie de l'Europe, la Chine et l'Afrique. La Chine, à son tour, a nommé le Japon d'un nom qui veut dire Soleil Levant, et d'un autre, Cipangu, que retiendra Marco Polo.

Presque tout pays est nommé pour tous par un autre. Sauf certains que nul ne désigne par les noms qu'ils se donnent à eux-mêmes : ainsi, l'Allemagne, la Finlande, la Hongrie, l'Albanie ne sont curieusement Deutschland, Suomi, Magyar ou Shqipëri que pour elles-mêmes.

En 1492 s'ouvre une période frénétique de dénomination et d'imposition de langues. Dès cette année, Colomb nomme tout ce qu'il rencontre. Mais, en homme du Moyen Age, il utilise à cette fin les noms de Marco Polo et veut faire coïncider la toponymie des îles qu'il visite avec celles de la Chine et du Japon de Polo. De même nomme-t-il les habitants de ces îles « Indiens », puisqu'il se veut en Inde. Les indigènes n'acceptent pas d'être ainsi désignés. « Pourquoi nous appelez-vous Indiens ? » demanderont-ils lorsqu'ils comprendront. Eux se nomment « peuple » ou « peuple réel », et désignent les autres par « amis » ou « ennemis ».

Un peu plus tard, on l'a vu, Colomb répète des noms d'Europe, puisqu'il veut bâtir là une nouvelle Europe plus vraie, plus pure. Ce sont alors la Nouvelle-Espagne, Isabela, Fernandina, Juana, etc.

Puis un réel bouleversement se produit : les découvreurs nomment certains lieux de noms qui ne répliquent plus rien de connu. Ce moment est sans nul doute celui où l'on bascule du Moyen Age dans la modernité, où l'on accepte enfin de reconnaître que ce que l'on vient de rencontrer est radicalement nouveau.

Ce moment arrive étonnamment vite : quinze ans après le voyage de Colomb, on en vient même à forger le nom d'un *continent* à partir de celui d'un voyageur de la seconde vague, sans importance particulière : Amerigo Vespucci, le second au moins à avoir débarqué sur le continent, six ans après 1492. Vespucci n'y est d'ailleurs pour rien. Un obscur moine français joue là un rôle décisif. Son audace va rendre possible l'extraordinaire acceptation universelle de ce nom improbable.

Vespucci est un moderne ; il ne voyage pas pour le triomphe de la foi, mais pour sa propre gloire, « pour perpétuer la gloire de mon nom », pour « l'honneur de ma vieillesse[115] », écrira-t-il. Neveu d'un chanoine de Sainte-Marie-des-Fleurs à Florence, fils de famille, ami des grands, soucieux de sa propre image, il vante sa connaissance des instruments de marine, acquise grâce à son premier métier de vendeur d'équipements de bateaux. Il notera dans sa correspondance : « Je jouis parmi [mes compagnons de voyage] de considération ; car je leur montrai que, bien que dépourvu d'expérience pratique, grâce aux enseignements des cartes marines des navigateurs, j'étais plus habile que tous les pilotes du monde entier. Car ceux-ci ne connaissent que les eaux où ils ont déjà navigué[115]. » Au retour de ses quatre voyages, en 1504, il organise ses propres relations publiques en les racontant par deux lettres — *Mundus novus* et *Quatuor navigationes*. Il dédie *Mundus novus* au jeune Laurent, fils de Pierre de Médicis, son premier employeur, et commence par une adresse traditionnelle : « Bien que Votre Magnificence soit continuellement occupée aux affaires publiques, elle prendra quelques heures de repos pour passer un peu de temps à des choses plaisantes ou agréables[115]... » En réalité, il s'adresse aux lettrés de son temps, et ses deux textes rédigés en latin, puis traduits en français, en allemand et en italien, remporteront un énorme succès. Son but, prétend-il, est qu'on « puisse savoir combien de choses merveilleuses on découvre tous les jours[115] ». Et il se vante : il antidate son premier voyage. Prétend avoir découvert un nouveau continent alors que, dit-il, « Colomb n'a découvert que des îles[115] » ; il grossit tout, décrivant les Indiens comme des « cannibales » dévorant prisonniers, épouses et enfants ; il évoque un homme qui lui aurait confié « avoir mangé plus de trois cents personnes ». Il dit avoir vu « de la chair humaine salée, suspendue aux poutres, comme chez nous la viande de porc[115] ». Il soutient que les Indiens « vivent jusqu'à cent cinquante ans[115] », que « les femmes sont aussi grandes que les hommes européens, et les hommes beaucoup plus grands encore. Ils vivent sans roi ni gouverneur, et chacun est à lui-même[115] ».

Mais l'aspect à mon avis le plus important dans ce texte et qui fera son succès est curieusement la *présence lancinante du sexe* dans toutes ses descriptions des indigènes : « Ils ont autant d'épouses qu'il leur plaît, et le fils vit avec la mère, le frère avec la sœur, le cousin avec la cousine, et chaque homme avec la première femme venue. Ils rompent leurs mariages aussi souvent qu'ils veulent et n'observent à cet égard aucune loi. Ils n'ont ni temples ni religion, et ne sont pas des idolâtres. Que puis-je dire de plus ? Ils vivent selon la nature[115]. » Il décrit avec jubilation les relations amoureuses entre Indigènes et Européens. « Lorsqu'elles ont la possibilité de copuler avec les chrétiens, poussées par une lubricité excessive, elles se débauchent et se prostituent[115]. » Pour grossir ses effets, il se censure : « ... que je ne mentionnerai pas pour des raisons de pudeur[15] » ; ou : « Il faut omettre, par pudeur, de vous dire l'artifice dont elles se servent pour satisfaire leur luxure désordonnée[115]... »

Je croirais assez volontiers que ces notations vaguement pornographiques assurent le succès des deux lettres et sont pour beaucoup dans le choix ultérieur du nom du nouveau continent. On l'a dit, ces lettres sont aussitôt lues à travers l'Europe entière. Thomas More y trouvera bientôt l'inspiration de son *Utopie*. Deux ans plus tard, en 1506 — alors que Colomb meurt aveugle et peut-être ruiné, sans avoir sans doute connu ces textes de Vespucci —, le duc René II de Lorraine les communique à un obscur groupe de Saint-Dié, « le Gymnase vosgien », qui rassemble un chanoine imprimeur, Gauthier Lud, un correcteur d'imprimerie, Mathias Ringmann, et un imprimeur-cartographe originaire de Fribourg-en-Brisgau, Martin Waldseemüller. L'année suivante (1507), ce groupe imprime à un millier d'exemplaires une première carte du monde intitulée *Cosmographiae introductio*[9]. Le Nouveau Monde y est encore représenté comme un prolongement de l'Asie, exactement comme l'imaginait Colomb à la fin de sa vie. Mais la carte de Saint-Dié est accompagnée d'un texte suggérant de considérer ce territoire comme un continent et de le nommer « Ameriga » ou « America », « puisque Amerigo Vespucci l'avait découvert ». Ce nom, disent-ils, « à la consonance à la fois latine et féminine, est assorti à celui des autres continents, Europa, Asia, Africa[9] ».

Vespucci, depuis deux ans chef du service de la Navigation de la *Casa de contratación* à Séville, en a peut-être tiré gloire. Il mourra deux ans plus tard.

A partir de là, le sort en est jeté. Même si, en

1513 — soit juste après la mort de Vespucci —, le même groupe vosgien publie à Strasbourg une nouvelle édition augmentée de la *Géographie* de Ptolémée avec une carte des « terres neuves » où le nom *America* n'apparaît plus ; même si, en Espagne, on parle encore des « Indes occidentales », puis, plus tard, de « royaumes des Indes » ; même si, à la même époque, Dürer parle du « nouveau pays de l'or[35] », le nom d'Amérique s'installe peu à peu, d'abord en Europe du Nord.

Étrange conquête qui en dit long sur la formidable fluidité intellectuelle de l'époque. En 1514, Léonard de Vinci — qui connaît et peint depuis longtemps la famille Vespucci[119] — reprend le nom d'« Amérique ». En Flandre, en 1538, Mercator, dans sa projection, appelle lui aussi « Amérique » l'ensemble du continent. Puis le nom achève de s'imposer en Europe du Nord, d'abord en Angleterre et en Allemagne. L'Espagne, elle, défend encore « les Indes ». Ce n'est qu'au XIXᵉ siècle qu'on y parlera des « provinces d'Amérique », qu'au XXᵉ qu'on évoquera l'« Amérique latine ». Compromis dérisoire de découvreurs oubliés...

L'Amérique est donc le nom choisi en Lorraine par l'Italie et la Flandre, qui dominent alors l'économie-monde, et non par l'Espagne et le Portugal qui dominent les mers. Par une coïncidence significative, le nom du continent nouveau est choisi tout près de là où a été inventée l'*imprimerie* et fabriqué le premier *globe terrestre*.

Pour la première fois, en 1528, sur le Globe Doré, ce continent nouveau — non nommé — est correctement représenté, bien qu'encore rattaché à l'Asie[135]. En 1559, le Portugais Andreas Homen ébauche les côtes occidentales américaines et les nomme. En 1560, les cartes montrent distinctement l'Amérique séparée de l'Asie et les nomment toutes deux. A la même époque, à Nuremberg encore, le géographe

Johannes Schöner réalise le premier globe montrant les terres américaines[135].

Simultanément, les noms des régions nouvelles se précisent. Parfois s'imposent des noms locaux — tel *Brasil*, nom d'un bois local qui remplace vite le *Santa-Cruz* de Cabral. De même, *Meztxihco*, diminutif nahuatl de Tenochtitlan (qui signifie « lieu de la Lune »). De même, beaucoup plus tard, vingt-six États des États-Unis — de l'Alabama au Wyoming, de l'Alaska au Wisconsin, du Kansas au Minesota — porteront des noms issus de langues indiennes. En Afrique, la *Guinée*, que reprennent les Portugais, est un mot d'origine touareg, désignant « le pays des Noirs ». En Orient, rares seront les pays qui accepteront durablement les noms choisis par leurs visiteurs européens. Sauf les Philippines, nom donné en 1542 par Villalobos en l'honneur du futur Philippe II, fils de Charles Quint, qui deviendra roi en 1556.

Les indigènes d'Amérique, qui réussissent parfois à garder leur nom, voient cependant souvent disparaître leurs langues.

Alors qu'en Europe, dans le même temps, le latin laisse partout la place aux langues nationales.

En France, en 1539, François Ier fait du français la langue judiciaire officielle. En Allemagne, Martin Luther établit les normes de l'allemand moderne. En Angleterre, Caxton impose l'anglais. En Espagne, grâce à Nebrija, le castillan s'impose au détriment du catalan. On voit parallèlement se développer une formidable industrie, celle du livre. On trouve des imprimeries dans deux cent trente-six villes d'Europe. Le format in-8° rend le livre infiniment plus maniable, plus facile à conserver.

En Amérique, et plus tard en Afrique, les langues disparaissent et celles d'Europe se répandent et s'y substituent dès lors que les conquérants marquent leur volonté d'intégrer la population indigène dans l'administration locale. Aujourd'hui, moins d'un million de personnes parlent le nahuatl et les langues qu'entendirent Colomb, Dias ou Cabral ; cinq cents millions d'hommes au moins parlent l'anglais, quatre cents millions l'espagnol, une centaine de millions le portugais ou le français.

Étrangement, ces langues des vainqueurs reviennent en force, de nos jours, dans la bouche des vaincus. Ces langues du Nord, devenues langues du Sud, s'y sont retrempées. L'américain l'emporte désormais sur l'anglais. Qu'en sera-t-il demain de l'espagnol en Amérique du Nord ? et même de l'arabe en Europe ?

La vengeance des vaincus se fait peut-être attendre. Mais, utilisant les armes, la langue et les concepts du Nord, le Sud n'a certainement pas dit son dernier mot.

Coloniser

En 1492 commence la colonisation, au sens moderne. Après avoir marqué, puis nommé le reste du monde, l'Europe chrétienne en prend possession.

La colonisation n'est en fait qu'un préalable encombrant au commerce lorsque celui-ci ne peut s'installer seul. On contourne l'Afrique pour aller commercer en Asie, mais on colonise l'Amérique dans la mesure où ce continent inutile et vite inhabité a le bon goût de recéler de l'or et de l'argent, et d'accueillir favorablement la canne à sucre.

L'Europe chrétienne finit d'abord de se coloniser elle-même. Elle fixe ses frontières religieuses pour les cinq siècles à venir. En janvier 1493, Boabdil veut se rendre à Barcelone pour rencontrer les Rois Catholiques ; on l'en dissuade. Les tractations finales ont lieu à partir de mars ; Fernando de Zafra se vante d'avoir « roulé » les représentants de Boabdil. L'accord est ratifié par les Rois Catholiques le 15 juin, et par Boabdil le 8 juillet. Celui-ci quitte l'Espagne avec 6 320 personnes, vers la mi-octobre[116]. A partir de 1494, la situation des musulmans se dégrade. Au total, sur un demi-siècle, Bernard Vincent estime l'émigration des habitants du royaume nasride à au moins cent mille personnes, sur un total d'environ trois cent mille vers 1492[116].

Constatant, durant l'été 1499, que l'écrasante majorité de la population de Grenade est encore musulmane et que les *elches* — chrétiens convertis à l'islam à qui les accords de 1491 ont donné des garanties — y vivent encore libres, les Rois Catholiques renvoient Talavera, leur fidèle compagnon, et le remplacent par Cisneros qui fait baptiser les enfants musulmans. A l'Est, l'Europe chrétienne se résigne à la présence ottomane et orthodoxe, tout en excluant l'une et l'autre de sa définition d'elle-même.

S'étant définie, l'Europe est désormais prête à coloniser le reste du monde.

Au Maroc, les Portugais ont pris le contrôle d'un certain nombre de villes du littoral — d'abord Ceuta, dès 1415 — parce que le commerce amical y est impossible. Plus au sud, les rares premiers forts — tels Aguim et La Mine — sont isolés et ne servent pas de têtes de pont à une colonisation continentale. On y passe pour y régler les détails de la traite d'or, d'esclaves ou de ce poivre du pauvre qu'on nomme malaguette. De même en Inde, aucune pénétration massive.

Pourquoi n'y eut-il pas Cortés chez Ali Ber, ou Pizarre sur la côte de Malabar ? Sans doute le climat et la végétation y sont-ils pour beaucoup : l'Afrique est impénétrable, l'Inde trop peuplée. Les sociétés y sont plus décentralisées, plus ambiguës que celles d'Amérique ; de ce fait, elles résistent mieux à l'envahisseur. Mais aussi et surtout, parce que contourner l'une et commercer avec l'autre suffisent, et que le commerce est trop rentable pour risquer la guerre.

Il n'en va pas de même en Amérique. Faute d'épices, le rêve de la page blanche, de la société exempte de toute souillure, de l'Homme nouveau devient réalisable. Même avec l'expulsion des Juifs et des musulmans, on ne peut être pur chez soi. Le passé l'interdit. Il faut donc créer, ailleurs, une société pure, et les indigènes constituent un « matériau humain » idéal pour produire des chrétiens absolument parfaits. Ces hommes inattendus, avec qui nul Européen n'est jamais entré en contact, sont comme issus du Paradis terrestre. Ce sont donc de formidables sujets pour l'idéal chrétien.

Comme si les expulsions de 1492 avaient servi de répétitions générales, le pape autorise, dès 1493, les souverains catholiques à imposer les biens d'Église pour financer la conversion des Indiens. La même année, à Hispañola, Colomb — colon ?... — *convertit de force* des indigènes, ce que les Espagnols n'avaient pas osé faire d'emblée des Juifs et des musulmans.

Puis la colonisation se traduit par des actions plus matérielles : Homme nouveau, oui, mais esclave. On s'approprie les terres, on détruit les autorités politiques locales, on expédie les Indiens au travail forcé dans les mines des Antilles. Même si, en 1500, Isabelle interdit l'esclavage et l'expropriation des Indiens, exigeant explicitement que ceux-ci soient considérés comme des sujets libres de la Couronne, juridiquement égaux aux Espagnols, l'Église — sauf certains dominicains et franciscains — entérine la doctrine d'Aristote sur les esclaves naturels et considère les Indiens comme des êtres inférieurs et barbares.

Après la mort de la reine de Castille en 1504, le débat est ouvert de nouveau. En 1512, à Burgos, Ferdinand d'Aragon confirme que le droit de propriété ne peut être reconnu aux indigènes et que l'esclavage est licite.

Alors, tout se déchaîne : déjà, dès les premières années de leur exploitation, les mines de Cuba ont tué les esclaves. Mais l'île d'Hispañōla est le lieu d'un premier génocide véritable. Génocide involontaire : nul n'a intérêt à cette disparition que l'invasion microbienne accélère. Les trois cent mille habitants — selon l'estimation la plus basse — que comptait l'île à l'arrivée de Colomb ne sont plus que cinquante mille en 1510 et un millier en 1540. Quand, au milieu du XVIe siècle, on y implantera la canne à sucre, il faudra toujours plus d'esclaves et on en importera d'Afrique. Une tonne de sucre coûtera la vie d'un travailleur.

Ce désastre n'empêche pas la colonisation de se poursuivre et de perpétrer ses massacres sur le continent lui-même.

Pourtant, l'hécatombe ne passe pas inaperçue en Europe. L'aventure d'Hispañōla est même vécue par certains comme un traumatisme. Pourquoi massacrer les Indiens ? Pourquoi y envoyer des Africains ? Pourquoi détruire ces langues et ces cultures ?

Les premiers — des religieux — s'insurgent. En 1511, à Hispañōla, le dominicain Antonio de Montesinos déclare au cours d'un prêche : « Les Indiens ne sont-ils pas des hommes comme vous, et n'avez-vous pas le devoir de les aimer comme vos frères ? » Scandalisés, les colons se plaignent de lui à la Cour. Mais l'Ordre appuie son missionnaire.

Cette première réaction isolée d'un représentant de l'Église n'empêche pas le roi d'Aragon de laisser la colonisation se développer, d'abord dans les îles.

En 1511, un Espagnol, Gonzalvo Guerrero, est naufragé sur les côtes, recueilli par les Mayas dont il devient un chef. Un peu plus tard, un autre, Geronimo de Aguilar, fait de même. En 1517, lors de la première exploration espagnole du Yucatán, on découvre des villes intactes, apparemment abandonnées sans raison : Chichen Itza, Palenque et Uxmal.

En février 1519, Cortés accoste à Tabasco avec onze bateaux chargés de sept cents hommes et de quatorze canons. C'est un homme différent de ses prédécesseurs. Jouant d'une population contre une autre, impressionnant les foules par des gestes spectaculaires[115], il veut la puissance et rien d'autre. Cortés n'est ni un découvreur ni un chercheur d'or ou d'épices ; c'est un conquérant. Quand on lui suggéra de chercher de l'or, il « répondit en riant qu'il n'était pas venu pour de si petites choses ». Au moment où il débarque, l'empereur Moctezuma II vient de fêter le début d'un nouveau cycle du calendrier aztèque. Depuis le XIᵉ siècle, on y attend pour ce moment-là l'arrivée des « maîtres de la Terre » avec la même coiffure, la même barbe, la même croix que les arrivants. Quand on lui apprend qu'une colline « avance sur la mer », il pense que c'est le dieu Quetzalcoatl et va au devant du nouvel arrivant qu'il accueille comme tel : « Vous aurez ici tout ce qui est nécessaire à vous et à votre suite, puisque vous êtes chez vous et dans votre pays natal. » Cortés le suit à Tenotchitlan, ahuri de ce qu'il y voit : « La ville, écrit-il, a une place grande comme deux fois la ville de Salamanque[115]. » Puis, découvrant que cette civilisation s'appuie sur des sacrifices humains de masse, il en est à la fois fasciné et horrifié. S'il admire les œuvres des Aztèques, il ne les reconnaît pas comme des êtres humains et n'a aucun scrupule à les anéantir[115].

Cortés s'empare de Moctezuma. Celui-ci, blessé, tenant toujours le conquérant pour un dieu, se laisse mourir dans les caves de son palais. Cortés, qui doit se battre à la fois contre les Indiens et des officiers espagnols, rase Tenotchitlan et met ainsi fin à l'Empire aztèque. Il tuera le dernier empereur au Honduras actuel en 1526 et deviendra le premier gouverneur général de ce qu'on nommera en 1535 la « Nouvelle-Espagne ».

Une fois la conquête faite, on s'installe chichement. Dès 1524, franciscains, dominicains et augustins s'implantent au Mexique. En 1529, huit mille Espagnols seulement y vivent. En 1536 est fondé un premier collège franciscain à Tlateolco. En 1535, Charles Quint envoie le premier vice-roi de la « Nouvelle Espagne », Antonio de Mendoza, qui remplace Cortés, rappelé en 1527.

On passe alors de la conquête à la colonisation. La découverte, en 1548, de l'argent de Zacatecas, donne un sens à la découverte de l'Amérique. On s'y rue. Les Espagnols sont cinquante mille en 1560, et quinze mille Africains sont amenés d'Afrique pour travailler dans les mines à la place des Indiens, rapidement exterminés par le travail et la maladie.

Au total, les Indiens du Mexique passent de vingt-cinq millions en 1519 à guère plus d'un million en 1605[117].

Au Pérou, la colonisation commence quinze ans plus tard et suit la même voie qu'au Mexique : destruction immédiate. Le prince Huayna Capac, devenu le onzième Inca en 1493, a agrandi l'empire qui couvre alors le territoire du Pérou, de la Colombie et de l'Equateur actuels. Il a quitté Cuzco et s'est installé à Tomebamba. A sa mort, en 1527, l'empire est partagé entre ses deux fils, Huascar et Atahualpa. Une guerre civile les oppose dont le second sort vainqueur. Pizarre, venu en 1531 du Panama actuel, est pris pour le dieu Viracocha, et un parent de Huascar, Manco, s'allie à ces « Viracoches ». En 1532, Atahualpa quitte même Quito pour aller au-devant des envahisseurs étrangers qu'il rencontre à Cajamarca. Il a néanmoins tôt fait de comprendre que l'Espagnol est mortel. Pizarre l'enlève, le rançonne, l'assassine l'année suivante, puis anéantit l'Empire en organisant un esclavage systématique des Indiens et un partage de leurs terres entre ses compagnons.

Les dix millions de sujets que comptait l'Inca en 1530 ne sont plus qu'un million trois cent mille en 1600.

La colonisation est alors une chose trop sérieuse pour être laissée aux amateurs. En 1536, les héritiers de Colomb obtiennent le titre d'amiral, une pension de dix mille ducats par an, le marquisat de la Jamaïque et le duché de Veragua, mais doivent renoncer aux terres nouvelles.

Cependant, de nouvelles voix s'élèvent contre les massacres. D'abord celle de Bartolomé de Las Casas, qui connaît bien l'Amérique. En 1494, son père et son frère étaient sur les bateaux du troisième voyage de Colomb et se sont installés à Hispañola. En 1510, il est lui-même le premier prêtre ordonné dans les terres nouvelles. Au début, comme tout un chacun, il considère les Indiens comme des êtres à convertir, des catholiques en puissance, des chrétiens par prédestination, sans y voir pour autant un obstacle quelconque à leur esclavage. Il écrit : « Jamais on ne vit à d'autres époques ni chez d'autres peuples tant de capacités, tant de dispositions ni de facilités pour cette conversion. Il n'y a pas au monde de nations aussi dociles ni moins réfractaires, ni plus aptes ou mieux disposées que celle-ci à recevoir le joug du Christ[115]. » C'est exactement l'esprit du temps : les Indiens sont un matériau idéal pour créer l'Homme nouveau. Mais quand, en 1520, des dominicains, conformément à l'esprit de leur ordre, lui refusent la communion parce qu'il possède lui-même des esclaves, il éprouve un choc. Il devient lui-même dominicain en 1522 et rédige une *Brevis-*

sima relación de la destrucción de las Indias, ache-
vée en 1540. Au moment même de la colonisation
mexicaine et péruvienne, il lutte contre l'esclavage
des Indiens, protestant auprès de Charles Quint, et
en Amérique même. En 1537, le pape Paul III en
parle comme d'« hommes véritables ». En 1540, à
Burgos, un colloque religieux conclut que les Indiens
sont des êtres libres, mais incapables de s'organiser,
et qu'il est donc légitime de les contraindre à
l'esclavage dans toute la Nouvelle-Espagne[115]. Dans
sa *Très brève relation sur la destruction des Indes*,
qu'il lit à Charles-Quint, Las Casas réplique en
posant, le premier, le principe de la reconnaissance
de ce qu'on appellera les Droits de l'Homme : « Les
lois et les règles naturelles et les droits des hommes
sont communs à toutes les nations, chrétiennes et
gentilles, et quels que soient leur secte, loi, état,
couleur et condition, sans aucune différence[115]. »
En 1542, il obtient que les « Lois nouvelles des
Indes » rappellent la dignité humaine et chrétienne
des colonisés. La situation a évolué : par exemple,
l'élevage des mules permet à présent que ces dénon-
ciations du portage soient entendues[35]. Mais il va
plus loin : en 1550, trois ans après son retour
définitif en Espagne, à Valladolid, lors d'un des
multiples débats publics qui agitent l'Espagne, face
au chanoine de Cordoue Sepulveda, qui considère
que les sacrifices humains justifient l'anéantissement des Aztèques, Las Casas répond qu'au contraire,
la barbarie même de ces sacrifices témoigne de la
valeur humaine de ce peuple, car des êtres prêts à
sacrifier à leurs dieux ce qu'ils ont de plus précieux,
la vie, sont nécessairement religieux. Texte étonnant : « Les nations qui offraient des sacrifices
humains à leurs dieux montraient ainsi, en idolâtres
fourvoyées, la haute idée qu'elles avaient de l'excellence de la divinité, de la valeur de leurs dieux, et
combien était noble, combien haute leur vénération

de la divinité. (...) Et en religiosité elles dépassèrent toutes les autres nations, car celles-là sont les nations les plus religieuses du monde qui, pour le bien de leurs peuples, offrent en sacrifice leurs propres enfants[115]. »

Davantage encore, pour la première fois dans l'histoire des découvertes, quelqu'un s'interroge sur la façon dont les Indiens ont perçu les Européens : « De même que nous considérons les gens des Indes barbares, ils nous jugent pareillement, parce qu'ils ne nous comprennent pas[115]. » *Se comprendre* : tel est bien l'enjeu réel de la *rencontre* et l'échec essentiel de la colonisation. Les anthropologues du XXe siècle, à commencer par Marcel Mauss et Claude Lévi-Strauss, se garderont d'aller au-delà.

Las Casas en tire des conclusions politiques radicales : les Indiens du Mexique doivent retrouver leur dignité, être admis, compris, écoutés, et même redevenir libres, maîtres chez eux. Il écrit au roi d'Espagne — alors Philippe II — pour lui demander d'évacuer l'Amérique et d'y rétablir les anciens gouvernants afin « de les admettre au sein d'une sorte d'union fédérative où les chefs locaux gardent toute leur autonomie[115] ». Quant à l'esclavage des Indiens, il est incompatible avec l'*évangélisation*. Pendant trente ans, toutefois, Las Casas lui-même a prôné la traite des Noirs pour protéger les Indiens...

A la même époque, un jésuite, Sahagun, entame son combat pour la reconnaissance des cultures amérindiennes. Professeur de latin en terre mexicaine, il apprend leur langue, le nahuatl, pour, dit-il, « propager plus efficacement la religion chrétienne ». En fait, Sahagun est passionné par le monde amérindien. Il veut comprendre la culture aztèque et la faire comprendre aux Espagnols et aux Américains. C'est en nahuatl qu'il écrit l'*Histoire générale des choses de la Nouvelle-Espagne*, où l'on trouve la première description, par un témoin oculaire, des rites religieux amérindiens, récit qui fascinera, entre autres, Marcel Mauss et Georges Bataille.

Mais ce combat est perdu d'avance : la destruction des populations indiennes se poursuit. Au total, en un demi-siècle, soixante-quinze millions d'Amérindiens périssent, alors que seulement deux cent quarante mille Espagnols s'installent chez eux. En quatre siècles, plus de treize millions d'Africains y débarqueront comme esclaves pour remplacer les Indiens exterminés.

Au XVIIe siècle, les jésuites s'installeront au Paraguay dans les avant-postes militaires et y protègeront les Indiens contre les « chasseurs d'esclaves » qui viennent les chercher pour vendre leurs bras aux plantations de Pernambouc et aux mines du Minas Gerais[35]. Le Vatican, qui souhaite alors briser la Compagnie, abandonnera ces hommes et leur idéal, dernier rêve d'une utopie chrétienne en Amérique du Sud. Le marchand l'emporte déjà sur le prêtre.

Puisque la population locale a presque disparu, les colonisateurs peuvent créer un continent pur, espagnol cette fois. Ils y importent même leurs folies, imposant partout des *fêtes de la race* dans le même temps qu'ils fabriquent sans le savoir le continent le plus métissé de la planète[35]. Globalement environ cinq cent mille personnes quittent l'Espagne pour l'Amérique aux XVIe et XVIIe siècles. Une étude, portant sur cinquante-cinq mille colons arrivés en Amérique entre 1493 et 1600, permet de préciser l'origine géographique de ces colons : 39,6 % sont andalous ; 16,66 % d'Estrémadure ; 28,5 % de Castille. Les Juifs, les musulmans, les *conversos*, les gitans, puis, à partir de 1559, les protestants, n'ont pas le droit de s'embarquer pour l'Amérique. Malgré tout, l'Inquisition est instituée en Amérique en 1569. Entre 1570 et 1635, l'Inquisition de Lima condamne quatre-vingt-quatre judaïsants, dont soixante-deux d'origine portugaise.

Plus au nord, les choses tardent quelque peu. Une fois réglés en 1492 leurs problèmes territoriaux en Europe, la France et l'Angleterre, écartées de l'Amérique centrale et du Sud, s'intéressent aux régions septentrionales, plus difficiles d'accès en raison des tempêtes. En juin 1534, Jacques Cartier navigue entre Terre-Neuve et le Labrador pour le compte de François Iᵉʳ. En 1523, Verrazano a été envoyé par le même roi et, parti de Dieppe, a reconnu l'estuaire de l'Hudson. La colonisation ne commence vraiment qu'au XVIIᵉ siècle. En chassant les Espagnols, arrivés en Californie en 1542, les gens du Nord trouveront un continent pratiquement désert par suite des maladies importées par les conquérants du Sud. Ainsi, quatre ans avant l'arrivée du *Mayflower*, en 1620, une épidémie tue des dizaines de milliers d'habitants de la future Nouvelle-Angleterre. Les colons anglais veulent fonder sur ce sol une patrie en accord avec leur foi, non une colonie marchande. Il leur faut donc des terres vides. Simultanément, les massacres s'accélèrent ; plus des deux tiers des tribus vivant en Amérique en 1492 ont aujourd'hui totalement disparu. Un nouvel arrivant, John Winthrop, dira : « Dieu a clarifié notre sort sur ce lieu. » En 1769, Cabrillo annexe la Californie à la Nouvelle-Espagne, juste avant l'indépendance des États-Unis d'Amérique. En 1822, elle devient mexicaine. Quand, à partir de 1850, l'Ouest est envahi et la Californie rattachée aux États-Unis, les Indiens fuient devant les Blancs : les Cheyennes chassent les Sioux du Minesota, les Sioux chassent les Cheyennes du Nebraska, les Comanches résistent au Texas, les Apaches en Arizona.

Français et Anglais commencent à s'intéresser aux trois continents de conquête. Les Anglais ont débarqué à Calicut en 1616.

II

LA FORCE DU PROGRÈS

Quand 1492 s'achève, le *progrès* est devenu, en Europe, une réalité tangible.

Jusque-là, chacun pensait qu'il existait au total une quantité immuable de Bien et de Mal, que les ressources du monde étaient limitées, que le bien-être finissait toujours par se payer à un moment ou un autre, que le péché originel ramenait toujours l'homme à son point de départ, que la paix succédait inéluctablement à la guerre, la peste à l'abondance.

Depuis lors, on a vu croître la natalité, les dimensions du monde, la production de textile, de blé, de livres. On a vu l'Europe envahir le monde de ses bateaux, de ses soldats, de ses marchands, de ses langues. Et, en échange, recevoir de l'or et du maïs, du tabac et de l'argent. Le changement, croit-on, va désormais dans un seul sens, celui du *mieux*, du progrès. Le temps est orienté. On passe du monde de l'équilibre immobile à celui du déséquilibre, de la marche en avant. L'*Histoire* devient possible.

« L'or est une chose merveilleuse ! Qui le possède est maître de tout ce qu'il désire ! Par la grâce de l'or, on peut même ouvrir aux âmes les portes du Paradis... » s'exclame Colomb, dès 1492, à qui veut l'entendre[35]. Faute d'épices, l'or est la seule justification de l'exploration de ces terres nouvelles. Aperçu et volé sur les Indiens dès 1492, lui seul va permettre de financer les voyages suivants, d'acheter les épices, de contrôler les gouvernements, de soudoyer ministres ou évêques. Il en faut de plus en plus. Avec l'argent, il sera, pendant plus d'un siècle, la seule exportation de l'Amérique. Elle incitera des gens d'un genre nouveau à y affluer : non plus des marins ni des rêveurs, mais des hommes de fortune. Non plus des marchands, mais des voleurs, tout simplement.

Tout commence à Hispañola quand les Espagnols collectent les petits stocks d'or accumulés par les Indiens au fil des siècles[23] sous forme de bijoux ou d'idoles. Puis ils exploitent la première mine qu'ils découvrent, celle de Cibao. En 1520, on en a au total volé dans les temples et extrait des mines ou des rivières entre trente et trente-cinq tonnes, mobilisant et tuant accessoirement des dizaines de milliers d'Indiens des îles[23].

Dès leur arrivée sur le continent, Cortés et Pizarre raflent eux aussi d'énormes masses d'or et de pierres précieuses dans les tombes et les temples qu'ils pillent. Puis, vers la mi-1548, ils découvrent dans le centre du Mexique les énormes réserves d'argent des mines de Zacatecas. Folies de la conquête : on construit des églises aux murs en métal précieux, on bâtit une ville superbe qui deviendra le pivot de la puissance coloniale. A partir de 1560, l'argent devient même prépondérant dans les envois à destination de la métropole. Puis il s'épuise et, en 1575, le Pérou, avec ses importantes mines d'or et d'argent — en particulier la très riche mine du Potosi, découverte en 1546 —, prend la première place.

Au total, au XVIe siècle, au moins un million d'Indiens meurent dans les seules activités minières. Celles-ci utilisent à présent la technique de l'amalgame[23]. La production est de vingt-cinq mille tonnes d'équivalent-argent, ou deux mille trois cents tonnes d'équivalent-or, soit le double de ce dont l'Europe dispose alors par ailleurs. Sept cents tonnes d'équivalent-or restent en Amérique où elles servent à revêtir statues de vierges et autels, à décorer palais et cathédrales, à financer des administrations. L'Espagne n'a pas de population à y exporter et on ne rencontre de colons que là où il y a de l'or ou de l'argent. Quand les mines viennent à s'épuiser, les villes s'effacent, somptueuses ruines. Le continent nouveau n'est qu'une source éphémère de métal précieux, et de gloire plus éphémère encore.

Le reste, soit les deux tiers — seize cents tonnes d'équivalent-or — parvient en Europe, l'essentiel par la *Casa de contratación* de Séville[23]. Cet or nourrit la croissance du Vieux Continent et contribue à y créer un véritable système monétaire international, sans pour autant servir ses maîtres ibériques. Car les banquiers de Séville et de Lisbonne ne sauront le faire fructifier qu'à Anvers et Gênes. Charles Quint et Philippe II n'en feront rien pour développer l'Espagne. Ni pour lancer quelque nouvelle croisade, hormis vers l'Angleterre où sombrera l'Invincible Armada.

A la fin du XVIe siècle, après l'épuisement de l'or et l'extermination des populations locales, l'Amérique redevient un continent encombrant, sans ressources ni habitants pour y forger l'« Homme nouveau ». Ce ne sont plus là que des terres de conquête disponibles pour rêveurs d'idéal, hommes nouveaux eux-mêmes. C'est alors que commence un second voyage d'Amérique destiné à y créer l'Inde imaginaire, le Paradis terrestre qu'on n'a pas su découvrir. Cette fois avec des immigrants, esclaves et maîtres mêlés.

Mêler

Depuis longtemps, l'Afrique et surtout l'Asie échangent avec l'Europe leurs produits et leurs richesses. L'Europe reçoit depuis des siècles le poivre et les épices d'Asie, ou leurs dérivés et substituts d'Afrique, la malaguette et la canne à sucre. Elle envoie ses tissus en Asie, ainsi que l'or qu'elle fait venir d'Afrique. A partir de 1492, cette circulation de produits s'élargit à un autre continent.

Cette année-là marque le début d'un formidable *mélange* entre deux mondes jusque là sans communication l'un avec l'autre. Échange d'animaux et de plantes, de gens et d'idées, d'or et d'argent, sans doute le plus énorme et le plus brutal brassage qu'ait connu l'histoire de l'humanité. Échange inégal, qui détruira plus des deux tiers des habitants de l'un pour la plus grande richesse de l'autre. Métissage de produits et de races au bénéfice des plus riches.

L'Europe envoie en Amérique plus d'une dizaine de millions d'Africains qui conféreront à ce continent, conçu à l'origine pour être purement européen, sa plus belle réalité : le métissage. Ils y viennent produire ou élever ce que l'Europe y introduit : le cheval, la vache, le blé, la canne à sucre.

Car on importe en Amérique des produits déjà cultivés dans les îles d'Afrique pour la consommation européenne. La *canne à sucre*, le principal d'entre eux, est introduite à Hispañola dès 1493, lors du second voyage de Colomb, quand on découvre que le climat et les terres, beaucoup plus vastes que celles des Canaries, plus accueillantes que celles d'Afrique, permettent d'y produire en masse du sucre à bon marché. Après 1520, quand l'or des îles vient à s'épuiser, la canne se développe aux Antilles, bientôt concurrencée par la production brésilienne, puis par celle d'Amérique du Nord. Mais, si la canne y est plus facile à exploiter qu'en Afrique, le prix du transport en est lourd. Pour que le sucre soit « commercialisable » sur le marché européen, il faut le produire sans rétribuer le travail de production. D'où le développement de l'esclavage : les Noirs africains sont importés en Amérique pour exporter du sucre à l'Europe.

D'autres produits découverts en Amérique même viennent à leur tour nourrir l'Europe. Colomb y rencontre la *pomme de terre*, le *tabac*, le *maïs* et le *cacao*, la *vanille*, la *cacahuète*, l'*ananas*, la *dinde*. Son fils racontera qu'on lui offrait « certaines racines cuites qui ont une saveur proche de celle de la châtaigne ». En fait, c'est avec Pizarre qu'on comprendra le meilleur usage de la pomme de terre. Les Incas en connaissaient plus de cent variétés. Le moment venu, l'Europe en fera la nourriture de base de sa classe ouvrière et le tubercule jouera ainsi un rôle notable dans la constitution de la société industrielle.

Lors de son premier voyage, Colomb a également découvert le *tabac*. Dans son journal de bord, il note : « Hommes et femmes tenaient un tison et de l'herbe à fumer ». Sur le continent, on découvre la pipe. Progressivement, le tabac s'introduit en Europe et il deviendra le premier produit des colonies anglaises d'Amérique du Nord. Sans doute faut-il tenir cette culture pour un accélérateur de la destruction des tribus indiennes : bien avant la découverte de l'or, c'est en effet l'épuisement des sols de Virginie et du Maryland par le tabac qui poussera les colons vers l'ouest.

Dès son premier séjour à Cuba en 1492, Colomb découvre encore le *maïs*. Il y voit « un grain ressemblant au millet, qu'ils appellent maïs et qui a une saveur agréable lorsqu'il est cuit, grillé ou écrasé en purée ». Cette céréale — qu'on nommera « blé turc » dans plusieurs langues européennes, afin d'en signifier la nature exotique — est depuis des siècles la nourriture de base des Mayas et des Aztèques ; à l'époque, le rendement en est vingt fois supérieur à celui du blé. Il est introduit en 1544 dans la vallée du Pô, puis ailleurs en Europe au cours du XVIIIe siècle, et se répand jusqu'en Turquie.

Au cours de son dernier voyage, en 1502, Colomb rencontre le *cacao*. C'est à la Martinique qu'on lui offre des fèves brunes que les Taïnos utilisent à la fois comme monnaie et pour fabriquer une boisson. Plus tard, Cortés le retrouvera à Tenochtitlan où il est utilisé à la fois comme médicament, produit de beauté et monnaie. En nahuatl, le nom de la fève est *cacahuaquahuiti*, celui de la boisson qu'il donne, *chocoatle* — rare mot nahuatl encore vivant. La première cargaison d'importance arrive en Espagne en 1585, en Italie en 1594. L'infante d'Espagne l'introduit en France. Il atteint l'Angleterre en 1657. Très vite, ce produit devient à la mode. Dans une lettre écrite au pape, Pietro Martyr d'Anghieria note déjà que le « chocolat ne prédispose pas à l'avarice », ce que d'autres soutiennent pourtant gravement.

Dernière et très importante découverte extraite de la flore d'Amérique : la *quinine*. Face à la malaria qui les décime, les guérisseurs du Pérou révèlent aux colons les vertus d'un arbre local, le *cinchona*. Extraordinaire générosité des Indiens qui sauvent ainsi la vie de leurs bourreaux ! Autre ironie de l'Histoire : au cours de la guerre de Sécession, les armées du Nord disposeront de quinine qui fera défaut à celles du Sud. A leur manière, les Indiens péruviens du XVIIe siècle auront aidé au XIXe à l'émancipation des Noirs d'Amérique du Nord...

Au total, l'Europe du Nord, avide de nourritures « chaudes », trouve en Amérique de quoi augmenter massivement la quantité de calories à bon marché dont ses habitants peuvent disposer, d'où un abaissement du coût relatif des rations alimentaires. Goûts et habitudes, produits et saveurs se diversifient et se mêlent. Depuis lors, ce brassage n'a pas cessé : aujourd'hui encore, l'Europe « froide » voyage pour sa nourriture, prête à tout pour l'obtenir. Elle cherche et assimile toutes espèces de produits « chauds », musiques ou nouvelles épices. Elle s'en sert pour nourrir sa croissance dans un univers plus mêlé, plus métissé que jamais. Principal et involontaire apport de la colonisation : animés de la volonté de séparer ou « purifier » les races, les colons devront céder devant les progrès du métissage, d'abord ailleurs, avant de le voir se développer chez eux.

Europe cannibale qui se nourrit de tout ce qui l'entoure, puis s'installe chez sa victime.

Mais il en va de la nourriture comme des langues : l'Europe voit revenir à elle, transformé, revigoré, conquérant, tout ce qu'elle croyait envoyer sans retour dans ses propres conquêtes.

Croître

En cette fin du XVe siècle, le contrôle de l'économie-monde aurait dû faire basculer son « cœur » vers Séville ou Lisbonne. Les maîtres des colonies et des routes commerciales qui se chargent de faire connaître la civilisation de l'Europe au reste du monde auraient dû prendre le contrôle des marchés.

Ils ne le font pas. Leçon pour l'économie moderne : 1492 ou l'*année des dupes*, pourrait-on dire.

Car si le « cœur » quitte Venise, c'est pour Anvers. Le voyage de Colomb joue dans ce transfert un rôle moins important que celui de Dias, trois ans plus tôt, et que ceux, anonymes, qui acheminent un peu plus tard des marchands portugais et des commerçants flamands d'Anvers à Calicut.

L'histoire de ce basculement peut tenir lieu d'utile leçon pour les hommes de pouvoir d'aujourd'hui : le contrôle de l'espace extérieur — aujourd'hui, l'espace du Sud — est à la fois facteur de gloire et de déclin. La puissance économique ne résulte pas tant de la possession des ressources naturelles que de la capacité, avec *ou sans elles*, de réagir rapidement aux changements économiques et technologiques.

En général, le *manque*, le goût du défi qu'il inspire, stimulent plus que l'abondance. L'histoire de ce rendez-vous manqué de la péninsule ibérique avec la puissance en est l'éclatante démonstration.

Le « cœur » du moment, Venise, a de plus en plus de mal à assurer la compétitivité de ses produits, menacés chaque jour davantage par les entraves mises à la circulation de ses galères. Tout danger, tout incident entraîne un coût supplémentaire. Quand, le 14 mars 1501, on apprend à Venise qu'un corsaire turc rôde en Méditerranée avec quarante navires, la prime d'assurance des galères reliant Venise à Beyrouth passe de 1,5 % à 10 % de la valeur assurée. De même, quand, le 29 juin 1518, on vient dire à Venise qu'on a aperçu au large des Pouilles une galère vénitienne cernée par des bateaux turcs, tous les bâtiments de la Sérénissime en partance pour l'Orient restent à quai[118]. Au surplus, quand les vaisseaux portugais entreprennent de chasser les marchands arabes de Calicut, bloquent le golfe d'Aden et l'entrée de la mer Rouge, les bateaux venus de l'Inde pour approvisionner à Alexandrie les galères vénitiennes ont de plus en plus de mal à franchir le détroit d'Ormuz. En 1504, celles-ci ne trouvent presque plus de poivre à Alexandrie, verrouillée au sud. Du coup, les épices qui en proviennent se révèlent beaucoup plus chères que celles acheminées directement de l'Inde portugaise : le poivre embarqué par les Portugais à Calicut est quarante fois moins onéreux que celui qui transite par Alexandrie[118].

Tous les marchands d'Europe — y compris ceux de l'Europe du Nord, où se trouvent les principaux consommateurs — installent alors des représentants à Lisbonne. La ville tend à devenir un pivot de l'organisation du commerce d'Orient.

Venise tente néanmoins de se maintenir au centre de l'économie marchande, d'abord en conservant le contrôle de l'argent du Tyrol qui sert à financer les épices. Ainsi, en 1505, le marchand Michel Da Lezze commandite une galère en partance de Venise, chargée d'argent du Tyrol qu'il échange à Tunis contre de la poudre d'or transformée à Valence en pièces, lesquelles, rapportées à Venise, repartent pour Alexandrie où elles sont échangées contre du poivre. Mais, même dans ce commerce jusque-là purement méditerranéen, Venise finit par perdre son monopole : l'argent du Tyrol part vers la Flandre où il est échangé directement contre les produits d'Orient. C'est là qu'est désormais le lieu d'échange majeur pour les épices. Le Doge joue alors sa dernière carte en laissant ses galères commercer directement entre l'Orient et la Flandre, sans s'arrêter à Venise, reconnaissant par là le nouveau « cœur ». Ainsi, le même Da Lezze organise un mouvement de galères d'Alexandrie — où il charge des clous de girofle — jusqu'à Londres, d'où il repart avec des draps de laine à destination d'Alexandrie[118]. Mais l'humiliation sera complète quand on ne trouvera plus du tout d'épices sur le marché d'Alexandrie. En 1531, le roi d'Angleterre, patelin, doit même conseiller à cinq marchands vénitiens dépêchés par le Doge, de renoncer à envoyer des galères à Londres, leurs épices étant devenues trop rares et trop chères. Les Italiens s'excusent : « *La colpa non é nostra, ma il mondo e mutato* » — « Ce n'est pas notre faute, c'est le monde qui a changé[16]... »

De fait, le monde a changé : on peut désormais se rendre directement en bateau, sans transiter par la Méditerranée, de l'Inde jusqu'aux principaux marchés d'Europe du Nord.

Deux villes de la péninsule ibérique, Séville et Lisbonne, auraient pu alors — auraient dû — prendre le relais de Venise.

Séville et son port, Cadix, d'abord. C'est de là qu'est partie l'aventure de Colomb, c'est le point de départ et d'arrivée des caravelles d'Amérique, là que débarquent l'or et l'argent de Zacatecas. Mais quand sonne l'« heure espagnole », la ville ne sait pas en profiter : elle n'a ni l'arrière-pays ni les marchands capables de faire fructifier cet or. De surcroît, l'expulsion des Juifs, l'obsession de la pureté de sang, la primauté de l'élevage sur l'agriculture éloignent les intermédiaires, les épargnants, les innovateurs, et favorisent les conformistes et les dépensiers. Par ailleurs, l'or fausse la compétitivité des produits espagnols et ruine le goût de l'effort : devant tant de richesses faciles, les entrepreneurs ne se bousculent pas. L'Espagne eût peut-être eu plus de chances sans l'or d'Amérique. Mais ni Charles Quint et ses banquiers génois, ni les colonies et leurs colons navarrais ne permettront à Séville d'être, aux siècles suivants, davantage qu'un simple relais entre les marchés d'Orient et l'Atlantique.

Plus encore que Séville, *Lisbonne* aurait dû devenir le pôle du nouvel ordre économique : depuis Henri le Navigateur, on y a montré une extraordinaire tenacité, nécessaire à la découverte. Tout lui a souri. Ses marchands sont partout. En 1509, ils prennent Goa par les armes, puis Malacca ; ils atteignent la Chine en 1513, Ormuz en 1515. A Badajoz, en 1524, le Portugal peut se permettre d'acheter à l'Espagne les Moluques pour trois cent cinquante mille ducats de son or africain, sans prendre même le temps de réclamer l'application du traité de Tordesillas. Les marchands de Lisbonne ont ainsi le monopole du commerce et de la navigation vers toutes les sources des épices. Après l'ouverture partielle de la Chine en 1554, après l'établissement de la concession de Macao en 1557, ils ont même accès aux produits chinois et japonais[20].

Mais les Portugais ne disposent pas non plus d'arrière-pays consommateur. De plus, nourrir les marchés du Nord exige d'y amener les produits. Pour ce faire, Lisbonne manque de routes terrestres vers la France, l'Allemagne et les Flandres. La ville n'a pas la volonté politique d'y remédier[12]. Très vite, les bateaux ne s'arrêtent plus guère à Lisbonne et poussent plus loin vers le nord, là où peut s'organiser la distribution de leurs épices. Curieux abandon, comme si la conquête avait épuisé les forces lusitaniennes ; comme si, une fois l'objectif atteint, on renonçait à en tirer profit. A moins que le but n'ait été la conquête elle-même...

Séville, Lisbonne : comme si, un siècle avant le plus génial de ses écrivains, la péninsule ibérique faisait savoir au monde que, pour elle, les moulins à vent étaient le seul ennemi digne d'elle.

Une ville de France aurait pu devenir le point de débarquement de ces produits d'Orient : *Rouen*, qui est alors un port important. « De Rouen, on va en Afrique, à Sumatra, et surtout à Terre-Neuve[74]. » On y importe la laine castillane, l'étain anglais, le charbon de Newcastle, l'alun d'Italie centrale, le poivre d'Orient, le sucre d'Amérique[74], qu'on achemine vers Paris[74]. Mais les entreprises rouennaises n'ont que peu d'envergure et Le Havre, fondé en 1517, ne fera pas mieux[74]. Surtout, les routes allant de Normandie aux marchés de consommation du reste de l'Europe sont détestables. La France reste une nation agricole, sans vocation commerciale ; elle a des champs, peu de routes ; des rivières, pas de canaux. Significativement, du règne de Charles VIII à celui de François Ier, la valeur des terres arables sera multipliée par sept[74]. Pas le chiffre d'affaires des marchands !

Plus au nord, *Bruges* tente encore de tenir son ancien rang de premier entrepôt du monde. En octobre 1494, dans un dernier sursaut, elle réussit même à faire revenir les marchands espagnols partis à Anvers. Mais, ensablé, le port n'est plus à la hauteur de l'immense trafic de l'époque ; les lourds bateaux venus de l'Inde ne peuvent y accoster. Quinze ans plus tard, les marchands espagnols se réinstallent à Anvers.

Sur le plan économique, *Anvers* est le vainqueur inattendu de 1492. La ville devient, pour les épices et le poivre d'Orient, ce qu'elle est déjà pour les draps anglais. Tout y concourt : le port est magnifique, les routes vers l'intérieur sont bonnes, la paix civile y règne. Certes, quand y débarque en 1501 le premier navire portugais chargé de poivre et de noix de muscade de Calicut, Anvers fait encore figure d'« apprenti[12] » face à Venise. Mais, en un demi-siècle, la ville devient le principal centre de distribution des épices et du sucre à travers toute l'Europe du Nord. Elle compte alors plus de cent mille habitants, et un millier de maisons de commerce. Sa flotte contrôle aussi les marchandises venues d'Espagne et elle attire alors, pour financer ce trafic, la moitié du cuivre hongrois et de l'argent des Fugger — devenus comtes de Kirchberg-Weissenhorn —, soit cinq fois plus que ce qui va à Venise[12]. Son arrière-pays lui confère le pouvoir commercial et ses banquiers — qui servent les marchands portugais, puis espagnols — lui assurent le pouvoir financier. C'est d'ailleurs la banqueroute espagnole de 1557 qui fera basculer le « cœur » hors d'Anvers, à *Gênes* pour la finance, à *Amsterdam* pour les marchandises.

Les marchands de Gênes s'installent en Afrique du Nord, à Lisbonne et à Séville. Formidable réserve de marins naviguant pour les autres, de marchands investissant chez les autres[12], de banquiers maniant les capitaux des autres, Gênes se prépare alors à remplacer Anvers au « cœur » de l'économie-monde[12], abandonnant sans regret ses réseaux de la mer Noire pour se tourner vers l'Atlantique[12]. La *Casa di San Giorgio*, créée au début du XVe siècle, contrôle les impôts et la banque, les navires et les prêts. Au milieu du XVIe siècle, le port devient le « pivot de l'ensemble[12] » financier européen, mais demeure commercialement second par rapport à Anvers, car il ne dispose pas vers le nord des routes qui lui seraient nécessaires pour devenir un entrepôt international. A partir de 1528, les Génois prêtent à Charles Quint, puis à son fils Philippe II, davantage qu'Anvers, et financent les échanges entre l'Espagne et l'Amérique, ruinant les banquiers d'Augsbourg. Gênes dominera alors l'économie financière du monde jusqu'en 1627, date à laquelle commence le temps des bourgeois d'Amsterdam.

III

FIGURES DE LA BOURGEOISIE

1492 marque la victoire de quelques aventuriers. Elle apporte la preuve que chaque homme est différent, que sa liberté peut enrichir le monde. Que chacun, quelle que soit sa naissance, peut devenir riche et célèbre : un commis voyageur donne son nom à un continent ; un bâtard devient l'intellectuel le plus puissant et le plus respecté de son temps ; un autre, le peintre le plus riche et le plus célèbre du siècle.

En 1492, ces trois architectes de la modernité sont encore engagés dans des tâches du temps passé : Vespucci vend en Espagne des équipements de bateaux pour le compte des Médicis ; Érasme termine ses études au monastère de Steyn ; Léonard travaille à Milan à la statue équestre géante commandée par Ludovic le More en l'honneur de son père.

La fortune tournera différemment pour chacun d'eux. Vespucci ira en mer. Érasme quittera son couvent. La fonte prévue pour le *Cavallo* servira à faire des canons. Tous trois vont néanmoins cristalliser l'aventure de leur temps. Vespucci dira que

« la gloire est dans la découverte ». Érasme écrira :
« L'Homme ne naît pas homme, il se fait homme. »
Et Léonard de Vinci : « L'homme est le modèle du
Cosmos. »

Ainsi va naître un idéal social nouveau : celui du
bourgeois, qui dominera les siècles suivants. Car les
trois éléments clés de la modernité bourgeoise se
mettent alors en place, métaphoriquement, autour
de ces trois figures. Pour Vespucci, l'homme doit
découvrir la vérité sur le monde et ne pas laisser
d'autres, ni prêtres ni nobles, en décider à sa place ;
agissant ainsi, il *désacralise* la Nature. Selon Érasme,
l'homme doit *contenir* ses pulsions et les orienter
vers les valeurs sociales. Aux yeux du troisième,
Vinci, l'homme doit *figurer*, se rêver, se mettre en
scène.

Avec eux, la morale bourgeoise est en marche.

Désacraliser

Quand Colomb débarque en Jamaïque, il se croit
au Paradis terrestre. Vespucci dira que le monde
ainsi découvert est bien réel. Quant aux Indiens, ils
auront tôt fait de s'aviser que les Espagnols ne sont
pas des dieux. A compter de cet instant, *découvrir,
c'est désacraliser*. Ainsi en ira-t-il des explorations
ultérieures de la Nature comme celles du corps et
du ciel.

Même s'il paraît faux qu'en 1492 on ait réalisé la
première transfusion sanguine, le fait qu'on ait
prétendu l'avoir tentée — et, de surcroît, sur la
personne du pape — révèle une mutation majeure :
on désacralise le corps humain comme on a désa-
cralisé l'espace terrestre. L'homme s'arroge le droit
de s'intéresser à son propre organisme, de vouloir
l'explorer comme un continent, le comprendre

comme une machine, le disséquer comme un animal.

Derrière chaque événement, le clerc ne cherche plus une cause magique ou une analogie phonétique, mais une structure fondatrice, causale, scientifique. L'homme ne se cherche plus un rôle mystique, mais sa place — modeste — dans un univers devenu laïc.

Certes, il faudra encore des siècles pour que le mouvement scientifique impose sa propre foi et relègue la croyance religieuse dans le domaine du spirituel et de la révélation. Mais le mouvement qui s'amorce en 1492 aura marqué une étape majeure dans la *désacralisation de la Nature*.

Commencent en effet alors deux autres types d'exploration, deux voyages désacralisants : l'un vers le ciel et les étoiles, l'autre à l'intérieur du corps humain.

Grâce aux progrès accomplis dans le travail du verre et les techniques des opticiens, la *lunette astronomique* se perfectionne, donnant le départ d'un nouveau voyage dans l'inconnu qui bouleverse les rapports de l'homme avec l'Univers et contribue à l'établissement d'une nouvelle carte : celle du ciel. La physique rompt avec le qualitativisme d'Aristote. Avec Copernic — d'origine polonaise, devenu vers 1500 astronome du Saint-Siège —, la Terre ne sera bientôt plus au centre de l'Univers, tout comme, après Colomb — Génois devenu amiral d'Espagne —, l'Europe ne sera plus le centre inamovible de la planète Terre. Le travail de Behaïm annonçait cette mutation.

Désormais, l'Homme a un destin terrestre et doit en chercher les lois. L'idée, si chère à Vinci, qu'il existe des lois mathématiques derrière chaque événement, trouve désormais à se vérifier. Les mathématiques continuent de progresser, cette fois hors des exigences des commerçants. Géométrie et algèbre connaissent d'immenses progrès sans qu'on sache encore si ces progrès seront utiles dans la pratique : le savoir prend une valeur en soi, laïque.

Commence aussi un autre voyage de découverte : à l'intérieur du corps. L'homme n'est plus pour lui-même un être sacré, magique, intouchable. Juan Luis Vivés, né à Valence en 1492, jette les bases de la physiologie expérimentale. Le corps est peu à peu reconnu comme un territoire, on a le droit de l'ouvrir pour le visiter. Les dissections de cadavres commencent à se pratiquer ouvertement. En 1493, un professeur d'anatomie de Bologne, Berengario da Carpi, conseille de les autoriser dans toutes les écoles de médecine d'Italie, y compris à l'École pontificale de médecine à Rome. Au milieu du XVIᵉ siècle, le plus grand anatomiste de son temps, Vésale, dissèque, malgré les interdits de l'Inquisition, des corps humains. Dans *De Corporis Humani Fabrica*, il met en évidence plus de deux cents erreurs dans l'analyse anatomique de Galien ; il explique que « la structure humaine ne peut être observée que sur l'homme », énonçant par là le postulat fondamental de la biologie et de l'anthropologie. Vinci lui-même consacre l'essentiel des dernières années de sa vie à travailler sur les muscles du corps. L'analogie de l'homme avec la Nature se précise : au XVIIᵉ siècle, Harvey éclaire les principes de la circulation sanguine en la comparant au cycle de l'eau sur la planète.

Il faudra encore attendre plus d'un siècle pour que cette exploration ait des conséquences sur les techniques thérapeutiques. Mais l'homme se conçoit déjà comme un appendice de la Machine qu'il s'apprête à servir. Il se figure lui-même comme une machine qu'il convient de réparer, préserver, entretenir.

Un autre événement de 1492, passé alors inaperçu, jouera un rôle considérable dans la formation de la morale bourgeoise : au moment où l'homme croit triompher des épidémies, où peste et lèpre reculent et s'estompent, une maladie nouvelle surgit du bout du monde et bouleverse toute la conception qu'on peut avoir en Europe de la transmission du mal : la *syphilis*. Lorsqu'on aura compris que son mode de transmission est sexuel, elle transformera le rapport au mariage, accélérant la valorisation de la famille et des concepts qui la fondent : restreindre, épargner, *contenir* — sexuellement et financièrement.

Martin Alonzo Pinzón meurt quelques jours après son retour à Palos. Une thèse, qui paraît *a priori* acceptable, voudrait que Martin Alonzo Pinzón eût été la première victime européenne de la syphilis, qu'il aurait contractée à Hispañola[116]. Peut-être apparue, on l'a vu[120], en 1492 à Genève, la syphilis est en tout cas repérée sans conteste en 1494, quand le médecin d'Alexandre VI, Nicollo Leonicero, note la première manifestation à Rome de ce qu'il nomme le mal « *morbus gallicus* », après avoir constaté son apparition lors du passage dans la ville des soldats de Charles VIII. De fait, il paraît évident aux observateurs contemporains que la maladie se répand alors en Europe en suivant la route des armées du souverain français, venus par Gênes, puis de retour d'Italie : on note qu'à Lyon, le 27 mars 1496, les officiers du roi décident de « faire sortir de la ville les malades de la grosse veyrolle[120] » ; en avril de la même année, à Besançon, la municipalité accorde des indemnités à diverses personnes, dont une « povre fille joyeuse » atteinte de la maladie dite « de Naples[120] » ; à Paris, la première mention du mal est le fait d'un prieur de l'Hôtel-Dieu, le comte de Jehanne Lasseline, qui note en septembre 1496 l'existence à l'hôpital de la « grosse vérolle de Naples[120] ».

Comme on sait la maladie contagieuse — même si l'on ne comprend pas encore son mode de transmission —, on prend des précautions de toutes sortes. A Rome, la même année, un décret interdit aux barbiers de saigner les syphilitiques ou de réutiliser des instruments employés pour l'un d'eux. A Genève, on fait annoncer par le crieur public que l'accès de la ville est interdit aux étrangers contaminés ou venant de villes contaminées[120]. Nul ne songe encore à la transmission sexuelle. On persiste à croire que l'air « pestilent » transmet ce mal, comme les autres. Des médecins accusent même les bains publics : l'eau chaude dilaterait les pores de la peau, qui laisseraient entrer l'air « pestilent ». On cesse donc de se laver autrement que sur prescription médicale ! Quand l'idée vient que la maladie se transmet par les urines, on conseille d'utiliser un pot... qu'on vide ensuite par la fenêtre, en tout cas à Paris jusqu'en 1531, date à laquelle un édit l'interdit[125].

La même année, un médecin véronais, Jérôme Frascator, a l'idée que la transmission de la syphilis, comme celle d'autres maladies infectieuses, s'opère par l'intermédiaire de micro-organismes invisibles. La preuve n'en sera apportée que trois siècles plus tard. En l'espèce, si le microbe est peut-être européen, il a en tout cas été activé par un virus d'Amérique. Très indirectement, 1492 est ainsi à l'origine de la découverte de la pathologie microbienne.

Lorsqu'on comprend que le mal est sexuel, qu'il est issu des relations de marins avec les femmes des îles lors du premier voyage de Colomb, la syphilis est considérée comme une vengeance du Nouveau Monde. De fait, elle marque une double revanche de vaincus : Indiens d'Amérique et Français d'Italie. A la croisée de leurs chemins, Gênes, ville natale de Colomb !

Étrange voisinage : la *sexualité*, on l'a montré, n'a pas été pour rien dans le choix du nom du Nouveau Continent. C'est par elle aussi que ce continent se venge de ceux qui l'ont violé. Sang mêlé, métissage — refus du Père...

Dans la foulée de 1492 se clôt ainsi en Europe la seule période de liberté sexuelle du millénaire. En attendant celle, tout aussi brève, des décennies 1970 et 1980, jusqu'à l'apparition du sida.

Désormais, la sexualité n'est plus une fête, mais une source de mort. Les maisons publiques sont peu à peu interdites, la prostitution devient illégale. L'Église prêche l'*abstinence*, la réserve, l'épargne à tous les sens du mot — nouvelle valeur du temps. Le pouvoir religieux restaure le sacrement du mariage et étend son emprise sur l'éducation et la famille.

Certes, cette évolution est progressive. Dans l'Europe du XVIᵉ siècle — en particulier en France —, la sexualité reste longtemps libre et les mariages par simple consentement mutuel demeurent fréquents. Les prêtres n'ont encore ni la formation suffisante ni le pouvoir d'imposer leur *morale*[128]. En 1529 encore, un témoin mentionne qu'à Beaufort, Jeanne Lepage réclame à Jean Ragon, le jour du Saint-Sacrement, en « nom de mariage », une ceinture que le « créanté » et sa « créantée » échangent, d'où son nom de *chanjon*[128]. Mais, peu à peu, des valeurs familiales nouvelles s'imposent dans la bourgeoisie : fidélité, abstinence, épargne.

Érasme, parengon de ces nouvelles valeurs, rédige *L'Éloge du mariage* en 1518 et *Le Mariage chrétien* en 1526. Trente ans plus tard, La Boétie fait l'éloge de sa femme. Marguerite de Navarre écrit que l'idéal, pour une femme, est d'avoir un seul homme « pour mary et pour amy[128] ». Bientôt, Castiglione souhaite que les femmes « aient des notions de littérature, de musique, de peinture, et sachent danser et festoyer[128] ».

L'enfant devient un être rare, précieux. En France, en février 1556, pour mettre fin à l'infanticide, Henri II frappe d'interdit le recel de grossesse. On élève les enfants de bourgeois en famille, on les éduque dans les écoles. Les corps municipaux favorisent la création de collèges. En 1501, Standonck rédige un règlement de la *Familia pauperum studentium*. En France, le premier collège est créé à Angoulême. Alcala est la première ville d'Europe à disposer d'une école pour filles au début du XVe siècle. En France, il faut attendre 1574 pour qu'un établissement de ce genre soit fondé à Avignon, par les ursulines.

L'essor de la famille bourgeoise favorise l'héritage. Les testaments portent de plus en plus exclusivement sur la transmission des richesses aux enfants, et non plus aux églises.

Le développement de l'abstinence s'accompagne de celui de l'*épargne* qui prend son sens moderne et perd celui, féodal, de grâce judiciaire.

De l'apparition de la syphilis au développement de l'épargne, de la découverte de l'Amérique à l'essor de la bourgeoisie, la relation causale est manifeste. 1492, de ce point de vue, marque une bifurcation majeure, et, comme la plupart des bifurcations intervenues dans l'Histoire, sa dimension sexuelle n'est pas sans importance.

Encore faudra-t-il mettre en scène les modèles nouveaux, les figurer.

Figurer

Troisième valeur bourgeoise majeure à apparaître au tournant du siècle : figurer, valeur véhiculée par

l'art et son nouveau commanditaire, le marchand.
Après la mort, en 1492, de Piero della Francesca et
de Laurent de Médicis, l'art européen glisse de
Florence à Rome, de l'atelier à l'artiste individuel,
du mystère au théâtre, de la cérémonie à la représentation, du prince au bourgeois. Pour bien « figurer », il faut se montrer et faire savoir. Cessant
d'être allégorique, l'image devient sexuée.

Si l'on construit encore pour l'Église quelques
chefs-d'œuvre gothiques comme King's College
à Cambridge, Saint-Laurent à Nuremberg, San
Paolo à Valladolid, l'esthétique italienne s'impose
auprès des princes et des bourgeois d'Europe. Les
expéditions transalpines de Charles VIII, puis de
Louis XII et de François Ier, contribuent à répandre
les idées italiennes. Peu à peu se constitue une
esthétique commune de Madrid à Stockholm, de
Mexico à Moscou. En France, les châteaux du
XVIe siècle édifiés ou transformés à l'intention de
princes ou de marchands enrichis — Écouen,
Chambord, Loches, Blois, Azay-le-Rideau, Chenon-
ceaux, et même Amboise — sont largement influencés
par l'architecture italienne. Léonard de Vinci, Andrea
Solario se rendent en France, en Espagne, en
Flandre.

Le mécène convoite ces œuvres d'art, même si
elles ne sont ni à sa gloire ni à celle de Dieu. Il
veut du *neuf* : c'est son critère du beau. Il veut du
cher : pour figurer, il convient de posséder et arbo-
rer des choses qui étonnent et qui valent, qui aident
à dire la singularité, qui se substituent au nom.
Pour le bourgeois, l'œuvre d'art deviendra aussi un
substitut à la terre féodale.

En 1493 — peut-être même dès 1492 — Dürer
achève le premier autoportrait de l'histoire : à son
tour l'artiste s'affiche, se représente, se met en
scène. Il devient sujet de son œuvre. Il n'est plus

alors un maudit ou un anonyme, mais un être digne d'admiration. Créer devient aussi une valeur sociale positive. En 1540, Paul III émancipe Michel-Ange de toute attache à une corporation. En 1571, à Florence, Côme de Médicis fait de même pour tous les artistes. L'artiste libre est officiellement né. Il n'a plus besoin de prétexte pour choisir son sujet. Son commanditaire, de plus en plus souvent le marchand, ne veut plus le voir répéter les œuvres antérieures, mais attend de lui du nouveau qui l'aide à paraître. Le neuf est une valeur : l'objet d'art ne « vaut » que si on peut le vendre, autrement dit s'il rencontre un marché, si beaucoup de gens en reconnaissent le prix. L'argent devient critère du beau ; le nombre, signe de la valeur.

D'où l'émergence du théâtre moderne[42] : il n'est plus le spectacle d'une cour de privilégiés, mais sa valeur découle de la dimension de son public. La pièce ne vaut qu'aussi longtemps qu'on y assiste. La *représentation théâtrale* revêt alors sa forme moderne. Elle se veut aussi représentation mondaine : il faut s'y montrer, y figurer. La première comédie moderne, *la Calandra*, est donnée vers 1504. La redécouverte des comédies de Plaute et de Térence — qui réclament l'unité de lieu — pousse à la création de décors *figuratifs*, de perspectives[42]. En 1508, on construit des décors pour *la Cassaria* de L'Arioste. En 1513 est aménagée à la cour d'Urbino la première scène profonde, avec décor latéral en perspective[42], pour la représentation de *la Salandria*, comédie de Bernardo Davizi. Les premières tragédies modernes — la *Sophonisbe* du Trissin et la *Rosemonde* de Jean Ruccelaï — voient le jour en 1515. En 1539, à Vicenze, Sebastiano Serlio utilise sur scène la perspective picturale avec des portants peints en trompe-l'œil[42].

Naissance de l'acteur, dont la profession est explicitement laïque. La première troupe sous contrat connue[42] apparaît à Padoue en 1546.

La bourgeoisie se met en scène. Elle veut un spectacle qui lui soit destiné, où le beau se dit par le solvable. L'art devient la marchandise qu'il est encore aujourd'hui.

IV

LES VERTIGES DE L'AMBIGUÏTÉ

1492 marque le début d'un processus obstiné de destruction du peuple juif qui culminera quatre siècles et demi plus tard. En même temps, dans les interstices de la barbarie, l'expulsion de 1492 accélère une exceptionnelle révolution mentale. Du fumier surgissent des fleurs.

On expulse pour oublier qui on est. Sous la poussée de l'humanisme, l'Europe se veut romaine et non plus jérusalmite. Cette volonté de se choisir des ancêtres conduira les chrétiens à contraindre de grands intellectuels juifs à la conversion. Ceux-ci, condamnés pendant deux générations au moins au double jeu, à l'ambiguïté, connaîtront une vie d'incertitude et de clandestinité morale qui aiguisera leur esprit critique, jusqu'à les faire décider d'être libres, de penser sans référence aux deux dogmes qui les revendiquent. De là naît l'*intellectuel moderne*.

Je tiens donc l'expulsion des Juifs d'Espagne à la fois pour la conséquence de l'obsession de pureté de l'Europe chrétienne et, paradoxalement, pour une cause de l'émergence de l'intellectuel moderne, homme de l'entre-deux, de l'ambigu et du double, du distant et du masque, de l'impur et du refus.

Purifier

L'antisémitisme du XVᵉ siècle est l'expression d'une volonté de l'Europe de s'approprier sa foi, de se choisir un Père — Rome — en refusant celui que la Bible lui a donné : Jérusalem. Une façon, pour le continent, d'oublier le rôle de l'Orient dans sa naissance, de se purifier de son propre passé d'étranger à soi-même. Par cette expulsion, le *Continent-Histoire* s'invente un passé avant de se donner le droit de raconter celui des autres.

L'Église, qui sent tant de menaces peser sur son pouvoir temporel, ne peut durer qu'en se faisant plus européenne encore que les princes qui la narguent, en se réappropriant le monothéisme, en faisant de la religion chrétienne une religion romaine, en déplaçant le centre du monde de Jérusalem à Rome, en niant d'ailleurs du même coup Byzance, alors elle aussi sous le joug musulman. Déjà les cartes reproduisent ce message, la peinture, la musique et la littérature le mettent en forme, qui occidentalisent les discours, les comportements, les sons, les noms, donnant, comme depuis longtemps, à Jésus et à ses apôtres des visages blonds d'Occident qu'évidemment ils n'avaient pas.

Le peuple juif, témoin incontournable de l'origine orientale du christianisme, doit donc s'en aller, se dissoudre ou disparaître. L'expulsion de 1492 n'est pas, comme celle de 1391, un épisode sans lendemain, il s'agit bel et bien d'une « solution finale ». Non seulement le décret n'est pas rapporté, mais ses dispositions, reprises, s'étendront à presque toute l'Europe.

La plupart des Juifs partis d'Espagne se réfugient

d'abord au Portugal : ils y ont des amis, de la famille ; la langue y est voisine ; de là, on pourra garder le contact avec ceux qui, *conversos*, ont décidé de rester pour garder les biens des partants. Le roi Jean II les autorise d'ailleurs à y séjourner six mois, contre paiement d'un ducat par personne : il n'y a pas de petits bénéfices. D'autres trouvent refuge dans le royaume de Navarre et dans le sud de la France, pays limitrophes.

Certains, plus pessimistes sur la durée de validité du décret, partent plus loin : en Angleterre, en Flandre, en Afrique du Nord, en Italie, dans les États pontificaux où une centaine de communautés bénéficient de la tolérance des papes. Là, ils forment des groupes autonomes, y transportent leurs rites et leurs langues, castillan et *ladino*. Ils se sentent si profondément différents des « autres » Juifs que, dans les synagogues de Londres ou d'Amsterdam, ils ne se mêlent pas à eux ; à Venise, ils font même expulser du quartier où ils s'installent des Juifs venus avant eux d'Allemagne.

Le meilleur accueil leur est réservé en terre d'Islam, et d'abord dans l'Empire ottoman où Bayezid II s'étonne de la « stupidité des monarques chrétiens qui expulsent des sujets si utiles » et recommande à son administration et à son peuple de faciliter leur installation. Tout comme, plus tard, Frédéric II s'étonnera de la « bêtise » qu'aura constituée l'expulsion des protestants de France. Aussi Istanbul, Salonique, Andrinople, les îles grecques, terres de métissage, deviennent-elles, pour près de cinq siècles, lieux d'asile et de rayonnement pour des communautés juives nombreuses et libres. Dès 1493, une imprimerie en hébreu est ouverte à Istanbul par des Juifs espagnols qui, l'année suivante, y impriment un *Pentateuque* accompagné de commentaires. On trouvera vite des Juifs espagnols parmi les médecins, les astronomes, les financiers, les conseillers des princes.

De même, venus d'Espagne mais surtout d'Allemagne, ils sont bien reçus en Pologne par les grands propriétaires fonciers qui ne les perçoivent pas comme des agents de progrès, mais comme des intermédiaires rêvés avec la masse des paysans. Ils en font les régisseurs de grands domaines, des collecteurs d'impôts ou de droits de douane, contribuant ainsi à freiner la naissance d'une bourgeoisie marchande et ralentissant de ce fait la modernisation de la société polonaise. La noblesse de Pologne se dote aussi par là d'un bouc émissaire qui se révélera commode, le moment venu.

De grandes communautés s'installent alors dans ce pays où elles constituent peu à peu un État dans l'État. Le *yiddish*, dialecte d'origine allemande, s'y enracine. Kazimirz, ville jumelle de Cracovie, devient une grande cité juive. En 1530, des rabbins polonais créent une institution politique totalement autonome, le *Kahalt*, qui rassemble, lors des principales foires du pays, les représentants des Juifs de Pologne, de Russie et de Lituanie. On y juge les litiges, on lève les impôts, on gère l'aide aux nécessiteux, on décide des livres à proscrire. Pour faire exécuter ses sentences, le Kahalt peut même faire appel aux forces de l'État. Cette autonomie, un jour, se paiera cher...

Ailleurs, les Juifs chassés d'Espagne sont en général mal reçus. Dès le 12 janvier 1493, le roi d'Aragon donne aux Juifs de Sicile, ses sujets, le choix entre se convertir ou quitter l'île. A peine débarqués à Marseille, le 30 mai 1493, les exilés d'Espagne en sont chassés par des émeutes. En juillet 1493, Charles VIII, en sa qualité de comte de Provence, les expulse d'Arles. A Manosque, du 2 au 6 mai 1495, les moines mendiants de la ville, franciscains et carmes, encouragent la mise à sac des maisons des Juifs expulsés de Tarascon. Quelques-uns se convertissent ; la plupart partent pour Carpentras, encore sous contrôle des papes, toujours accueillants. Le 5 décembre 1496, les Juifs espagnols et portugais sont expulsés du Portugal par le nouveau roi Manuel Ier qui ne veut pas être en reste avec ses voisins : l'illusion des Juifs espagnols se volatilise. En 1498, ils sont expulsés du dernier royaume ibérique où ils s'étaient réfugiés, celui de Navarre. En 1499, on les chasse de Nuremberg. Le 23 mai 1500, ils le sont de Provence. Cette année-là, sous la pression espagnole, ils doivent même quitter Naples. Ils refluent alors sur Venise, conduits par Isaac Abravanel qui, chassé pour la troisième fois — après l'avoir été du Portugal et d'Espagne —, publie encore des ouvrages religieux, dont un commentaire de plusieurs livres de la Bible, avant d'y mourir en 1508.

Au total, à la fin du XVIe siècle, il n'y a plus de communautés juives importantes en Europe que dans quelques villes d'Italie (les États pontificaux, Venise, Gênes, Livourne et Pise), du sud-ouest de la France (Bordeaux et Bayonne), ainsi que dans les Provinces-Unies, indépendantes depuis 1579, en Pologne et en Turquie. L'Europe chrétienne dessine ainsi ses frontières, marque les limites géographiques de sa propre capacité à imposer son intolérance, à choisir son Père. L'hospitalité des États pontificaux reste, de ce point de vue, une énigme qui semble contredire le comportement de l'Église partout ailleurs. Sans doute ces quelques Juifs acceptés sont-ils destinés à masquer le rejet de tous les autres : Rome joue les Pilate.

Quelques chefs de communautés juives — en particulier en France — songent alors à partir s'installer en Palestine où vivent déjà cent mille des leurs, sous domination d'abord mameluke, puis turque après 1517. A Jérusalem, selon Isaac Schelo[83], on trouve déjà «beaucoup d'artisans, principalement des teinturiers, des tailleurs d'habits, des cordonniers. D'autres font un riche commerce de toutes sortes de choses et ont de beaux magasins ; quelques-uns se livrent aux sciences, telles que la médecine, l'astronomie et les mathématiques. Mais le plus grand nombre de savants s'occupent jour et nuit de l'étude de la Sainte Loi et de la véritable sagesse qui est la Cabbale. Ceux-ci sont entretenus par la caisse de la communauté, parce que l'étude de la Loi est leur seul état[83] ». Nombre de Juifs malheureux en Europe aspirent à les rejoindre ; les rêves messianiques se multiplient. En 1523, un médecin juif, né en Avignon et exilé à Gênes, R. Joseph Ha-Cohen[61], décrit ces premières tentatives : « Un juif nommé David, arrivé de l'Inde, demande l'aide du roi de Portugal pour faire la guerre au Turc et lui prendre la Terre sainte. Le secrétaire du roi, un Juif nommé Salomon Molko (...), lorsqu'il vit ce David, Dieu toucha son cœur, il revint à l'Éternel, le Dieu de nos pères, et se fit circoncire (...). Devant le refus du roi du Portugal de les aider, les deux hommes partent en Espagne, en France et en Italie, annonçant partout aux Juifs qu'ils étaient chargés par l'Éternel de les ramener en Palestine[61]. » Plus sérieusement, le banquier marrane Jean Mendès, né à Lisbonne en 1534, parti pour Anvers en 1536, puis établi en 1553 à Istanbul pour redevenir juif sous le nom de Joseph Ha Nassi, promu au rang de financier du sultan Sélim II, successeur de Bayezid, obtient de lui une concession dans la région de Tibériade « pour y créer un État juif ». Mais le premier bateau est arrêté par des pirates, et Nassi renonce. Plus tard, quelques Juifs espagnols, en particulier des cabalistes, s'installeront dans la petite ville de Safed, contribuant au développement d'un messianisme d'un genre nouveau qui rebondira, au milieu du XVIIe siècle, avec l'escroquerie de Sabattaï Zévi.

Ainsi, quelques années après l'expulsion des Juifs d'Espagne, l'Europe se trouve « purifiée », et l'Aragon peut tirer gloire d'avoir déclenché le processus. Pourtant, pour les plus fanatiques, ce n'est pas encore assez : déjà, en 1500, Érasme, invité par le cardinal Cisneros à participer, à Alcala, à l'élaboration d'une bible polyglotte, repousse cette invitation : « *non placet Hispania* » — pour lui, ce pays fait encore preuve de mansuétude à l'égard des Juifs et des musulmans. En clair : on y tolère des Juifs convertis dont, pense-t-il, la foi chrétienne est par trop incertaine.

Les Juifs, dit-il, constituent une race, non une foi. En 1572, une loi dite de « pureté de sang » lui donne raison. Elle oblige implicitement les marranes eux-mêmes à partir en leur barrant l'exercice de fonctions d'influence ou d'autorité et en leur interdisant d'épouser les « vieux chrétiens ». Les Juifs, quels qu'ils soient, sont ainsi rattrapés par leur passé. Torquemada a gagné. Le processus qu'il a mis en œuvre en 1492 ne peut plus désormais qu'aller à son terme : l'expulsion totale. En la matière, il n'y a pas de demi-mesure. Comme le montrera encore le nazisme en son temps, l'intégrisme ne peut se masquer durablement derrière le seul fanatisme religieux. Il est d'abord rêve de pureté raciale.

Forger l'Homme nouveau : tel est le dessein du siècle. Un homme pur de toute souillure, lavé du péché originel. S'inventer un père et se donner un fils pur et parfait. Bâtir un monde débarrassé de tout passé. Or le Juif est le Passé, celui qui, par sa seule présence, rappelle que Dieu est babylonien, puis palestinien, avant d'être romain puis espagnol. Encombrant héritage pour l'Homme nouveau qui fonde son bonheur sur l'oubli.

Outre-Atlantique, l'Indien fait figure de matériau

pour bâtir l'homme idéal, le chrétien parfait dans la mesure où il n'a rien connu des racines orientales de la foi européenne. Ce traitement l'anéantira. Plus tard, le même rêve de l'Homme nouveau resurgira dans l'Allemagne nazie et la Russie stalinienne, suscitant de nouveaux génocides.

Avec son *Utopie*, Thomas More ignorait que son discours était exactement le même que celui de Colomb découvrant en Orénoque le Paradis terrestre, que celui de Torquemada parlant de la pureté de sang, que celui des démiurges qui, après lui, prétendront construire le bonheur des générations futures sur les cendres de leurs contemporains.

Douter

Après 1492, aucune vie en Europe n'est plus dangereuse que celle des marranes. Tous, jusqu'à ceux de ces « nouveaux chrétiens » dont la conversion est sincère et qui ne pratiquent plus du tout le judaïsme, sont surveillés sans relâche par les « vieux chrétiens », suspectés de pratiquer leur ancienne religion et dénoncés, lorsqu'ils gênent, dans leur profession ou leur entourage. Cette dénonciation les voue à la torture et, presque toujours, au bûcher.

Pourtant, beaucoup deviennent d'authentiques chrétiens, voire — pour survivre — des fanatiques. Certains, telle sainte Thérèse d'Avila, née au début du XVIᵉ siècle dans une famille de *conversos*, souscrivent à la pensée d'Érasme, aux principes du retour à la pureté originelle. D'autres prennent part à l'Inquisition. Beaucoup connaissent à fond les deux religions, en tout cas savent lire la Bible dont ils parlent la langue mieux que nombre de cardinaux et d'évêques.

Au début du XVIᵉ siècle, une forte proportion de

ces milliers de *conversos* pratiquent encore le judaïsme en sous-main. Tout en se rendant ouvertement à la messe le dimanche, ils prient en secret, le vendredi soir, dans des caves au sol sablé pour éviter le bruit. Ils restent là, dans l'attente que le décret soit révoqué, pour protéger synagogues et cimetières. S'ils font tout leur possible pour ne pas se détacher du judaïsme et le transmettre à leurs enfants, la culture chrétienne les envahit néanmoins peu à peu et les éloigne de leur religion traditionnelle. Difficile de manger la nourriture casher, de respecter les jeûnes, de ne pas travailler le samedi, de ne pas se pénétrer des prières psalmodiées à l'église. Malgré eux, le vocabulaire, les concepts de leur foi apparente les imprègnent. Il leur faut mener une double vie intellectuelle et religieuse. Situation équivoque qui durera pour beaucoup toute une vie, voire, dans certaines familles, plusieurs générations — certains disent jusqu'à aujourd'hui...

Juif ou non, Christophe Colomb fait le premier figure d'homme de ce perpétuel double jeu, de cette ambiguïté sans cesse entretenue, et y laissera sa raison. Certains y sont installés depuis bien avant 1492, tel Luis de Santangel. On découvrira plus tard, derrière de consciencieux chrétiens, des Juifs pratiquants. Ainsi, en 1505, l'inquisiteur de Cordoue, Lucero, fait arrêter — sans que l'Inquisiteur général d'alors, Diego Deza, principal soutien de Colomb, s'y oppose — tous les membres de la famille d'Hernando de Talavera, l'ennemi de Colomb. On découvrira même que le successeur d'Ignace de Loyola — qu'il avait lui-même choisi —, Diego de Lañez, et son secrétaire, étaient des *conversos* d'avant 1492, sans que nul ne puisse mettre pour autant en doute la sincérité de leur foi.

Plusieurs générations réussissent à survivre ainsi en Aragon, en Castille, au Portugal. Jusqu'à ce qu'en 1572, l'archevêque de Tolède, Juan Martinez Siliceo, obtienne que soient appliqués les statuts de pureté du sang, autrement dit que les marranes — définis comme ceux dont un ancêtre au moins est juif — quittent le pays. Vingt ans plus tard, en 1592, les jésuites eux-mêmes, dernier pôle de résistance à cette loi au sein de l'Église, chassent les marranes de leurs rangs, falsifiant même la généalogie de Diego de Lañez pour qu'il ne soit pas dit qu'il avait un lointain ancêtre juif. De 1609 à 1613, les marranes d'islam, les maurisques, subiront le même sort.

Bientôt, du Portugal aussi, les anciens Juifs partent alors vers d'autres cieux. Certains sont devenus, depuis des générations, d'authentiques chrétiens et le restent dans leur exil, tel le grand-père maternel de Montaigne, Antoine de Luppes. D'autres reviennent au judaïsme, comme celui de Baruch Spinoza.

Tous comptent parmi les esprits les plus libres de leur temps. Capables d'apprécier, d'admettre, de croire des choses contradictoires, refusant les doctrines absolues, élevés dans le sens permanent du double langage et du doute, écartelés entre les deux religions qu'ils ont successivement adoptées, les marranes recherchent une nouvelle philosophie. Déistes ou rationalistes[122], ils seront une des sources majeures de la modernité. D'Abraham Señor à Spinoza, d'Encina à Freud, de Montaigne à Marx, existe un fil, ténu mais bien réel, que Yeremiahu Yovel, parmi d'autres, a suivi[122]. Certains deviendront philosophes, d'autres écrivains, d'autres encore diplomates, comme Joseph Nassi, dont j'ai déjà parlé, qui finira ses jours en 1579 comme duc de Naxos, responsable de la diplomatie turque face à celle de Venise où brillent d'autres anciens marranes.

Certains partent vers les Provinces-Unies où se trouvent les communautés juives les plus prospères, d'autres s'installent en France, à Bayonne ou Bordeaux. Dans la descendance de ceux qui restent chrétiens naît le premier esprit libre du monde moderne, le voyageur de la liberté, Michel de Montaigne, qui deviendra maire de Bordeaux en 1581 et conseiller d'Henri de Navarre. Tout imprégné, sans le reconnaître, de son ascendance marrane, il incarne par ses écrits la philosophie de tous les marranes qui le suivront.

Comme lui, ils sont *pessimistes* : « Tout recule autour de nous, en tous les grands États soit de chrétienté soit d'ailleurs que nous connaissons, regardez-y : vous y trouverez une évidente menace de changement et de ruine[93]. »

Comme lui, ils sont *universalistes* : « J'estime tous les hommes mes compatriotes (...) et ne suis guère friand de la douceur d'un air naturel...[93] »

Comme lui ils sont *nomades* : « Le voyage me semble un exercice profitable (...). Me promène pour me promener[93]. »

Comme lui, ils sont obsédés par eux-mêmes, tournés vers l'*introspection* : « Me trouvant entièrement dépourvu et vide de tout autre matière, je me suis présenté moi-même *à moi pour argument et pour objet*. »

Comme lui, ils sont sans cesse *aux aguets* : « Mon dessein est divisible partout : il n'est pas fondé en grandes espérances, chaque journée en fait le bout[93]. »

Comme pour lui, le *livre* est leur seule fortune : « Qui ne voit que j'ai pris une route par laquelle sans cesse et sans trêve j'irai autant qu'il y aura de plume et de papier au monde[93] ? »

Il consigne l'essentiel de ces formules dans un seul chapitre majeur de son œuvre, *De la Vanité*, explicitement inspiré de *l'Ecclésiaste* et révélateur — involontairement !... — de l'inspiration profonde des marranes.

La plupart des autres marranes s'installent à Amsterdam. Beaucoup souhaitent revenir au judaïsme. Certains, tel Baltasar Orobio de Castro, deviennent des rabbins ultra-orthodoxes[122]. Mais nombreux sont ceux qui sont dans l'incapacité de renouer avec une foi qu'ils ont oubliée, voire qu'ils n'ont jamais pratiquée. Les rabbins d'Amsterdam refusent de les reconnaître comme juifs : depuis des générations, ils ne sont ni circoncis ni mariés religieusement. Désireux de prouver à tout prix qu'ils sont juifs, certains aggravent leur cas en recourant à des arguments singuliers et en se référant au concept chrétien de Salut : « Le salut n'est pas dans le Christ, mais dans la loi de Moïse[122]. »

La plupart se refusent d'ailleurs à obéir aux lois rigoureuses des communautés juives de la ville, particulièrement fermées au monde extérieur. Ainsi, vers 1650, Uriel Acosta, fils d'un marrane venu s'installer à Amsterdam au début du XVIIᵉ siècle, souhaite redevenir juif, mais renâcle à se plier aux règles de l'orthodoxie juive de la communauté et entre en rébellion ; exclu par les rabbins, il finit par se suicider. « Quel est le diable qui m'a poussé vers les Juifs ? », écrira-t-il à la fin de sa pathétique autobiographie[122].

D'autres intellectuels marranes — tel le médecin Juan de Prado, le philosophe Pedro Nuñez et l'écrivain Isaac de Peyrère — se rebellent eux aussi contre l'orthodoxie des rabbins et cessent ouvertement de se conformer aux obligations de la Loi et de la communauté, pour poursuivre un travail philosophique, scientifique ou littéraire hétérodoxe.

La figure majeure de ce parcours, la plus aboutie, est celle d'un jeune fils de marrane d'Amsterdam, Baruch Spinoza, né en 1632. Il étudie à l'école juive, y apprend l'hébreu, l'espagnol, découvre Maimonide, Crescas. Ami du médecin marrane Juan de Prado, refusant de céder aux rabbins, il est exclu en 1656 de la communauté. Le *Herem* l'isole de toute vie sociale et le constitue en dissident ; il devient en somme à Amsterdam comme un marrane, grand maître du double langage, parlant de façon différente à chacun[122]. Il se retire à La Haye où il gagne sa vie en polissant des lentilles. Protégé du grand pensionnaire Jan de Witt, il meurt en 1677 alors qu'il traduit la Bible en néerlandais. Pour lui, la tradition et les lois bibliques elles-mêmes ne doivent pas être prises pour vérités révélées, mais soumises par chacun *au jugement de la raison* individuelle. « Et chacun doit pouvoir décider si ce dogme est compatible avec sa propre conscience subjective fondée sur la raison universelle[122]. » Le doute l'amène à faire l'apologie du *droit à l'erreur* — « chacun est libre de se tromper[122] » ; du droit à la libre recherche, par chacun, de sa propre voie vers le salut, soit par le savoir, soit par la raison, soit par la béatitude. Chacun, pense-t-il, peut trouver Dieu, non pas le Dieu d'une foi humaine identifiable, donc source de conflits et d'intolérance, mais bien un *Dieu universel*, le seul possible : *l'Univers lui-même*. « Il faut donc aimer la Nature non parce qu'elle procède de Dieu, mais parce qu'elle est Dieu[122]. » Le marranisme l'amène à l'apologie de la *Nature* comme divinité, et au refus de la vérité au nom du doute.

L'intellectuel moderne ne sera jamais rien d'autre qu'un Montaigne ou un Spinoza, un marrane implicite ou explicite. D'où qu'il vienne, obligé de penser dans les interstices, de s'exclure pour trouver le neuf dans les vides laissés par les certitudes autres, l'intellectuel refuse la définition communément admise du vrai, du juste, du beau, du normal. Ce qui le condamne, pour survivre, au double langage et à l'ambiguïté.

En 1492, le prestige de l'Église romaine est au plus bas : un Borgia trône au Vatican, Charles VIII ne craint pas de s'en prendre à lui ; Florence peut lui imposer une solution dans le conflit territorial qui l'oppose à Naples ; pour payer palais et cathédrales, on vend indulgences et bénéfices à qui peut les payer ; c'est au nom du Christ que le Portugal fait massacrer en Afrique, que l'Espagne en fait autant en Amérique.

Bien des voix s'élèvent contre cette dégénérescence. Le système des indulgences, créé par Boniface VIII en 1300, est critiqué en Allemagne, en Suisse et en Angleterre. On enrage de voir la plupart des soixante-dix cardinaux recevoir chacun les revenus de plus de vingt-cinq abbayes, dépenser des fortunes pour construire des palais, acheter des œuvres d'art, fêter le Carnaval, donner à leurs enfants les meilleurs maîtres[132] et entretenir de véritables cours[132]. (Celle de César Borgia lui coûte dans les quinze cents ducats par mois.) Les nouveaux intellectuels, les vrais religieux, les bourgeois puritains s'indignent. La foi est de moins en moins feinte ou aveugle, de plus en plus cultivée ; l'imprimerie n'y est pas pour rien : avant 1520, on dénombre cent soixante-dix éditions de la Bible en latin et soixante en langues vulgaires.

A Florence, Savonarole se prend pour le guide moral de la République. L'Église, dit-il, est « infâme », c'est un « monstre abominable », « une prostituée ». Suivi par les foules, il fait brûler en des « bûchers de la vanité » tous les jeux, les perruques, les livres d'art. A Pise, il expliquera à Charles VIII : « Je n'ai jamais rien fait que crier pour amener les hommes à faire pénitence. »

Mais le moine vengeur annonce d'autres révoltes. Érasme conseille Thomas More, John Colet, Maximilien d'Autriche, le cardinal Jean de Médicis et Henry VIII à Londres où il rédige en 1511 *l'Éloge de la Folie*, critiquant le pape et l'Église, soutenant que la seule folie « raisonnable » est celle des « fous de Dieu », faisant l'apologie d'une Église puritaine et d'une bourgeoisie abstinente.

Six ans plus tard, le 31 octobre 1517, un autre moine, un augustin de trente-quatre ans, Martin Luther, placarde sur la porte de l'église collégiale de Wittenberg *Quatre-vingt-quinze thèses contre les indulgences pontificales*, protestant contre leur trafic massif organisé par le pape Jules II — Julien Della Rovere, qui a succédé à César Borgia — pour édifier Saint-Pierre de Rome. Il entend démontrer l'inutilité de l'Église, soutenant que toute la révélation est dans l'Écriture et rien qu'en elle, que le salut vient de la Foi, et de la Foi seule, que les rites sont secondaires. Puisque, grâce à l'imprimerie, chacun peut désormais lire la Bible, puisque le rêve d'unité de l'Église s'éloigne, Luther peut trouver à s'appuyer sur les sentiments irrédentistes des Églises nationales et sur les monarchies dissidentes qui, depuis toujours, refusent de reconnaître le pouvoir de Rome, que ce soit en France, en Allemagne, en Flandre, en Angleterre ou même dans les cantons suisses.

Rome a adopté une attitude de fermeté depuis 1520, après l'échec de la Diète d'Augsbourg et de la rencontre de Leipzig. Craignant le schisme qui menace, Érasme, en 1524, publie *le Libre Arbitre*. Luther lui répond en 1525 par *le Serf Arbitre* et s'annonce comme le redoutable moine prophétisé par Middleburg et Johannes Lichtenberger en 1492. Il préface d'ailleurs lui-même, en 1527, la réédition des prophéties de Lichtenberger[119] chez Hans Lufft, à Wittenberg, se moquant de ces prévisions qui annonçaient le Déluge pour 1524 mais qui n'ont point pronostiqué que 1525 serait en Allemagne l'année de la violence politique et de la guerre des paysans — de Jupiter et de Saturne, ainsi que le sous-entendait la prophétie.

En 1534, le Vatican choisit de répondre à Luther par la brutalité. D'abord hostile à ce dernier, Henry VIII, gagné au schisme pour des raisons politiques et matrimoniales, réplique en 1535 par l'exécution de l'évêque Thomas More, fidèle à Rome, ami d'Érasme, auteur d'une *Utopie* inspirée de Vespucci. La rupture est consommée. L'année suivante, en mars 1536, à Bâle où il a dû se réfugier, le Français Jean Calvin, dans *Institutio Religionis Christianae*, s'en prend comme Luther aux indulgences, à l'obligation du célibat ecclésiastique et au culte marial. Allant plus loin, il propose de supprimer les monastères, de proclamer le sacerdoce universel et de permettre aux pasteurs de se marier. L'Église romaine contre-attaque notamment par l'approbation donnée en 1540 à la création par Ignace de Loyola et ses compagnons de la Compagnie de Jésus. On multiplie les ouvrages de dévotion à l'intention des laïcs, on développe des « confréries de dévotion », on organise des spectacles sacrés, des processions, des prières publiques. Mais rien n'y fait : le schisme et l'hérésie sont à l'œuvre, et avec eux s'éloigne l'unité de l'Europe. Partout les différences l'emportent.

L'horloge des nationalismes — cette bombe à retardement — est en marche.

V

L'HORLOGE DES NATIONALISMES

En 1492 se déclenche le mécanisme de mise à feu d'une nouvelle explosion de nationalismes qui va faire pendant cinq siècles le malheur de l'Europe.

Les rêves d'unité fédérale s'évanouissent. Les nations — France, Espagne, Portugal, Angleterre — guettent les proies disponibles : tant les « cœurs » de l'économie-monde (petites cités d'Italie et de Flandre) que les périphéries (continents entiers). Dans le même temps, elles achèvent de mettre en place l'État moderne, seul instrument capable d'assurer l'unité de nations mêlées et de penser le rassemblement contre le rêve de pureté.

Disputer

Avec les alliances tissées et les ambitions affichées dès 1492, tout devient limpide : la France veut l'Italie et s'y perdra au temps de Charles VIII ; l'Espagne veut conserver les Pays-Bas et s'y perdra au temps de Philippe II ; l'Angleterre se tourne vers le reste du monde et s'y perdra au temps de

Victoria ; les Habsbourg n'entendent que durer et perdront cette assurance au temps de François-Joseph. Entre-temps, cent massacres et conflits auront jalonné ces tentatives d'hégémonie.

Après 1492, la situation politique mondiale paraît singulièrement clarifiée. L'Europe est au cœur du monde ; l'Espagne domine le Saint-Siège, l'Italie et une partie de l'Amérique ; le Portugal contrôle les côtes de l'Afrique, certains ports d'Asie et les mers ; la France et l'Angleterre semblent ne s'occuper que d'elles-mêmes.

Pourtant, 1492, on l'a vu, marque l'origine du déclin économique de la péninsule ibérique. Il en ira de même sur le plan politique : les premiers, ses rois vont faire l'apprentissage des illusions de la gloire coloniale. D'autres n'entendront pas la leçon et y succomberont tout autant.

Tout s'annonce pourtant à merveille pour les deux vainqueurs de l'année. Même la France, la plus grande puissance du temps, n'a rien à leur refuser. A Barcelone, le 19 janvier 1493, confirmant le traité de Figueras de 1492, les souverains espagnols récupèrent le Roussillon d'un souverain français obsédé par la conquête de Naples. Le 10 septembre, Perpignan repasse sous le contrôle de l'Aragon ; le 13, les monarques font leur entrée dans la ville. Le Vatican n'a rien non plus à leur refuser. Le 20, le pape marie son second fils, Juan, à une cousine de Ferdinand, Maria Enriquez. Il donne sa fille, Lucrèce, à Giovanni Sforza, asseyant définitivement son pouvoir en Italie au bénéfice de l'Espagne.

L'Empire change de mains. Cette année-là, à la mort de son père, Maximilien devient empereur. Il laisse l'Artois, Hesdin, Aire et Béthune à son fils Philippe le Beau.

En France, le couronnement d'Anne de Bretagne entraîne de nouvelles retombées : par le traité de

Senlis, le 23 mai 1493, le roi de France restitue à Maximilien la dot de sa première fiancée, fille du nouvel Empereur — l'Artois, la Franche-Comté, le Charolais —, tout en conservant Arras, Mâcon, Auxerre et Auxonne. En contrepartie, Maximilien renonce à ses prétentions bretonnes. L'Artois, la Franche-Comté et le Roussillon reviendront à la France sous Louis XIV, en 1659.

Plus que jamais, la France convoite Naples, porte de l'Orient. Après l'élection d'un pape espagnol, Charles espère la reconnaissance de « ses droits ». Poussé par le maréchal d'Esquerdes et par les exilés de l'ancienne cour de Naples, la famille d'Anjou, Charles VIII se réconcilie avec son cousin Louis d'Orléans et prépare la guerre contre le roi de Naples, Ferrant. Mais, en août 1493, celui-ci obtient des Rois Catholiques qu'ils imposent à Alexandre VI de tenir tête à la France. Aussi, quand, à la mort de Ferrant, en janvier 1494, Charles VIII fait connaître ses prétentions sur le trône de Naples contre le nouveau roi Alphonse II d'Aragon, Rome soutient ce dernier, et, le 20 mars, une délégation napolitaine fait serment d'obédience au souverain pontife. Furieux, Charles comprend alors que les Borgia l'ont trahi et lui barreront la route d'Italie, en dépit des énormes dépenses qu'il a consenties pour l'élection du pape. Entêté, il décide de passer outre, trouve les deux millions de livres nécessaires à l'attaque et s'allie aux Sforza et aux Della Rovere. Puis il s'installe à Lyon pour préparer une expédition et en expulse les banquiers italiens. Il y rassemble une armée de quarante mille hommes, dont trente mille combattants parmi lesquels des *estradiots* albanais et plusieurs milliers de fantassins suisses, armés d'arquebuses et d'une soixantaine de canons[74].

Il lui faut faire vite, car, entre-temps, Maximilien met en place une confédération, autour de sa personne, entre les deux ennemis de la France. En 1494, il marie son fils Philippe le Beau, à peine âgé de dix-huit ans, souverain des Pays-Bas depuis 1482, à Jeanne, fille de Ferdinand et d'Isabelle. Les Rois Catholiques et les Habsbourg sont unis. Charles VIII est confirmé dans l'urgence de son ambition : la France est prise entre les deux mâchoires d'un nouvel Empire, elle doit en sortir. Seule la route de l'Italie le lui permettra.

En septembre, il concentre cent navires, dont dix nefs, à Gênes qu'il fait occuper par le duc d'Orléans. Ludovic le More, devenu officiellement duc de Milan, sentant le parti qu'il peut tirer de cette querelle, laisse Charles VIII entrer dans sa ville le 30 octobre 1494, et décide de faire fondre le bronze prévu pour le *Cavallo* — dont Vinci vient juste de terminer la maquette — pour fabriquer des canons. A Florence, Pierre de Médicis demande l'intervention de Charles VIII qui, le 17 novembre, entre dans la cité, présenté au peuple par Savonarole comme un sauveur. Pise se soulève en sa faveur. Couvert de gloire, le roi de France réclame alors au pape le libre passage sur ses terres, la reconnaissance de ses droits sur Naples et la remise du frère du sultan, le prince Djem, qu'il voit comme un gage utile pour une éventuelle croisade. Le pape refuse. Charles VIII passe outre, et, sans craindre apparemment les foudres pontificales, entre dans Rome le 31 décembre 1494, à la tête de ses troupes, avec l'oriflamme de Saint-Denis, étendard de la monarchie française[74]. Ses deux mille cinq cents cavaliers et ses cinq mille chevau-légers portent une lance cannelée et une masse d'arme[74]. « Les hommes d'armes s'avançaient couverts de sayons de soie, ornés de plumets et de colliers d'or[74]. » Il s'installe au Vatican.

Début janvier 1495, à peine couronné, le roi de Naples cède la place à son fils Ferrant II, dit « Ferrandino ». Le pape est accablé par l'attitude des princes italiens. Il dit même à qui veut l'entendre que Charles VIII pourrait « prendre l'Italie avec de la craie[16] », faisant par là allusion aux croix tracées sur les portes des maisons que les fourriers réquisitionnent pour loger les soldats occupants. Le 15 janvier, le Borgia tente une manœuvre d'une audacieuse duplicité : il reconnaît Charles VIII chef d'une croisade dont il s'engage à publier la bulle le mois suivant ; il lui livre le prince Djem, et même son fils César en otage. Le 28 janvier 1495, satisfait et triomphant, Charles VIII quitte Rome pour Naples.

Mais c'est le commencement de sa fin : le lendemain, César s'échappe et retourne à Rome. Le 22 février, le roi de Naples quitte la ville et se réfugie en Sicile. Charles entre ainsi sans combattre dans la plus grande agglomération d'Europe — « sa cité de Naples », comme il l'écrit à son beau-frère le duc de Bourbon, qui gère le royaume en son absence —, « portant le manteau impérial et la quadruple couronne de France, Naples, Jérusalem et Constantinople, chaussé d'éperons de bois pour montrer qu'il entre en maître pacifique[74] ». Il déclare vouloir y libéraliser les institutions.

Trois jours plus tard, le prince Djem meurt. Le roi de France, qui perd pourtant là un atout essentiel dans son projet de croisade, choisit de considérer ce trépas comme naturel. Au même moment, le pape parvient à liguer les dirigeants de plusieurs cités italiennes, aux côtés de Ferdinand d'Aragon et de Maximilien de Habsbourg, contre Charles VIII. Celui-ci est alors pris au piège à Naples ; seule la Toscane lui reste fidèle. Il s'inquiète ; dès son intronisation, le 12 mai, comme roi de Naples, il décide de rentrer en France, emportant avec lui statues, tableaux, blocs de porphyre, marbres, tapisseries, ivoires, mosaïques, soit quatre tonnes d'objets d'art et mille cent quarante-trois volumes de la bibliothèque des souverains aragonais. Il laisse la vice-royauté de Naples à son cousin Gilbert de Montpensier. La *furia francese* — de là vient l'expression — lui permet de refaire en deux mois le chemin parcouru en cinq. Il bouscule les coalisés, écrasant les Vénétiens et les Lombards à la bataille de Fornoue. Il force le passage de l'Apennin le 5 juillet 1495, avec neuf mille hommes, toujours sous l'oriflamme de Saint-Denis[74]. Gilbert de Montpensier, attaqué par des Aragonais appelés à l'aide par Ferrandino, perd Naples en février 1496.

A peine revenu en France, Charles VIII meurt le 7 avril 1498 d'un stupide accident, sans laisser d'héritier. L'Europe entière est vite au courant. Venise apprend la nouvelle dès le 14. A Florence, qui a si bien accueilli le souverain français, Savonarole est arrêté et brûlé vif, le 23 mai 1498, sur la place de la Seigneurie. Le cousin du roi, François d'Orléans, lui succède sous le nom de Louis XII. Il se hâte de renouveler le traité d'Etaples avec l'Angleterre et de signer un traité à Grenade avec Ferdinand, restituant le royaume de Naples à l'Aragon (qui le gardera jusqu'en 1713). Puis, invoquant la non consommation de son mariage avec la fille de Louis XI qu'il avait été contraint d'épouser à l'âge de quinze ans, le nouveau roi obtient du pape son annulation en échange du comté de Valentinois et de la main d'une princesse de France pour César Borgia qui quitte l'état ecclésiastique.

Le 8 janvier 1499, Louis XII épouse la veuve de son prédécesseur, Anne de Bretagne, qui reste ainsi reine de France. En mars 1499, il nomme des gouverneurs chargés de représenter l'autorité royale dans chaque province. Le 6 octobre, après une campagne militaire relativement facile, il entre dans Milan et en chasse Ludovic le More (il le capturera en 1500 et l'enfermera au château de Loches). En décembre, son allié César Borgia prend Imola et Forli, jusque-là milanaises. La même année, la paix de Bâle consacre l'indépendance de la « Ligue des Confédérés de la Haute Allemagne ». Philippe le Beau et Jeanne d'Aragon ont un fils, le 24 février 1500, né à Gand, qui deviendra Charles-Quint.

Alexandre VI est victime cette année-là de plusieurs syncopes ; il nomme son fils aîné César, devenu laïc, gonfalonnier de l'Église, c'est-à-dire chef du pouvoir temporel du Saint-Siège. Quand le pape rend l'âme en 1503, Louis XII ne peut faire élire à sa place le cardinal Georges d'Amboise ; Julien della Rovere accède enfin au trône de saint Pierre sous le nom de Jules II. La route de l'Italie est une nouvelle fois fermée à la France.

En 1504, à Blois, le roi de France décide de sceller une étrange alliance en mariant Claude de France, qui n'a que trois ans, à Charles, petit-fils de Maximilien, qui en a quatre, avec pour dot la Bretagne, la Bourgogne, le comté de Blois, le comté d'Asti, le duché de Milan (qu'il vient de prendre au More). Puis, regrettant cet accord — qui donne au petit-fils, Charles, ce que sa propre femme, avant d'épouser Charles VIII, accordait au grand-père, Maximilien —, il rompt le projet d'épousailles et, profitant du désir de Ferdinand d'Aragon de se remarier avec Germaine de Foix, princesse française, il cède définitivement à l'Aragon ses prétentions sur Naples contre neuf cent mille florins. Ferdinand, qui n'aime guère son petit-fils, en est ravi.

Ainsi, la France vaincue, ridiculisée, monnaie ses ambitions en Italie pour boucler ses fins de mois, comme elle l'a fait un peu plus tôt à l'est des Pyrénées.

En 1506, à la mort de son père Philippe le Beau, Charles devient souverain des Pays-Bas sous la tutelle de son grand-père paternel Maximilien. Il n'a que six ans. En 1516, à seize ans, à la mort de son grand-père maternel Ferdinand d'Aragon, il devient roi d'Espagne sous le nom de Charles Ier. A la mort de son autre grand-père, trois ans plus tard, en 1519, élu empereur, il prend le nom de Charles V (Quint) et réalise l'union de l'Autriche, des Pays-Bas, des Flandres, du royaume de Naples, de l'Espagne, sans oublier toutes les terres que lui accorde le traité de Tordesillas. Lui, dont la langue maternelle est le français, prend ainsi le contrôle d'un immense ensemble européen que Pizarre et Cortés élargiront encore en Amérique, et d'autres en Asie. Étrange monarque — chrétien fervent mais tolérant, qui régnera sur l'Espagne catholique mais renforcera les Pays-Bas plus tard protestants, faisant d'Anvers, pour cinquante ans, la capitale de l'économie mondiale, avant de s'effacer discrètement, en 1556, au profit de son fils, Philippe II en Espagne et son frère Ferdinand dans l'Empire, un an avant la grande crise financière espagnole, et de mourir obscurément, l'année suivante, dans un couvent de son pays.

Trente ans plus tard, en 1588, la défaite de l'Invincible Armada marquera la fin de l'illusoire puissance impériale de l'Espagne : elle meurt alors couverte d'or, pour s'être encombrée d'un continent.

Au sud-est de l'Europe, un mur se dresse maintenant entre les catholiques et le reste de l'Europe. Après 1492, l'Empire ottoman se pose en gardien de l'islam. Il remporte une nouvelle guerre, navale cette fois, contre Venise, et lui ravit ses bases en mer Egée. Quand Bayezid II sombre dans le fanatisme religieux et abdique en faveur du troisième de ses fils, Selim, le 24 avril 1512, celui-ci se tourne vers l'Orient, prend Alep et Damas en 1516, Le Caire en 1517, puis Jérusalem et les Lieux saints. L'Empire ottoman devient une puissance d'Orient et le restera jusqu'à sa fin en 1918.

Le reste de l'Europe se tourne aussi vers l'Est.

Après la mort de Casimir IV, en 1492, l'un de ses petits-fils, Albrecht von Hohenzollern ou de Brandebourg, dernier grand-maître de l'Ordre teutonique, sécularise l'Ordre et transforme en 1525 la Prusse en duché héréditaire aux mains de sa famille. Un autre de ses fils, Sigismond Ier, épouse une Sforza en 1518. Sous la direction d'un troisième, la Pologne s'unit à la Lituanie pour former un ensemble territorial considérable, bientôt concurrencé par la Russie quand, en 1493, Ivan III prend Smolensk et se tourne lui aussi à l'Est, vers les grandes plaines de Sibérie. A sa mort, en 1495, sa fille épouse le fils de Casimir IV, Alexandre Ier, grand-duc de Lituanie qui deviendra roi de Pologne. Déjà le nouvel empire se referme sur lui-même et, pendant cinq siècles, vivra dans un sentiment d'exclusion et d'encerclement qu'il aura lui-même largement contribué à créer.

Le sort en est jeté : l'ouest de l'Europe est voué au colonialisme, l'est aux despotismes et aux empires. Rien ne viendra avant longtemps s'y opposer.

Rassembler

1492 est souvent présenté comme le moment où s'esquisse un continent rassemblant les peuples et les races. Vision inexacte. En fait, si 1492 marque bien la date de naissance de ces *pays de mélange*, elle constitue surtout en Europe un tournant capital dans la lutte politique entre villes et nations, entre identité et mélange.

Les cours des États-nations s'accroissent aux dépens de celles des villes[131]. L'État moderne prend forme, devient le représentant des nouvelles classes dirigeantes, développe des techniques de propagande et d'intervention économique, brassant les élites. Il le faut : dans l'intrication des frontières, le tourbillon des peuples, des langues et des cultures, il n'y a plus d'autre source d'unité que l'État. La Nation n'est pas un peuple ; c'est un idéal d'unité forgé autour d'un État. Le *melting pot* est européen avant d'être américain. Il a précisément besoin d'un moule — l'État.

C'est sans doute vers cette époque que son premier théoricien rédige à Florence un texte publié au début du siècle suivant où il définit ainsi la « raison d'État » : « L'État, écrit Machiavel, est une fin en soi, une valeur absolue[79]. » Pour lui, en raison de la « médiocrité du peuple (...), l'État doit se renforcer, s'adapter et œuvrer en permanence pour sa propre grandeur. Tout doit être soumis à la Raison d'État[79] ». Avec lui apparaît aussi une théorie de la *propagande* : toute prise de pouvoir doit s'accompagner de l'exécution « mémorable » d'un ennemi important du pouvoir nouveau.

L'État s'incarne dans une caste de hauts serviteurs qui élaborent une réglementation économique des importations, des industries et des professions, et qui permutent de province à province pour mieux assurer la fusion des peuples. En France, ce sont d'abord des grands seigneurs comme le Bourguignon Pot, puis des banquiers — Florimond Robertet, Beaune-Semblançay —, des experts en finance, des marchands qui sont admis au sein du Conseil d'En Haut[74] et qui représentent dans l'État les nouvelles classes dirigeantes. Ils sont ensuite relayés par des administrateurs qui représentent le roi en province : Bourguignons en Provence, Bretons en Languedoc...

Pour définir cette unité neuve à partir d'un mélange et d'un brassage, il faut la faire incarner par un nouvel Être pur, aussi pur que le peuple est mêlé : l'*État*.

Comme ils ont rêvé d'un Homme nouveau, d'aucuns rêvent déjà d'un « État nouveau ». En 1516, dans l'*Institution du Prince chrétien* qu'il adresse à

Charles Quint, Erasme pose en principe que seule la perfection morale du prince lui permettra une pratique politique chrétienne. Mieux vaut, selon lui, abandonner le pouvoir que l'exercer au prix de l'injustice. En 1517, dans *Querela Pacis*, il condamne la guerre, catastrophe pour les vainqueurs comme pour les vaincus. Elle ne découle pas, pour lui, des « nécessités », mais des passions humaines, de l'ambition, de la cupidité, de la colère, de la bêtise. La même année, son ami Thomas More, se fondant sur les récits de Vespucci, imagine une cité idéale dans *L'Utopie ou le traité de la meilleure forme de gouvernement* : sans propriété individuelle, sans séparation entre travail manuel et intellectuel, sans État. Tous les « magistrats », y compris le prince, y sont élus et contrôlés par un Sénat composé d'une classe de lettrés désignés par le peuple. La guerre est honnie, hormis les guerres justes[37]. Le peuple n'a pas d'identité culturelle hors de l'État.

Au cas où le prince ne représente pas cet idéal, les calvinistes français Théodore de Bèze, Duplessis-Mornay, Hubert Languet, développent la notion de « droit divin de rébellion[27] ». Tout manquement des rois à la piété, au respect des lois, libère les peuples de leur obligation de soumission[27]. Pour eux, les *États généraux* doivent permettre aux « magistrats inférieurs » de « contrôler » le roi. Michel de l'Hôpital, Louis Servin, Pierre de Belloy, Guy Coquille, La Noue, et, bien sûr, Jean Bodin, tireront les conséquences de ce devoir de rébellion[27]. Dans les *Six Livres de la République*, Bodin soutient que le Pouvoir — monarchie, aristocratie ou démocratie — a pour rôle et prérogative de *donner* ou *casser* la loi, de faire la guerre, de nommer les fonctionnaires, de juger en dernier ressort, de lever l'impôt et de battre monnaie. Celui qui le détient l'exerce en son nom propre et pour la vie. Le Pouvoir est indivisible, sinon il fait place à la corruption et au désordre. Il n'y a pas d'autre unité nationale que celle de l'État.

D'autres utopies verront encore le jour par la suite, d'Emeric Crucé à Sully, de William Penn à l'abbé de Saint-Pierre, de Rousseau à Jeremy Bentham et à Emmanuel Kant. Toutes iront dans le même sens : la Nation transcende les peuples qui la composent et l'État représente la Nation. Même s'ils ne sont pas les seuls, les États d'Amérique en seront l'incarnation démocratique.

Mais ces utopies annoncent aussi les pires barbaries : celles de la synthèse de l'Art et du Politique, du Paradis terrestre à portée du pouvoir. Colomb, en remontant l'Orénoque, croyait y atteindre. Prémonition capitale : depuis lors, l'homme n'a cessé de vouloir trouver un Homme nouveau, pur, idéal. Indien d'abord, puis, quand l'Indien déçoit, immigrant ou idéologue. Et aujourd'hui Golem.

CONCLUSION

L'Histoire masque les fragments qui la composent. Et 1492, oubliée comme toutes les autres années, ne resurgit qu'à l'occasion de sa commémoration.

Comme les funérailles ne servent qu'à rassembler les vivants, chaque anniversaire n'est que l'occasion de parler du présent ; il en dit plus sur aujourd'hui que sur toute autre chose, illustrant la remarque de Bergson sur le futur qui donne sens au passé, sur le « mouvement rétrograde du vrai ».

Car la « vérité » de 1492 est changeante. Elle dépend de ce que l'on en connaît — et veut en connaître — au moment où l'on en parle. Si le bonheur est peut-être « fondé sur l'oubli », comme le dit Michel Serres, la vérité historique, elle, dépend du souvenir qui fixe le jugement. Et de souvenir, là, on manque. Car l'étude de 1492 révèle les lacunes de l'information historique moderne. J'ai déjà dit combien 1492 fut négligée par les contemporains. Même aujourd'hui, où la recherche a tant progressé, on connaît mal les mécanismes des principales décisions de cette époque : le financement du voyage de Colomb est encore l'objet de controverses, l'expulsion des Juifs d'Espagne reste une quasi-énigme, les tractations précédant le mariage de Charles VIII et d'Anne de Bretagne, celles antérieures au traité d'Étaples, l'élection de Rodrigue Borgia sont encore largement des mystères. De même, le travail de Martin Behaïm n'a pas surgi du néant et ses rencontres avec Colomb mériteraient d'être éclaircies, tout comme celles de Colomb avec Vespucci ou de Laurent avec Savonarole. Sans parler de ce qui se passe ailleurs, si mal étudié : la mort d'Ali Ber, celle de l'Inca, les négociations de Gama à Calicut, la succession de Casimir IV en Pologne...

De plus, l'approximation des dates retenues pour un fait précis par les historiens les mieux reconnus gêne la réflexion : que tel événement ait eu lieu juste avant ou juste après tel autre l'éclaire d'un jour différent. Et, là-dessus, on ne peut se livrer, dans la plupart des cas, qu'à des conjectures ; on semble ne pas aimer entrer dans les détails — en tout cas, pour ces années-là.

Pourtant, l'Histoire, à chaque centenaire de 1492, s'est chargée d'en rappeler les faits et d'y jeter une lumière particulière, ironique ou dérisoire, tragique ou glorieuse, selon la situation de l'époque, modifiant de siècle en siècle le point de vue des contemporains.

En 1592, le sud de l'Amérique est entièrement conquis et anéanti. Son or et son argent s'épuisent. La canne à sucre se répand, un esclave y meurt pour chaque tonne de sucre. En Afrique s'achève la dynastie Askia qui, depuis un siècle, fait la gloire de l'empire du Songhaï. Au Japon, Hideyoshi envahit la Corée à la tête de cent soixante mille hommes, première tentative de conquête du continent, échec total. Amsterdam, capitale des libres Provinces-Unies, où triomphe la Réforme et qui héberge les marranes, domine presque l'économie marchande. La France est puissante malgré les terribles guerres de religion. En Espagne — dont la double force financière et militaire vient d'être anéantie —, on force l'ordre des Jésuites à adopter les statuts de la « pureté de sang » et à expulser les nouveaux chrétiens de ses rangs, modifiant même au sein de l'ordre les noms des anciens dignitaires *conversos* : l'Histoire s'efface pour s'écrire. Le 7 décembre 1592, Galilée, professeur de mathématiques à l'université de Padoue, donne sa leçon inaugurale, faisant tourner le globe de Behaïm autour du Soleil. On publie à Bâle les œuvres complètes d'un marrane portugais, né en 1492 et mort en 1577, Pedro Nuñez, astronome, mathématicien, cartographe, cosmographe. Meurt Michel de Montaigne. Cervantes, ruiné, travaille au *Don Quichotte*. A Prague, où règne Rodolphe II de Habsbourg, reprend le mouvement messianique juif qu'anime Rabbi Loew, le *maharal* de Prague qui rêve du Golem, homme nouveau. Son élève, David Ganz, collabore avec Kepler et Tycho Brahé et écrit le *Sefer Zeman David*, première chronique d'histoire juive et universelle. Nul, semble-t-il, ne fête la découverte d'une Amérique à peine peuplée de quelques chercheurs d'or venus d'Europe latine et de tribus exsangues.

Un siècle plus tard, en 1692, le monde a beaucoup changé. La France, où règne Louis XIV, reste la première puissance politique ; l'État y prend la forme absolue qui s'annonçait deux siècles plus tôt. Maximillien II de Bavière devient gouverneur des Pays-Bas espagnols à côté desquels Amsterdam domine maintenant pleinement l'économie-monde. L'or et l'argent épuisés, l'Amérique du Sud et Centrale n'est plus que réserve de misère et de canne à sucre. En Amérique du Nord, quelques colons d'Europe, eux aussi à la recherche d'un Paradis terrestre pour Homme nouveau, chassent devant eux les malheureux résidus de tribus indiennes détruites par les maladies venues du Mexique. Cette année-là, à Salem, dans le Massachusetts, un terrible procès en sorcellerie se termine par dix-neuf pendaisons. Nul ne fête encore la découverte de l'Amérique qu'on appelle encore, au sud, Nouvelle-Espagne.

Puis commencent à se préciser les concepts qui serviront à parler plus tard de 1492. En 1765, en France, on forge le mot *humaniste* pour parler du philantrope. En 1776, lorsque les colonies anglaises d'Amérique du Nord prennent leur indépendance et créent la première démocratie parlementaire, on commence à réfléchir à l'histoire du Continent. En 1787, la question : « La découverte de l'Amérique a-t-elle été utile ou au contraire nuisible au genre humain ? » est le sujet mis au concours par l'Académie française[35]. En 1791, Thomas Jefferson et James Madison créent le *District of Columbia* en même temps que la ville qui deviendra Washington : voici Colomb de retour en Amérique.

L'année suivante, 1792, l'Europe a d'autres choses à penser que fêter un tricentenaire. Le *dollar* est créé — comme on a créé la lire à Gênes trois siècles plus tôt —, l'Angleterre domine l'économie-monde, la France, épuisée par son soutien aux colonies d'Amérique, est en guerre avec toute l'Europe. Elle gagne cependant à Valmy ; Rouget de l'Isle écrit *la Marseillaise* ; on étrenne la guillotine. Les Juifs sont pour la première fois citoyens pleins et entiers. François II d'Autriche, élu cette année-là empereur du Saint empire, ne sait pas qu'il sera le dernier. La Russie et la Turquie, empires majeurs, signent une paix, renforçant l'alliance de l'Orient européen. Au Pendjab, Ranjit Singh devient roi des Sikhs et agrandit sensiblement son royaume : l'Asie revient dans l'Histoire.

Le Nouveau Continent commence à penser son passé : le Mexique est indépendant à compter de 1821 ; en 1826, Fenimore Cooper publie à New York *le Dernier des Mohicans*, un des premiers signes de l'intérêt des colons pour les Indiens, définitivement affublés de ce nom ridicule. En 1858, un jeune, revenu d'Angleterre, Washington Irving, publie en anglais la première biographie — idolâtre — de Colomb. Quatre ans plus tard, il écrit à propos des Indiens *les Prairies du Far-West*, sans rien voir des tragédies qui se jouent dans les Rocheuses. Vers 1840, un autre jeune Nordiste, Francis Mortimer, venu étudier les Indiens à une époque où les Européens dépassent Saint-Louis, fondée par les Français en 1764, commence à décrire, dans *la Piste de l'Orégon*, les désastres de la conquête de l'Ouest.

Vers 1845, l'*humanisme* désigne la philosophie de la fin du XVe siècle. Puis apparaissent les termes *Renaissance* et *Quattrocento*. Quand s'annonce la guerre de Sécession, juste avant que l'esclavage ne prenne fin, au moins officiellement, Colomb approche du sommet de sa gloire. En 1866, en pleine guerre, quelqu'un a même l'idée de le faire sanctifier par le Vatican, chrétien idéal. (On soutient qu'il portait une haire pendant la pénitence.) Si le projet échoue en 1891, à la veille du quatrième centenaire, ce n'est pas à cause de son attitude envers les Indiens, mais parce qu'il avait eu un fils illégitime : sans Ferdinand, on aurait eu droit à un saint Christophe Colomb.

En 1892, l'Amérique est devenue pour tous les miséreux du monde le Paradis terrestre, cependant que les Européens s'épuisent à consolider leurs dernières colonies en Afrique et en Asie. L'Amérique latine a gagné son indépendance politique. L'Angleterre est toute-puissante. La Russie est isolée, la révolte ouvrière gagne ; l'Internationale socialiste s'organise en Prusse où Clara Zetkin fonde le premier journal socialiste féminin, *Gleischheit*. En France, devenue république coloniale, Zola publie *la Débâcle*, et Verlaine *les Liturgies intimes*. Herzl travaille au sionisme, Rudolph Diesel met au point le premier moteur à combustion interne. C'est l'année de l'affaire Ravachol, et surtout du scandale de Panama qui interdit en France de fêter la « découverte de l'Amérique ». Sauf en Corse, à Calvi où, le 10 octobre, on célèbre les ruines d'une imaginaire « maison natale » de Colomb où celui-ci serait né au hasard d'un voyage de ses parents entre l'Espagne et Gênes[138].

En revanche, le quadricentenaire est fêté aux États-Unis, en Espagne et en Italie : Gênes est le théâtre d'une « Exposition colombienne » ; à New York, les 9 et 10 octobre 1892, on inaugure la statue de Colomb à Central Park, on organise de nombreuses cérémonies religieuses, un défilé de quarante mille enfants et cinquante mille soldats, et une revue navale internationale avec un énorme feu d'artifice tiré depuis le pont de Brooklyn. Le président de Saint-Domingue veut vendre aux États-Unis les restes de Colomb pour cent mille dollars[138]. Mais il en existe d'autres à Cuba depuis 1796...

En Espagne, les cérémonies sont plus modestes : la situation politique ne permet pas mieux. Le 1er août, une copie de la *Santa Maria*, remorquée par le *Joaquim Prelado* et escortée par des navires espagnols, français et anglais — étrange alliance des colonisateurs — quitte Cadix pour Huelva. A Huelva, elle est accueillie par le ministre de la Marine. Le 2 août, après des courses de taureaux l'après-midi, la caravelle, suivie de son escorte, met le cap sur Palos d'où elle doit repartir pour refaire le voyage de l'amiral. Le prêtre devant célébrer la messe étant en retard[138], le départ est reporté au 4 août, avec échange de télégrammes entre le maire de Palos et le président des États-Unis, Harrisson. Le 8 octobre, le jeune roi Alphonse XIII et la reine mère régente Marie-Christine arrivent à Séville. Des cérémonies ont lieu à la cathédrale et à l'Alcazar. Le 9 octobre, la famille royale arrive en train à Cadix. Bains de foule, messe à la cathédrale et, le soir, bal à l'hôtel de ville. Le 10 octobre, le yacht royal et son escadre quittent Cadix pour Huelva où la reine clôt un « Congrès des Américanistes ». Le 12 octobre, on inaugure un monument en l'honneur de Colomb au couvent de la Rábida et le 12 octobre devient fête nationale de l'Espagne[139]. Il est prévu que la famille royale séjourne un moment à Grenade (après les cérémonies proprement dites). En raison d'une indisposition du jeune Alphonse XIII, cette partie du voyage est annulée. Le 3 novembre, émeute à Grenade ; tous les préparatifs de la fête sont détruits[116].

En cette année 1892, peu de réflexions critiques sérieuses sur l'Amérique indienne qui continue d'être massacrée à coups de variole et d'alcool, de réserves et de traités bafoués. Pas plus que sur l'esclavage qui existe encore dans les faits, au moins sur deux continents. Hormis la préface à la réédition de *la Piste de l'Orégon*, écrite par Mortimer lui-même, justement en 1892, dans laquelle il dit : « L'Indien est devenu une laide caricature de son conquérant et ce qui le rendait romantique, terrible et détestable, lui a été retiré par la force. Celui qui ne craignait ni l'ours, ni les Indiens, ni le diable, le trappeur audacieux et endurci, appartient au passé... Nous n'étions pas prophète pour prévoir tout cela, et si nous l'avions prévu, peut-être quelque regret pervers aurait-il tempéré l'ardeur de notre allégresse. »

En Europe, dans les années vingt, on s'intéresse plus que jamais à la Renaissance, à la « recherche du temps perdu » ; on s'évertue à comprendre un art figuratif qui disparaît. En 1928, la biographie de Colomb par Morison, considérée encore aujourd'hui par beaucoup comme la référence, reste sur la même ligne que celle qui l'a précédée. Quelqu'un, nouveau monstre en Europe, écrit qu'il faut purifier le Continent, y construire un Homme nouveau : celui à éliminer, dit-il, est encore le Juif. L'Homme nouveau à construire s'appelle cette fois l'« Aryen ». Un peu plus à l'est, ce sera bientôt le « Communiste ».

Et aujourd'hui ? A l'occasion de ce cinquième centenaire, l'Europe bat un peu sa coulpe : on parle de « Rencontre » et non plus de « Découverte ». Maigre progrès. On reste fier d'avoir imposé une conception de la démocratie, des droits de l'homme, de la raison, de la science, du progrès. On ne regrette rien des rêves d'alors, ni des massacres « nécessaires », « inévitables », « involontaires ».

Que retenir aujourd'hui du foisonnement de 1492 ?

D'abord, l'*obsession de pureté* de l'Europe qui s'invente un *passé* (contre le judaïsme et l'islam), un *présent* (contre la syphilis), un *futur* (au Nouveau Monde).

Ensuite, le *triomphe des marginaux* : Behaïm et Nebrija, Colomb et Abravanel, Pic de la Mirandole et Ficin, hommes de vent et hommes de plume, auront trouvé ce qu'ils ne cherchaient pas. Machiavel écrit : « La fortune est une chose bonne quand elle est saisie par un homme qui veut faire de grandes choses et dont l'esprit et les vertus sont telles qu'il sait reconnaître les occasions qu'elle lui offre. » Tout le siècle est dans cette phrase. Ces rebelles — marchands, artistes, découvreurs, mathématiciens, philosophes — cherchaient un Paradis terrestre pour Hommes nouveaux.

Enfin, 1492 révèle les *mécanismes de constitution d'un Continent-Histoire*. Pour le devenir, un espace politique doit se purifier de son passé, chasser les intrus de son sol, s'inventer une histoire, un espace à conquérir, un Paradis terrestre à peupler, un Homme nouveau à forger.

Au total, ces événements de 1492, à la fois du Moyen Age et de la modernité, doivent être regardés avec précautions pour ce qui est des leçons à en tirer.

La situation aujourd'hui est radicalement neuve. Ni les dimensions ni les enjeux ne sont les mêmes. 1492 ne saurait être en rien plus qu'une métaphore. Le monde est vingt fois plus peuplé, un million de fois plus riche, un milliard de fois plus armé, on y dispose d'une énergie immensément plus puissante. Les moyens de communication, oraux et écrits, sont incomparablement plus rapides, et les capacités de barbarie proportionnellement bien plus gigantesques encore. Certes, à cause de 1492, l'Europe d'aujourd'hui est atlantique et non méditerranéenne, conquérante et non accueillante, fière de ses œuvres d'art et oublieuse de ses génocides. Le reste du monde, à cause de 1492, est nommé de noms d'Europe. Sur les terres nouvelles, on continue d'espérer forger un Homme nouveau, inventer une société pure du passé. La colonie d'Amérique est devenue la première puissance de la planète ; elle a même sauvé, il y a peu, le Vieux Monde de ses propres démons.

Géopolitiquement, l'Europe n'est plus le *Continent-Histoire*. Comme les Anglais du XVe siècle, les Européens d'aujourd'hui rêvent de paix et de puissance économique ; comme les Bourguignons, ils rêvent d'unité fédérale ; comme les Italiens, ils rêvent de droits de l'homme et de création ; comme les Espagnols, ils rêvent de gloire ; comme les Français, ils rêvent de grandeur. Menacée par ses divisions, épuisée par cinq siècles de colonisations dévastatrices, incertaine de ses oublis à l'Est, l'Europe bascule de nouveau, non plus vers l'Atlantique, mais vers l'Est. Son « cœur » n'est plus Anvers, Amsterdam ou Londres, mais Paris et Berlin. Sa population, en proportion de celle du reste du monde, est deux fois moins importante qu'en 1492 ; elle tente de se rassembler pour en finir avec ses démons, oublier les nations — elles-mêmes rassemblements de peuples — qui la composent. Mais elle n'a plus — ou n'a pas encore — recouvré les moyens de se penser comme *Continent-Histoire*.

C'est l'Amérique qui l'est devenue depuis quelques décennies. Comme celle de l'Europe s'est imposée avec l'imprimerie, la mémoire de l'Amérique s'est formée avec le cinéma qui a permis d'écrire l'histoire de sa naissance, glorieuse conquête d'un Far West, aussi fictive que celle dont se vantaient les Espagnols à propos de Grenade. L'Amérique d'aujourd'hui va même encore plus loin pour s'inventer des racines. On assiste d'abord à un processus d'américanisation des valeurs d'Occident (démocratie et marché) dont certains voudraient oublier l'origine européenne. Puis l'événement majeur de 1992 pourrait être le refus, en Amérique même, du métissage — un refus marqué par la volonté de chacun de raconter son passé à sa façon, de choisir son héritage non plus comme habitant d'un continent, mais comme individu ou membre d'un groupe.

Plus généralement menace partout l'expulsion des « autres » hors de son territoire ou de son groupe, comme on prépara, dans l'Europe du XVᵉ siècle, celle des musulmans et des Juifs. En Europe comme en Amérique, on assiste au même débat sur assimilation et rejet, sur l'incapacité des « autres » de se fondre dans « la société ». Voici tragiquement revenu le temps de la pureté. Le peuple risque de n'être plus nulle part ce qu'en disait, dans son admirable formule, le chancelier Pot aux états généraux de Blois : l'« *universalité des habitants du royaume* ».

Pourtant le monde est de plus en plus un lieu de métissage où s'échange le chaud et le froid, le Noir et le Blanc, le Nord et le Sud. Les Mexicains disent souvent que l'Amérique est le produit du viol d'une

Indienne par un hidalgo. Tel est le monde : métis, impur, tirant sa force de cette ambiguïté.

1492 montre qu'on ne peut se débarrasser du passé : il vous revient toujours à la figure. Et influe sur l'avenir. Il n'y a pas de page blanche.

Un *Continent-Histoire nouveau* s'annonce peut-être aussi sur les rives du Pacifique. A coups de dessins animés et d'images de synthèse, il invente un monde de nomades sans idéologie, sans Paradis terrestre. Que dira-t-on de Marco Polo ou de Magellan depuis Tokyo ? Et d'Hiroshima ?

Les langues du Nord deviennent des armes du Sud : l'espagnol en Amérique du Nord, le français au Maghreb sont les modes d'expression d'une nouvelle mixité, d'un nouveau métissage. Hispanisation des États-Unis, islamisation de l'Europe : retour des choses ? Insensiblement, voilà qui déplace le *Continent-Histoire* vers le sud pour lui garder sa mémoire.

Racontera-t-on un jour le monde vu d'Afrique ? Sait-on seulement en Europe comment se nomme l'Afrique en swahili ?

Quel monde sera demain possible ? Où sera le nouveau Paradis terrestre ?

Je crains qu'il ne soit plus dans l'Orénoque, mais dans la *drogue* — voyage des continents sans projets — et dans les *laboratoires* où le fantasme génétique est le dernier avatar du rêve occidental, le point ultime de la double ambition : pureté et choix de descendance. Non plus celui de l'artifex, mais de l'artefact.

Qui seront les rebelles ? Où se feront-ils entendre ? Transformeront-ils le monde sans écouter ceux qui ne rêvent que de s'y faire une place ?

Quelque part existent des Colomb et des Vinci, des Nebrija et des Behaïm, comme existent aussi, à l'affût, des Vespucci et des Borgia, voleurs de gloire, des Cortés et des Albuquerque, détourneurs de rêves.

Demain commence un autre monde. Fait, autant que celui-ci, de hasard et de fureur. Un monde qui peut lui aussi basculer d'une mer à l'autre, se construire sur l'exclusion des autres, oublier sa barbarie dans la quête de pureté, détruire l'humanité au nom du Paradis terrestre.

A moins que nous ne sachions faire de cette commémoration l'occasion pour la Planète rassemblée d'accepter son histoire par une méditation sur la beauté des mélanges, la grandeur des rebelles et les vertus de la douceur.

REMERCIEMENTS

Ce livre eût été impossible sans l'amicale attention de Claude Durand, l'exigeante relecture du
texte final par Denis Maraval et l'assistance de Serge
Walery et de Jeanne Auzenet dans la mise au point
des références bibliographiques.

NOTES BIBLIOGRAPHIQUES

1. ANTONETTI P., *Histoire de Florence*, Paris, Laffont.
2. ARIÉ R., *L'Espagne musulmane au temps des Nasrides (1232-1492)*. Thèse d'État, Paris III. Paris, E. de Boccard, 1973.
3. ATTALI J., *Bruits*, Paris, P.U.F., 1977.
4. ATTALI J., *L'Ordre cannibale*, Paris, Grasset, 1979.
5. ATTALI J., *Histoires du temps*, Paris, Fayard, 1982.
6. BENNASSAR B. et L., *1492, un nouveau monde ?* Paris, Perrin, 1991.
7. BENOIT P., « Calcul, algèbre et marchandise », *in* SERRES M. (sous la direction de), *Éléments d'histoire des sciences*, Paris, Bordas, 1988.
8. BÉRANGER J., *Histoire de l'Empire des Habsbourg (1273-1918)*, Paris, Fayard, 1990.
9. BOORSTIN D., *les Découvreurs*, Paris, Seghers, 1986.
10. BOUDET J., *Chronologie universelle*, Paris, Bordas, 1988.
11. BRAUDEL F., *La Méditerranée et le monde méditerranéen à l'époque de Philippe II*, Paris, Armand Colin, 1966.

12. BRAUDEL F., *Civilisation matérielle, économie et capitalisme*, 3 vol., Paris, Armand Colin, 1979.

13. BRAUDEL F. et LABROUSSE E. (sous la direction de), *Histoire économique et sociale de la France*, tome 1.

14. LE ROY LADURIE E., MORINEAU M., *1450-1660, paysannerie et croissance*, tome 2, Paris, P.U.F., 1977.

15. BRION M., *Laurent le Magnifique*, Paris, Albin Michel, 1937.

16. CARDINI F., *1492, l'Europe au temps de la découverte de l'Amérique*, Paris, Solar, 1990.

17. CARPENTIER A., *La Harpe et l'Ombre*, Paris, Gallimard, 1979.

18. CARRIVE P. et MANDEVILLE B., *Passions, vices, vertus*, Paris, Vrin, 1980.

19. CÉLÉRIER P., *Histoire de la navigation*, Paris, P.U.F., 1968.

20. CHANDEIGNE, *Lisbonne hors les murs (1415-1580)*, Paris, Autrement, n° 1, septembre 1990.

21. CHASTEL A., *Italie, 1460-1500*, Gallimard, « L'Univers des Formes », 1965.

22. CHAUNU P., *L'Expansion européenne du XIIIe au XVe siècle*, Paris, P.U.F., Nouvelle Clio, 1969.

23. CHAUNU P., *Conquête et exploitation des nouveaux mondes (XVIe siècle)*, Paris, P.U.F., Nouvelle Clio, 1969.

24. CHAUNU P., *Le Temps des réformes. La Crise de la Chrétienté ; l'éclatement (1250-1550)*, Paris, Fayard, 1975.

25. CHAUNU P., *Séville et l'Atlantique aux XVIe et XVIIe siècles*, Paris, Flammarion, 1977.

26. CHAUNU P., *Les Amériques : XVIe, XVIIe, XVIIIe siècles*, Paris, Armand Colin, 1976.

27. CHEVALLIER J. J., *Histoire de la pensée politique*, 3 vol., Paris, Payot, 1979.

28. CHOISY A., *Histoire de l'architecture*, 2 vol.,

Paris, Gauthier-Villars, 1899. Réédition, Genève-Paris, Slatkine, 1982.

29. CLOULAS I., *Les Borgia*, Paris, Fayard, 1987.

30. CLOULAS I., *Laurent le Magnifique*, Paris, Fayard, 1982.

31. CLOULAS I., *Charles VIII et le mirage italien*, Paris, Albin Michel, 1986.

32. COLOMB Christophe, *Journal*, La Découverte, nouv. éd., 1991.

33. COMMYNES DE Philippe, *Hystoire faicte et composée par...*, Paris, 1524.

34. CROIX R. de la, *Des navires et des hommes. Histoire de la navigation*, Paris, Fayard, 1864.

35. DEBRAY R., *Les Visiteurs de l'aube*, Paris.

36. DEDIEU J.-P., *L'Inquisition*, Paris, Éditions du Cerf, 1987.

37. DELORME J., *Thomas More*, Paris, 1936.

38. DELUMEAU J., *La Civilisation de la Renaissance*, Paris, Arthaud, 1984.

39. DESCOLA J., *Histoire d'Espagne*, Paris, Fayard, 1979.

40. DAUFOURCQ C. E., GAUTIER-DALCHÉ J., *Histoire économique et sociale de l'Espagne chrétienne au Moyen Age*, Paris, Armand Colin, 1976.

41. DUMAS J.-L., *Histoire de la pensée*, tome 2, Paris, Tallandier, 1990.

42. DUMUR G., *Histoire des spectacles*, Paris, La Pléiade, 1981.

43. DURAND F., *Les Vikings*, Paris, P.U.F., 4e éd., 1985.

44. DURANT W., *Histoire de la civilisation : La Renaissance*, Paris, Rencontres, 1963.

45. EHRENBERG R., *Le Siècle des Fugger*, Paris, S.E.V.P.E.N., 1955.

46. FAVIER J., *De l'or et des épices. Naissance de l'homme d'affaires au Moyen Age*, Paris, Fayard, 1987.

47. FAVIER J., *Les Grandes Découvertes, d'Alexandre à Magellan*, Paris, Fayard, 1991.

48. FINOT J., *Étude historique sur les relations commerciales entre la Flandre et l'Espagne au Moyen Age*, Paris, A. Picard et fils, 1899.

49. FLEG E., *Anthologie juive des origines à nos jours*, Paris, Flammarion, 1956.

50. FOSSIER R. (sous la direction de), *Le Moyen Age*, tome 3 : *Le Temps des crises (1250-1520)*, Paris, Armand Colin, 1983.

51. GACHARD M., *Les Monuments de la diplomatie vénitienne considérés sous le point de vue de l'Histoire moderne en général et de l'Histoire de la Belgique en particulier*, Mémoire présenté à la séance de l'Académie royale, le 7 mars 1853, par M. Gachard, archiviste général du royaume de Belgique.

52. GAXOTTE P., *Histoire de l'Allemagne*, Paris, Flammarion, 1975.

53. GERMA P., *Depuis quand ? Ces choses de la vie quotidienne*, Paris, Berger-Levrault, 1936.

54. GERNET J., *Le Monde chinois*, Paris, Armand Colin, 1972.

55. GILLE B. (sous la direction de), *Histoire des techniques*, Paris, Gallimard, La Pléiade, 1978.

56. GIRAUD Y. et JUNG M. R., *La Renaissance*, tome 1 (1480-1548), Paris, Arthaud, 1972.

57. GODINHO V. M., *Les Découvertes, XVᵉ-XVIᵉ : une révolution des mentalités*, Paris, Autrement, série Mémoires. Supplément au n° 1, 1990.

58. GORIS J. A., *Étude sur les colonies marchandes méridionales à Anvers de 1488 à 1567*. Contribution à l'histoire des débuts du capitalisme moderne, Louvain, Uystpruyst, 1925.

59. GRUZINSKI S. et BERNAND C., *Histoire du nouveau monde*, tome 1, *De la découverte à la conquête*, Paris, Fayard, 1991.

60. GUICCIARDINI, *L'Histoire d'Italie*, Paris, 1568.

61. JOSEPH HA-COHEN, *La Vallée des Pleurs*, traduction française, 1881.

62. HEERS J., *Gênes au XVᵉ siècle : civilisation méditerranéenne, grand capitalisme et capitalisme populaire*, Paris, Flammarion, 1971.

63. HEERS J., *Christophe Colomb*, Paris, Hachette, 1981.

64. HEERS J., *L'Occident aux XIVᵉ et XVᵉ siècles : aspects économiques et sociaux*, Paris, P.U.F., Nouvelle Clio, 4ᵉ éd. refondue, 1973.

65. IANCU D., *Les Juifs en Provence (1475-1501) : De l'insertion à l'expulsion*, Institut historique de Provence, 1981.

66. KOYRÉ A., *La Révolution astronomique : Copernic, Kepler, Borelli*, Paris, Hermann, 1961.

67. KRIEGEL M., « La prise d'une décision : l'expulsion des juifs d'Espagne en 1492 », *in Revue historique*, 102ᵉ année, tome CCLX, Paris, P.U.F., 1978.

68. KRIEGEL M., *Les Juifs à la fin du Moyen Age dans l'Europe méditerranéenne*, Paris, Hachette, 1979.

69. LABANDE-MAILFERT Y., *Charles VIII et son milieu (1470-1498). La Jeunesse au pouvoir*, Paris, Librairie C. Klincksieck, 1975.

70. LABANDE-MAILFERT Y., *Charles VIII*, Paris, Fayard, 1986.

71. LANE F. C., *Venise, une république maritime*, Paris, Flammarion, 1975.

72. LARAN M. et SAUSSAY J., *La Russie ancienne*, Paris, Masson, 1975.

73. LEROY B., *Les « Menir » : une famille sépharade à travers les siècles (XIIᵉ-XXᵉ)*, Bordeaux, C.N.R.S., 1985.

74. LE ROY LADURIE E., *L'État français* (tome 3 de l'*Histoire de France*), Paris, Hachette, 1987.

75. LÉVY R., *Trente siècles d'Histoire de Chine*, Paris, P.U.F., 1967.

76. LICHTENTHAELER C., *Histoire de la médecine*, Paris, Fayard, 1978.

77. LOMBARD M., *L'Islam dans sa première grandeur*, Paris, Flammarion, 1971.

78. LUCAS-DUBRETON J., *La Vie quotidienne à Florence au temps des Médicis*, Paris, Hachette, 1958.

79. MACHIAVEL N., *Le Prince*, Paris, Gallimard, 1986.

80. MADARIAGA DE S., *Christophe Colomb*, Paris, 1952.

81. MAINE R., *Nouvelle histoire de la Marine. Tome 1 : De la rame à la voile*, Paris, Éd. Maritimes et d'Outre-Mer, 1977.

82. MAHN-LOT M., *La Découverte de l'Amérique*, Paris, Flammarion, « Questions d'Histoire », 1970.

83. MALO C., *Histoire des Juifs depuis la destruction de Jérusalem jusqu'à nos jours*, Paris, Leroux, 1826.

84. MANTRAN R., *Histoire de la Turquie*, Paris, P.U.F., (5ᵉ éd.), 1983.

85. MANTRAN R. (sous la direction de), *Histoire de l'Empire ottoman*, Paris, Fayard, 1989.

86. MARGOLIN J.-C. (sous la direction de), *L'Avènement des temps modernes*, Paris, P.U.F., « Peuples et Civilisations », 1977.

87. MARIÉJOL J.-H., *L'Espagne sous Ferdinand et Isabelle*, Paris, Librairies-Imprimeries Réunies, 1892.

88. MAUROIS A., *Histoire d'Angleterre*, Paris, Fayard, 1978.

89. MENDEZ BEJARANO M., *Histoire de la Juiverie de Séville*, Madrid, Editorial Ibero-Africano-Americana, 1922.

90. MÉTRAUX A., *Les Incas*, Paris, Seuil, 1962.

91. MÉTRAUX A., *Religions et magies indiennes d'Amérique du Sud*, Paris, Gallimard, 1967.

92. MOLLAT M., *La Vie quotidienne des gens de mer en Atlantique (IXᵉ-XVIᵉ siècle)*, Paris, Hachette, 1983.

93. MONTAIGNE, *De la vanité*, Rivages, « Petite Bibliothèque », Paris, 1989.

94. MUNTZ E., *Histoire de l'art pendant la Renaissance*, tome 2 : *Italie, l'Age d'or*, Paris, Hachette, 1891.

85. NEHRER A., *David Gans (1541-1613) : disciple du Maharal, assistant de Tycho Brahé et de Jean Kepler*, Paris, Klincksieck, 1974.

96. PAPIN Y.-D., *Précis de chronologie de civilisation française*, Paris, Albin Michel, 1981.

97. PÉREZ J., *Isabelle et Ferdinand, Rois Catholiques d'Espagne*, Paris, Fayard, 1988.

98. POLIAKOV L., *Histoire de l'antisémitisme*, 3 vol. Tome 2 : *De Mahomet aux Marranes*, Paris, Calmann-Levy, 1961.

99. POSTAN M. et HILL C., *Histoire économique et sociale de la Grande-Bretagne*, 2 vol., Paris, Seuil, 1977.

100. REISCHAUER E.-O., *Histoire du Japon et des Japonais*, 2 vol., Paris, Seuil, 1973.

101. RENOUARD Y., *Histoire de Florence*, Paris, P.U.F., (3ᵉ éd.), 1974.

102. RESENDE G. DE, *Recollection des merveilles advenues en notre temps*, 1534.

103. RIASANOVSKY N.-V., *Histoire de la Russie*, Paris, Robert Laffont, 1987.

104. ROTH C., *Histoire du peuple juif*, 2 vol., Paris, Stock, 1980.

105. SARDELLA P., *Nouvelles et spéculations à Venise au début du XVIᵉ siècle*, Paris, Armand Colin, 1948.

106. SCHICK L., *Un grand homme d'affaires du début du XVIᵉ siècle : Jacob Fugger*, Paris, S.E.V.P.E.N., 1957.

107. SCHWARZFUCHS S., *Les Juifs en France*, Paris, Albin Michel, 1975.

108. SEPHIHA H.-M., *L'Agonie des Judéo-Espagnols*, Paris, Entente, seconde édition, 1979.

109. SHAW S., *Histoire de l'Empire ottoman et de la Turquie*, 2 vol., Roanne, Éditions Horvath.

110. SIRAT C., *La Philosophie juive médiévale en pays de chrétienté*, Paris, C.N.R.S., 1988.

111. SOIL H., *Abravanel, Don Isaac, sa vie et ses œuvres*, Paris, Gallimard, 1983.

112. SUAREZ FERNANDEZ L., *Les Juifs espagnols au Moyen Age*, Paris, Gallimard, 1983.

113. TENENTI A., *Florence à l'époque des Médicis ; de la Cité à l'État*, Paris, Flammarion, 1968.

114. THOMAS H., *Histoire inachevée du monde*, Paris, Robert Laffont, 1986.

115. TODOROV T., « Voyageurs et Indigènes » *in L'Homme de la Renaissance*, Paris, Seuil, 1990.

116. VINCENT B., *1492, l'année admirable*, Paris, Aubier, 1991.

117. WACHTEL N., *La Vision des vaincus. Les Indiens du Pérou devant la conquête espagnole*, Paris, Gallimard, 1971.

118. WALERY S., « Communication et accumulation du capital : pour une perspective de longue durée » *in Quaderni*, Université Paris-IX Dauphine, n° 12, hiver 1990/1991.

119. WARBURG A., *Essais florentins*, Klincksieck, 1990.

120. WICKERSHEIMER E., *La Syphilis à Genève à la fin du XVᵉ siècle*, communication de 1926.

121. WICKERSHEIMER E., *Dictionnaire biographique des médecins du Moyen Age*, Genève, réimpression 1979.

122. YOVEL Y., *Spinoza and Other Heretics*, 2 vol., Princeton University Press, 1989.

123. *L'Amérique en 1492 ; portrait d'un continent*, Paris, Larousse, 1991.

124. *Colloque international d'histoire de la médecine médiévale*, 1985. MOLLAT DU JOURDIN M. : « Hygiène et santé dans les voyages de découvertes ».

125. BIRABEN J.-N., *Hygiène et santé publique en France au Moyen Âge*.

126. Comité scientifique international pour la rédaction d'une *Histoire générale de l'Afrique* (UNESCO). *Histoire générale de l'Afrique*, tome 4 : « L'Afrique du XIIe au XVIe siècle », sous la direction de NIANE D.T., Unesco, 1985.

127. *Histoire de l'Europe* (sous la direction de Carpentier J. et Lebrun F.), Paris, Seuil, 1990.

128. *Histoire de la famille*, 2 vol., Armand Colin, 1986.

129. *Le Monde de Jacques Cartier. L'Aventure au XVIe siècle*, Berger Levrault, Paris, 1989.

130. *Histoire des femmes en Occident* (sous la direction de Duby G. et Perrot M.), tome 2 : *Le Moyen Age*, Paris, Plon, 1991.

131. *L'Homme de la Renaissance* (sous la direction de Garin E.), Paris, Seuil, 1990.

132. *L'Italie de la Renaissance ; un monde en mutation (1378-1494)* (coordination de Cloulas I.), Paris, Fayard, 1990.

133. Banque de données Blaise-Line de la British Library.

134. *Lisbonne hors les murs (1415-1580). L'invention du monde par les navigateurs portugais*, Paris, Autrement, série « Mémoires », n° 1, septembre 1990.

135. *Voies océanes*, Bibliothèque nationale, Paris, 1991.

136. *Tolède*, Paris, Autrement, série « Mémoires », nᵒ 3, 1991.
137. *Arawak, histoire des Antilles*, Sᴇʀᴍᴏɴ, Tchou.

Périodiques

138. *Cahiers français*, nᵒ 244, « L'invention de l'Europe ».
139. *Le Siècle*, année 1892.
140. *Le Temps*, année 1892.

INDEX*

A

ABACCO (Paolo dell'), 69.

ABBA DEL MEDIGO (Elie ben Moïse), 55.

ABRAVANEL (Isaac), 56, 202, 205, 209, 211, 214, 224, 239, 252, 343, 374.

ACOSTA (Uriel), 350.

ADAM DE BRÊME, 146.

ADAM (Guillaume), 152.

AGUADO (Juan), 285.

AGUILAR (Geronimo de), 306.

AHUITZOTL, 104.

AILLY (Pierre d'), 154, 155, 165, 169.

ALBERT V DE HABSBOURG, 130.

ALBERTI (Leo Battista), 18, 78.

ALBRET (maison d'), 127.

ALBRET (sire d'), 124.

ALBUQUERQUE (Alphonse de), 294, 378.

ALEXANDRE LE GRAND, 144.

ALEXANDRE VI (pape). Voir Rodrigue BORGIA.

ALGUADEZ (Méir), 53.

ALI BER (Sonni), 8, 107, 181, 246, 303, 368.

ALMOHADES (dynastie des), 47.

ALPHONSE V D'ARAGON, 31, 32, 118, 127.

ALPHONSE VII DE CASTILLE, 47.

ALPHONSE IV DU PORTUGAL, 153, 187.

ALPHONSE V DU PORTUGAL, 127, 160, 162, 163, 164, 165, 168.

ALPHONSE XIII D'ESPAGNE, 372.

AMBOISE (Georges d'), 124, 361.

AMBROISE (roi), 146.

AMBROISE (saint), 289.

ANGELO (Jacopo), 155.

ANGHIERA (Pietro Martyr d'), 67, 278, 282, 318.

ANGOULÊME (comte d'), 125.

ANJOU (famille d'), 357.

ANJOU (Louis d'), 109.

AN-NASIR, 39.

ANNE DE BEAUJEU, 123, 126, 127, 176.

ANNE DE BRETAGNE, 20, 125, 126, 127, 180, 190, 196, 235, 236, 244, 250, 356, 360, 368.

* Certaines orthographes variant selon les sources, il a été retenu les plus couramment utilisées.

ANTEQUERA (famille d'), 127.
ARBUES (Pedro de), 56.
ARÉTIN (Pietro Bacci, dit l'), 273.
ARIOSTE (Ludovico Ariosto, dit l'), 22, 182, 336.
ARISTOTE, 53, 144, 329.
ARNOLFINI (famille), 75, 135.
ARTHUR (roi), 148.
ASKIA (dynastie des), 246.
AUGUSTIN (saint), 37, 289.
AVEIRO (João Alfonso d'), 172.
AVERLINO, 18.
AVIZ (dynastie d'), 127.
AXAYAXCATL, 104.
AZAMBUJA (Diego de), 167.

B

BACCI (Pietro). *Voir* l'ARÉTIN.
BACON (Roger), 62.
BALBOA (Vasco Nuñez de), 294.
BALDING (Jérôme), 25.
BANU ABD al BARR, 250.
BARBARIGO (Agostino), 116, 180, 190.
BARBARIGO (Marco), 116, 180.
BARBO (Ludovico), 37.
BARBO (Pietro). *Voir* PAUL II.
BATAILLE (Georges), 311.
BAYEZID II, 110, 111, 180, 222, 341, 344, 362.
BEATRIZ (compagne de Colomb, *voir* HARANA).
BEAUDRICOURT (Jean de), 123.
BEAUNE-SEMBLANÇAY, 364.
BEHAÏM (Martin), 8, 70, 167, 170, 171, 172, 182, 225, 278, 329, 368, 369, 374, 377.
BELLOY (Pierre de), 365.
BEMBO (Pietro), 22.
BENOÎT XII, 152.
BENOÎT XIII, 32, 53.
BENTHAM (Jeremy), 366.
BERARDI (Juanoto), 171, 212.

BERMEJO (Juan Rodriguez), 255.
BERNALDEZ (André), 228, 236.
BERTOLDO, 110.
BESSARION (cardinal), 61.
BETHENCOURT (Jean de), 154.
BETHENCOURT (Maciot de), 154.
BÈZE (Théodore de), 365.
BIANCA-MARIA (fille de Ludovic le More), 197, 199.
BIANCO (Andrea), 158.
BJORN, 145.
BLANCHE DE SAVOIE, 220.
BOABDIL, 41, 42, 43, 44, 185, 187, 188, 302, 303.
BOBADILLA (Francisco de), 291.
BOCCACE (Giovanni Boccaccio, dit), 22, 64.
BODIN (Jean), 365.
BOÈCE (Anicius Manlius Severinus Boetius), 8, 244.
BOIARDO (Matteo Maria), 22.
BONIFACE VIII, 151, 352.
BONJORN (Bonet), 51.
BORGHI (Piero), 70.
BORGIA (famille), 8, 32, 33, 35, 36, 228, 245, 352, 357, 377.
BORGIA (Alphonse), CALIXTE III, 32, 33, 108.
BORGIA (César), 34, 243, 245, 352, 353, 359, 360.
BORGIA (Juan), 245, 356.
BORGIA (Lucrèce), 34, 243, 356.
BORGIA (Luis Juan), 33.
BORGIA (Pedro Luis), 33.
BORGIA (Rodrigue), ALEXANDRE VI, 25, 32, 33, 34, 35, 36, 37, 195, 228, 229, 232, 234, 240, 243, 245, 264, 278, 279, 328, 331, 352, 357, 358, 361, 368.
BOTTICELLI (Sandro), 36, 134, 136, 181.
BOURBON (Gabrielle de), 22.
BOURBONS (famille de), 123, 124, 126, 138, 359.
BRAGANCE (duc de), 170.

BRAHÉ (Tycho), 369.
BRAMANTE (Donato di Angelo), 19.
BRAUDEL (Fernand), 16, 86.
BRESSE (Mgr de), 220.
BRIÇONNET (Guillaume), 81, 212, 218.
BRUNELLESCHI (Filippo), 19, 78, 138.
BUDÉ (Guillaume), 67.
BURCKARDT (Jakob), 137.

C

CABALLERIA (Alfonso de la), 202, 214, 226.
CABALLERIA (Pedro de la), 55.
CABOT (Jean et Sébastien), 286.
CABRAL (Pedro Alvarez), 270, 290, 293, 301, 302.
CABRILLO, 312.
CA' DA MOSTO (Alvise de), 160, 161.
CALIXTE III. *Voir* Alphonse BORGIA.
CALONYMOS DE LUCQUES (Rabbi), 46.
CALVIN (Jean), 354.
CANO (Sebastián del), 295.
CÃO (Diego), 168, 170, 172, 175.
CAPAC (Huayna, dit l'Inca), 105, 307, 308, 368.
CAPAC (Huascar et Atahualpa), 307.
CAPELLO (Francesco), 190.
CARDENAS (Guttiere de), 186.
CARPACCIO, 111.
CARPI (Berengario da), 330.
CARPINO (Giovanni da Pian), 88.
CARTIER (famille), 75.
CARTIER (Jacques), 270, 312.
CASIMIR III, 49.

CASIMIR IV DE POLOGNE, 8, 130, 180, 181, 224, 363, 368.
CASTIGLIONE (Baldassare), 333, 334.
CASTRIOTE (Georges, dit SKANDERBEG), 109.
CATHERINE DE NAVARRE, 52.
CATO (Ange), 25.
CATTANEI (Vannozza), 34.
CAVALLI (Antonio de), 81.
CAXTON, 289.
CENTURIONI (famille), 75, 94, 164, 167, 171.
CENTURIONI (Ludovico), 167.
CERTAIN (Jehan), 70.
CERVANTES (Miguel de), 369.
CHANCA (Mᵉ Diego), 279.
CHARLEMAGNE, 46, 111, 129.
CHARLES QUINT, 301, 307, 309, 315, 322, 325, 356, 361, 362, 365.
CHARLES VII, 16, 81, 119, 138.
CHARLES VIII, 20, 25, 34, 118, 119, 122, 124, 125, 126, 138, 176, 180, 189, 190, 193, 196, 199, 204, 211, 212, 218, 226, 227, 229, 232, 234, 244, 245, 250, 257, 259, 263, 264, 270, 324, 331, 335, 342, 352, 355, 357, 358, 359, 360, 361.
CHARLES DE SAVOIE, 220.
CHARLES D'ORLÉANS, 125.
CHARLES LE TÉMÉRAIRE, 120, 121, 122.
CHARLES-ORLAND (dauphin de France), 254, 256.
CHASTELAIN (Georges), 270.
CHAUNU (Pierre), 61, 141, 142.
CHENG HO, 100.
CHILLINI (Alexandre), 26.
CHRISTIAN II DE DANEMARK, 129.
CHRISTOPHE III DE DANEMARK, 159.
CHUQUET (Nicolas), 70.
CIBÒ (Giovanni Battista). *Voir* INNOCENT VIII.

CIBÒ (Francesco), 193, 210.
CICÉRON, 67.
CISNEROS (Francisco Jiménez de), 128, 303, 345.
CITTADIN (Antoine), 25.
CLAUDE DE FRANCE, 361.
CLÉMENT V (pape), 151.
CŒUR (Jacques), 81.
COLET (John), 67, 352.
COLOMB (Bartolomeo), 134, 166, 176, 192, 212, 284, 317.
COLOMB (Christophe), 34, 147, 154, 155, 159, 161, 162, 164, 165, 166, 167, 168, 169, 170, 171, 172, 173, 175, 182, 188, 189, 191, 192, 193, 194, 195, 201, 207, 208, 210, 212, 213, 214, 219, 220, 221, 222, 225, 226, 231, 232, 233, 240, 242, 243, 245, 248, 249, 250, 251, 253, 254, 255, 256, 257, 259, 260, 261, 263, 264, 265, 270, 274, 275, 276, 277, 278, 279, 280, 281, 282, 283, 284, 285, 287-299, 302, 305, 308, 314, 317, 318, 320, 322, 328, 332, 346, 347, 366, 367, 368, 370-374, 377.
COLOMB (Diego), 167.
COLOMB (Domenico), 161.
COLOMB (Fernando), 164, 176, 280, 292.
COLOMB (Giaccomo), 212.
COLOMB (Suzanne), 161.
COLONNA (famille), 32.
COMMYNES (Philippe de), 112, 117, 120, 122, 123, 124, 179, 204, 211, 269.
CONSTANTIN (empereur), 31, 34.
CONTARINI (Zaccaria), 190.
COOPER (Fenimore), 370.
COPERNIC (Nicolas), 154, 182, 329.
COQUILLE (Guy), 365.
CORDOBA (Fernandez de), 43.

CORTE-REAL (Gaspar et Miguel), 291.
CORNARO (Catherine), 110.
CORTÉS (Hernán), 5, 105, 170, 303, 306, 307, 314, 318, 362, 378.
CORVIN (Mathias), 109, 110, 130, 180, 222.
COSA (Juan de la), 221, 233, 264, 265, 292.
COSTA (Soeiro), 163.
COVILHA (Pedro da), 174.
CRATÈS DE MALLOS, 144.
CRESCAS (Hasdai), 350.
CRESQUES (Yehuda), 51, 154, 156.
CRUCÉ (Emeric), 366.
CYRUS, 264.

D

DANTE ALIGHIERI (Durante), 112.
DARDI DE PISE, 69.
DATI (Giuliano), 277.
DATINI (famille), 80.
DATINI (Francesco di Marco), 81.
DAVIZI (Bernardo), 336.
DEI (Benedetto), 19, 92, 162.
DELUMEAU (Jean), 24.
DEZA (Diego), 172, 176, 207, 347.
DIAS (Bartolomeo), 159, 174, 175, 180, 222, 225, 274, 275, 286, 287, 289, 290, 302, 320.
DIAS (Diego), 290.
DIAS (Diniz), 158.
DIAS (Vicente), 161.
DÍAZ DE SOLÍS (Juan), 294.
DIESEL (Rudolph), 371.
DI NEGRO (famille), 164.
DI NEGRO (Paolo), 167.
DJEM (prince), 111, 359.
DOLET (Mathieu), 259.

DONATELLO (Donato di Niccoló di Betto Bardi, dit), 135.
DONDI, 76.
DORIA (Tedisio), 151.
DUFAY (Guillaume), 138.
DULMO (Ferdinand), 173.
DUNOIS (Jean de), 124.
DUPLESSIS-MORNAY, 365.
DÜRER (Albrecht), 140, 182, 201, 300, 335.

E

EANES (Gil), 157.
EDOUARD IV D'ANGLETERRE, 62, 120, 129, 241.
EDOUARD V D'ANGLETERRE, 129.
ELEONORE DU PORTUGAL, 130.
ELISABETH D'YORK, 129.
ENCINA (Juan del), 182, 265, 348.
ENRIQUEZ (Pedro), 188.
ÉRASME, 30, 62, 67, 182, 213, 328, 333, 345, 346, 365.
ERATOSTHÈNE DE CYRÈNE, 143.
ÉRIC LE ROUGE, 145, 146.
ESCOBAR (Pedro), 163.
ESDRAS, 169.
ESQUARDES (maréchal d'), 357.
ESTE (Hercule d'), 138, 198.
ESTOUTEVILLE (Guillaume d'), 24, 33.
EUTHYMÉNÈS, 143.
EUXODE DE CNIDE, 143.
EYMERICH (Nicolas), 53.

F

FAVIER (Jean), 80.
FÉLIX V (antipape), 32.
FERDINAND Ier D'ARAGON, 127, 134.
FERDINAND II D'ARAGON, 35, 41, 42, 43, 53, 54, 55, 56, 67, 119, 120, 128, 172, 181, 186, 187, 188, 193, 198, 201, 202, 203, 205, 210, 214, 217, 219, 223, 224, 228, 231, 240, 255, 259, 261, 294, 305, 342, 356, 357, 358, 359, 360, 361, 371.
FERNANDEZ (médecin), 192.
FERNANDEZ (Alvaro), 159.
FERRANT DE NAPLES, 110, 118, 180, 191, 193, 211, 357.
FERRANT II (dit Ferrandino), 357, 358, 360.
FERRER (Jaime), 153.
FERRER (Vincent), 33, 50, 53.
FICHET (Guillaume), 67.
FICIN (Marsile), 64, 66, 67, 181, 208, 210, 374.
FILARETI (Antonio di Petro Avalino, dit), 18.
FOIX (comtes de), 127.
FONSECA (Juan Rodriguez de), 279, 284, 285, 291.
FONTANA (Giovanni), 78.
FOSCARINI (Alvise), 209, 210.
FOSSE (Eugène de la), 167, 277.
FRANCO (Matteo), 210.
FRANÇOIS Ier, 125, 301, 312, 324, 335.
FRANÇOIS II DE BRETAGNE, 124, 125.
FRANÇOIS II D'AUTRICHE, 370.
FRANÇOIS-JOSEPH (empereur), 356.
FRASCATOR (Jérôme), 332.
FRÉDÉRIC II, 341.
FRÉDÉRIC III DE HABSBOURG, 120, 130, 180, 222.
FREUD (Sigmund), 348.
FREYDIS, 146.
FUGGER (famille), 75, 77, 325.
FUGGER (Jacob), 81, 83.
FUST (Johann), 59.

G

GAFFURIO (Franchino), 182.
GAFRAN AB AEDDAN, 146.
GAGUIN (Robert), 67.
GALIEN (Claude), 330.
GALILÉE (Galileo Galilei, dit), 369.
GALLUF (Alazar). *Voir* Juan SANCHEZ.
GAMA (Vasco de), 174, 286, 287, 290, 292, 368.
GANZ (David), 369.
GEERTSZ. *Voir* ÉRASME.
GENGIS KHAN, 149.
GENSFLEISCH (Johannes). *Voir* GUTENBERG.
GERALDI (Antonio), 172.
GERALDINI (Alexandre), 172, 176.
GERMAINE DE FOIX, 361.
GHERARDI (Paolo), 68.
GHERARDO (Maffeo), 243.
GHIRLANDAJO (Domenico di Tommaso Bigordi, dit), 36, 135, 139.
GIBBON (Joseph), 244.
GIOVANNI (Bartoldo de), 135.
GIUSTINIANI (Leonardo), 84.
GOMES (Diego), 162.
GOMEZ (Fernão), 163.
GONÇALVES BALDAÏA (Alfonso), 157.
GONÇALVES DA CAMARA (João), 164, 173.
GONÇALVES (Lopo), 164.
GONZAGUE (famille de), 93.
GORCIN, 25.
GRÉGOIRE VII, 38.
GRIMALDI (famille), 94.
GROOTE (Geert), 37.
GUERRERO (Gonzalvo), 305.
GUICCIARDINI (Francesco), 114, 116, 234, 270.
GUTENBERG (Johannes Gensfleisch, dit), 59.
GUTTIEREZ, 255.

GUZMAN (Enrique de), 171.
GUZMAN (ducs de Medina-Sidonia), 162.

H

HABBUS, 46.
HABSBOURG (dynastie), 130, 356.
HA-COHEN (Joseph Rabbi), 46, 205, 242, 344.
HA-LEVI (Salomon), 50. *Voir* Jérôme de SANTA-FE.
HA-NASSI (Joseph). *Voir* Jean MENDÈS.
HARANA (Beatriz Enriquez de), 172, 173, 176, 207.
HARRISON, 372.
HARVEY (William), 330.
HÉCATÉE DE MILET, 133.
HEERS (Jacques), 161.
HENRI II DE FRANCE, 334.
HENRI DE NAVARRE (Henri IV), 349.
HENRI III DE CASTILLE, 154.
HENRI IV DE CASTILLE, 56, 128.
HENRI LE NAVIGATEUR, 130, 155, 156, 157, 158, 159, 160, 162, 166, 175, 275, 323.
HENRY IV D'ANGLETERRE, 128.
HENRY V D'ANGLETERRE, 129.
HENRY VI D'ANGLETERRE, 129.
HENRY VII TUDOR, 97, 129, 176, 180, 181, 244, 253, 257, 259, 264.
HENRY VIII, 322, 353, 354.
HERZL (Theodor), 371.
HIDEYOSHI, 368.
HIMILCON, 143.
HIYYA HA-NASSI (Abraham ben), 68.
HOHENZOLLERN (Albrecht von), 363.
HOMEN (Andreas), 300.
HORACE (Quintus Horatius Flaccus), 67.

HUESCA (Abraham de), 57.
HUNYADI (Jean), 130.
HUSS (Jean), 36.

I

IBN LABI (Benveniste), 53.
IBN MAJID, 91, 287.
IBN NAGRELA (Samuel), 46.
IBN SANTO (Levi), 226.
INNOCENT IV (pape), 150.
INNOCENT VIII (pape), 19, 26, 36, 37, 110, 125, 134, 138, 180, 181, 191, 193, 228, 234.
IRVING (Washington), 371.
ISAAC (Heinrich), 138.
ISABELLE DE CASTILLE, 35, 41, 43, 53, 55, 56, 67, 120, 128, 172, 186, 187, 188, 193, 197, 201, 202, 203, 204, 208, 209, 211, 217, 219, 223, 224, 228, 231, 240, 255, 261, 284, 293, 305, 358.
ISABELLE DE NAPLES, 118.
ISAÏE, 279.
IVAN Ier KALIKA, 130.
IVAN III, 131, 180.

J

JACQUES IV D'ÉCOSSE, 241.
JAGELLON (dynastie de), 130.
JEAN Ier DE CASTILLE, 50.
JEAN II D'ARAGON, 118, 127.
JEAN Ier DU PORTUGAL, 127, 155, 167.
JEAN II DU PORTUGAL, 56, 127, 165, 167, 168, 170, 173, 175, 195, 226, 275, 278, 279, 281, 284, 286, 293, 294, 341.
JEAN II LE BON, 120.
JEAN SANS PEUR, 120.
JEAN XXII (pape), 152.
JEANNE D'ARC, 33.

JEANNE (infante d'Aragon), 285, 358, 361.
JEANNE dite LA BELTRANJSA, 128.
JEFFERSON (Thomas), 370.
JOSQUIN DES PRÉS, 134, 138.
JUBIÉ (Renaud), 227.
JULES II (pape), 36, 234, 328, 361.

K

KANT (Emmanuel), 366.
KEMPEN (Thomas de), 37.
KEPLER, 369.
KHAN (Grand), 276, 283, 286.
KIRCHBERG-WEISSENHORN (comtes de). Voir FUGGER.
KRÄMER (Heinrich), 26.
KRYESER (Konrad), 76.

L

LA BOÉTIE (Étienne de), 333.
LADISLAS VI JAGELLON, 130.
LANCASTRE (maison de), 128, 129.
LANGUET (Hubert), 365.
LAÑEZ (Diego de), 348.
LA NOUE (François de), 365.
LA PALICE (seigneur de), 125.
LASCARIS (Jean), 196.
LAS CASAS (Bartolomé de), 179, 248, 249, 280, 308, 309, 310.
LASSELINE (comte de Jehanne), 331, 332.
LA TREMOILLE (maréchal de), 22.
LEFÈVRE D'ÉTAPLES (Jacques), 37, 67.
LEIFR LE CHANCEUX, 145, 146.
LE MORE (Ludovic), 197.
LEÓN (Moïse de), 49.
LÉON L'AFRICAIN, 90.
LEONICERO (Nicollo), 331.

LEPAGE (Jeanne), 333.
LEVANTO (Giuliano da), 151.
LÉVI-STRAUSS (Claude), 310.
LEVET (Pierre), 23.
LEZZE (Michel Da), 321.
L'HÔPITAL (Michel de), 365.
LICHTENBERGER (Johannes), 30, 181, 264, 353.
LIPPI (Filippino), 36, 140.
LOEW (Rabbi), 369.
LOMBARD (Maurice), 147.
LORQUI (Josué), 51, 53.
LOUIS IX, 48, 150.
LOUIS XI, 18, 76, 112, 119, 120, 121, 122, 123, 138, 360.
LOUIS XII (François d'Orléans, puis), 335, 360, 361.
LOUIS XIV, 357, 369.
LOUIS D'ORLÉANS, 25, 123, 124, 125, 126, 357.
LOUISE DE SAVOIE, 125.
LOYOLA (Ignace de), 347, 354.
LUCERO, 347.
LUD (Gauthier), 299.
LUDOVIC LE MORE (Ludovic-Maria SFORZA, dit), 36, 117, 134, 180, 181, 197, 199, 211, 212, 218, 219, 245, 249, 327, 358, 361.
LUFFT (Hans), 353.
LUGO (Juan de), 213.
LUNA (Pedro de). Voir BENOÎT XIII.
LUPPES (Antoine de), 348.
LUTHER (Martin), 8, 182, 264, 301, 353, 354.

M

MACHIAVEL (Nicolas), 113, 114, 115, 182, 202, 270, 364, 374.
MADAWG AB OWAIN GWYNED, 146.
MADARIAGA (Salvador de), 161.
MADISON (James), 370.

MAGALHÃES (Fernão de). Voir MAGELLAN.
MAGELLAN (Fernand de), 295, 377.
MAILLIARD (Jehan), 260, 263.
MAIMONIDE, 47, 51, 350.
MALATESTA (princes de), 138.
MALFANTE (Antonio), 159.
MALOCELLO (Lanzaroto), 150.
MANCO, 307.
MANDEVILLE (Jean de), 153, 165.
MANSA MOUSSA, 90.
MANTEGNA (Andrea), 19, 140, 182.
MANUCE (Aldo), 61.
MANUEL Ier DU PORTUGAL, 286, 343.
MARCHENA (Antonio de), 171.
MARCHENA (Pedro de), 176.
MARCHIONNI (Bartolomeo), 290.
MARZIO (Galeotto), 25.
MARGARITE (Pedro), 283.
MARGUERITE D'AUTRICHE, 122, 123, 126.
MARGUERITE DE NAVARRE, 333.
MARIA ENRIQUEZ D'ARAGON, 356.
MARIE DE BOURGOGNE, 121, 122, 126, 197.
MARIE-CHRISTINE D'ESPAGNE, 372.
MARIGNOLI (Giovanni da), 151, 152.
MAROT (Clément), 23.
MAROT (Jean), 23.
MARTELLUS (Henricus), 175.
MARTIN V (pape), 31, 32.
MARTINS (Fernão), 165.
MARTINEZ (Ferrando), 50.
MARX (Karl), 348.
MASI (Bartolomeo), 208.
MATTEO (Francesco), 201.
MAURO (Fra), 162.
MAUSS (Marcel), 310, 311.
MAXIMILIEN Ier D'AUTRICHE, 25, 82, 96, 121, 122, 123, 124, 125, 126, 130, 138, 180, 181,

197, 199, 222, 241, 257, 263, 285, 353, 357, 359, 361.
MECKLEMBOURG (prince de), 231.
MAXIMILIEN II DE BAVIÈRE, 369.
MÉDICIS (famille des), 19, 35, 75, 80, 97, 135, 162, 182, 231, 264, 289, 327.
MÉDICIS (Catherine de), 248.
MÉDICIS (Côme de), 64, 65, 66, 336.
MÉDICIS (Jean de), 243, 245, 353.
MÉDICIS (Julien de), 35, 116, 117, 248.
MÉDICIS (Laurent Ier, dit le Magnifique), 8, 66, 110, 117, 118, 134, 135, 136, 138, 180, 181, 191, 193, 196, 197, 201, 203, 207, 208, 209, 210, 248, 297, 335, 368.
MÉDICIS (Laurent II de), 248.
MÉDICIS (Pierre de), 116, 201, 203, 209, 210, 245, 248, 297, 358.
MEEN (saint), 260, 261.
MEHMET II, 107, 108, 109, 110.
MENDÈS (Jean), 344.
MENDOZA (Antonio de), 307.
MENDOZA (cardinal), 172, 187, 188.
MENIR (Joseph ben), 50.
MERCATOR, 300.
MERDWYN, 146.
MESSINE (Antonello de), 136, 140.
MICHEL-ANGE (Michelangelo Buonarroti, dit), 136, 182, 336.
MIDDLEBURG (Paul de), 8, 30, 181, 182, 264, 353.
MING (dynastie), 100.
MOCTEZUMA II, 306.
MOERBEKE (Job Huerter de), 172.
MOLINET (Jean), 270.
MOLKO (Salomon), 344.

MOLYARTE (Miguel), 171.
MONIZ (Gil), 159, 166.
MONTAIGNE (Michel de), 348, 349, 351, 369.
MONTE CORVINO (Giovanni da), 151, 152.
MONTESINOS (Antonio de), 305.
MONFERRAT (marquis de), 220.
MONTPENSIER (Gilbert de), 360.
MORE (Thomas), 299, 346, 354, 365.
MORISON, 373.
MORO (Cristoforo), 61.
MORTIMER (Francis), 371, 373.
MUHAMMAD AL-AHMAR, 40, 41.
MÜNZER (Hieronymus), 282.

N

NABUCHODONOSOR, 45, 214.
NASSAU (Adolphe de), 60.
NASSI (Joseph), 348.
NAVAGERO (Andrea), 187.
NAXOS (duc de). Voir Jean MENDÈS.
NEBRIJA (Antonio de), 8, 62, 182, 197, 199, 301, 374, 377.
NICOLAS IV (pape), 151.
NICOLAS V (pape), 32, 53, 108, 130.
NICOLAS DE CALABRE, 121.
NIEBLA (comte de), 154.
NIÑO (Juan), 121.
NITHARD, 111.
NOLI (Antonio, Bartolomeo et Raffaelo), 75, 158.
NUÑEZ (Pedro), 350, 369.
NUÑEZ (Violante), 171.

O

OCKEGHEM (Johannes), 138.
OGODEI, 149.
OJEDA (Alonso de), 289.

OKKAM (Guillaume d'), 53.
ORESME (Nicolas), 76.
OROBIO DE CASTRO (Baltasar), 350.
ORSINI (famille), 33, 118.
OVIDE, 67.

P

PACHACUTEC, 105.
PACHECO (famille), 75.
PACIOLI (Lucio), 71, 249.
PAIVA (Alfonso de), 174.
PALÉOLOGUE (Constantin), 108.
PAUL II (pape), 19, 34.
PAUL III (pape), 309, 336.
PAZZI (famille), 110, 117.
PEIRA (Francisco), 53.
PENN (William), 366.
PEREIRA (Duarte Pacheco), 289, 291, 293.
PERESTRELO (Bartolomé), 166.
PERESTRELO (Felipo), 166.
PÉREZ (Juan), 171, 192, 193, 219.
PEREZ CORONEL (Fernando). *Voir* Abraham SEÑOR.
PÉRUGIN (le), 36.
PERUZZI (famille), 80.
PERZA (Apolonnius de), 154.
PESSANHA (Manuel), 152, 166.
PÉTRARQUE, 22, 64.
PEYRÈRE (Isaac de), 350.
PHILIPPE II AUGUSTE, 48.
PHILIPPE IV LE BEL, 49.
PHILIPPE LE BEAU, 109, 123, 197, 285, 356, 358, 361.
PHILIPPE LE BON, 120.
PHILIPPE LE HARDI, 120.
PHILIPPE II D'ESPAGNE, 310, 315, 325, 355, 362.
PIAN CARPINO (Giovanni da), 150.
PICCOLOMINI (Enea Silvio). *Voir* PIE II.

PIC DE LA MIRANDOLE (Giovanni), 64, 66, 181, 208, 374.
PIE II (pape), 33, 34, 40, 108, 130, 169.
PIERO DELLA FRANCESCA, 8, 70, 136, 139, 257, 335.
PIERRE Ier DU PORTUGAL, 127.
PIERRE LE CRUEL (de Castille), 49.
PIGELLI (famille), 80.
PINELLO (Francisco), 212.
PINZÓN (Juan Martin), 233, 240.
PINZÓN (Martin Alonzo), 192, 213, 220, 233, 240, 243, 249, 251, 254, 260, 276, 331.
PINZÓN (Vicente Yañez), 233, 240.
PIZARRE, 295, 303, 307, 314, 317, 362.
PLATON, 64, 65, 66.
PLAUTE, 336.
PLINE L'ANCIEN, 154, 169.
POLITIEN (Angelo Poliziano, dit), 22, 64, 66, 138, 210.
POLLAIOLO (Antonio Benci, dit del), 136, 140.
POLO (Maffeo), 89, 151.
POLO (Marco), 89, 102, 151, 165, 169, 225, 257, 270, 296, 377.
POLO (Nicolo), 89, 151.
PORTINARI (famille), 80, 135.
POT (Philippe), 124, 364, 376.
PRADO (Juan de), 350.
PRÊTRE JEAN (le), 148, 149, 151, 160, 270.
PRINCE (Thomas), 223.
PTOLÉMÉE, 155, 165, 300.
PULCI (Luigi), 64.
PULGAR (Hernando del), 128.
PYTHÉAS, 143.

Q

QUINTERO (Cristóbal), 221.
QUINTINILLA (Alonzo de), 172.

R

RAGON (Jean), 333.
RAPHAËL, 136, 182.
RAVACHOL, 372.
RAVENNE (Pierre de), 61, 62.
RAYMOND (Étienne), 52.
RECCORED, 45.
REGIOMONTANUS (Johannes Muller, dit), 69, 167, 225.
RENÉ D'ANJOU, 118, 121, 164.
RENÉ II DE LORRAINE, 299.
RESENDE (Garcia de), 270.
RIBEROL. *Voir* RIPAROLIO.
RICHARD D'YORK, 129, 241.
RICHARD III D'ANGLETERRE, 129.
RINGMANN (Mathias), 299.
RIPAROLIO, 212.
ROBERTET (Florimond), 364.
ROBLÈS (Juan de), 186.
RODOLPHE II DE HABSBOURG, 369.
RODRIGUEZ (Sebastián), 192.
ROMPIANI (Antonio), 71.
RONSARD (Pierre de), 285.
ROSSETTI (Biaggo), 181.
ROUGET DE L'ISLE, 370.
ROVERE (famille Della), 36, 229, 357.
ROVERE (Francesco della). *Voir* SIXTE IV.
ROVERE (Julien della). *Voir* JULES II.
RUBROUCK (Guillaume de), 88, 150.
RUCCELAI (Giovanni), 336.
RUYSBROECK (Jan), 37.

S

SAHAGUN, 180, 310.
SAINT-PIERRE (abbé de), 366.
SANCHEZ (matelot), 251.
SANCHEZ (Gabriel), 56, 176.
SANCHEZ (Juan), 50.
SANCHEZ RAMIREZ, 39.
SANCHO VII DE CASTILLE, 47.
SANTA FE (Francisco de), 56.
SANTA FE (Jérôme de), 51.
SANTA MARIA (Pablo de), 50, 51.
SANTANGEL (Luis de), 56, 176, 193, 202, 207, 213, 218, 279, 287, 292, 347.
SANTAREM (João de), 163, 200.
SANZIO, 182.
SARAKOLLO MOHAMED TOURÉ, 246.
SARTRE (Jean-Paul), 296.
SASSETTI (Francesco), 134.
SAVONAROLE, 35, 117, 202, 203, 208, 264, 352, 358, 360, 368.
SCHEDEL (Hartmann), 278.
SCHELO (Isaac), 55, 343.
SCHÖFFER, 59.
SCHÖNER (Johannes), 300, 301.
SCHÖNGAUER (Martin), 182, 201.
SEFNI (Karl), 147.
SÉLIM II, 344, 362.
SEÑOR (Abraham), 56, 202, 214, 223, 348.
SEPULVEDA (chanoine de Cordoue), 309.
SERLIO (Sebastiano), 336.
SERNIGI (Girolamo), 290.
SERRES (Michel), 367.
SERVIN (Louis), 365.
SÉVERAC (Jordan de), 112.
SFORZA (famille), 19, 78, 138, 180, 357, 363.
SFORZA (Asciano), 36, 245.
SFORZA (Elisabeth), 220.
SFORZA (Francesco Maria), 117.
SFORZA (Galeazzo Maria), 117.
SFORZA (Gian Galeazzo), 118.
SFORZA (Giovanni), 356.

SFORZA (Ludovic). *Voir* LUDOVIC LE MORE.
SHESHET (Itzhak ben), 50.
SIGISMOND I[er], 363.
SIGMUND DE TYROL, 81, 138.
SILICEO (Juan Martinez), 347, 348.
SINGH (Ranjit), 370.
SISSEBUT, 45.
SIXTE IV (pape), 34, 35, 36, 53, 54, 234.
SKANDERBEG. *Voir* Georges CASTRIOTE.
SOLARIO (Andrea), 335.
SPINOLA (famille), 94, 164.
SPINOLA (Nicolo), 150.
SPINOZA (Baruch), 66, 348, 350, 351.
SPRENGER (Jacob), 26.
STANDICK (Jan), 37.
STANDONCK, 334.
STROZZI (Paolo), 155.
SULLY, 366.
SYLVESTRE II (pape), 34.

T

TALAVERA (Hernando de), 56, 172, 176, 191, 192, 193, 201, 203, 224, 303, 347.
TAMERLAN, 89.
TELLES (Fernão), 165, 173.
TENDILLA (comte de), 188, 203.
TÉRENCE, 67, 336.
THÉRÈSE D'Avila (sainte), 346.
THOMAS BECKET (saint), 30.
THOMAS D'AQUIN (saint), 37, 47, 53.
TIZOC, 104.
TORELLA (Gaspar), 25.
TORQUEMADA (Tomás de), 54, 55, 197, 198, 202, 345, 346.
TORREZ (Antonio de), 279, 281.
TORRUTIEL (Abraham ben Salomon de), 241.

TOSCANELLI (Paolo del Pozzo), 165, 168, 171, 248.
TOUR D'AUVERGNE (Madeleine de la), 248.
TOV DE JOIGNY (Yom), 47.
TRASTAMARE (famille), 127.
TRASTAMARE (Henri de), 49.
TREVISAN (Ludovico), 35.
TRIANA (Rodrigo de), 255.
TRISSIN (Gian Giorgio Trissino, dit le), 336.
TRISTÃO (Nuño), 159.
TRITEMIO (Giovanni), 181.
TUDOR (dynastie), 259.
TULAYTULLI, 241.

U

ULMO (Fernão d'), 173.
URBAIN II (pape), 39, 47.
USODIMARE (Antonio), 160, 161.

V

VALDEMAR (dynastie), 129.
VALLA (Lorenzo), 31.
VALTURIO, 78.
VAN DER GOES (Hugo), 135.
VAN EYCK (Jan), 63, 135.
VARY (Guillaume de), 81.
VASARI (Giovanni da), 78.
VERNIA (Nicoletto), 66.
VEROLI (Sulpicio da), 138.
VERRAZANO (Andrea da), 312.
VÉSALE, 330.
VESC (Étienne de), 212, 218.
VESCONTE (Pietro), 152.
VESPUCCI (Amerigo), 134, 182, 231, 270, 286, 291, 293, 297, 299, 300, 327, 328, 354, 365, 368, 377.
VESPUCCI (Simonetta), 134.
VILLA DEI (Alexandre de), 60, 181.

VILLALOBOS, 301.
VILLE (Antoine de), 227, 231.
VILLENA (marquis de), 75.
VILLON (François), 23.
VINCI (Léonard de), 18, 71, 78, 111, 134, 136, 139, 140, 181, 199, 249, 300, 328, 329, 330, 335, 358, 377.
VIRGILE, 67.
VISCONTI (famille), 117, 218.
VITRUVE, 138.
VIVALDI (frères), 151, 162.
VIVÉS (Juan Luis), 330.
VIZINHO (Joseph), 170.

W

WALDSEEMÜLLER (Martin), 299.
WARBECK (Perkin), 241.
WARBURG (Aby), 139.
WINTHROP (John), 312.
WITT (Jan de), 351.

WOLGEMUT (Michael), 201.

Y

YÉHIEL (rabbi), 48.
YORK (maison d'), 129.
YOVEL (Yeremiahu), 348.
YUAN (dynastie), 100.
YUNG LO, 101.
YUPANQUI (Tupac), 105.

Z

ZACUTO (Abraham), 56, 170.
ZAFRA (Fernando de), 43, 186, 250, 303.
ZAGAL (le), 42, 43.
ZETKIN (Clara), 371.
ZÉVI (Sabattaï), 345.
ZOLA (Émile), 371.

Table

PREMIÈRE PARTIE

Inventer l'Europe

I. Le triomphe de la vie.................... 15
Naître, 15. — *Vivre*, 19. — *Aimer*, 21. —
Éduquer, 23. — *Soigner*, 24. — *Mourir*, 27.

II. Le déclin de la foi..................... 29
Croire, 29. — *Exclure*, 38. — *Expulser*, 44.

III. L'éveil de la liberté.................... 59
Lire, 59. — *Penser*, 63. — *Calculer*, 67.

IV. Le règne de l'argent................... 73
Cultiver, 73. — *Fabriquer*, 76. — *Échanger*, 79.
— *Transporter*, 82. — *Commercer*, 86. —
Dominer, 91.

V. Les balbutiements de la loi 99
Régner, 99. — *Gouverner*, 111.

VI. Naissance de la Renaissance 133
Créer, 133. — *Fêter*, 137.

VII. Amérique de hasard, Orient de nécessité 141
Oser, 141. — *Rêver*, 147. — *Tenter*, 150. —
Contourner, 155. — *Réussir*, 164.

DEUXIÈME PARTIE

1492

Janvier 185
Février 195
Mars 201
Avril 207
Mai 217
Juin 223
Juillet 231
Août 239
Septembre 247
Octobre 253
Novembre 259
Décembre 263

TROISIÈME PARTIE

Inventer l'Histoire

I. La logique de la propriété 273
Marquer, 274. — *Nommer*, 296. — *Coloniser*, 302.

II. La force du progrès 313
Payer, 314. — *Mêler*, 316. — *Croître*, 319.

III. Figures de la bourgeoisie 327
Désacraliser, 328. — *Contenir*, 331. — *Figurer*, 334.

IV. Les vertiges de l'ambiguïté 339
Purifier, 340. — *Douter*, 346. — *Réformer*, 352.

V. L'horloge des nationalismes 355
Disputer, 355. — *Rassembler*, 363.

Conclusion 367
Notes bibliographiques 381
INDEX 391

DU MÊME AUTEUR

ANALYSE ÉCONOMIQUE DE LA VIE POLITIQUE, PUF, 1973.
LES MODÈLES POLITIQUES, PUF, 1974.
L'ANTI-ÉCONOMIQUE (avec Marc Guillaume), PUF, 1975.
LA PAROLE ET L'OUTIL, PUF, 1976.
BRUITS, PUF, 1977.
LA NOUVELLE ÉCONOMIE FRANÇAISE, Flammarion, 1978.
L'ORDRE CANNIBALE, Grasset, 1979.
LES TROIS MONDES, Fayard, 1981.
HISTOIRES DU TEMPS, Fayard, 1982.
LA FIGURE DE FRAZER, Fayard, 1984.
UN HOMME D'INFLUENCE, Fayard, 1985.
AU PROPRE ET AU FIGURÉ, Fayard, 1988.
LA VIE ÉTERNELLE, roman, Fayard, 1989.
LIGNES D'HORIZON, Fayard, 1990.
LE PREMIER JOUR APRÈS MOI, *roman*, Fayard, 1990.

Œuvres de Jacques Attali

Histoires du temps

4011

Quatre périodes se sont succédé de l'origine à nos jours. Quatre rapports différents au temps, qui ont généré des machines de comptage de plus en plus complexes et correspondu à des systèmes de pouvoir extrêmement diversifiés. La première est nommée par Attali *le temps des dieux*. Vision d'un temps cyclique, où l'« avenir est dangereux s'il n'est pas répétition du passé ». C'est l'âge de la clepsydre et du cadran solaire.

Vient ensuite *le temps des corps*, qui correspond à peu près au Moyen Age européen. Les villes se développent, l'économie change, on entre dans l'ère marchande, et les instruments d'évaluation du temps se déplacent avant de se modifier. Et, bientôt, apparaît l'horloge : première machine industrielle.

C'est maintenant *le temps des machines*. L'ère industrielle. Une révolution qui impose un nouveau comptage du temps, une précision supérieure et un découpage plus strict. Les mutations s'accélèrent : l'horloge devient pendule, et la pendule devient montre. On est à l'âge de la production en série, de la division des tâches et de la productivité.

Enfin, s'instaure *le temps des codes*. L'ère du quartz et de l'électronique. Un temps qui coïncide avec l'extension ininterrompue de la gamme d'objets mis à notre disposition, lourd de risques et de menaces. « Travail, loisir, éducation, santé, consommation, retraite, musique et création changent de sens, l'homme risque de redevenir une horloge pour l'homme (...), prothèse de ses propres prothèses. »

Les Trois Mondes

4012

Pour une théorie de l'après-crise

Y voir clair, s'y reconnaître dans le bouillonnement des mots, tel va être à peu près le premier objectif de Jacques Attali dans *Les Trois Mondes*.

Il part d'un a priori selon lequel toutes les interprétations de la crise sont justes, car elles reposent sur des modèles de compréhension du fonctionnement social et du fonctionnement économique qui sont directement inspirés de modèles scientifiques vrais décrivant le fonctionnement du monde. Image pour image, modèle pour modèle, les systèmes s'emboîtent les uns dans les autres et du coup conquièrent leur vérité. Mieux : ils peuvent cohabiter, malgré leurs contradictions apparentes. Ce qui est précisément le cas aujourd'hui, puisque les deux « mondes », *régulation* et *production*, conservent leur actualité et gouvernent les politiques économiques des États.

Enfin, il y a le « troisième monde ». Celui de l'*organisation*. L'hypothèse que va développer Jacques Attali. Conforme aux nouvelles images que nous offrent désormais les théories de l'information, toutes axées sur l'idée que la réalité est structurée par le langage. Hypothèse stimulante, qui permet une relecture intégrale de l'histoire de l'humanité, et surtout, qui permet de situer la crise actuelle, de casser les données traditionnelles du problème en récusant les alternatives : ou le plan ou le marché, ou le collectivisme ou l'individualisme, pour poser les vraies questions : celle du choix entre l'inquiétante sécurité de l'empire totalitaire, et l'impalpable liberté qui entoure le respect de la diversité.

Bruits   4040
Essai sur l'économie politique de la musique

Trois grandes périodes, trois moments principaux rythment l'évolution de l'art musical en Occident, auxquels correspondent « trois utilisations de la musique par le pouvoir ». En premier lieu, la phase du *rituel*. Phase de l'archaïsme, temps des origines. Quand la musique est lutte contre le bruit. Et que peu à peu elle se ritualise, canalise et socialise le bruit « en un simulacre de meurtre rituel ». Elle se fait prière, incantation. Elle module l'angoisse en joie et tente de désigner par son ordre que « la société est possible ».

Ensuite, deuxième étape, celle de la *représentation*. La musique devenue spectacle. C'est l'invention du concert, la mise en scène de la société par elle-même. Musique miroir : le corps social affiche son ordre à travers l'harmonie des notes et leur mathématisation. Le son domestiqué est employé « pour faire croire à l'harmonie du monde, à l'ordre dans l'échange, à la légitimité du pouvoir marchand ». Désormais, l'argent est échangé par l'auditeur contre la vision rassurante du musicien jouant de « concert » et l'écoute de pièces savamment orchestrées. Seulement, l'argent n'est pas neutre. Et insensiblement l'édifice se dégrade. Dans les cassures de la musique se perçoivent les changements qui travaillent en sous-main les sociétés.

Troisième phase, donc : aujourd'hui, ou l'ère de la *répétition*. Les mœurs musicales bouleversées par des inventions techniques qui orientent vers l'audition à domicile. Radio, télévision, disques, magnétophones. Tout devient répétable à l'infini. L'œuvre musicale change de valeur économique et aussi dérive : avènement des musiques décodées, aléatoires, répétitives.

Toutefois, fidèle à ses perspectives, Jacques Attali boucle ses analyses en ouvrant des voies nouvelles. En particulier celle de l'ère de la *composition*. Demain. Quand l'individu s'avisera que sa liberté est une affaire personnelle, intime. Alors la musique sera l'agent de l'autonomie individuelle, de la conscience de soi.

Au propre et au figuré

Une histoire de la propriété

Ce qui change le moins chez l'homme, ce sont les questions qu'il se pose sur lui-même. A toutes les époques, sous toutes les latitudes, dans toutes les sociétés, il a éprouvé les mêmes angoisses, nourri les mêmes doutes, formulé les mêmes interrogations sur son identité, sur le sens de sa vie, de la douleur et de la mort, sur les meilleurs moyens d'être, d'avoir, de durer, de transmettre. A certaines époques, il a trouvé à ces questions des réponses naturelles, cohérentes, rassurantes. Puis le doute s'est réinstallé, les certitudes ont vacillé, les interrogations ont resurgi, des convictions se sont opposées, des ordres se sont dissous.

Ainsi en est-il de la propriété. De tout temps, on s'est demandé quelle était la meilleure façon de l'organiser, la plus juste, la plus libre. On a cru parfois le savoir. D'aucuns ont soutenu que l'homme évoluait, au rythme d'un progrès irréversible, de la propriété communautaire à la propriété individuelle. D'autres ont affirmé que l'évolution et les luttes allaient exactement en sens contraire. D'autres enfin ont rêvé d'une société sans propriété, ni privée, ni collective.

Il m'a semblé découvrir qu'il y avait, derrière chacune des conceptions de la propriété qui se sont succédé et entrechoquées depuis des millénaires, comme un signal toujours présent, comme une obsession incontournable que je résumerai ainsi : ce que cache la propriété, c'est la peur de la mort.

J.A.

La Vie éternelle, roman

Là-bas, sur une île isolée – ou là-haut, sur quelque étoile lointaine –, un peuple coupé de tout par quelque catastrophe majeure répète l'histoire des hommes depuis leurs origines, y compris la traque, l'exil puis le massacre d'une minorité distinguée par ses traditions, ses pouvoirs magiques et la vie éternelle qu'on lui prête. Puis, dans le sang et le chaos, comme se retournent les fioles d'un sablier, s'inversent les flèches du Temps. Mémoire et prophétie se confondent et ce "testament d'outre-monde" se met à ressembler à s'y méprendre aux plus vieilles histoires que l'humanité a vécues, dans la démesure barbare des pires génocides et les espérances les plus folles des faiseurs d'éternité.

Le premier roman de Jacques Attali est tout à la fois un roman de science-fiction (des voyageurs de l'avenir, naufragés sur une étoile), un roman historique (les tragédies du pouvoir dans des temps très reculés), un roman policier (un prince assassiné au fond d'un vieux château), un roman politique (un coup d'État préparé de main de maître), un roman épique (trois siècles dans la vie d'une grande famille), un roman d'amour (une princesse balancée entre trois séductions), un roman initiatique (une jeune fille à la recherche de sa vérité et de son père), un roman théologique (le lent décryptage d'un récit cabaliste ouvrant accès à la Vie éternelle), et peut-être même un roman à codes et à clés...

Le Premier Jour après moi

« Je ne me suis pas réveillé ce matin. Je suis mort.
Ainsi commence le premier jour après moi... »

Ce premier jour qui nous inquiète tous, Julien Clavier, cinquante ans, a le privilège d'en être le témoin, invisible et flottant.

Privilège ou disgrâce ? Pourquoi Sarah, sa maîtresse, qui le découvre au matin, n'alerte-t-elle pas immédiatement un médecin ? Pourquoi s'empare-t-elle précipitamment des somnifères qu'il avait pris pour s'endormir ?

Et le récit fantastique tourne au roman policier. Cependant que Jacques Attali, aussi à l'aise dans le roman que dans les hautes sphères de la banque et des affaires publiques, s'interroge et nous interroge sur l'ambition, l'amour, le destin...

Lignes d'horizon

Devant nous, à la veille du troisième millénaire dont une brève décennie désormais nous sépare, quel nouvel ordre politique se profile ? quel développement ? quels rapports de pouvoir entre les nations ? quels styles de vie ? quelles tendances artistiques ?

Nous entrons dans une période radicalement neuve : l'Histoire s'accélère, les blocs se dissolvent, la démocratie gagne du terrain, acteurs et enjeux nouveaux surgissent. Face à ces évolutions en apparence désordonnées, la mode est à se méfier des modèles, à s'abandonner au jeu des forces multiples qui agitent notre planète, à faire du marché le maître de toutes choses, l'arbitre de toute culture.

Je ne souscris pas à cette mode. Je crois au contraire que notre époque, comme les autres, est relativement explicable, que notre avenir peut être éclairé d'hypothèses sérieuses, qu'on est en droit d'esquisser des lignes d'horizon. A condition de jeter des ponts entre les innombrables apports des sciences sociales d'aujourd'hui et de s'en servir pour donner sens au foisonnement de faits qui surprennent notre quotidien.

Le Livre de Poche Biblio

Extrait du catalogue

Sherwood ANDERSON
Pauvre Blanc

Guillaume APOLLINAIRE
L'Hérésiarque et Cie

Miguel Angel ASTURIAS
Le Pape vert

James BALDWIN
Harlem Quartet

Djuna BARNES
La Passion

Adolfo BIOY CASARES
Journal de la guerre au cochon

Karen BLIXEN
Sept contes gothiques

Mikhaïl BOULGAKOV
La Garde blanche
Le Maître et Marguerite
J'ai tué
Les Œufs fatidiques

Ivan BOUNINE
Les Allées sombres

André BRETON
Anthologie de l'humour noir
Arcane 17

Erskine CALDWELL
Les Braves Gens du Tennessee

Italo CALVINO
Le Vicomte pourfendu

Elias CANETTI
Histoire d'une jeunesse
(1905-1921) -
La langue sauvée
Histoire d'une vie (1921-1931) -
Le flambeau dans l'oreille
Histoire d'une vie (1931-1937) -
Jeux de regard
Les Voix de Marrakech
Le Témoin auriculaire

Raymond CARVER
Les Vitamines du bonheur
Parlez-moi d'amour
Tais-toi, je t'en prie

Camillo José CELA
Le Joli Crime du carabinier

Blaise CENDRARS
Rhum

Varlam CHALAMOV
La Nuit
Quai de l'enfer

Jacques CHARDONNE
Les Destinées sentimentales
L'Amour c'est beaucoup plus que
l'amour

Jerome CHARYN
Frog

Bruce CHATWIN
Le Chant des pistes

Hugo CLAUS
Honte

**Joseph CONRAD
et Ford MADOX FORD**
L'Aventure

René CREVEL
La Mort difficile
Mon corps et moi

Alfred DÖBLIN
Le Tigre bleu
L'Empoisonnement

Iouri DOMBROVSKI
La Faculté de l'inutile

Friedrich DÜRRENMATT
La Panne
La Visite de la vieille dame
La Mission

Paula FOX
Pauvre Georges !

Jean GIONO
Mort d'un personnage
Le Serpent d'étoiles
Triomphe de la vie
Les Vraies Richesses

Lars GUSTAFSSON
La Mort d'un apiculteur

Knut HAMSUN
La Faim
Esclaves de l'amour
Mystères
Victoria

Hermann HESSE
Rosshalde
L'Enfance d'un magicien
Le Dernier Été de Klingsor
Peter Camenzind
Le poète chinois

Bohumil HRABAL
Moi qui ai servi le roi d'Angleterre

Yasushi INOUÉ
Le Fusil de chasse
Le Faussaire

Henry JAMES
Roderick Hudson
La Coupe d'or
Le Tour d'écrou

Ernst JÜNGER
Orages d'acier
Jardins et routes
(Journal I, 1939-1940)
Premier journal parisien
(Journal II, 1941-1943)
Second journal parisien
(Journal III, 1943-1945)
La Cabane dans la vigne
(Journal IV, 1945-1948)
Héliopolis
Abeilles de verre

Ismaïl KADARÉ
Avril brisé
Qui a ramené Doruntine ?
Le Général de l'armée morte
Invitation à un concert officiel
La Niche de la honte
L'Année noire

Franz KAFKA
Journal

Yasunari KAWABATA
Les Belles Endormies
Pays de neige
La Danseuse d'Izu
Le Lac
Kyôto
Le Grondement de la montagne
Le Maître ou le tournoi de go
Chronique d'Asakusa

Abé KÔBÔ
La Femme des sables

Andrzeij KUSNIEWICZ
L'État d'apesanteur

Pär LAGERKVIST
Barabbas

LAO SHE
Le Pousse-pousse
Un fils tombé du ciel

D.H. LAWRENCE
Le Serpent à plumes

Primo LEVI
Lilith
Le Fabricant de miroirs

Sinclair LEWIS
Babbitt

LUXUN
Histoire d'AQ : Véridique biographie

Carson McCULLERS
Le cœur est un chasseur solitaire
Reflets dans un œil d'or
La Ballade du café triste
L'Horloge sans aiguilles
Frankie Addams
Le Cœur hypothéqué

Naguib MAHFOUZ
Impasse des deux palais
Le Palais du désir
Le Jardin du passé

Thomas MANN
Le Docteur Faustus

Katherine MANSFIELD
La Journée de Mr. Reginald
Peacock

Henry MILLER
Un diable au paradis
Le Colosse de Maroussi
Max et les phagocytes

Paul MORAND
La Route des Indes
Bains de mer

Vladimir NABOKOV
Ada ou l'ardeur

Anaïs NIN
Journal 1 - *1931-1934*
Journal 2 - *1934-1939*
Journal 3 - *1939-1944*
Journal 4 - *1944-1947*

Joyce Carol OATES
Le Pays des merveilles

Edna O'BRIEN
Un cœur fanatique
Une rose dans le cœur

PA KIN
Famille

Mervyn PEAKE
Titus d'Enfer

Robert PENN WARREN
Les Fous du roi

Leo PERUTZ
La Neige de saint Pierre
La Troisième Balle
La Nuit sous le pont de pierre
Turlupin
Le Maître du jugement dernier
Où roules-tu, petite pomme ?

Luigi PIRANDELLO
La Dernière Séquence
Feu Mathias Pascal

Ezra POUND
Les Cantos

Augusto ROA BASTOS
Moi, le Suprême

Joseph ROTH
  Le Poids de la grâce
Raymond ROUSSEL
  Impressions d'Afrique
Salman RUSHDIE
  Les Enfants de minuit
Arthur SCHNITZLER
  Vienne au crépuscule
  Une jeunesse viennoise
  Le Lieutenant Gustel
  Thérèse
  Les Dernières Cartes
Leonardo SCIASCIA
  Œil de chèvre
  La Sorcière et le Capitaine
  Monsieur le Député
  Petites Chroniques
Isaac Bashevis SINGER
  Shosha
  Le Domaine

André SINIAVSKI
  Bonne nuit !
Alexandre VIALATTE
  La Dame du Job
  La Maison du joueur de flûte
Franz WERFEL
  Le Passé ressuscité
Thornton WILDER
  Le Pont du roi Saint-Louis
  Mr. North
Virginia WOOLF
  Orlando
  Les Vagues
  Mrs. Dalloway
  La Promenade au phare
  La Chambre de Jacob
  Années
  Entre les actes
  Flush
  Instants de vie

Composition réalisée par C.M.L., Montrouge

IMPRIMÉ EN FRANCE PAR BRODARD ET TAUPIN
Usine de La Flèche (Sarthe).
LIBRAIRIE GÉNÉRALE FRANÇAISE - 6, rue Pierre-Sarrazin - 75006 Paris.

ISBN : 2 - 253 - 06234 - 0   ✛ 30/9563/5